EL CICLO DE LA
LUNA ROJA

EL CICLO DE LA
LUNA ROJA

Libro Uno
LA COSECHA DE
SAMHEIN

José Antonio Cotrina

DARK HORSE BOOKS
Milwaukie, OR

El Ciclo de la Luna Roja™ & © 2020 SAF Books, www.safbooks.com. Dark Horse Books® y el logo de Dark Horse son marcas registradas de Dark Horse Comics LLC. Todos los derechos reservados. Ninguna parte de esta publicación puede ser reproducida o transmitida de ninguna forma o mediante ningún medio sin el permiso expreso por escrito de Dark Horse Comics LLC. Los nombres, personajes, lugares y sucesos que aparecen en esta publicación son fruto de la imaginación del autor o son usados de forma ficticia. Cualquier parecido con personas (vivas o muertas), sucesos, instituciones o lugares reales, sin intención satírica, es pura coincidencia.

Diseño de cubierta: Amy Arendts
Ilustración de cubierta: Fiona Hsieh

Publicado por Dark Horse Books
Una división de Dark Horse Comics LLC
10956 SE Main Street
Milwaukie, OR 97222

DarkHorse.com
SAFComics.com

Agradecimiento especial a Davey Estrada, Gabriella Campbell, Jenny Blenk, Ervin Rustemagić, Tina Alessi, Annie Gullion, Judy Khuu, Cara Niece y Christina Niece.

Primera edición: Septiembre 2020
ISBN 978-1-50671-798-2

Library of Congress Control Number: 2020932889

Impreso en los Estados Unidos de América

1 3 5 7 9 10 8 6 4 2

ÍNDICE

1. Vórtice 7
2. Samhein 9
3. El Consejo Real 27
4. Rocavarancolia 41
5. Sombras 59
6. La cosecha 81
7. La cicatriz de Arax 97
8. Los expedicionarios 119
9. El torreón 129
10. La primera noche 153
11. Piedra, fuego y magia 171
12. Mistral 205
13. La agonía 225
14. Réquiem 249
15. Aquella noche (Capítulo adicional)...273

Glosario de personajes 283
Agradecimientos 285

Este es para mi hermana.

Las ciudades, como los sueños, están construidas de deseos y temores, aunque el hilo de su discurrir sea secreto, sus normas absurdas, sus perspectivas engañosas, y cada cosa esconda otra.
Las ciudades invisibles, Italo Calvino

Vórtice

La ciudad estaba inquieta.

Era noche propicia, tiempo de cosecha, y el crepitar de la magia lo poblaba todo. En las alturas centelleó un relámpago y un instante después estalló el trueno; resonó en la oscuridad como el rugido de una bestia inmensa.

Llegaba la hora.

Millares de sombras aladas se hicieron dueñas y señoras de los cielos; formaban nubes movedizas que graznaban sinsentidos mientras se desplazaban enloquecidas de un lado a otro.

En los ventanales del castillo se dejaban ver, de cuando en cuando, las siluetas de sus moradores. Algunos se limitaban a echar un vistazo fugaz; otros permanecían más tiempo en las ventanas, contemplando el ir y venir de la figura que se recortaba en lo alto de una torre.

Se trataba de un hombrecillo diminuto que caminaba encogido contra la tormenta. Parecía tan frágil que daba la impresión de que el viento lo arrastraría de un momento a otro por los aires. El almenar de la torre donde se encontraba estaba salpicado de percheros, todos con un único chaquetón colgando de su extremo, y él iba de uno a otro, sin dejar de canturrear.

Alta sobre la torre, brillaba una brecha de un color rojo intenso. La mayor parte de las sombras aladas se concentraban en torno a aquel desgarro en el cielo, girando alrededor como remolinos tenebrosos.

El hombrecillo levantó la mirada hacia la grieta. Sacudió la cabeza y apresuró el paso hasta la chaqueta más cercana. La acarició de arriba abajo mientras canturreaba. De pronto, la prenda se irguió en el perchero y agitó sus mangas ante él, como si pretendiera abrazarlo. El hombre gris hizo una mueca, fruto del agotamiento, y pasó al siguiente abrigo. Poco después, un nuevo trueno retumbó en las alturas, una verdadera explosión que reverberó durante largo rato entre los riscos. La brecha del cielo cambió de color, del rojo pasó al azul y del azul al negro intenso. El hombrecillo cerró los ojos, intentó controlar su respiración y alzó los brazos. Había llegado el momento.

Las chaquetas abandonaron los percheros todas a una y volaron hacia la grieta: sus mangas y faldones aleteaban frenéticos en la tormenta. Entraron por la brecha y desaparecieron, devoradas por las tinieblas del otro lado. Hasta la última de las sombras que volaban en las montañas puso el mismo rumbo. Una verdadera riada de oscuridad se vertió a través de la grieta, sin dejar de gritar ni por un segundo. Sus graznidos se habían convertido en palabras:

—¡Samhein! ¡Samhein! ¡Sin descanso! ¡Sin respiro! ¡Samhein! ¡Buscad, buscad, buscad! ¡Hasta que la muerte nos reclame y el olvido nos condene! ¡Buscad!

El hombre gris bajó los brazos y se tambaleó de un lado a otro, al límite de sus fuerzas. Se apoyó en el borde de la almena y volvió a mirar hacia los cielos. La grieta todavía fulguraba en mitad de la noche, pero ya no había ni rastro de sombras voladoras ni chaquetas.

Más allá del castillo y las montañas, la ciudad en ruinas aguardaba. Sus calles tortuosas se abrían camino entre edificios desarbolados, torres a punto de venirse abajo, plazas desiertas y montañas de cascotes. La tormenta, hasta entonces centrada en las montañas, extendió su manto y cubrió la ciudad entera. La oscuridad se hizo total. Varias voces comenzaron a susurrar en la negrura; se oían amortiguadas, como si llegaran de lo más profundo de la tierra.

—Volad, volad, pajaritos, volad al mundo de los hombres… —canturreaba una de ellas. Era una voz rancia y ajada, una voz sobre la que se derramaban gusanos y podredumbre—. Traednos alegría. Traednos esperanza. Traed luz a las tinieblas.

—O traednos alaridos —continuó otra—. Masacre y destrucción. Muerte y horror. Traednos el aroma del miedo y el siseo de la sangre al verterse.

—Sí, por favor…

—Traednos algo por lo que merezca la pena estar muertos.

Samhein

Era la víspera de Todos los Santos, la última noche de octubre, y una luna llena inmensa flotaba pálida y alta en el cielo. Pasaba la medianoche y el silencio se iba imponiendo a lo que había sido una noche de escándalo continuo. La mayoría de los niños estaban ya de regreso en sus hogares, pero aún se podía ver a algunos rezagados caminando por las calles nevadas, disfrazados de magos, vampiros y trasgos. Las arañas y esqueletos que adornaban las fachadas de las casas se mecían al viento, que todavía arrastraba consigo algún copo de nieve. En las ventanas espiaban las calabazas con sus sonrisas retorcidas y sus ojos macabros abiertos de par en par.

Por la avenida principal del pueblo marchaban dos hermanos: Hector, un muchacho moreno y despeinado, y Sarah, una niña diminuta disfrazada de bruja que apretaba contra su pecho una bolsa repleta de caramelos. El joven caminaba unos pasos por delante, con la escoba de su hermana en la mano y el ceño fruncido. Llevaba disgustado todo el día y su humor no había hecho más que empeorar a lo largo de las horas. Se había pasado la semana esperando la noche de Halloween, pero no para ponerse a pedir dulces de casa en casa como si fuera un crío; lo que quería era ver el maratón de películas de terror que emitían en televisión. Habían sido sus padres quienes habían trastocado sus planes: a Sarah se le había antojado ir a pedir dulces y, según ellos, su hermano tenía la obligación de acompañarla, tuviera quince años o no. Cuando las cosas parecían ir ya lo bastante mal resultó que además, para tener contenta a la niña, debía cumplir la tradición de ir disfrazado. De nada le sirvió protestar. Su madre lo arrastró al desván y rebuscó en un arcón hasta dar con el disfraz del año anterior.

—No, imposible —dijo ella mientras sostenía el traje ante él, un disfraz de Batman que ya le había sentado fatal el Halloween pasado—, este no te lo puedes poner. Te va a ir muy estrecho. Has crecido mucho en estos meses.

Hector suspiró con resignación. Había ganado algo de peso en los últimos tiempos y que no pudiera ponerse aquel disfraz era buena prueba de ello, prueba que, por supuesto, no contribuyó en nada a mejorar su estado de ánimo.

—Mamá, esto no es crecer —dijo, para que se dejara de eufemismos. Era mejor llamar a las cosas por su nombre—: Es engordar.

Al final su madre había improvisado una capa de vampiro con una sábana negra gastada. Hector había conseguido evitar que lo maquillara, pero aun así se sentía tan ridículo envuelto en aquello que cuando una anciana le preguntó de qué iba disfrazado, contestó, de no muy buenas maneras, que iba de carpa de circo. Sarah tuvo que recurrir a su mejor sonrisa para que la mujer les diera algún dulce.

—¡Hector, mira! ¡Un monstruo! —gritó la niña a su espalda. Él se giró sin dejar de caminar, pensando que su hermana debía de haber visto a alguien con un buen disfraz, no la soberana estupidez que él llevaba puesta. Pero Sarah señalaba hacia lo alto, más allá de los tejados y azoteas. Miró en esa dirección y se detuvo asombrado: una silueta humana, algo contrahecha, volaba en el cielo de un lado a otro. La sorpresa solo duró un instante, el tiempo que tardó en distinguir qué era aquello en realidad.

—No, boba —le dijo—. Es una chaqueta. Estaría colgada en algún tendedero y se la habrá llevado el viento.

—¿No es un monstruo? —preguntó Sarah decepcionada, sin apartar la mirada de aquella cosa marrón que aleteaba más allá de los tejados.

—Bueno, es una chaqueta bastante fea. —Era cierto, incluso a esa distancia se podía ver que era una prenda pasada de moda, con mangas forradas en piel y grandes botones de metal brillante—. Seguro que es el tipo de abrigo que les gusta a los monstruos.

Por un segundo, los dos hermanos contemplaron las evoluciones de la chaqueta en el cielo, hasta que Hector se dio cuenta de que Sarah estaba tiritando aferrada a la bolsa de caramelos.

—¡Oye! ¡Estás muerta de frío! ¿Por qué no has dicho nada?

Ella lo miró con los ojos muy abiertos y se encogió de hombros. Hector suspiró.

—Súbete a mi espalda y cógete de mi cuello, bruja malvada. Iremos más rápido.

—¿Y los caramelos?

—Yo los guardo. Tú procura no perder la escoba.

La niña trepó a su espalda y le pasó un brazo en torno al cuello. Hector se la acomodó bien y echó a andar, intentando ignorar los esporádicos «arre, arre» que llegaban desde atrás y los golpecitos de escoba contra su cadera. A su pesar, el muchacho sonrió. La magia de Halloween todavía tenía embelesada a su hermana. Hector no se arrepentía de haber puesto tanto cuidado en que la niña no se diera cuenta de lo enfadado que estaba; no habría tenido sentido amargarle la fiesta también a ella.

La nieve teñía de plata su camino por el pueblo. Sus sombras proyectadas contra el suelo y las paredes parecían fantasmas que los anduvieran siguiendo. Hector aceleró el paso pensando que quizá aún tendría tiempo de ver el principio de la siguiente película del maratón. El reloj de la iglesia marcaba las doce y media y, si no recordaba mal, debía de estar a punto de comenzar.

En lo alto, la chaqueta oscura seguía bailando entre nubes claras.

Vivían en una casita blanca de dos plantas y tejado negro casi a las afueras del pueblo, rodeada por un pequeño jardín vallado. Nada más girar la esquina que conducía allí y ver la luz del porche, Hector supo que podía despedirse de la película. Su madre estaba en el quicio de la puerta, con los brazos en jarras.

—Pero ¿tú te has fijado en qué hora es? —le preguntó. Tenía puesto su grueso abrigo verde oscuro y la mirada dura. Hector se mordió el labio inferior. Sí, no cabía duda: adiós a la película.

—Sarah no quería dejarse las casas del centro porque dan más caramelos, por eso nos hemos retrasado —le explicó. A su espalda su hermana asintió muy seria.

—Y claro, por eso os habéis quedado hasta tan tarde a pesar del frío que hace... A veces no sé dónde tienes la cabeza, hijo. Adentro, vamos. —Se hizo a un lado para permitirles el paso y luego cerró la puerta tras ellos.

—¿Han vuelto ya? —preguntó su padre desde el salón. Hector escuchó un alarido procedente del televisor y suspiró apenado.

—Ya están aquí, sí; muertos de frío los dos —contestó su madre.

Sarah se revolvió en la espalda de Hector para que la bajara, y justo en el momento en que puso el pie en el pasillo, para empeorar aún más la situación, estornudó tan fuerte que el gorro de bruja salió despedido de su cabeza.

—Lo que faltaba. La niña se ha constipado.

—¡No me he constipado! —aseguró ella. Estornudó otra vez y echó a correr hacia su madre agitando la escoba al aire—. ¡Me han dado muchos caramelos y he dado muchos sustos! ¡Y hemos visto una chaqueta voladora! ¡Y...! —Sarah continuó parloteando mientras tiraba de la falda de su madre para que le prestara atención, pero ella estaba demasiado ocupada mirando ceñuda a Hector.

—Te dije que como muy tarde a las doce en casa —comenzó.

—Y por mí habría estado en casa a las diez —gruñó Hector—, pero, como ya te he explicado, Sarah quería...

Su madre no lo dejó continuar. Estaba claro que no tenía la menor intención de dialogar con él, solo quería sermonearlo. Hector respiró hondo y se preparó para el chaparrón de recriminaciones.

—Que no está el tiempo para ir de un lado a otro, hombre, con el frío que hace y con toda esa nieve —le estaba diciendo—. Y además, piensa que la gente tiene que acostarse, seguro que más de uno se ha tenido que levantar de la cama para abriros la puerta. No, Hector, no. Así no funcionan las cosas. Hay que tener un poquito más de sentido...

Le zumbaban los oídos. Sarah estornudó otra vez. Llegó un nuevo alarido del salón, aún más espectacular que el primero. Su madre continuaba con la riña, alzaba la voz más y más, con una mano en la cadera y la otra señalándolo con desaprobación. Él dio un paso atrás, el pie derecho se le enredó en el vuelo de la capa y cayó al suelo después de aletear desesperado en un vano intento por mantener el equilibrio. Los caramelos de la bolsa se desparramaron por todas partes. Hector se levantó dando un bufido.

—¡Ya ves! ¡No sirvo ni para estar de pie! —gritó—. ¡Estoy harto! ¡Me voy a la cama!

Subió corriendo las escaleras sin hacer caso a los gritos de su madre, con la capa recogida en el antebrazo para no tropezar de nuevo. Entró en su habitación y cerró la puerta de un portazo. Dejó caer la capa, se descalzó y se tumbó sobre la cama, resoplando, sin saber muy bien con quién estaba enfadado en realidad, si con su madre o consigo mismo, lo cual lo enfadaba todavía más.

★★★

Sobre los tejados del pueblo, la chaqueta continuaba con sus vuelos y piruetas; en más de una ocasión estuvo a punto de chocar contra una fachada o de enredarse en las ramas de un árbol, pero en el último momento siempre esquivaba el obstáculo con una agilidad pasmosa, como si diese un salto en el aire. No era el viento lo que la movía, sino su propia voluntad. La chaqueta estaba viva. Y vigilaba el pueblo.

Planeó hacia la copa de un árbol moviendo sus brazos huecos. A medida que se aproximaba, aparecieron bajo su faldón dos garras retorcidas fabricadas en alambre y cuerda negra. La chaqueta se aferró con ellas a la rama más alta y allí quedó, bien erguida, contemplando el pueblo a su alrededor.

Emitió un aullido lúgubre y el cielo se llenó de alas. Alas oscuras y raídas que hendían el aire sin hacer el menor ruido. Un sinfín de engendros llegó desde la nada, atravesaron las nubes y se hicieron dueños y señores de la población. Se posaron en los tejados de las casas, en las curvas de las farolas, en las copas de los árboles. Eran enormes cuervos de alas de trapo. En las cuencas de sus ojos bailaban canicas y botones en llamas. Sus patas estaban hechas de alambre, sus picos eran suelas de zapato y las plumas que los recubrían estaban recortadas en papel negro.

En aquella noche tan señalada, hasta los mismos pájaros parecían haberse disfrazado de monstruos.

—¡Casa por casa, sin dejar una! —graznó uno de ellos desde lo alto de la iglesia de la villa, posado en la veleta que coronaba el tejadillo—. Buscad, buscad. ¡Casa por casa! ¡Puerta por puerta! ¡Samhein! ¡Samhein! ¡Samhein!

Todos repetían sin cesar la misma cantinela mientras volaban de edificio en edificio. Se acercaban a las casas agitando sus alas falsas y se quedaban suspendidos ante puertas y ventanas. Sus picos de cuero mal cortado se contraían como si olfatearan el interior de las viviendas. No permanecían mucho tiempo detenidos ante las fachadas: en cuanto comprobaban que lo que buscaban no estaba allí echaban a volar hacia otro edificio, dejando a su paso alguna que otra pluma de papel.

—¡Buscad! ¡Buscad! ¡Buscad! —cantaba otro mientras se deslizaba por el aire a tal velocidad que perdió uno de los botones que le hacían de ojos. No se detuvo a buscarlo. No había tiempo. Era la hora de la cosecha y no había ni un minuto que perder—. ¡Samhein! ¡Samhein! ¡Samhein!

No era el primer lugar que visitaban. En aquella larga noche serían miles las ciudades y pueblos en los que las aves de trapo se presentarían. Buscaban y buscaban sin pausa ni descanso, ya que habían sido creadas en exclusiva para eso y solo durante aquella noche. Una vez saliera el sol, la vida que les habían prestado se desvanecería. Lo sabían, lo aceptaban.

Lo único importante para ellas era cumplir la misión asignada. Las alas falsas batían el aire en silencio. Era magia, la magia de la última noche de octubre. La magia de la cosecha.

Por el momento no habían tenido suerte, ni en esa ni en las ciudades anteriores donde habían buscado. Pero no desesperaban, y no lo hacían simplemente porque la «desesperación» no entraba dentro del pequeño catálogo de sentimientos con que su creador las había dotado. Lo único que conocían era el ansia de buscar, la necesidad de dar con la energía que les habían enseñado a detectar y que hasta el momento les estaba resultando esquiva.

Uno de los extraños pájaros sobrevoló el árbol donde unos minutos antes había estado posada la chaqueta. Olfateaba el aire con una concentración total y, al contrario que sus congéneres, marchaba en silencio absoluto. Había captado una pista tan prometedora que se había olvidado del cántico por completo. Sus ojos de cristal refulgían con un brillo nacarado. Sí, no cabía duda: era un rastro místico; podía verlo enredado ante él como una cinta esmeralda entre los escasos copos de nieve que caían del cielo. La criatura aceleró el vuelo. Poco a poco otras detectaron también aquel aroma y se lanzaron en su persecución, tan silenciosas como la primera.

Pronto todas ellas siguieron ese rumbo, todas en dirección a la misma casa de dos plantas, paredes blancas y tejado negro. Se posaron sobre ella donde pudieron, apretándose unas contra otras. Sus garras de alambre se aferraron a las tejas, a los canalones, a las escaleras, a los alféizares... La casa quedó cubierta por entero de engendros alados. Durante unos minutos, lo único que se oyó en la noche fue el olfateo conjunto de aquellos seres, cada vez más fuerte, cada vez más acelerado. Hasta que por fin todas las criaturas rompieron a volar y gritaron a la vez una única palabra:

—¡Samhein!

★★★

Hector despertó de pronto. Abrió los ojos en la oscuridad con un nudo en la garganta. Nunca en su vida se había despertado de manera tan brusca. Estaba desconcertado. Notaba la boca seca y la cabeza pesada, cargada, como cuando tenía fiebre. Se incorporó en la cama. Todavía estaba vestido de calle, con los pantalones vaqueros puestos, la camisa y el jersey de punto negro. Un olor denso flotaba en el ambiente; era un olor a especias que le recordó el día en que Sarah vació el bote de orégano en el puchero de la sopa porque quería tomar zumo de pizza. Buscó a tientas la luz de la mesilla y tardó un buen rato en darse cuenta de que estaba buscándola en el lado contrario de la cama. En ese tiempo, sus ojos se acostumbraron lo suficiente a la penumbra como para hacer un descubrimiento sorprendente.

Había alguien sentado sobre su escritorio.

Pudo verlo a la luz lechosa de las farolas de la calle. Era un hombrecillo de apenas metro y medio de alto, vestido con una túnica blanca repleta de manchas negras. Estaba sentado sobre la mesa y fumaba con placer evidente una pipa de la que surgía un denso humo verde. Su rostro, estrecho y anguloso, se hallaba girado hacia la ventana, contemplando la noche y la nieve que ahora caía con fuerza. Sonreía.

Lo primero que pensó Hector fue que aquel extraño personaje parecía muy amable. No se preguntó cómo había llegado allí, ni siquiera se le cruzó por la imaginación dar un grito y avisar a sus padres. Seguía notando la cabeza cargada, pero aunque resultase incongruente también notaba que era capaz de pensar con una rapidez y una claridad increíbles. Cuanto más respiraba el humo que surgía de la pipa, más valiente y seguro se sentía.

—¿Quién es usted? —preguntó al tiempo que encendía la luz, con el mismo tono autoritario que usaba su madre para llamarle la atención—. ¿Cómo ha entrado en mi cuarto?

El intruso dio un respingo sobre el escritorio y a punto estuvo de caer al suelo. Hector sonrió. Lo había cogido desprevenido.

—Me has asustado, muchacho. Pensaba que dormías —dijo, mirándolo con dulzura. Sus ojos eran negros y diminutos; su voz, suave y melodiosa, como una canción de cuna apenas susurrada. Ahora que podía verlo mejor, Hector descubrió que el hombrecillo era de color gris ceniza. Tenía el rostro surcado por cientos, no, miles de arrugas y todas ellas se aliaban para subrayar aún más su sonrisa inmensa. Definitivamente aquel ser le resultaba simpático—. Con sumo placer me presentaré: mi nombre es Denéstor Tul, y llevo tiempo buscándote. —Bajó de un salto del escritorio y se acercó a la cama. Hector pudo ver que lo que había tomado por manchas en su túnica eran palabras escritas en caracteres diminutos.

—¿Buscándome? —Trató de apartarse un mechón de pelo de la frente, pero falló incomprensiblemente. La habitación entera se había vuelto verde—. ¿Buscándome a mí?

—Por supuesto —le confirmó el llamado Denéstor—. Eres diferente a los demás. Ya sé, ya sé... —Sonrió con benevolencia—. No te descubro nada nuevo. Siempre lo has sabido. —El hombrecillo sujetaba la pipa con la comisura izquierda de sus labios mientras expulsaba humo esmeralda por la derecha—. Eres diferente, sí. Lo que no sabes es hasta qué punto.

—Bueno, yo... —Hector se sintió azorado. Claro que era diferente. Él era... él era... Sacudió la cabeza, desorientado. Por un instante tuvo miedo, un miedo atroz, pero entonces el hombre color ceniza respiró humo verde en su cara y de nuevo todo tuvo sentido. Era obvio—: Soy diferente... —Asintió con fuerza.

—Diferente —subrayó Denéstor—. Especial, milagroso. Me atrevería a decir que único. —Pronunciaba cada palabra con afectación singular—. Pero ellos no lo entienden, ¿no es así? Ni tus padres, ni tu hermana, ni los que dicen ser tus amigos. Nadie ve lo que se oculta en tu interior.

—Ellos no me comprenden... —aseguró Hector con un hilo de voz. Era tan injusto que nadie en toda su vida se hubiera parado a intentar comprenderlo. ¿Acaso les hubiera costado tanto? ¿Tan difícil era?

—Yo te comprendo —dijo Denéstor Tul y al momento Hector sintió un alivio tremendo. El hombrecillo se sentó al borde de la cama. Olía a sándalo—. Conozco tu vacío, sé de tu angustia. A lo largo de los años me he encontrado con muchos como tú. Este mundo nunca te entenderá, no te entenderá jamás. ¿Y sabes por qué? —Soltó otra bocanada de humo verde antes de contestar a su propia pregunta—: Porque este mundo no es el tuyo. Este no es tu sitio. Y yo he venido a ofrecerte la posibilidad de escapar, de venir conmigo al único lugar de toda la existencia donde podrás ser quien realmente eres. He venido a invitarte a Rocavarancolia.

—Rocavarancolia —susurró él. Era un nombre hermoso, musical, una palabra que se deshacía entre los labios como un manjar dulce. Era un nombre que solo podía pertenecer a una tierra hermosa. Un lugar donde podría ser quien realmente era. De nuevo la angustia y la sospecha despertaron en su pecho. Estaba viviendo un tópico, un cliché; aquel hombrecillo y él estaban representando una escena que había leído y visto en el arranque de decenas de libros y películas, y que se podía resumir con: «Eres especial y tienes que venir conmigo». Hector negó con la cabeza. Algo estaba mal en todo aquello, en Denéstor, en sus propios pensamientos—. Nunca he oído ese nombre. No... —Se sentía perdido, aturdido—. No, no... ¿qué es eso de que este no es mi sitio? —preguntó—. Esta es mi casa.

—Quiero que me escuches con atención, Hector —le pidió Denéstor entre el humo verde. Las palabras de su túnica no se estaban quietas, se movían a velocidades distintas por la prenda, unas en una dirección y otras en la contraria—. Lo primero que tiene que quedarte claro es que nadie te va a obligar a hacer nada que no quieras. Venir conmigo o no será decisión tuya, solo tuya. Pero antes de decidirte, permite que te cuente algo.

Hector asintió, más tranquilo. No perdía nada por escucharle. Además, comenzaba a sospechar que aquello no era más que un sueño. Esas cosas no ocurrían en la realidad. En la vida real no hay seres cenicientos que te visiten de madrugada con propuestas descabelladas.

—Como muchas otras historias que parecen imposibles, esta historia es real —dijo Denéstor Tul—. Provengo de una tierra lejana, una tierra que, al igual que tú, no pertenece a este mundo. Vengo de Rocavarancolia, el reino de los milagros y los portentos. —Sus ojos brillaban y había tanta pasión en sus palabras que resultaba difícil no contagiarse de su emoción—. Era un lugar maravilloso, lleno de magia; un lugar habitado por seres tan poderosos y sabios que muchos abandonaban sus propios mundos para aprender de ellos. En Rocavarancolia se enseñaban ciencias y artes que el hombre hace tiempo que ha olvidado.

—¿Se enseñaba magia? —preguntó Hector.

—Desde luego. Pero no solo magia. Se enseñaban maneras de enfrentarte a la vida que a buen seguro te sorprenderían. Se enseñaba también a no temer a lo que habita en la oscuridad. Y lo que quizá sea más importante: se enseñaba que hay más caminos de los que los simples mortales ven y que esos, amigo mío, son los que merece la pena tomar.

—Suena muy bien —murmuró Hector. Alzó una mano para atrapar una nube de humo verde que se le deshizo entre los dedos.

—Sin duda. Rocavarancolia era gloriosa, magnífica... —La sonrisa de Denéstor se vino abajo. Agachó la cabeza con pesadumbre—. Hasta que una tragedia terrible la asoló.

—¿Qué ocurrió? —se apresuró a preguntar él.

Denéstor Tul suspiró.

—El rey de Rocavarancolia se volvió loco. Quiso más poder del que podía manejar y su ambición destruyó el reino. Poco queda ya de la gloria de antaño, poco queda ya de la tierra de los milagros y los portentos. —Agitó la cabeza entristecido—. Pero no nos rendimos —le aseguró—, y no lo haremos mientras aún quede esperanza. Por eso estoy aquí, Hector: porque esta noche es la noche de Samhein, el único momento del año en que una de las puertas que aquel loco contribuyó a destruir se abre y podemos acceder a este mundo en busca de gente como tú. Gente que nos ayude a recobrar la gloria perdida. Te necesitamos, Hector. Rocavarancolia te necesita. ¿Vendrás conmigo?

El joven, en un impulso, a punto estuvo de aceptar. Estaba más convencido que nunca de que todo era un sueño. En el último segundo algo lo contuvo.

—Pero ¿por qué yo? ¿Qué tengo de especial? —quiso saber.

—¿Que qué tienes de especial? —Denéstor Tul abrió mucho los ojos, como si no se esperara esa pregunta; como si, de hecho, no esperara ninguna pregunta más—. ¿Que qué tienes de especial? ¡Mucho! Te lo explicaré. —Se acomodó en la cama y aspiró con fuerza de su pipa. Exhaló el humo en una bocanada rápida, luego continuó hablando—. Todo ser nace con cierta cantidad de energía en su interior; puedes llamarlo magia si te apetece, aunque ese no es el término exacto. La mayoría ignora durante toda su vida el poder que atesora y ese potencial acaba desperdiciándose. Y aunque fueran conscientes de su existencia, no sabrían cómo servirse de él. En Rocavarancolia se enseñaba el modo de aprovechar esa energía, se enseñaba a canalizarla para realizar todo tipo de proezas. Y solo se pedía a cambio que una parte de ella, una parte ínfima, se usara por el bien del reino. Necesitamos esa magia, Hector, la necesitamos de forma desesperada.

—Magia —susurró. La cabeza le daba vueltas—. Tengo magia dentro.

—Entonces, ¿vendrás conmigo? —le preguntó Denéstor con tal ansiedad que daba la impresión de que su vida dependía de la respuesta.

Hector dudó. Estaba casi convencido de aceptar la oferta del hombre gris, pero había algo en su interior que le aseguraba que, a pesar de lo que pudiera pensar, no estaba soñando.

—No, no... Lo siento, pero no puedo ir... No es...

Rompió a toser con tal fuerza que perdió el hilo de lo que decía. Denéstor le había echado tanto humo a la cara que durante unos segundos lo único que vio fue una mancha verde inmensa. El olor a especias se hizo tan intenso que le lloraron los ojos.

—Si esa es tu última palabra, no hay nada más que hablar —dijo Denéstor, levantándose de la cama—. Ha sido un verdadero placer charlar contigo, Hector. Perdona las molestias que te haya podido ocasionar. —Echó a andar despacio hacia la ventana. Caminaba encorvado, como un hombre que lo ha perdido todo—. Ahora me marcho. Queda mucha noche por delante y mucho camino que recorrer. —Suspiró con amargura—. Espero tener más suerte que aquí. Adiós, Hector, nunca más volveremos a vernos. —Le dedicó una pequeña reverencia y se giró para tomar la manilla de la ventana.

—Yo... esto... —Hector agitó la cabeza. ¿Por qué le estaba dando tanta importancia? Era un sueño, nada más que un sueño—. No es que no quiera ir, me encantaría, pero es que mis padres... —murmuró—. Ellos no me dejarían marcharme así como así.

Denéstor Tul se frotó los ojos con la palma de la mano. Luego le dedicó otra sonrisa magnífica.

—Te puedo prometer que si vienes conmigo no se darán cuenta de que te has ido. Nadie, absolutamente nadie, se enterará de que te has marchado.

—Si acepto, si voy a ese lugar, ¿cuánto tiempo estaría fuera? —Buscaba de manera desesperada excusas para no ir o, quizá, más razones para abandonarse a aquel sueño y aceptar la propuesta de Denéstor. Quería estar muy seguro de lo que hacía.

El hombre gris sonrió de nuevo. Era una sonrisa conciliadora, como si se hubiera percatado de su lucha interior y se mostrara comprensivo.

—Si por mí fuera, podrías dejar Rocavarancolia siempre y cuando te apeteciera —dijo—, pero, como te he dicho, la puerta a tu mundo solo se abre una vez al año; solo durante la noche de Samhein, lo que vosotros llamáis víspera de Todos los Santos. Lo que te puedo asegurar es que si dentro de un año deseas marcharte, podrás hacerlo con plena libertad. Nadie en Rocavarancolia te impedirá partir. Como puedes ver, todo son facilidades. Nos gustaría que te sintieras muy a gusto entre nosotros. ¿Qué me dices?

Y en aquel momento, aturdido, con el convencimiento pleno de que soñaba y, a la vez, con la certeza absoluta de que todo era real, pronunció las palabras que sellaron su destino:

—Iré contigo.

—¡No sabes cuánto me complace oír eso! —Denéstor se aproximó casi a la carrera hasta la cama—. ¡Qué alegría! ¡Qué inmensa alegría me das! —continuó, sin dejar de asentir con la cabeza—. ¡Ahora sólo faltan un par de detalles por concretar y podremos marcharnos! —Denéstor aferró una esquina de su túnica y todas las palabras que revoloteaban en ella acudieron hacia allá en tropel. Cuando hasta la última palabra estuvo allí, dio un tirón y la túnica se rasgó.

Denéstor agitó el retal arrancado y luego lo enrolló y desenrolló varias veces hasta desplegarlo por última vez ante Hector. Ya no quedaba ni una sola palabra en la túnica, todas estaban sobre aquel pedazo de tela, bien alineadas y muy quietas.

—Tenemos que poner el acuerdo por escrito —dijo—. Es un formalismo sin importancia. Léelo con atención —le tendió el pergamino y una larga pluma que había surgido como por ensalmo bajo una manga—, y, si estás de acuerdo, fírmalo.

Hector tuvo que parpadear varias veces para centrar su visión. Tardó casi diez minutos en leer todo el texto:

Por la presente yo, Hector S. W., de 15 (quince) años, nacido en la Tierra, en el país conocido como Estados Unidos de América, aseguro:

Haber accedido por voluntad propia a acompañar a Denéstor Tul, demiurgo y custodio de Altabajatorre, a la ciudad de Rocavarancolia, capital del reino del mismo nombre. En ningún momento se me ha coaccionado para ello, ni obligado en modo alguno. Todas mis preguntas han sido contestadas y hasta mi última duda ha sido resuelta.

En Rocavarancolia me enseñarán a aprovechar todo mi potencial y a desarrollar todo mi poder; como contraprestación yo me comprometo a ayudar, dentro de mis posibilidades, a la reconstrucción del reino.

Cada año, coincidiendo con la noche de Samhein, se me ofrecerá la posibilidad de regresar a casa o, si ese fuera mi deseo, permanecer en Rocavarancolia.

Firma:

—Las palabras no cambiarán de pronto, ¿no es así? —quiso saber. Había recordado con qué alegría se movían antes en la túnica—. ¿No se desordenarán para que luego resulte que estoy firmando algo diferente?

—No, no cambiarán. —Denéstor no parecía sorprendido por su pregunta—. Te doy mi más solemne promesa de que ni en mis palabras ni en ese pergamino hay engaño alguno. Por juramento y por ley no podemos mentir a nuestros aspirantes —señaló en un tono tan serio que Hector supo, sin ningún género de dudas, que le estaba diciendo la verdad.

El joven acercó la punta de la pluma a la tela; había llegado el momento de poner en marcha el sueño. Comenzaba a estampar su nombre cuando sintió removerse algo bajo el talle de la pluma. Alzó una ceja, miró inquieto a Denéstor y, un instante después, un pinchazo en la yema de su dedo índice le hizo dar un grito y soltar la péndola. Esta se mantuvo erguida sobre el papel como si una mano invisible la sujetara. Dos gotas de sangre resbalaron por su tronco y cayeron sobre la tela. La pluma, por sí misma, imitando a la perfección la letra de Hector, firmó en su nombre con tinta y sangre.

—Me ha mordido —dijo, mirando alternativamente al hombre gris y al corte de su dedo—. La pluma me ha mordido.

En los ojos de Denéstor se dejó entrever un brillo de satisfacción tremenda. Alzó una mano y tanto el pergamino como la péndola saltaron hacia él. Uno se metió por la manga izquierda y la otra por la derecha.

Hector, aturdido, pensando aún en el mordisco de la pluma y en que nada bueno se podía firmar con sangre, vio como del desgarrón de la túnica de Denéstor se descolgaba un tropel de arañas plateadas que tejían y tejían, reconstruyendo con su tela la parte arrancada. Solo que no eran arañas, eran dedales de los que surgían docenas de agujas enhebradas.

—Cuánto trabajo me has dado, niño —dijo Denéstor. Su voz había cambiado: ya no resultaba tranquilizadora, ahora sonaba como un repique de campanas oxidadas—. Creía que no lo iba a conseguir. El regente estará satisfecho. Muy satisfecho. —Alzó las manos como si se dispusiera a dar una palmada y justo entonces llamaron a la puerta de la habitación.

—¡La chaqueta del monstruo está en mi ventana! —dijo Sarah desde el pasillo. A veces tenía pesadillas y Hector la dejaba dormir con él—. ¡Viene por nosotros! ¡Hector! ¡Hector!

—¡No entres, Sarah! —gritó él—. ¡Quédate fuera! —Se volvió enfurecido hacia Denéstor Tul. El dolor en el dedo lo había despejado por completo. Aquello era real, no estaba soñando—. ¿Qué me has hecho? —Contuvo el aliento. Ahora lo veía claro—: ¡El humo! ¡La pipa!

—Está llena de picadura de Morfeo —le explicó Denéstor con su nueva voz de calavera rota. Aún mantenía las manos en alto, a punto de dar la palmada interrumpida—. Embota los sentidos y hace pensar al que respira su humo que está soñando.

—¡Hector! —gritó la niña tras la puerta. En la lejanía se escucharon las voces de sus padres, despertados por el alboroto—. ¿Con quién hablas? ¿Quién está ahí?

—¡No entres! —le gritó a su hermana—. ¡Me has engañado! —le gritó a Denéstor.

—En absoluto —contestó este—. Todo lo que te he dicho es cierto. Absolutamente todo. Mi pipa solo te ha hecho más receptivo a mi propuesta. Rocavarancolia no puede permitirse el lujo de perder un ejemplar como tú.

—¿Ejemplar?

Sarah eligió ese momento para abrir la puerta. Nada más ver al hombre gris envuelto en niebla verde comenzó a chillar. Del pasillo llegó una voz alarmada que preguntaba qué ocurría. Era su madre.

—No te preocupes, niño. —Denéstor alzó la voz para oírse sobre los chillidos de Sarah y los pasos a la carrera que llegaban por el pasillo—. No te mentí: nadie sabrá nunca que te has marchado —y Denéstor Tul, al fin, dio su palmada—, porque nadie sabrá que has existido.

Las ventanas se abrieron de par en par y un torrente de criaturas aladas entró en la casa, como una tromba de murciélagos furiosos. Sus ojos falsos brillaban como ascuas. No dejaban de gritar:

—¡Samhein! ¡Samhein!

—¡No! —gritó Hector cuando vio que buena parte de esas criaturas se abalanzaban hacia Sarah. La niña desapareció de su vista, rodeada por una cortina de espantos voladores. Estaban por todas partes. Sarah gritaba. Hector escuchó a sus padres dando voces en la puerta pero no pudo verlos. Denéstor Tul permanecía impasible en el centro de la habitación, con su túnica agitándose de aquí para allá por el viento que creaba el batir de tanta ala. Llovían plumas de papel.

Hector bajó de la cama. Quería llegar hasta la puerta, pero era tal el caos de criaturas que iban y venían que resultaba imposible avanzar. Una chocó contra su pecho y a punto estuvo de derribarlo. Otras dos se arrojaron sobre el póster de la Tierra Media que colgaba en la pared y comenzaron a devorarlo a bocados. Hector atrapó a una por el ala y se le deshizo en las manos. En su puño solo quedó una alpargata de fieltro, con un botón rojo que parecía mirarlo furioso. Soltó la zapatilla y trató de avanzar, resguardándose el rostro de las embestidas de los seres convocados por Denéstor.

—¡Samhein! ¡Samhein!

Varias docenas de espantajos se arrojaron sobre su escritorio, cubriéndolo por completo con sus alas de trapo. Cuando se apartaron, al cabo de un segundo, no quedaba ni rastro del mueble, ni siquiera sus marcas en el suelo. La boca de Hector se desencajó. Aquellos seres se estaban comiendo su cuarto.

—¡Sarah! ¡Mamá! —gritaba mientras trataba de llegar a la puerta. Garras hechas de alambre, cuerda y madera se le enganchaban en el pelo y tiraban de él hacia atrás.

—El olvido —susurraba Denéstor Tul, con los ojos muy abiertos y los brazos extendidos—. Traed el olvido al mundo. Que hasta el más mínimo recuerdo de este niño se desvanezca de la faz de la Tierra. Que no quede nada.

Esa era la nueva misión de las criaturas de Denéstor Tul, demiurgo de Rocavarancolia y custodio de Altabajatorre: borrar todo rastro de Hector. Lo borraban de los álbumes de fotos que su madre guardaba en el salón, de la mente de su hermana que chillaba y chillaba, dando golpes al aire en un intento vano de zafarse de los horrores que se le enredaban en el pelo; de la memoria de sus padres, que miraban aterrados a su alrededor, sin comprender qué ocurría. Donde hubiera la menor huella de la existencia de Hector, hacia allá iban los pájaros de trapo, dispuestos a eliminarla. Y no solo en la casa.

La borraron de los expedientes del colegio, de la memoria de sus profesores y de sus compañeros de clase. Hasta el último de sus familiares y el último de sus conocidos recibió la visita de los espantos voladores, sin importar dónde estuvieran. Las distancias no significaban nada para las criaturas de Denéstor Tul. Un aleteo bien podía empezar en un continente y terminar en otro. No había lugar fuera de su alcance. Se asomaban a las mentes y barrían con todos los recuerdos que guardaran la más pequeña relación con Hector. Lo eliminaron de todas las grabaciones existentes de un programa de televisión al que había acudido con su clase para hacer de público. Lo arrancaron de la foto que una familia había tomado en un parque de atracciones, y en la que él solo aparecía por casualidad. En apenas unos minutos, Hector dejó de existir para el mundo.

—¡Mamá! —gritó cuando llegó al fin hasta la puerta. Las aves de trapo parecían haberse tranquilizado y la mayoría permanecían posadas en el suelo o colgaban del techo cabeza abajo, agitando satisfechas sus plumas de papel. Solo unas pocas hostigaban aún a su familia, borrando los últimos recuerdos que esta tenía de Hector. El muchacho sacudía los brazos y daba voces para tratar de espantarlas, pero sus padres ya no le prestaban atención, ni a él ni a las criaturas que volaban en torno a ellos. Estaban aturdidos y miraban a su alrededor como si acabaran de despertar de un sueño. Sarah se aferraba con fuerza a la pierna de su madre, pero de pronto se soltó, frotándose los ojos. Bostezó.

—¿Mamá? —preguntó, indecisa—. ¿Qué hago aquí?

—Vaya susto que nos has dado, hija —contestó la mujer. Se arregló el cuello del camisón y miró intranquila a la niña—. Vamos a tener que atarte a la cama para que no te levantes por la noche. Qué gritos pegabas, qué gritos... ¿Tenías una pesadilla, cariño?

Sarah asintió vacilante.

—¡Mamá! ¡¿No me ves?! —gritó Hector—. ¡Estoy aquí! ¡Sarah! ¡Sarah!

—Era un sueño horrible —le explicaba la niña a su madre, ignorando por completo los gritos de su hermano—. Una chaqueta mala quería entrar en casa y rascaba en mi ventana...

Hector notó como las fuerzas lo abandonaban y cayó de rodillas. Ni siquiera tenía la posibilidad de engañarse y pensar que en cualquier momento iba a despertar de esa pesadilla. Lo que estaba ocurriendo podía parecer imposible, podía parecer un sueño, pero era real. Terriblemente real.

Su padre agitó la cabeza y miró en dirección a Hector, sin verlo. Casi fue capaz de notar como su mirada lo atravesaba.

—¿Papá? —llamó, con un hilo de voz.

—No pueden verte —le explicó Denéstor a su espalda. «Olvidar. Olvidar. Olvidar», canturreaban ahora los espantos de trapo, muy bajo, meciéndose de izquierda a derecha—. Mis criaturas están alterando sus percepciones. Tan pronto te ven, olvidan que te han visto. Para ellos no hay nadie en la habitación. Si tratas de tocarlos, no sabrán que los tocas. Si los llamas, no te oirán.

—Tenemos que hacer algo con este cuarto —dijo su padre, mirando dentro de la habitación llena a rebosar de aves negras que él no podía ver—. Es un desperdicio tenerlo vacío.

—¿Por qué? —preguntó Hector con la voz rota—. ¿Por qué a mí? ¿Qué he hecho yo?

—Nada, niño —le contestó Denéstor Tul—. Esto no es por nada que hayas hecho, esto es por lo que puedes llegar a hacer.

—¡Un cuarto de juguetes! —pidió Sarah—. ¡Quiero un cuarto de...! —Calló de pronto, con la sensación de que faltaba algo. Entornó los ojos. Por un momento había creído ver a alguien de rodillas en la puerta. Una silueta entretejida en humo verde.

—Mamá, papá, por favor... Estoy aquí. —Hector se echó a llorar, desesperado—. Estoy aquí...

—Sarah, venga, a la cama. No son horas.

Hector los vio alejarse. Varios pájaros de trapo volaban aún sobre sus cabezas, picoteando aquí y allá.

—Es hora de irnos. —Denéstor apoyó la palma de la mano sobre el hombro de Hector. El joven la apartó de un golpe.

—¡Deshaz lo que has hecho! —gritó. Encontró fuerzas para levantarse de un salto. Denéstor retrocedió, sorprendido por el rápido movimiento—. ¡Deshazlo!

—Ya es tarde para eso. No hay vuelta atrás.

—¡He dicho que...!

Los pájaros de trapo cayeron sobre él y taparon sus palabras con su griterío alocado. Hector gritó a su vez y comenzó a lanzar golpes a izquierda y derecha, tratando de defenderse del torbellino de plumas negras que lo rodeaba, que lo asfixiaba. A través de los resquicios que dejaba aquella tormenta veía su habitación vacía y, a la vez, como si una imagen se estuviera superponiendo a otra, veía otro lugar, un lugar sombrío que iba ganando en detalles y definición a medida que su cuarto se desdibujaba. Se estaba marchando, comprendió Hector. Lo estaban arrancando del mundo. De pronto sintió que el aire le faltaba. No podía respirar. Se llevó una mano a la garganta y cayó al suelo entre el batir de un millar de alas. Lo último que vio fue su habitación desnuda, desvaneciéndose entre tinieblas.

Denéstor Tul se quedó solo en la estancia. Miró a su alrededor despacio, como si intentara atesorar cada detalle de la habitación para guardar en su memoria una imagen perfecta de aquel lugar. Luego sacudió la cabeza.

—Samhein —musitó apenado con su voz de cristales rotos.

Y desapareció.

El Consejo Real

Hector se hallaba sumido en un letargo cansino. No estaba dormido, pero tampoco despierto. La cabeza le palpitaba con fuerza y sentía los brazos y piernas pesados y densos, como si estuvieran recubiertos de plomo. A pesar de tener los ojos entreabiertos, no veía más que sombras.

Escuchó voces que se aproximaban. Hablaban en un idioma que le resultaba del todo desconocido.

Entre las tinieblas flotaron de repente dos rostros difusos: uno de ellos era demasiado grande como para ser humano, el otro parecía el de Denéstor Tul, aunque no habría podido asegurarlo a ciencia cierta. Ambos sostenían una conversación agitada y Hector, pese a no entender ni una sola palabra, intuyó que hablaban de él. Al cabo de unos minutos, el que bien podía ser Denéstor se alejó de allí. El otro se marchó poco después. Había algo extraño en su forma de caminar, un tambaleo curioso.

Poco a poco, las sombras en su mente se fueron disipando. Se encontraba en un lugar frío y tenebroso, acostado en un incómodo camastro. Apenas podía moverse. Fuera llovía con fuerza y de cuando en cuando se escuchaba el retumbar de un trueno.

De pronto se percató de que algo reptaba por su antebrazo. Durante un segundo pensó que era un mosquito enorme, pero luego se dio cuenta de que se trataba de una jeringuilla de madera, de unos seis centímetros de largo, con una aguja corta de cristal en un extremo.

Aquella cosa se desplazaba sobre su brazo remangado como un gusano por el tallo de una planta. Intentó moverse para espantarla, pero su cuerpo no respondió. La jeringuilla se levantó ligeramente al llegar a la altura de la articulación del codo, cabeceó y acto seguido hundió su aguja en una vena. Hector no sintió dolor alguno, solo una sensación de desagradable frialdad extendiéndose en torno al pinchazo. La jeringuilla se mantuvo inclinada sobre su carne durante un largo minuto. Luego desplegó dos alas transparentes y echó a volar bamboleándose de un lado a otro, como si le costara un gran esfuerzo desplazarse.

«Va llena de mi sangre», pensó, aturdido. Intentó seguirla con la mirada, pero llegó un momento en que le resultó imposible hacerlo sin incorporarse, y su cuerpo seguía empeñado en no obedecerlo.

Aquello era tan absurdo que no podía estar pasando. Un hombrecillo color ceniza lo había engañado para que abandonara su mundo. Y si debía creerle, sus criaturas, esos cuervos horribles, habían borrado todo rastro de su existencia en la Tierra. Era una locura. Una completa locura. Tenía que hacer algo: salir de allí, buscar ayuda.

Hizo un esfuerzo y rodó sobre sí mismo hasta caer del camastro. El golpetazo contra el suelo fue mayúsculo pero apenas sintió dolor. Sus sentidos, sus nervios, todo su ser en definitiva parecía anestesiado. ¿Podía ser efecto del humo de la pipa de Denéstor Tul? Quizá. O quizá le habían suministrado algún tipo de narcótico para mantenerlo sedado. Después de mucho trabajo consiguió levantarse. Se sentía débil y mareado. Miró a su alrededor, con una mano apoyada en la cama, un simple jergón de madera. La habitación era pequeña y húmeda, sin muebles ni adornos, y estaba iluminada por un par de antorchas mortecinas. El suelo era de piedra basta y las paredes habían sido construidas con grandes bloques de roca. Hector pensó que aquel lugar tenía todo el aspecto de un calabozo. Respiró despacio. En la pared a su izquierda había un portón de madera reforzada con planchas de hierro. Estaba entreabierto, aunque no lo suficiente como para ver qué había al otro lado.

Dio un paso vacilante hacia allí sin dejar de apoyarse en el muro. Tenía la vista nublada y la boca le sabía a rayos. Definitivamente, le habían dado algo para mantenerlo inconsciente; pero fuera lo que fuera estaba dejando de surtir efecto. Atisbó por el hueco de la puerta. Daba a un pasillo en sombras, una galería estrecha y larga de techo abovedado. Frente a él descubrió un portón idéntico a aquel desde el que se asomaba y otro más unos metros adelante.

No se veía a nadie, ni se escuchaba otro sonido que el de la tormenta. Se arriesgó a abrir un poco la puerta y salió fuera.

—Esto no puede estar pasando —murmuró.

Avanzó despacio por el piso encharcado, pegado a la pared y alerta al menor ruido. Estaba descalzo y a cada paso que daba se le clavaban piedras en las plantas de los pies, pero eso no lo detuvo. Tenía que escapar. Las tinieblas se arremolinaban en el pasillo como algo vivo y malévolo. Aquel lugar no podía ser más tétrico.

Cuando se acercaba a una curva del pasillo, escuchó pasos que avanzaban en su dirección. Hector se detuvo, aterrado. Luego recordó que acababa de dejar atrás una puerta entreabierta. Retrocedió hasta ella, veloz, la abrió y se coló dentro. Una corriente de aire frío lo envolvió al momento. Apenas tuvo tiempo de echar un vistazo apresurado en derredor, pero la habitación, por suerte, parecía desierta.

Cerró el portón despacio, intentando no hacer ruido. Los pasos se oían cada vez más cerca, y sonaban tan erráticos y descompasados que resultaba difícil saber si correspondían a dos personas o tan solo a una. Contuvo la respiración, con la frente pegada a la puerta y los ojos cerrados. Unos segundos después escuchó los pasos al otro lado y el rumor de una voz que parecía estar hablando consigo misma. Pronto ambos sonidos se perdieron en la distancia. Hector respiró aliviado, abrió los ojos y, tras hacer un esfuerzo por serenarse, miró alrededor. La estancia a la que había ido a parar era idéntica a aquella en la que había despertado, salvo en un detalle importante: buena parte de la pared frente a la puerta se había derrumbado y a su través se veía el exterior. Fuera se extendía la noche, la tormenta, y las sombras de varios edificios, agazapados como bestias inmensas.

Hector se acercó despacio a la brecha. La lluvia no tardó en calar hasta los huesos, pero ni siquiera le prestó atención. Se asomó con precaución. La fachada daba a una callejuela mal empedrada, y aunque apenas lo separaban cuatro metros del suelo, sintió tal ataque de angustia que se vio forzado a retroceder. Tenía vértigo; lo sufría desde siempre y nunca había encontrado la manera de luchar contra él: sencillamente era superior a sus fuerzas. Se mordió el labio inferior y se obligó a examinar la pared que bajaba a la calle.

La separación entre los ladrillos era más que suficiente para que una persona en un estado físico aceptable fuera capaz de descender con facilidad. Frunció el ceño. Aunque lograra sobreponerse al vértigo, cosa que dudaba, ese no era su caso. Estaba en tan mala forma que nunca podría conseguirlo. Y menos con aquella tormenta. Estaba convencido de que nada más poner un pie en la pared resbalaría y se abriría la cabeza contra el suelo.

No le quedaba más opción que buscar otra salida. Se giró hacia la puerta, armándose de valor para salir de nuevo al pasillo. Fue entonces cuando descubrió que no estaba solo en la habitación. Había alguien en el camastro situado junto a la pared opuesta a la grieta. Era una muchacha morena, de tez pálida, con un vestido negro de vuelo amplio. Yacía de costado y su cabello se derramaba sobre el lecho como un charco de sangre oscura. Apenas podía distinguir sus rasgos en la semioscuridad y mucho menos saber si estaba dormida o muerta.

Dio un paso vacilante hacia ella justo en el momento en que un relámpago iluminaba con violencia la estancia. El corazón se le disparó en el pecho. Era preciosa. Solo había podido verla durante un instante, pero aquel rostro pequeño y redondo, de rasgos delicados, se le quedó grabado a fuego en la mente.

¿Denéstor Tul la habría engañado también? ¿Sería otra prisionera allí? Era absurdo. ¿Quién en su sano juicio encerraría a alguien en una celda con una pared reventada? Recordó entonces que la puerta de su propia mazmorra tampoco estaba cerrada. ¿Tanto habían confiado en lo que le hubieran dado para mantenerlo dormido? ¿O había algo más? No sabía qué hacer. Una gota de agua cayó sobre la frente de la muchacha y Hector vio como sus labios temblaban ligeramente.

Miró indeciso hacia la puerta. ¿Qué debía hacer? ¿Escapar y dejarla allí? ¿Despertarla? De pronto, de forma tan repentina como absurda, le vino a la cabeza el cuento de la bella durmiente y se imaginó a sí mismo despertándola con un beso en los labios. Se sintió estúpido por tener una ocurrencia semejante, pero no pudo evitarlo. Aquella chica parecía exactamente eso: un personaje escapado de un cuento, una princesa vestida de negro que había sucumbido a un hechizo maligno.

De nuevo un relámpago iluminó la mazmorra y el rostro de la joven se llenó de luz. Sin saber muy bien lo que hacía, Hector alargó una mano hacia su mejilla. Tenía que tocarla, tenía que asegurarse de que era real.

—¿Quién eres? —le preguntó en un susurro.

Y justo entonces, la puerta de la mazmorra se abrió de un golpe. Hector dio un grito y se giró con tal rapidez que a punto estuvo de caer al suelo.

Por un momento no vio nada en el umbral. Luego algo entró despacio en la habitación, pero lo hizo desde arriba, caminando por el techo. Aquello cruzó con dificultad el dintel de la puerta. Primero pasó una pierna, y luego otra, y una tercera, y una cuarta. Y un brazo. Y otro. Y dos más. Hector retrocedió un paso. Una cabeza cubierta de un largo vello verdoso lo observaba, invertida desde el techo, en medio de aquel caos de extremidades que se balanceaban. No podía creer lo que estaba viendo. Era una araña inmensa, una araña de aspecto humano vestida con una levita gris remendada. Y llevaba un monóculo diferente en cada uno de sus ocho ojos.

—Un caballero no entra en la alcoba de una dama sin ser invitado —susurró aquella cosa bamboleándose en el techo. Sopló sobre la palma de una de sus manos peludas y una nube de polvo iridiscente rodeó a Hector al instante.

«Otra vez no», alcanzó a pensar antes de desmayarse.

La tormenta había estallado hacía más de diez horas, justo en el momento en que las criaturas de Denéstor Tul salieron de Altabajatorre para poner rumbo al vórtice que conducía al mundo humano. Su búsqueda allí no terminó hasta que salió el sol en Rocavarancolia y la puerta hacia la Tierra comenzó a cerrarse. Solo entonces las bandadas de aves de trapo iniciaron su retorno, graznando satisfechas tras haber cumplido su misión. Poco después de que la última traspasara el vórtice, este se extinguió como si nunca hubiera existido, y la única luz que quedó en los cielos fue la de los relámpagos.

El gran portón de madera de Altabajatorre se abrió con un estruendo siniestro de poleas y cadenas. Denéstor Tul apareció tambaleándose en el umbral y se apoyó en el marco un instante. No podía más, estaba agotado. La noche de Samhein exigía tanto esfuerzo y concentración que tardaba una eternidad en recuperarse. El año anterior, sin ir más lejos, se había desmayado al poco de amanecer y había pasado tres días sumido en un sueño profundo. Y eso que había sido una noche en la que apenas se requirió su presencia en la Tierra. No como la de ahora.

—En treinta años nunca ha habido una noche de cosecha como esta —murmuró Denéstor. Tomó aliento y salió a la tormenta. De las sombras de la torre emergió un paraguas de color negro, de varillas retorcidas y oxidadas, que sobrevoló al hombrecillo gris resguardándolo como podía de la lluvia.

Denéstor bajó las escaleras y avanzó hacia el estrecho puente de madera que unía su torre con el resto de la fortaleza. La tormenta bramaba a su alrededor y era tan violenta que, a pesar de los esfuerzos del paraguas, acabó empapado en segundos. Atravesó despacio la pasarela, aferrado a la cuerda que hacía de pasamanos y evitando mirar hacia abajo. Era una caída de más de doscientos metros. Al otro extremo del puente se encontraba el castillo, tan envuelto en la oscuridad que apenas se distinguía del macizo sobre el que se levantaba.

El portón enrejado de la fortaleza estaba custodiado por dos guardianes imponentes. Medían más de dos metros de altura, pero las aparatosas armaduras de color oro sucio que vestían los hacían parecer aún mayores. Sus yelmos tenían forma de cabeza de dragón, de fauces entreabiertas, e iban armados con alabardas de punta roja, el arma tradicional de la guardia del castillo.

Se hicieron a un lado nada más verlo. La puerta enrejada soltó un chirrido y se abrió despacio, muy despacio, dibujando un surco en la tierra embarrada. Más allá de la entrada se escuchó un aullido. Una sombra enorme pasó a la carrera cerca de los barrotes y se perdió en la oscuridad del patio y el jardín. Un nuevo aullido surcó la tormenta. Entre los arbustos y los árboles se entreveían más sombras, deambulando de un lado a otro. La manada estaba inquieta.

«Pueden olerlo —pensó el demiurgo—, huelen el poder de los niños».

Denéstor siguió el camino de baldosas agrietadas que atravesaba el jardín. Un miembro de la manada lo acompañó por el borde del sendero, gruñendo amenazador. Otro trepó al tocón de un árbol muerto y lo vigiló agazapado desde allí. Un relámpago iluminó los cielos justo cuando puso un pie en la escalinata que conducía al portón principal. Las dos hojas se abrieron de par en par.

Denéstor se topó de bruces con uno de los criados pálidos del castillo, inmóvil en mitad de la entrada. Vestía de negro riguroso y era tan delgado que daba la impresión de que sus ropajes no tenían nada dentro. En el rostro consumido y macilento del sirviente resaltaban dos grandes ojos, vacíos de toda expresión.

—Le esperan en la sala del trono, amo Denéstor —anunció.

El demiurgo asintió y se introdujo en la fortaleza. En la entrada quedó el paraguas, que se plegó de un golpe y se dejó caer en una esquina ante la mirada apática del criado. Denéstor Tul era capaz de dotar de vida a cualquier objeto inanimado, ese era el poder mágico que le había hecho demiurgo de Rocavarancolia hacía tantos años. Avanzó cojeando por los corredores del castillo. Jadeaba a cada paso que daba. Aquella noche de cosecha lo había agotado más de lo que quería admitir. Si aún permanecía consciente era por las pócimas vigorizantes que dama Araña le había ido suministrando.

«No cabe duda —pensó Denéstor con amargura—, estoy tan ajado y gris como toda Rocavarancolia».

Sus pasos despertaban ecos polvorientos por la fortaleza. Las armaduras de los grandes guerreros de antaño lo contemplaban desde sus pedestales, torcidas y oxidadas. A la coraza de Vladimir el Quebrantalmas se le había caído un guantelete y, por lo visto, alguna pequeña alimaña lo había convertido en su madriguera. Ya apenas quedaba nada de la grandeza del castillo. No había cristalera que no estuviese rota, ni tapiz libre de polillas. La suciedad y la ruina campaban por doquier.

Subió por la escalinata alfombrada que llevaba a la sala del trono. Allí aguardaba otro sirviente, idéntico al que había dejado en la entrada, que abrió la puerta en cuanto lo vio aparecer jadeando por las escaleras.

El hombrecillo gris tomó aliento y entró en la sala. La estancia era amplia y de techo alto. En otro tiempo los muros habían estado decorados con tapices coloridos, mosaicos y estandartes, pero ahora solo mostraban la piedra desnuda, agrietada y negra de humedad. En el muro oeste, una veintena de ventanales estrechos se abrían a un precipicio sombrío. Los cortinajes negros que cubrían las ventanas se agitaban como fantasmas furiosos ante la embestida del viento. Hacía un frío glacial dentro de aquella sala, pero las bajas temperaturas importaban más bien poco a los que se hallaban sentados a la mesa de reuniones. Todos estaban bien protegidos contra las inclemencias del tiempo, unos gracias a la magia y otros a su naturaleza peculiar.

«Monstruos —pensó Denéstor mientras avanzaba hacia ellos, sintiéndose el centro de todas las miradas—. Eso es lo que somos. Monstruos y demonios. Engendros y fantasmas».

Casi todo el Consejo Real de Rocavarancolia estaba presente. Era la reunión más concurrida que el demiurgo recordaba en años. O presentían que aquella había sido una noche especial o habían comprendido al fin que quedaban muy pocas posibilidades de salvar el reino.

Vio a los gemelos Lexel, sentados el uno frente al otro; el situado a la izquierda vestía por completo de negro y llevaba una máscara blanca, sin rasgo alguno, mientras el de la derecha vestía de blanco inmaculado excepto por la máscara negra, también sin rasgos, que cubría su cara y que como a su hermano solo dejaba la boca al descubierto. También estaba dama Serena, la única que permanecía en pie, con las manos entrelazadas a la espalda, meciéndose despacio de atrás adelante. Junto a dama Serena vio un guantelete flotando en la nada, aferrado a una copa de vino: ahí estaba Rorcual, el alquimista de Rocavarancolia, que se había vuelto a sí mismo invisible por accidente hacía más de veinte años y que no había sido capaz todavía de encontrar el modo de hacerse ver de nuevo. En total, eran ocho los seres dispuestos en torno a la gran mesa.

—¡Al fin se digna a presentarse! —exclamó un gemelo Lexel mientras aplaudía burlón la llegada del demiurgo—. ¡Hace más de una hora que ha amanecido, Denéstor!

—Gracias por la información, con la tormenta no me había percatado del detalle —rezongó él mientras se dejaba caer en su silla. El enorme butacón situado a la cabecera de la mesa se encontraba vacío; era el lugar destinado al regente de Rocavarancolia, a quien su grave y larga enfermedad le impedía asistir a la reunión. «Treinta años sin rey y pronto nos quedaremos sin regente», pensó Denéstor con amargura.

Su vista se dirigió entonces al estrado que presidía la sala. Allí se encontraba el Trono Sagrado de Rocavarancolia, tan cubierto de telarañas que ni se distinguía su forma. Hacía más de tres décadas que aquel trono no tenía más dueño que las arañas que tejían sus telas sobre él.

—¿Y bien? ¿Cómo ha ido? —quiso saber dama Serena. Sus enormes y hermosos ojos verdes lo observaron con interés.

—Mejor de lo que nadie podía esperar —anunció el demiurgo—: He conseguido doce niños.

El revuelo causado por sus palabras fue general. No era de extrañar. La mayor cosecha en los últimos treinta años no había llegado a la media docena de jóvenes.

—Mmmm mmmmmmmm grmmmm —murmuró el anciano Belisario, que se sentaba a la izquierda del lugar reservado al regente, un lugar de privilegio en honor a su edad. Sus palabras resultaban incomprensibles al ser pronunciadas tras el sinfín de vendas que le cubrían la boca. Todo su cuerpo estaba envuelto en metros y metros de vendajes raídos y sucios que le daban el aspecto de una momia harapienta. Era el habitante más viejo de Rocavarancolia. Si era cierto lo que se contaba, tenía cerca de siete siglos de edad.

—El noble Belisario dice que el número es impresionante, pero que de nada servirán si sus esencias son débiles —fue dama Serena quien tradujo las palabras del anciano—. Así que dinos, Denéstor: ¿son fuertes?, ¿nos servirán de algo?

—¡Saca tus canicas de una vez, demiurgo! —le espetó el gemelo blanco agitando una copa de vino en su dirección—. ¡Veamos qué nos has traído!

Denéstor introdujo su mano derecha en la manga izquierda de su túnica y fue extrayendo, una a una, las doce esferas metálicas que guardaba entre los pliegues de su ropa. Cada una de ellas estaba grabada con un símbolo diferente y todas contaban con un émbolo diminuto en su superficie. A medida que las sacaba, las fue repartiendo entre los presentes, haciéndolas rodar por la mesa. Se reservó dos para él.

Dama Araña había analizado la esencia mágica de los especímenes que Denéstor había conseguido en el mundo humano. Como exigía la tradición, primero les habían extraído una muestra de sangre y luego una pizca de alma para comprobar la calidad y cantidad de la esencia que atesoraban. Los resultados del análisis estaban recogidos en esas bolitas metálicas.

El guantelete de Rorcual tomó una de ellas, apretó el pequeño émbolo y quedó envuelto al instante por una esfera resplandeciente de unos quince centímetros de diámetro. Era una pulsación transparente de un suave tono dorado. Dama Sueño, que se sentaba junto a Denéstor, activó la que tenía en la mano y una nueva esfera, algo mayor que la primera, apareció a su alrededor. El resplandor dorado bañó la cara de la anciana. La mujer tenía los ojos cerrados y roncaba suavemente, aunque sujetaba la bolita con mano firme. Su estado normal era ese: estar dormida.

—Ji, ji, ji —deliró en sueños—. Esencia de mora y sombra. Las tinieblas caminan de cara a la pared y solo ella las puede ver.

Pronto todas las canicas que Denéstor había repartido por la mesa estuvieron rodeadas de su pertinente esfera dorada. Había tres que resaltaban sobre las demás, pero todas tenían un nivel más que digno. La mayoría de los presentes estaban satisfechos.

—Es una cosecha excelente. —El gemelo de los ropajes negros asintió complacido—. Felicidades, demiurgo. La noche ha sido propicia.

—Todavía no he terminado —afirmó Denéstor y les mostró la primera de las dos canicas que había reservado para él—. Esta pertenece a un muchacho que he encontrado en las calles de Sao Paulo. Un ladronzuelo que malvivía entre cartones. No tuve que ejercer ningún tipo de influencia para convencerlo de venir a Rocavarancolia. Su vida ha sido tan miserable que en cuanto le di la oportunidad de cambiarla aceptó sin pensarlo. —Hizo rodar la canica por el dorso de sus dedos, primero hacia la izquierda y luego hacia la derecha—. Es peligroso —señaló—. La vida lo ha castigado tanto que está lleno de rabia.

—¡Excelente! —le cortó Ujthan, el guerrero grandioso que se sentaba frente a él—. ¡Eso es justo lo que necesitamos aquí! ¡Carácter! —Golpeó la mesa con su enorme puño. Estaba tatuado de los pies a la cabeza y hasta el último de sus tatuajes representaba un arma; apenas se veía piel entre espadas, arcos, cuchillos y hachas.

—Te puedo asegurar, mi querido Ujthan, que lo que tenemos entre manos es algo más que carácter —dijo Denéstor mientras apretaba el émbolo de la canica. La esfera de brillante luz que emergió de ella rodeó al demiurgo casi por entero. El nivel de esencia mística del joven era diez veces superior al mayor que habían visto hasta entonces.

El alboroto que se montó en la mesa fue impresionante. Todos hablaban a la vez. Enoch el Polvoriento, un hombre esquelético vestido de negro y cubierto de polvo de los pies a la cabeza, se levantó de su sitio y acarició la esfera que representaba la energía del chico. Sus ojos, redondos y rojos, brillaban con ansia.

—Oh. Delicioso… —murmuró mientras se pasaba la lengua por los labios. Dos colmillos afilados quedaron al descubierto un instante.

Denéstor los hizo callar a todos con un gesto y apagó la esfera. Lanzó la última canica al aire y la atrapó con un ademán vigoroso.

—Eso no es todo. —Su tono hizo que lo miraran expectantes. Solo Enoch permaneció con la vista ausente, impresionado aún por lo que acababa de ver—. Hay otro ejemplar aún más prometedor —continuó el demiurgo—. Nunca he visto a nadie resistirse tanto al humo de Morfeo, nunca. Y según me acaba de informar dama Araña, el muchacho en cuestión se despertó hace menos de una hora y se puso a explorar las mazmorras. Ha sido necesaria una segunda dosis de polvo de sueño para pararle los pies y terminar de examinarlo.

—Qué joven tan fascinante —murmuró Enoch tomando asiento de nuevo. La voz le temblaba de ansiedad—. ¿Podemos ver su esencia, mi apreciado Denéstor? ¿Podemos?

El demiurgo asintió, colocó la bolita metálica ante él y la hizo rodar sobre la mesa tras apretar el émbolo. Una esfera inmensa de luz dorada se proyectó en la sala. Era tan enorme que rozaba el techo, atravesaba el suelo y casi llegaba hasta los muros que tenían a izquierda y derecha. Todos los presentes quedaron inmersos en aquel gran círculo de luz.

—Es… —comenzó el gemelo blanco.

—… imposible —terminó el gemelo negro.

—Tiene que haber algún fallo en el análisis —dijo Rorcual, el alquimista invisible. Cogió la canica con la mano enguantada y la luz que los rodeaba tembló levemente. Parecían sumergidos en un mar amarillento—. No puede haber nadie con tal esencia. Nadie.

—Mmm mmmm. ¡Mmmmmm! —señaló Belisario, inclinado hacia delante, tan emocionado que los extremos de las vendas mal atadas se agitaban en el aire—. ¡Grmmm mmmmmmmm ufffffffff!

Esta vez no fue dama Serena quien tradujo sus palabras. Una voz dura y fría más allá de las cortinas se le adelantó.

—Belisario dice que la última vez que vio algo semejante, pronto hubo un nuevo rey sentado en el trono de Rocavarancolia. Eso que estáis contemplando es esencia de reyes.

Una figura sombría entró por un ventanal, tan empapada de lluvia que relucía. Dos alas de un color rojo intenso sacudieron el aire entre las cortinas, provocando un súbito aguacero sobre el embaldosado. Era un ser con forma humana, alto, de piel negra salpicada por lo que parecían ser diamantes diminutos engastados en su carne. Plegó las alas y avanzó con decisión hacia la mesa. Pronto él también quedó dentro de la gigantesca esfera de luz dorada. Su rostro ovalado, lampiño, de orejas pequeñas y ojos rasgados, mostraba una expresión inidentificable, algo a medio camino entre la apatía y el desdén. Era Esmael, el ángel negro, el Señor de los Asesinos de Rocavarancolia.

Denéstor frunció el ceño. Esmael lo desagradaba profundamente y se había sentido aliviado al ver que no estaba en la reunión; debía haber imaginado que no podía andar muy lejos. Al menos, dama Desgarro no se hallaba presente. Siempre que esas dos criaturas se encontraban en un mismo lugar saltaban chispas, a veces de forma literal. Ambos querían ocupar el puesto del regente una vez este muriera y no se detendrían ante nada para conseguirlo.

—¿Nos espiabas, Esmael? —preguntó Rorcual. El guantelete del alquimista invisible se había aferrado a la mesa, tenso. Era bien conocido que no sentía simpatía por el recién llegado.

—Sobre todo a ti, Rorcual. Siempre es un placer no verte —sonrió, mostrando dos hileras de dientes afilados. El alquimista bufó, pero Esmael no le prestó más atención. Sus ojos recorrieron la curva de la esfera que proyectaba la canica.

—¿Podéis verlo, ángel negro? —preguntó Enoch, que no hacía otra cosa que relamerse una y otra vez, estudiando extasiado el fulgor que los rodeaba.

—Lo veo —contestó el aludido—. Y aun así me cuesta creerlo. ¿Cómo es el muchacho dotado de tal esencia? —preguntó, mirando a Denéstor Tul.

—Frágil —tuvo que admitir el demiurgo. Se echó hacia atrás en la silla. Estaba agotado.

—Entonces olvidémonos del asunto, Belisario. No habrá rey en el Trono Sagrado —sentenció Esmael. Tomó sin contemplación alguna la canica de la mano invisible de Rorcual—. El chico morirá y con él se extinguirá esta llama. —Apagó la esfera. Había sido tal su resplandor que, por unos instantes, Denéstor tuvo la impresión de haberse quedado ciego.

—No tiene por qué ser así —señaló dama Serena—. Odio esa maldita costumbre tuya de cavar las tumbas antes de tiempo, Esmael.

—¿Cuántos han sobrevivido en los últimos años? —preguntó él.

Todos los presentes conocían bien la respuesta. En los últimos treinta años, ni un solo niño había vivido lo suficiente como para resultarles útil. Sin ir más lejos, los dos chicos conseguidos por Denéstor en la última cosecha habían muerto nada más llegar a Rocavarancolia. El trasgo Roallen se había ocultado en las mazmorras y los había devorado mientras dormían. Como castigo, desterraron a Roallen de Rocavarancolia. No pareció importarle mucho. «Estamos acabados —les dijo, antes de adentrarse en el desierto Malyadar—. Todos lo estamos y lo sabéis. Yo al menos me he permitido el placer de darme un último banquete antes de morir».

—No es un rey lo que necesitamos, Esmael —dijo Denéstor. Se pasó una mano por la frente, tratando de aclarar sus pensamientos. Le costaba mantenerse despierto—. Rocavarancolia se muere. Nuestra única posibilidad es que alguno de estos niños sobreviva, con esencia real o sin ella. Si queremos salvarnos, necesitamos que al menos uno continúe con vida cuando salga la Luna Roja.

—¿Salvarnos? Ya es tarde para eso, demiurgo —dijo el gemelo negro. Tomó la copa que tenía ante él y la apuró de un trago—. No hay salvación posible para nosotros. Dices que Rocavarancolia se muere, pero te equivocas: Rocavarancolia está muerta. Murió hace treinta años cuando nos derrotaron, cuando de un solo golpe nos arrebataron todo nuestro poder y nuestra gloria.

—¡Mmmmmmmm! —El anciano Belisario asintió con su cabeza envuelta en vendas.

—¿Y qué propones, Lexel? —le preguntó Denéstor—. ¿Que nos rindamos? ¿Que nos demos un último banquete como hizo Roallen? —Ahora fue Enoch el Polvoriento quien asintió con fuerza, con sus ojos rojos abiertos, desmesurados—. No. Yo no me rendiré. Al menos mientras quede esperanza... —Se echó hacia atrás en la silla. Su última frase no había sonado muy convincente, le podía el cansancio. El efecto de los licores de dama Araña estaba desvaneciéndose ya. No tardaría en desmayarse.

—Esperanza es una palabra vacía —dijo Esmael—. Ni se puede comer ni volverá a hacernos grandes.

—Pero la esperanza es lo único que nos queda, ángel negro —dijo dama Serena—. Son doce. Alguno sobrevivirá, estoy segura. No pueden morir todos, no podemos tener tan mala suerte.

—Oh, sí que pueden —dijo Ujthan—. Rocavarancolia es cruel.

—Solo uno —murmuró Denéstor Tul. Los ojos se le cerraban—. Solo necesitamos uno, que los otros mueran si no hay más remedio, pero uno tiene que sobrevivir. Es necesario.

El demiurgo de Rocavarancolia y custodio de Altabajatorre miró alrededor: la sala fría y húmeda, las grietas en las paredes, el Trono Sagrado cubierto de telarañas, el polvo y la suciedad... Por todas partes veía decadencia y podredumbre.

—Una vez fuimos grandes... —murmuró, apenado, y recorrió con la mirada a todos los presentes—. Una vez, el nombre de Rocavarancolia fue temido y odiado de un confín a otro de la creación. Ahora ya veis: vestimos con harapos y vivimos entre ruinas. Esto tiene que acabar, de un modo u otro... Tiene que... —Los ojos se le cerraron, rendido al fin por el cansancio, y se desplomó hacia delante.

—Llévalo a su torre, Ujthan —ordenó Esmael—. Ha sido una noche larga y nuestro demiurgo está agotado.

El guerrero tatuado asintió, se levantó de la mesa y tomó al demiurgo en brazos, como si se tratara de un niño pequeño. Denéstor cabeceó sin llegar a despertar y apoyó la cara en la cota de malla de Ujthan.

Estaba soñando. En el sueño, un ejército de monstruos bramaba a las puertas del castillo y a los pies de las montañas. Había tenido ese mismo sueño centenares de veces a lo largo de los años. En él, columnas y columnas de engendros de todas las especies entrechocaban sus armas con la vista fija en la balconada de la gran torre de la fortaleza. Allí debía aparecer el rey de Rocavarancolia para impartir las últimas órdenes antes de que los ejércitos de espantos se pusieran en marcha. Todos aguardaban expectantes. Denéstor y el resto de los demiurgos, montados a lomos de dragones de hierro y piedra, sobrevolaban las torretas del castillo. El cielo estaba infestado de seres voladores: había dragones de carne y hueso, manticoras, vampiros, tiburones alados y arpías, hipogrifos y quimeras...

Y la tierra bullía de monstruos. Por todas partes se escuchaban los gruñidos de la manada y los aullidos de los licántropos puros. Los gigantes golpeaban sus mazas contra el suelo. Legiones de muertos vivientes aguardaban inmóviles la orden de avanzar. Los trasgos bailaban y se lanzaban zarpazos unos a otros, deseosos de entrar en combate. Todo el reino era un clamor de voces, gritos y gruñidos.

Las puertas de la balconada se abrieron. Denéstor sabía lo que iba a ocurrir a continuación. Lo había soñado cientos de veces. Ahora el rey de Rocavarancolia saldría a la terraza, inmenso y terrible en su armadura roja, y la multitud lo jalearía. Luego el monarca daría la orden de avanzar y saltaría sobre el lomo de su gigantesco halcón negro.

Pero esta vez no sucedió así. No fue un monstruo lo que salió a la balconada, sino un muchacho regordete, mal vestido, con el pelo negro revuelto. El joven levantó los brazos en señal de saludo a los ejércitos que se reunían ante él y estos respondieron como un solo ser. El rugido de la multitud se hizo tan fuerte que hasta las mismas montañas temblaron.

Y Denéstor Tul, en los brazos de Ujthan el guerrero, sonrió en sueños.

Rocavarancolia

«Espabila, chaval, que vas a perderte el discurso».

Hector despertó al oír una voz que no era suya dentro de su cabeza. Se incorporó en el camastro al instante, con los ojos muy abiertos y el corazón atascado en la garganta. La luz del día entraba a raudales por el muro derruido que tenía enfrente, pero era una luz tenue, difusa, sin fuerzas siquiera para deslumbrarlo pese a su despertar repentino.

Miró a su alrededor en busca de quienquiera que se hubiese dirigido a él de forma tan insólita, pero no había nadie cerca ni más voz en su mente que la de sus propios pensamientos. Estaba en otra mazmorra, tan ruinosa y sucia como las de la noche anterior. En esta no solo faltaba un muro, también había desaparecido buena parte del techo.

Hector se levantó del camastro y se acercó a la pared derrumbada todo lo que su vértigo le permitió. Daba a un recodo de una callejuela angosta y al otro lado de la misma se disponían cuatro edificios idénticos, de fachadas estrechas y grandes ladrillos irregulares. Uno de ellos había sufrido un fuerte incendio en el pasado, como atestiguaban sus piedras ennegrecidas y maltrechas, dos estaban en relativo buen estado, y con respecto al cuarto... Algo le había dado un buen bocado al cuarto, no había otra manera de describirlo. Gran parte de la azotea y la tercera planta habían desaparecido y las huellas que quedaban en la piedra eran idénticas a las que se dejaban en un bocadillo al soltarle un mordisco. Resopló, incapaz de imaginar qué tipo de monstruo podía haber causado destrozo semejante. Aquellas marcas, más que cualquier otra cosa, le dejaron bien claro que el mundo normal había quedado muy atrás.

Miró hacia arriba. El edificio en que se encontraba era el mayor de la zona y también el más castigado de todos. La fachada estaba agujereada y plagada de grietas, muchas calcinadas por los bordes, como si el causante de los destrozos hubiera estado al rojo vivo. Daba la impresión de que alguien se había ensañado a cañonazos con aquel lugar.

Denéstor Tul le había dicho que su reino se hallaba en ruinas y debía reconocer que eso al menos era cierto.

¿No había asegurado también que por juramento no podía mentirle? Hector hizo una mueca. Quizá no le había mentido, pero estaba claro que no le había contado toda la verdad. No le había hablado, por ejemplo, de los pájaros de trapo que supuestamente iban a borrar todo rastro de su existencia en la Tierra, ni del humo de aquella pipa que al parecer tenía como función hacerlo «más receptivo a su propuesta».

De pronto, escuchó pasos en la callejuela e instintivamente se echó hacia atrás. Una figura vestida de negro caminaba con cautela calle abajo. Hector estiró el cuello para ver mejor.

Era la joven que había encontrado en su escapada nocturna. La reconoció, aunque solo pudo verla un instante antes de perderla de vista al doblar la esquina. Estuvo tentado de llamarla, pero al final decidió que no era prudente hacerlo. No sabía a quién más podía alertar si se ponía a dar gritos. Se acercó a la puerta de la mazmorra, que, como las de la noche previa, no estaba cerrada. La abrió despacio y, tras asegurarse de que no había nadie a la vista, salió.

No sabía si el pasillo en el que estaba era el mismo de la noche pasada; a la luz del día todo parecía diferente. Descubrió unas escaleras a su izquierda y hacia allí se dirigió. Llevaban a un recibidor amplio y, desde donde se encontraba, pudo ver una arcada que conducía a la calle. Bajó con cuidado, apoyándose en la pared; los peldaños estaban en tan mal estado que tenía miedo de tropezar y caer. El vestíbulo resultó mayor de lo que había intuido desde arriba; en otros tiempos debió de estar embaldosado, pero de las losas no quedaba más huella que el dibujo de sus contornos entre el polvo.

Hector se aproximó a la salida y se detuvo a medio metro del umbral, temeroso tanto de salir fuera como de permanecer más tiempo allí dentro. En su imaginación creía ver ojos que lo espiaban desde cada ventana y cada callejón. Y todavía estaba fresco en su memoria el recuerdo de la araña monstruosa que lo había dejado inconsciente la noche anterior.

Al final se armó de valor, tomó aliento y salió a la calle. Estaba muy mal empedrada y caminar por ella con los calcetines como único calzado era una tortura; cada dos por tres se le clavaba algún adoquín en la planta del pie; a veces de forma tan dolorosa que tenía que morderse el labio inferior para no quejarse en voz alta. Aun así avanzó todo lo deprisa que pudo, pegado siempre a la fachada del edificio.

Cuando llegó a la esquina por donde había desaparecido la chica, se detuvo y asomó la cabeza para ver qué iba a encontrar al otro lado. La calle descendía en una cuesta pronunciada hasta terminar en un muro de ladrillo rojo; la única dirección en la que se podía continuar era hacia la derecha y resultaba lógico pensar que la muchacha había ido hacia allí. Hector no reanudó el camino de inmediato, al doblar el recodo había ganado perspectiva y ahora tenía una visión más amplia del lugar al que Denéstor Tul lo había llevado.

Frente al edificio enorme en el que había despertado no había más que montañas de escombros. Más allá se veían otras construcciones, apiñadas unas contra otras de manera desconcertante. Había torreones y casas de una sola planta, grandes pabellones, zonas amuralladas, chabolas y mansiones; todo en diferente grado de deterioro. Las calles que recorrían aquel lugar eran estrechas y retorcidas, con trazas de laberinto. Hector tuvo la impresión de haber retrocedido en el tiempo para acabar en algún pueblo medieval asolado por un terremoto. Y en definitiva no podía estar seguro de que no fuera eso lo que había sucedido.

Vio movimiento más allá de las ruinas que quedaban a su derecha. Entornó los ojos y escudriñó en la distancia. Sí, era cierto, tras los escombros se adivinaba una plazoleta, y había gente en ella: al menos dos personas. Era difícil distinguirlos entre las ruinas, pero le dio la impresión de que se trataba de jóvenes no mayores que él.

Echó a andar hacia allí. Y no había dado ni dos pasos cuando algo se abalanzó sobre él y lo derribó. La caída lo dejó aturdido y sin aliento. Entrevió una puerta abierta, una silueta en el quicio, apenas una sombra, y una segunda figura que se tambaleaba más allá. Intentó levantarse, pero antes de conseguirlo lo golpearon con saña en la frente; fue un golpe seco que restalló como un latigazo en el aire y le hizo ver las estrellas.

Un segundo después la sombra de la puerta se arrojó sobre él y lo inmovilizó contra el suelo.

Se escuchó un grito y todo se detuvo. Hector sacudió la cabeza. Tenía a alguien montado a horcajadas sobre él: era una chica morena, de pelo corto y mirada fiera, que empuñaba una vara de madera. En ese momento no le prestaba atención, miraba de reojo al joven que acababa de gritar. Estaba apoyado en la pared y se masajeaba el estómago, visiblemente dolorido.

Hector se removió en el suelo para quitarse a la chica de encima. La sacudida brusca la desequilibró, pero no llegó a caer. Ella misma se apartó de él de un salto. Lo fulminó con la mirada, se giró hacia su compañero y le dijo algo que Hector no logró entender. Parecía hablar en ruso o en algún idioma similar. El otro se encogió de hombros y le respondió en el mismo idioma, pero con la inseguridad del que habla una lengua que no domina. Los dos lo miraron a un mismo tiempo.

—No entiendo ni una palabra de lo que decís... —les advirtió él, jadeando—. No tengo ni idea de lo que estáis diciendo.

—Tú y yo, accidente —le dijo entonces el joven en inglés—. Salí, no te vi, chocamos —añadió con una sonrisa mientras señalaba con la cabeza en dirección a la puerta del edificio.

—Yo tampoco te vi —le aseguró Hector, atontado todavía. Se incorporó hasta sentarse en el suelo. No había sido nada más que un golpe fortuito. La muchacha debía de haber creído que los atacaban y había actuado en consecuencia.

Hector se llevó una mano a la frente y la retiró con un quejido. Dolía horrores. No sangraba, pero seguro que le iba a salir un buen chichón.

La joven seguía mirándolo con suspicacia. Sus profundos ojos oscuros parecían hechos para estar siempre enfadados, y ese aspecto sombrío y hosco se veía acentuado más si cabía por la suciedad que tiznaba su cara. El otro muchacho, en cambio, lo miraba de forma francamente amistosa, pese a estar todavía medio aturdido por el golpe. Se acercó a él, sin dejar de frotarse el estómago, con una sonrisa en los labios. Era alto y atlético, de pelo corto castaño y ojos marrones.

—¿Os ha traído Denéstor? —preguntó mientras aceptaba la mano que le tendía para ayudarle a incorporarse.

El otro asintió y lo levantó sin apenas esfuerzo.

—Denéstor Tul. Dijo que yo era muy importante aquí. —Hizo un gesto de saludo con la mano al mismo tiempo que decía—: Me llamo Ricardo.

—Yo soy Hector.

—Denéstor Tul —murmuró la joven junto a ellos y dio un golpe al aire con su palo, como si quisiera dejar bien claro qué pensaba hacer si se encontraba al hombrecillo color ceniza. Luego alzó la mirada—. Hector —dijo y, tras soltar una larga frase en ruso, se señaló a sí misma y se presentó—: Natalia Denisova-Shalikov.

—Se disculpa por el golpe —le tradujo Ricardo—. Denéstor la trajo también. A ella no le gusta este lugar. Quiere irse y volver a casa.

—Yo también quiero marcharme y cuanto antes —aseguró él—. Denéstor me engañó para que firmara su contrato. No dejó de fumar de esa pipa suya mientras hablaba y hablaba. Me atontó tanto que al final ya no sabía si estaba soñando o…

—Tú habla lento o yo no comprendo —le cortó el otro—. Tu idioma no hablo del todo bien. Yo soy español.

Hector asintió y comenzó a hablar más despacio, pero no había dicho ni dos frases cuando Natalia lo interrumpió con brusquedad y señaló a la plaza tras las ruinas, la misma hacia la que se dirigía Hector antes del choque. Alcanzó a ver a un chico rubio encaramado al borde de una especie de fuente; llevaba puesto un pijama azul con estampados blancos.

—Otros —dijo Ricardo—. ¿Los trajo Denéstor Tul? ¿O viven ya en la ciudad?

—No creo que el tipo del pijama sea de aquí —comentó Hector. Aquellos chicos estaban tan fuera de lugar como ellos.

—¿Nos acercamos?

—Será lo mejor —contestó—. Quizá sepan más que nosotros sobre todo esto.

Ricardo asintió y, tras intercambiar unas palabras con Natalia, echaron a andar hacia la plaza. Era rectangular y bastante amplia, con una gran fuente circular en el centro. Los dos jóvenes que Hector había visto en un primer momento sostenían una conversación animada con el que estaba subido a la fuente. La chica del vestido negro también se encontraba allí.

Hector estaba dudando si era conveniente o no dar un grito para hacerse ver cuando se percató de que Ricardo y Natalia se habían quedado rezagados. Se giró para ver qué les ocurría y se quedó tan inmóvil y atónito como ellos. Ahora que ya no estaban enclaustrados entre las calles y las paredes del edificio agujereado, podían ver lo que quedaba a su espalda. Y era una visión que arrebataba el aliento: una cordillera impresionante de montañas quebradas se elevaba a menos de diez kilómetros de donde estaban, copando la mayor parte del paisaje tras ellos. La propia ciudad se asentaba en las estribaciones de una de las montañas, una mole gigantesca y oscura que salía disparada hacia arriba, superando en altitud a todas las demás. Su cumbre se asemejaba a una punta de lanza partida.

Y si la cordillera era imponente, no lo era menos la construcción que se erguía a las afueras de la ciudad. Se trataba de un edificio de más de cien metros de altura, con aspecto de catedral gótica. A su alrededor se disponía un sinfín de torres picudas, unidas al edificio central por contrafuertes estrechos plagados de lo que parecían espinas metálicas. El edificio entero tenía un color peculiar, un sucio tono rojo, como si hubiera sido construido enteramente con metal y este se hubiese oxidado con el paso del tiempo. Hector no había visto un edificio tan escalofriante en su vida.

Natalia murmuró algo sin apartar la vista de la catedral oxidada. Por la expresión de su cara era evidente que aquel lugar le agradaba tan poco como a Hector.

—Es horrible —dijo Ricardo con el ceño fruncido.

—No me gusta este sitio —murmuró Hector. Y no se refería solo a la catedral, sino a la ciudad en conjunto. Hasta las montañas eran monstruosas, parecían más el esqueleto de un animal muerto que una auténtica cordillera.

De repente oyeron gritos desde la plaza. Los otros los habían visto al fin. El chico del pijama hacía señas en su dirección. Agitaba los brazos y saltaba al borde de la fuente de forma tan alocada que Hector temió que fuera a caerse dentro. No entendía ni una sola palabra de lo que decía. Hablaba en un idioma extraño, musical y brusco a un mismo tiempo. No se parecía a ningún lenguaje que hubiera escuchado antes y, a la vez, le traía recuerdos de todos.

Los otros dos muchachos los observaban alerta. Uno era un joven negro, tan alto y fornido que por un momento Hector lo tomó por un adulto. Nunca había visto a nadie de piel tan oscura. El otro era un chaval de estatura mediana, con grandes gafas de pasta gris y el pelo moreno corto y rizado. La chica del vestido negro se acercó más a ellos al verlos aparecer.

—¡¿Os ha traído Denéstor?! —preguntó Hector. Hizo bocina con las manos, olvidada ya de toda precaución.

El del pijama asintió con fuerza, dijo algo en aquel lenguaje incomprensible y saltó de la fuente. Parecía a punto de echar a correr hacia ellos, pero el otro joven le puso una mano en el hombro y lo detuvo con firmeza. Hablaron un momento, luego el rubio se giró otra vez hacia ellos y les hizo gestos para que se aproximaran. Hector pudo ver que los estampados blancos de su pijama eran borreguitos.

Hacia allí fueron, con Natalia y su palo en cabeza.

—Denéstor Tul —dijo Ricardo cuando entraron en la plaza. Levantó las manos, como para dar a entender que no tenían ninguna mala intención—. Nos trajo Denéstor Tul.

El muchacho negro asintió y señaló hacia la fuente a su espalda. Luego hizo un gesto con las manos, como si se llevara un vaso invisible a los labios y le pegara un buen trago. Volvió a señalar a la fuente y les dedicó una gran sonrisa.

Ricardo miró a Hector de reojo.

—Quiere que bebamos —le dijo.

Él asintió y contempló la fuente, suspicaz. El cuerpo central era una escultura de cinco metros de alto, formado por una maraña de serpientes esculpidas en piedra, enredadas unas a otras en un desorden confuso. Solo los cuellos y las cabezas sobresalían de aquel caos. Era de sus mandíbulas entreabiertas de donde manaba el agua que llenaba la pila de la fuente.

—¿Habláis mi idioma? —preguntó Hector. Ninguno respondió, se limitaron a mirarlo y a indicar por gestos que bebieran de la fuente.

Ricardo le tomó el relevo y se dirigió a ellos en tres lenguas diferentes, pero lo único que logró fue que, a cada una de sus frases, ellos repitieran el mismo ademán, hecho cada vez con más insistencia. El rubio del pijama puso los ojos en blanco, como si le resultara sorprendente que no entendieran algo tan simple. Se acercó a Ricardo, le asió del antebrazo y tiró de él hacia la fuente sin dejar de hablar en aquella jerigonza extraña.

Mientras se acercaban a la pila, Hector aprovechó para mirar de soslayo a la joven del vestido negro. Tenía unos ojos preciosos, de un color azul claro con destellos violeta. Por un segundo, Hector sintió que aquella mirada lo arrancaba del suelo y lo mantenía en suspenso sobre la plaza. Sacudió la cabeza, turbado por aquella sensación extraña, y siguió su camino. El corazón le latía con fuerza.

Ricardo cedió al fin y bebió de la fuente, haciendo cuenco con las palmas de las manos. Abrió desmesuradamente los ojos en cuanto dio el primer sorbo, como si el sabor le hubiera cogido por sorpresa. Retrocedió un paso. Luego dijo algo con voz temblorosa. Y esta vez no habló en ruso ni en inglés: habló en el mismo idioma que los otros. El chaval del pijama celebró lo ocurrido dando una palmada y soltó una larga frase en ese mismo lenguaje. Ricardo asintió, le temblaba un poco el labio inferior.

«Magia —se dijo Hector mientras contemplaba la superficie del agua de la fuente. El reflejo de su rostro le devolvió la mirada—. Si bebo entraré en el juego de Denéstor —pensó—. Será como firmar un nuevo contrato». Natalia fue la siguiente en beber. Lo hizo de manera destemplada, como si quisiera quitarse de encima cuanto antes una obligación engorrosa. Se secó los labios con la manga del jersey y pronunció sus primeras palabras en la nueva lengua. Hector no tenía modo de saber qué había dicho, pero por la expresión del resto debió de ser algo muy llamativo.

Suspiró y se acercó a la fuente. Tenía que beber, no le quedaba otro remedio. Retrasarlo era demorar lo inevitable.

Metió ambas manos en el agua. Estaba fresca sin llegar a ser fría. Sacó las manos y dejó que el agua se le escurriera entre los dedos. Las alzó entonces hacia el chorro que caía de la boca de serpiente más cercana y luego, sin tener muy claro si estaba haciendo lo correcto o no, bebió al fin. Sintió que el líquido no solo bajaba hacia su garganta, sino que se extendía en ondas concéntricas por todo su cuerpo. Dio dos pasos hacia atrás. Algo ocurría con sus pensamientos. Dejó de pensar en su idioma natal para hacerlo en aquella nueva lengua. Se dio la vuelta, asombrado. Las palabras que los otros pronunciaban comenzaban a tener sentido para él. Estaba impresionado, a pesar de que sabía lo que iba a ocurrir. Aquello era magia. Magia de verdad.

—Tómatelo con calma, chaval —le estaba diciendo el joven negro—. Es un poco chocante al principio.

—¿Chocante? Es increíble —dijo Hector, y se quedó tan pasmado al pronunciar esas palabras en un idioma que hasta hacía unos segundos le era desconocido, que se tapó la boca con ambas manos. Las apartó despacio y repitió—: Es increíble, increíble, esto es imposible. No puede ser... —Estaba casi en shock.

—¡Claro que lo es! —le gritó eufórico el rubio del pijama mientras le daba una palmada en la espalda—. ¡Estamos en Rocavarancolia, el más mágico de los reinos mágicos! ¿No te lo dijo Denéstor? ¡Le ayudaremos a convertir este sitio en un lugar maravilloso! ¡Y nosotros nos convertiremos en grandes magos!

—Este sitio apesta. —Natalia lo fulminó con la mirada—. Denéstor nos ha engañado. Y si no lo ves es que eres tan tonto como aparentas.

—¡Oye! —le espetó el otro—. ¿A ti qué te pasa?

—Es por el pijama, Adrian —le dijo el otro joven. Se cruzó de brazos y sonrió conciliador—. Resulta muy poco serio.

—No es culpa mía, ¿vale? Es un regalo de mi abuela. Y Denéstor no me dio tiempo a cambiarme.

—He olvidado todos los idiomas que sabía —dijo Ricardo de repente. Tenía el rostro desencajado y se retorcía las manos con auténtico fervor—. No... no puedo recordar ni una sola palabra de ellos... Ni una sola.

—Parece tratarse de un efecto secundario inherente a beber el agua hechizada —le explicó el joven de gafas de pasta. Hablaba despacio y pronunciaba cada palabra con mucho cuidado—. Al aprender el lenguaje de la fuente, todos los conocimientos que puedas poseer de otras lenguas se desvanecen. Tal vez el nuevo idioma necesite ocupar el espacio cerebral que antes estaba reservado a los antiguos.

—Siempre habla así de raro —le susurró el muchacho del pijama de borreguitos a Hector.

Hector intentó pensar en inglés, pero no lo consiguió. Lo único que acudía a su mente eran palabras en la lengua nueva.

—Los he olvidado —repitió Ricardo con un hilo de voz. Miró a su alrededor, ansioso, como si esperara toparse con los idiomas perdidos huyendo por la plaza—. Se han ido, ya no están.

—Nos ha pasado a todos —dijo entonces la joven de negro, mirando a Ricardo con una sonrisa tímida. Hablaba muy bajo, casi en un susurro. Se acercó despacio hacia él—. Mírame a mí. Sabía francés, inglés y algo de español y ahora no recuerdo ni una sola palabra de ninguno. —Le tendió la mano con una elegancia exquisita—. Me llamo Marina —se presentó.

—Ricardo —dijo él y sacudió la cabeza sin hacer caso a la mano tendida que la chica acabó retirando, azorada—. ¡Es increíble! Ni siquiera mi nombre suena igual que antes. ¡No recuerdo cómo era, pero no era así!

—Pues no te va a quedar más remedio que acostumbrarte —le aconsejó el rubio del pijama—. Yo soy Adrian, de Copenhague. Y este de aquí es Bruno, creo que me ha dicho que es de Roma —señaló al joven de gafas, que casi se puso firme al escuchar su nombre—. Me lo encontré al poco de despertarme y vaya susto que me dio. Estaba inmóvil ante mi puerta, quieto como una estatua. —Les dedicó una sonrisa de oreja a oreja—. ¿Y vosotros quiénes sois? ¿De dónde venís? ¿Qué os ha contado Denéstor Tul? ¡Ay! ¡Perdonadme! ¡Estoy tan emocionado!

—Yo soy Hector —se presentó este y, siguiendo la tónica inaugurada por Adrian, dijo el nombre del pequeño pueblo estadounidense donde vivía—. Y la simpática muchacha del palo es Natalia.

—Natalia Denisova-Shalikov —se apresuró a completar ella, sin demasiado entusiasmo—. Rusa.

—Yo me llamo Marco, Marco Kretschmann —se presentó por último el otro joven—. Y soy alemán. Nací cerca de Múnich, aunque he vivido toda mi vida en Berlín.

—Tú eres francesa, ¿verdad? —le preguntó Adrian a Marina.

—Sí, soy de París. ¿Tanto se me nota?

Antes de que el muchacho pudiera contestar, Natalia le interrumpió:

—Vale, todos tenemos nombres y sabemos de dónde venimos —gruñó—. Lo que importa ahora es averiguar dónde estamos y cómo salimos de aquí.

—¡Estamos en Rocavarancolia! ¡El más mágico de los reinos mágicos! —le respondió Adrian, exultante. Aquellas continuas muestras de euforia comenzaban a molestar a Hector—. ¿Y salir de aquí? ¿¡Qué tontería es esa!? ¿Quién va a querer marcharse de aquí?

—Si vuelves a chillarme en el oído, te las verás con mi palo —le advirtió Natalia, con el gesto crispado.

—Permíteme decirte que empiezas a resultarme cargante —le soltó Adrian con los brazos en jarra—. Imagino que Denéstor te lo dejó claro, ¿no? ¡Tenemos una dura tarea por delante! ¡Levantar el reino y convertirnos en magos!

—¿Te dijo en algún momento que iba a convertirnos en magos? —le preguntó Ricardo.

—No... Habló de potencial y de...

—¡Habló de tonterías! —le cortó Natalia.

—Entonces ¿por qué estás aquí, listilla? —le preguntó Adrian con desdén—. ¿Cómo te convenció para que vinieras?

Natalia resopló pero no contestó a su pregunta.

—El humo de su pipa aturde —dijo Hector y todos se giraron hacia él. Nunca le había gustado ser el centro de atención y se le enrojecieron hasta las orejas, más si cabía al darse cuenta del interés con el que lo miraba Marina—. Y... bueno, no sé con vosotros, pero conmigo no paró de fumar y fumar. Creía que soñaba, que lo que estaba pasando no era real. No sabía ni dónde tenía la cabeza. Acepté venir con él, pero no tenía claro lo que estaba haciendo. Luego vino mi hermana y Denéstor llamó a esos pajarracos de trapo.

—¿Pájaros de trapo? —preguntó Ricardo con el entrecejo fruncido—. Cuando Denéstor Tul y yo desaparecimos me pareció ver una bandada de pájaros negros acercándose a mi ventana.

—Son suyos. Él los invocó.

Hector les contó entonces cómo Denéstor había usado a aquellos espantos alados para borrar todos los recuerdos que alguien pudiera tener de él.

—¿Nos han olvidado? —preguntó Marina. Se llevó la mano al pecho. Había perdido algo de color—. ¿Mis padres no se acuerdan de mí?

Antes de que Hector pudiera responder, Bruno se le adelantó:

—Es lógico suponer que si Denéstor lo hizo con él, debió de hacer lo mismo con el resto. Sospecho que la bandada de pájaros que Ricardo vio antes de desvanecerse se preparaba para borrar toda traza de su existencia.

—Nos han borrado —murmuró Marco. Se daba golpecitos en el labio superior y miraba pensativo hacia arriba—. Qué cosa tan curiosa...

—Vale, vale, vale. Pensadlo y veréis que no es tan raro —dijo Adrian. Se subió de nuevo de un salto al borde de la fuente—. Yo prefiero que mi familia no se acuerde de mí mientras estoy aquí —dijo—. Así no estarán preocupados buscándome por todas partes, pobres, lo pasarían fatal. Seguro que cuando volvamos a casa les devuelven los recuerdos a todos.

Hector no estaba nada convencido de ello; la actitud y las palabras de Denéstor al invocar a los espantos de trapo le hacían sospechar que se trataba de algo permanente, sin vuelta atrás, pero decidió que era más sensato callarse su opinión. Decir eso solo lograría poner más nerviosos a los demás. La explicación de Adrian sonaba convincente y parecía haber tranquilizado un poco los ánimos.

—Lo que está claro es que esto no es como me lo imaginaba —comentó Marco. El muchacho alemán era enorme; empequeñecía hasta al propio Ricardo, tanto en altura como en complexión atlética—. No —continuó—. No se parece ni de lejos. Y además, nos han dejado tirados en mitad de la nada. Si se supone que somos importantes, ¿por qué hacen eso? ¿No debería haber alguien con nosotros? ¿Alguien de la organización o algo por el estilo?

Hector recordó entonces la voz que lo había despertado. Había dicho algo sobre un discurso. ¿O no había sido más que un sueño?

—Hay movimiento en el castillo —anunció Bruno.

—¿Castillo? —preguntó Hector—. ¿Hay un castillo?

—En la montaña. —Marco señaló hacia allí—. Se ha encendido una luz en una torre.

A Hector le costó distinguir el lugar indicado ya que el color de los muros y torreones de la construcción era idéntico al de la montaña. El castillo se levantaba sobre saliente amplio situado en el primer tercio del camino hacia la cumbre. Contaba con cuatro torres, tres en el edificio principal y una cuarta tan separada de este que quizá no formara parte realmente del castillo; hasta se apoyaba en otro promontorio diferente de la montaña.

Era en lo alto de la torre central de la fortaleza donde se podía ver un chispazo verde que oscilaba de izquierda a derecha. Todos miraban hacia allá.

—¿Será una señal para que nos acerquemos? —preguntó Adrian en voz baja.

—Lo ignoro —contestó Bruno. Miraba con atención el destello, sin parpadear apenas.

—Si fuera una señal, sería algo más llamativo, ¿no creéis? No un chispazo de mala muerte —dijo Marco.

—¡Se mueve! —gritó Natalia.

Así era. El destello esmeralda había comenzado a girar alrededor de la torre, cada vez más y más rápido, hasta que de pronto viró hacia la izquierda y salió despedido en dirección a la ciudad. En apenas unos minutos dejó atrás la montaña y se adentró sobre las ruinas de aquel lugar desolado, acercándose hacia la plaza. Pronto pudieron verla con más claridad: era una esfera de gran tamaño, translúcida, de un tenue tono verde.

—¡Eso sí que es magia! —Adrian bajó otra vez de la fuente de un salto. Estaba tan entusiasmado como un niño que pisa por primera vez un parque de atracciones.

—Hay gente dentro —murmuró Ricardo.

Hector se colocó una mano sobre la frente a modo de visera. Ricardo tenía razón. En el interior de aquella cosa viajaban dos personas. Las pudieron ver mejor cuando la esfera entró al fin en la plaza y, tras un brusco frenazo, se detuvo sobre una torreta medio derruida situada a unos veinte metros de la fuente de las serpientes. Un resplandor esmeralda bañó aquel edificio y buena parte de la plaza, dando a la escena un tono entre fantasmagórico y submarino. Los chicos se acercaron los unos a los otros, despacio, sin apartar la vista de aquella burbuja y sus ocupantes. Se respiraba una atmósfera mezcla de expectación y miedo.

En la esfera viajaban dos mujeres. Una de ellas era delgada y esbelta, de cara ovalada y expresión dulce y melancólica. Iba vestida con un elegante traje de noche completamente verde; hasta su cabello, largo y bien cuidado, era de ese color, idéntico también al de la esfera. La segunda mujer en nada se parecía a la primera. Era bajita y rechoncha, y su vestimenta se reducía a una especie de sayo de tela basta que más parecía un saco que ropa. Su pelo castaño se aferraba a su cabeza como un helecho moribundo, la mandíbula era prominente y cuadrada, la nariz chata, los ojos desiguales: uno era enorme mientras el otro no era sino una estrecha rendija malévola.

—¡Qué mujer más fea! —gritó Natalia.

Hector la miró espantado. Hacía apenas quince minutos que la conocía y ya le había quedado claro que Natalia no se detenía a pensar en las consecuencias de lo que pudiera hacer o decir. Por suerte, las ocupantes de la esfera o no la oyeron o fingieron no hacerlo.

—¡Escuchadme todos! —exclamó la mujer baja en el idioma que acababan de aprender. Su voz resonaba y burbujeaba como si tuviera la boca llena de alquitrán caliente—. ¡Soy dama Desgarro, comandante de los ejércitos del reino y custodia del Panteón Real, y estoy aquí para daros la bienvenida a Rocavarancolia! Debería ser nuestro regente bienamado quien se dirigiera a vosotros, pero por desgracia su precario estado de salud se lo impide. Seré breve porque no tengo mucho más que añadir a lo que ya os ha contado Denéstor Tul.

»Lo primero que debo decir es que estáis aquí por vuestra propia voluntad. ¡Nadie, absolutamente nadie, os ha obligado a venir! Puede que alberguéis dudas al respecto, puede que penséis que de algún modo Denéstor Tul influyó en vuestra decisión. Sin embargo, solo serán intentos estúpidos de negar la verdad. Estáis aquí, en Rocavarancolia, porque así lo habéis querido.

Natalia parecía a punto de interrumpirla pero Ricardo lo evitó tapándole la boca con firmeza. Le susurró algo al oído, unas palabras rápidas que hicieron que ella frunciera el ceño y asintiera con la cabeza. Cuando el muchacho retiró la mano, la joven permaneció en silencio, observando la esfera con aire sombrío.

—Esta ciudad devastada será vuestro hogar de ahora en adelante —siguió diciendo aquella mujer horrible con su voz burbujeante—. Enfrentaos a vuestra vida aquí como mejor podáis. Seguid juntos si es vuestro deseo o buscad vuestro destino por separado, sin contar con los demás. Tanto da una cosa como la otra. El único consejo que puedo daros es muy simple: manteneos vivos todo el tiempo que podáis. Y es un consejo difícil de seguir, os lo aseguro. Porque esta ciudad hará todo lo posible por mataros. Y no lo hará por crueldad, no. Lo hará porque ese es su deber.

—¿Matarnos? —preguntó Adrian tirando de la manga a Marco—. ¿Dice que la ciudad quiere matarnos?

El otro le hizo callar con un gesto. Dama Desgarro continuaba hablando:

—El tiempo de la cosecha ya ha pasado. Ahora llega la hora de la criba, la hora de separar el grano de la paja. Y de eso se encargará Rocavarancolia. Solo aquellos que sean dignos de servir al reino sobrevivirán. El resto verá como sus huesos se pelan al sol en esta ciudad arruinada. En treinta años nadie ha merecido ser digno del alto honor de servir a Rocavarancolia. En treinta años nadie ha vivido lo suficiente como para ver la Luna Roja.

Hector no podía apartar la vista de dama Desgarro. Sus palabras eran hipnóticas, su borboteante viscosidad lo llenaba todo.

—Hubo un tiempo en que la cosecha significaba algo... Cientos de jóvenes se apiñaban en las plazas y en las calles de la ciudad, ansiosos por comenzar el largo camino que los conduciría a la gloria o a la muerte. Cientos os digo... Valientes y dispuestos a todo. —Hizo una mueca de desprecio que aún desfiguró más sus rasgos. Su ojo enorme se abrió de una manera tan desmesurada que dio la impresión de que el globo ocular iba a rodar cuenca abajo—. Y ahora... ¿qué tengo ante mí? Doce niñatos muertos de miedo.

—Doce... —murmuraron a un mismo tiempo Ricardo y Marco. En aquellos momentos eran siete en la plaza. En alguna parte debía haber otros cinco muchachos.

—Y dicen que debemos estar contentos, que desde hacía años la cosecha no era tan fructífera. Dicen que debemos tener esperanza. —Soltó una carcajada sin rastro alguno de humor. Su cabeza pareció brincar ligeramente, como si no estuviera del todo pegada al cuello—. Necios —escupió.

—Su garganta —susurró Marco—. ¿Habéis visto su garganta?

Hector entrecerró los ojos. Una gran cicatriz recorría el cuello de la mujer de lado a lado. Y no era la única marca, un sinfín de cicatrices surcaban sus manos, brazos y piernas.

—Dama Desgarro —murmuró Hector, con un nudo en el estómago. Desde luego, hacía justicia a su nombre.

—Necios, sí —prosiguió la mujer marcada—. Porque solo los necios se aferran a la esperanza cuando todo está perdido. Desde hace años ni uno solo de los cachorros de Denéstor ha vivido lo suficiente como para resultarnos útil. ¿Por qué iba a ser diferente ahora? —suspiró, y el sonido de su suspiro fue como el gruñido de una bestia cansada—. Pero lo que yo piense no importa. Lo realmente importante es que estáis aquí: en Rocavarancolia.

»Solo hay tres lugares que os están prohibidos: el edificio rojo de las afueras, el cementerio de la hondonada y, por supuesto, el castillo en la montaña. El resto de la ciudad es vuestro: alojaos donde queráis, usad lo que encontréis como se os antoje.

»Pero tened cuidado. Rocavarancolia está plagada de peligros. Todavía quedan maldiciones activas en los lugares más insospechados, entre ellas hechizos letales que os matarán al instante o sortilegios de demencia que os volverán el cerebro del revés. Y ni siquiera nosotros sabemos qué extrañas criaturas campan entre las ruinas. Aquí la muerte tiene mil rostros diferentes, no lo olvidéis jamás, no os confiéis o estaréis perdidos. Esta ciudad podrá ser vuestro hogar, pero nunca será vuestra amiga. Existe para probaros.

—Un sitio encantador —murmuró Ricardo. Le temblaba la voz.

—Rocavarancolia está situada entre la cordillera que queda a vuestra espalda y los acantilados del este. No hay otro modo de salir de aquí que atravesar los tortuosos pasos de las montañas. Son la única salida de la ciudad. Y si alguno quiere tomarla puede hacerlo, nadie se lo impedirá, aunque debo advertiros que con eso solo cambiaréis una muerte más que probable por una muerte del todo segura. Porque tras las montañas se encuentra el desierto Malyadar, donde nada vivo puede sobrevivir mucho tiempo; es un erial que se extiende durante jornadas y jornadas en todas direcciones, un vasto infierno en el que ni siquiera los dragones se atrevían a entrar... Tendríais las mismas posibilidades de sobrevivir si saltarais desde los acantilados.

«Dama Desgarro es tan, pero tan dramática...», dijo de pronto una voz en la cabeza de Hector, la misma que lo había despertado en la mazmorra.

El muchacho dio un respingo y miró a su alrededor, sobresaltado.

«Estoy en la esfera. Soy la guapa, la que no está hecha trizas».

La mujer de verde parecía mirarlo directamente. Era hermosa, pero su belleza tenía un aire triste, un aura de pesadumbre que ni siquiera la sonrisa de sus labios lograba suavizar. Hector balbuceó algo que sonó como un eructo entrecortado y dio un paso hacia atrás, chocando contra Ricardo, que ni se inmutó de tan absorto como estaba.

«Tranquilízate, Hector. Nadie sabe que estoy en tu cabeza y, por nuestro bien, nadie debe saberlo. Así que relájate y escucha».

Miró de reojo al resto de sus compañeros. Todos seguían atentos al discurso de la mujer marcada, ajenos por completo a la persona que hablaba en su mente. Hector estaba tan nervioso que los dientes le castañeteaban.

«Soy dama Serena, la consorte de la nada y la ausencia, el espectro de la vigésima sexta reina de Rocavarancolia —se presentó la voz—. Y, aunque está terminantemente prohibido, estoy aquí para ayudarte. Eres lo más importante que le ha sucedido a Rocavarancolia en treinta años. Y si el reino quiere sobrevivir, te necesitamos vivo.

»Así que vamos a hacer trampas.

Hector tenía la garganta seca. Dama Desgarro seguía hablando, pero él ya no la oía, solo podía prestar atención a esa voz que llenaba su cerebro, a esa voz que decía venir, ni más ni menos, que de un fantasma. Y no le quedaba más remedio que creerla. La figura de la mujer esmeralda se transparentaba ligeramente y daba toda la impresión de ser menos densa de lo que debería. Dama Serena no dejaba de moverse, sus manos se desplazaban despacio por toda la superficie de la esfera, acariciándola. El joven comprendió que era ella quien había creado aquella burbuja de luz verde que las había traído desde el castillo.

«Pero intentar mantenerte con vida va a ser una empresa complicada —se proyectó en su mente—. Vas a tener que poner mucho de tu parte para conseguirlo. Y por desgracia mi ayuda va a ser mínima, y no por gusto, te lo aseguro. Si alguien descubre lo que estoy haciendo, estaremos perdidos. A ti te matarán y a mí me desterrarán de Rocavarancolia. Es la ley. Por eso debes guardar absoluto silencio. Por eso no debes contarle a nadie, absolutamente a nadie, lo que estoy a punto de hacer. Porque en esta ciudad hasta el mismo viento tiene oídos».

Alguien resopló junto a Hector, sobresaltándolo. Era Adrian.

—¡Basta! ¡Basta ya! —gritó dando un paso adelante. Señaló con rabia hacia la esfera de luz. Se notaba que estaba aterrado, pero Hector no pudo menos que admirarlo por sobreponerse a su miedo y dar ese paso al frente.

Dama Desgarro lo miró desde lo alto con expresión de divertida curiosidad.

—¡Quiero volver a casa! ¿Me oyes? ¡Quiero regresar a mi casa! —exclamó Adrian con el tono de voz de un niño que no está acostumbrado a que le lleven la contraria—. ¡Esto ya no es divertido! ¡Denéstor no dijo que pudiéramos morir!

Dama Desgarro sonrió y fue la sonrisa más perturbadora que Hector había visto jamás. Una lengua amoratada se movió con la rapidez de una serpiente entre sus labios.

—¿No te lo dijo? —preguntó imitando el tono de voz de Adrian. El efecto fue aterrador, el gorgoteo horripilante de un monstruo enfermo—. Todo lo que está vivo puede morir, mi joven amigo. Absolutamente todo. Denéstor no te advirtió de que podías morir aquí del mismo modo que no te advirtió de que te mojarías si llueve o de que debes respirar para mantenerte vivo.

Adrian balbuceó algo incomprensible y dio un paso atrás. El labio inferior le temblaba de manera incontrolada, parecía a punto de echarse a llorar. Alguien le pasó un brazo sobre los hombros.

«No te encariñes demasiado con tus compañeros —dijo la voz en su cabeza—. Como bien dice dama Desgarro, la mayoría no tardará en morir.

»Pero debemos apresurarnos. Para el hechizo que voy a realizar es necesario tener contacto visual con el objetivo y no tenemos mucho tiempo. Mi compañera pronto terminará su discurso y será la hora de regresar al castillo.

—¿Qué vas a...?

«Silencio —le cortó la voz—. Voy a hacer magia. Un hechizo solo para ti. Es arriesgado, pero necesario. En la ciudad hay criaturas tan sensibles a la magia que son capaces de detectar el sortilegio más minúsculo, aun así, hoy no les debería resultar fácil hacerlo. La apertura del vórtice que unió nuestros mundos ha creado tal tormenta mística que ahora mismo Rocavarancolia hierve de magia por sus cuatro costados.

»Así que respira hondo, Hector, porque lo que viene a continuación no va a ser agradable.

—Y yo os miro y no veo más que debilidad y miedo —estaba diciendo dama Desgarro en lo que parecía la parte final de su discurso—. Os miro y no veo más que cadáveres que aún no saben que están muertos. Ojalá me equivoque. Ojalá consigáis lo imposible...

Algo entró en la mente de Hector. Era una ola densa y abrumadora, una sombra reluciente que se extendió por su cabeza como una bocanada de humo grasiento. Durante un segundo tuvo dificultades para pensar. Al segundo siguiente ya no sabía ni quién era. Su identidad, su ser, hasta el último de sus pensamientos se habían perdido en la niebla negra que llenaba su cerebro. Hasta que de pronto esa oscuridad invasora se fue condensando y ganando cuerpo. Hector volvió a recuperar la noción de sí mismo y, a la vez, sintió como la conciencia se le escapaba.

«No. No. No... Por favor. No puedo desmayarme otra...».

Sombras

«...Vez».

Abrió los ojos sobresaltado. Por un momento solo vio cielo, una extensión interminable de un azul descolorido que pendía sobre su cabeza. Creyó que flotaba en el vacío, perdido en las alturas por obra y arte del hechizo de la mujer fantasma, y el vértigo lo hizo jadear. Luego el rostro de Marina entró en su campo de visión y la realidad tiró de él hacia abajo. No volaba, estaba tumbado cuan largo era en el suelo de la plaza, allí donde había caído desmayado. Se sentó despacio e hizo balance de los distintos dolores que sentía, por si se había lastimado en la caída. Pero no notaba más molestias que el golpe de Natalia en la frente.

Marina y Adrian se encontraban junto a él, acuclillada una y en pie el otro. El vuelo de la falda negra de la chica caía sobre su antebrazo cubriéndolo parcialmente. Hector lo retiró de una sacudida, como si el contacto de la tela le quemara.

—Qué golpe te has dado. Has caído redondo —le dijo Adrian—. ¿Estás bien?

—Yo... —Tragó saliva. Aún notaba el hechizo de dama Serena removiéndose en su mente. Había quedado reducido a unas finas espirales negras que se removían en el interior de su bóveda craneal. «¿Qué me ha hecho?», se preguntó, inquieto—. Todavía estoy algo mareado.

—A mí también se me ha ido la cabeza durante un rato, no creas —dijo Adrian, y soltó una risilla nerviosa—. Os miro y solo veo cadáveres. —Simuló un escalofrío que no era tan fingido como parecía pretender.

—¿Está despierto? —preguntó Ricardo acercándose hacia ellos.

—No lo tengo muy claro —contestó el propio Hector. Los tentáculos de oscuridad iban desapareciendo de su cabeza, pero el mareo persistía y además comenzaba a ver borroso, las imágenes ondeaban ante sus ojos como ocurre en los días de mucho calor. Decidió que lo mejor que podía hacer era permanecer en el suelo hasta recobrarse del todo—. ¿Cuánto tiempo he estado inconsciente?

—Unos minutos —le contestó Ricardo mientras se sentaba junto a él—. Y todavía estás un poco pálido.

—Solo necesito descansar un poco. —Alzó la vista hacia el lugar donde había estado suspendida la esfera verde de dama Desgarro y dama Serena. Ya no había rastro de ella.

—Se marcharon al poco de desmayarte —le anunció Natalia tras seguir la dirección de su mirada—. Esa mujer horrible dijo que probablemente serías el prime...

—Olvídate de lo que dijo —le cortó Ricardo con brusquedad—. Olvidaos de todas las tonterías que soltó. Eso de que vamos a morir todos solo era para meternos miedo.

—Pues conmigo lo ha conseguido —admitió Adrian.

«Probablemente será el primero en morir», eso era lo que dama Desgarro había dicho al verlo caer. Y Hector no podía hacer otra cosa que darle la razón, a pesar de que su desvanecimiento hubiera sido culpa del hechizo y no por debilidad o por un ataque de pánico. Todo aquello le venía grande. Una cosa era imaginar que uno vivía peligrosas aventuras y otra muy diferente verse envuelto de verdad en ellas. Y él tenía el suficiente sentido común como para saber que no estaba preparado para hacer frente a lo que fuera que los aguardase allí.

Pero dama Serena había visto algo en él, algo que al parecer lo diferenciaba del resto. Ella había dicho que era lo más importante que le había sucedido a Rocavarancolia en treinta años. Recordó la jeringuilla voladora de la mazmorra. ¿Habrían encontrado algo en su sangre?

Deseó que el hechizo con que dama Serena le había vuelto la mente del revés sirviera para algo. Por el momento su única utilidad había sido hacerle perder el sentido y dejarlo todavía más confuso que antes.

—¿Qué dijo al final la mujer del saco? —preguntó.

—Estupideces y tonterías —gruñó Natalia. Era la única que permanecía en pie. El resto del grupo se había ido sentando alrededor de Hector y Ricardo.

—Dijo que no tendríamos problemas de abastecimiento —le aclaró Bruno—. Por lo visto hay varios puntos en la ciudad donde nos irán dejando provisiones. —Se había quitado las gafas y las limpiaba con un pañuelo de papel que luego dobló con cuidado y se guardó en el bolsillo de su camisa de cuadros—. También nos avisó de que nuestras relaciones con los habitantes de la ciudad serán prácticamente nulas. Parece que por ley no pueden interferir en nuestros asuntos; no nos ayudarán pero tampoco harán nada para perjudicarnos.

—Según ella es probable que no veamos a nadie en todo el tiempo que estemos aquí —apuntó Marco. El inmenso alemán estaba sentado frente a Hector y cuando sus miradas se cruzaron le dedicó una sonrisa tan radiante y sincera que sintió una honda corriente de simpatía hacia él.

—¡Mejor! ¡Ojalá no vuelva a encontrarme a esa señora Desgarro en la vida! ¡Qué cosa tan horrible! —exclamó Adrian y se dejó caer de espaldas sobre el adoquinado.

—La otra mujer, en cambio, era bellísima —dijo Marina—. Pero parecía muy triste, ¿os disteis cuenta? Y ese verde que llevaba no era un verde alegre. Es el color de los campos que empiezan a marchitarse, como si de un momento a otro fuera a volverse gris... —De repente pareció percatarse del modo en que la miraban todos. Bajó la vista, ruborizada—. Lo siento, a veces hablo demasiado.

—Yo casi ni me fijé en ella —dijo Ricardo—. La otra era más llamativa, con esas cicatrices y marcas por todas partes.

—Este lugar es una pesadilla —dijo Hector.

—Pues quedándonos aquí sentados no vamos a despertar —Natalia les dedicó a todos una mirada recriminatoria—. Lo que tenemos que hacer es ponernos en marcha y buscar el modo de volver a casa.

—No hay forma de volver a casa —dijo Marco.

—¡Eso no lo sabes! —exclamó Adrian. Resultaba chocante el cambio que se había producido en él desde el discurso de dama Desgarro. Poco quedaba ya del entusiasmo del que había hecho gala en un primer momento.

—Tiene razón, eso no puedes saberlo —dijo Ricardo—. Y esa es la cuestión: que no sabemos nada. Tenemos un montón de preguntas, pero nadie a quien hacérselas: ¿por qué nos ha traído Denéstor?, ¿qué nos hace especiales?, ¿qué se supone que tenemos que hacer aquí?

—Las respuestas a tus cuestiones tienen que estar en alguna parte de esta ciudad —dijo Bruno—. Lo único que debemos hacer es encontrarlas.

Del discurso de dama Desgarro se desprende que nuestra presencia aquí no es circunstancial, forma parte de una tradición que se remonta a muy antiguo. Y siendo así no debería ser difícil encontrar información sobre ella. —Su voz era lenta y cansina—. Pueden ser libros, grabados, pinturas, inscripciones o cualquier cosa semejante. Además, debo añadir, al desconocerlo todo sobre este lugar, cualquier información que consigamos nos aportará algo positivo.

—Antes de ponernos a buscar libros creo que deberíamos intentar encontrar al resto de gente que ha traído Denéstor —señaló Marco—. Si lo que nos ha contado dama Desgarro es cierto, hay otros cinco chicos dando vueltas por aquí.

—Puede que ya estén muertos —murmuró Marina.

—¡No digas eso! —gritó Adrian, espantado, incorporándose de golpe. Se había puesto pálido.

Hector se sentó de nuevo, más erguido esta vez. Ya no estaba mareado y su visión se aclaraba por momentos. Se pasó una mano por el cuello mientras miraba alrededor. Su vista se detuvo en un edificio situado más allá de la plaza. Era una vivienda de tres plantas y paredes grises, acabada en un tejadillo puntiagudo un tanto chamuscado. Salvo los daños en el tejado, la casa estaba en buenas condiciones. Pero lo que había llamado su atención no tenía nada que ver con la estructura o el estado del edificio, lo que llamó su atención fue que ante la puerta flotaba una columna de bruma oscura, un jirón de niebla que se alzaba hasta rozar la segunda planta.

Parpadeó varias veces, tomando aquella niebla por algún fenómeno óptico, atmosférico o, simplemente, una consecuencia de su desmayo. Estaba a punto de señalar la columna al resto cuando escuchó, de nuevo, aquella voz que no era suya en la cabeza.

«La niebla negra. Puedes verla, ¿verdad? Pues esquívala siempre. Marca lugares que debes evitar, sitios hechizados o puntos de la ciudad en los que nada bueno puede ocurrir. Huye de ella. Pero tampoco te confíes. Con mi hechizo serás capaz de distinguir los lugares de Rocavarancolia que sé a ciencia cierta que son peligrosos. El problema es que ni siquiera yo conozco todos los peligros que alberga esta ciudad. No lo olvides nunca: que un lugar esté libre de niebla no significa que sea seguro».

Hector recorrió con la mirada la plaza y los edificios que se entreveían más allá y fue descubriendo otras manchas de oscuridad. Localizó cerca de una docena en solo unos instantes. Y una de esas columnas de humo era tan inmensa que casi ocultaba el edificio que se encontraba tras ella: un torreón de ladrillo pardo, rodeado de un jardín arruinado y situado en el otro extremo de la plaza.

Se estremeció. Por el momento era incapaz de pensar en lo útil que podía resultar aquel hechizo, lo único que tenía en mente era que la niebla negra estaba por todas partes. La sensación de amenaza era tan palpable que tuvo ganas de gritar. Se pasó una mano temblorosa por el pelo. Su confusión iba en aumento. Había tantas cosas que necesitaba saber, tantas preguntas por hacer... Y él, al contrario de lo que había dicho Ricardo, sí tenía a quién formulárselas.

«¿Me oyes? ¿Puedes oírme? —preguntó mentalmente—. ¿Por qué nos habéis traído aquí? ¿Qué queréis de nosotros?».

No obtuvo respuesta. O la comunicación solo era posible en una dirección o dama Serena lo ignoraba. Frunció el ceño. La fantasma se había puesto en contacto con él en cuanto había descubierto la niebla negra. De algún modo había sabido lo que estaba viendo. Entrecerró los ojos, apretó los labios y dio forma a una nueva pregunta:

«¿Por qué me estás ayudando?». Se concentró en cada una de esas cinco palabras hasta que logró visualizarlas en su cabeza, dibujadas con caracteres de fuego.

—¿Estás bien? —oyó que le preguntaba Adrian—. Tienes pinta de necesitar ir al baño.

—¿Qué...? ¡No!

La voz regresó, pero no para responder a su pregunta:

«Vas a tener que ser muy cuidadoso con la información que te proporciona el hechizo. No puedes desvelar que sabes más de lo que debes o te pondrás bajo sospecha. Y si alguien descubre que recibes ayuda, odio repetirme, pero es algo que te tiene que quedar claro: si lo averiguan, te matarán. Es la ley.

»Y ahora debo dejarte, Hector. Procuraré hablar contigo más adelante, mientras la tormenta mágica aún se cierna sobre Rocavarancolia y sea seguro enlazar tu mente.»

Y la voz lo abandonó, dejando en su cabeza solo espacio para sus propios pensamientos.

—También tenemos que encontrar el sitio donde van a dejarnos la comida —decía Marco en aquel instante—. Empiezo a tener hambre.

—Y yo —murmuró Adrian, y por su tono de su voz parecía hasta sorprendido de ello.

Hector asintió. Lo último que había comido habían sido unos caramelos durante el paseo de Halloween con Sarah y no tenía modo de saber cuánto tiempo había transcurrido desde entonces. Se estremeció al pensar en su hermana. Estaba tan lejos de su hogar que la distancia dejaba de tener sentido; Rocavarancolia era otro mundo, un mundo que en nada tenía que ver con la Tierra. Allí la magia era real, allí era posible que un fantasma se colara en tu cerebro y lo hechizara para que fueras consciente de la maldad que te rodeaba. Todo aquello daba vértigo.

A su alrededor seguían discutiendo qué hacer a continuación. Hector apenas prestaba atención, sumido en un silencio meditabundo, con la vista fija en la enorme columna de niebla negra tras la que se ocultaba el torreón pardo. Alzó la mirada. El cielo sobre su cabeza no era el mismo cielo de la Tierra, ahora podía verlo. Aquel tono azul era demasiado claro, casi blanco. Y el sol tampoco era el mismo sol. Se le veía mucho más pequeño y pálido que el terrestre. Pensó de nuevo en su hermana, en sus padres, en sus amigos, y en que probablemente nunca, jamás, volvería a verlos. Se le formó un nudo en la garganta.

—Vi una araña —dijo de pronto, interrumpiendo la conversación. Todos lo miraron, perplejos—. Era más grande que yo, vestía con levita y llevaba un monóculo en cada ojo... Me dejó inconsciente soplándome encima un polvo que olía a rayos. Y he visto una casa a la que algo le había dado un mordisco. Y un monstruo en una burbuja verde nos ha dicho que vamos a morir... —Los miró a todos, de uno en uno—. Estoy harto de todo esto. Quiero salir de aquí. Quiero irme a mi casa.

Hubo un largo silencio, roto al fin por Ricardo:

—Pongámonos en marcha de una vez. —Se levantó de manera resuelta—. Vamos a ver qué encontramos en esta ciudad maravillosa.

El catalejo, una hermosa antigüedad labrada en plata, batió sus alas y descendió en espiral hasta posarse con el resto de sus congéneres en la balaustrada de la terraza. Allí había casi una docena, todos de formas y colores diferentes. Uno blanco y alargado, con finas alas de libélula, echó a volar en cuanto el catalejo de plata se posó a su lado; otro, de un brillante color negro y dotado con alas de murciélago, dejó su sitio en un extremo de la terraza para colocarse junto al recién llegado. Había catalejos dispersos por todo el castillo, posados en los ventanales y terrazas, deambulando por las almenas o revoloteando de un lugar a otro.

Dama Serena observó como el catalejo de plata se apoyaba ligeramente en el oscuro, como alguien cansado busca el apoyo de un hombro amigo. La fantasma se preguntó, y no por primera vez, qué grado de inteligencia tenían las creaciones de los demiurgos. ¿Eran capaces de sentir? ¿Cometerían el error de enamorarse unos de otros? ¿Tendrían sus disputas como el resto de criaturas vivientes? Una vez le había planteado esas cuestiones a Denéstor Tul; el anciano hechicero había sonreído enigmáticamente antes de contestarle con un escueto «Eso solo lo saben ellos». Los demiurgos eran magos muy celosos de su arte y sus misterios.

La mayoría de los catalejos en la balaustrada eran obra de Denéstor, solo el de plata había sido fabricado por otro demiurgo, muerto décadas atrás. Ese era el motivo por el que ella lo había escogido para espiar a los cachorros de Denéstor, no se sentía cómoda usando nada creado por alguien que todavía viviera.

Una bandada de catalejos pasó volando ante la terraza de la torre, rumbo a la fachada principal del castillo. Sus lentes destellaban al sol. No se habían apagado los ecos de su revoloteo cuando una voz ajada llegó hasta ella desde atrás.

—Espléndida y radiante, como siempre, dama Serena. Tu presencia es un bálsamo para el alma.

La fantasma se giró. Alguien la observaba desde las sombras de la habitación. Reconoció la silueta enjuta de Enoch el Polvoriento. El vampiro estaba lejos de la puerta abierta, lejos de la luz del día, encorvado y con las manos entrelazadas ante el pecho.

—Tu alma está marchita, Enoch —dijo ella, y con un movimiento elegante de manos invocó un jirón de noche profunda en torno a él—. Pero aun así eres bienvenido.

Enoch sonrió satisfecho y salió a la terraza bajo el amparo de aquella sombra. Alargó una mano esquelética hacia la balaustrada y al instante el catalejo de alas de murciélago echó a volar hacia él. A dama Serena le habría sorprendido que hubiese sido otro el que acudiera a su llamada. El catalejo se colocó ante el ojo derecho de Enoch, batiendo sus alas con fuerza. El vampiro carraspeó y echó la cabeza hacia delante, entornando el ojo izquierdo.

—Se les ve tan llenos de vida —murmuró al cabo de unos instantes, con el tono de alguien que alaba una mesa bien dispuesta—. Es él, ¿verdad? El niño moreno de pelo revuelto.

—Así es —dijo la fantasma—. Y es tan débil como nos advirtió Denéstor. Se desmayó durante el discurso de dama Desgarro.

—Oh… —El vampiro sacudió la cabeza, compungido—. Qué tragedia. Que un poder semejante venga contenido en un recipiente tan frágil.

—A fin de cuentas todos son frágiles, Enoch. Rocavarancolia los endurecerá o los matará en el proceso.

—Los hermanos Lexel han comenzado a cruzar apuestas sobre ellos —dijo él—. El gemelo blanco asegura que más de la mitad morirá antes de que anochezca. El negro, en cambio, dice que serán menos los que caigan, entre dos y seis, apunta; esa es su apuesta… ¿Puedes creerlo, mi querida amiga? ¡Cuánta frivolidad! Jugando con las vidas de esos pobres niños, jugando con nuestras esperanzas…

—¿Qué hay en juego?

—Manzanas de Arfes. Han apostado diez piezas cada uno.

La fantasma sonrió. Hacía treinta años que se habían cerrado las puertas que unían Rocavarancolia con el rico mundo de Arfes, única fuente de aquellas frutas, y desde entonces el valor de las manzanas que aún quedaban en el reino se había multiplicado enormemente. Eran pocos los manjares que podían competir en exquisitez con ellas y, además, contaban con la característica singular de no marchitarse nunca. Daba igual si transcurrían siglos desde el momento en que eran recolectadas hasta que alguien las comía, su sabor permanecía inalterable, idéntico al que tenían en el momento de ser recogidas del árbol. Hasta dama Serena, que hacía mucho tiempo que no precisaba ni disfrutaba de los alimentos, atesoraba una pequeña cantidad de ellas. Para los habitantes vivos de Rocavarancolia aquellas frutas representaban una suerte de oasis, de viaje a tiempos mejores.

—Dama Desgarro está con nuestro bienamado regente, ¿verdad? —preguntó Enoch de pronto, con aire distraído, sin dejar de mirar por el catalejo.

—Así es. Está esperando a que despierte para ponerle al corriente de la situación.

—Estoy convencido de que le alegrará saber que la cosecha ha sido tan magnífica este año. Ojalá dé buenos frutos… Y ojalá él esté entre nosotros para poder verlos —murmuró. Luego, tras un gesto lánguido con el que despidió al catalejo, se giró hacia dama Serena. La sombra negra que lo rodeaba vibró al amoldarse a su nueva posición—. Querida mía, ¿no crees que la noble dama Desgarro pasa demasiado tiempo con el regente?

—No —contestó ella de manera rotunda—. No lo creo, sobre todo si tenemos en cuenta que ella es una de las principales razones por las que aún continúa con vida. Sin sus cuidados y las pócimas de dama Araña, Huryel nos habría dejado hace mucho tiempo.

—Oh. —Enoch el Polvoriento levantó las manos y compuso un gesto de gran sorpresa, como si hasta ese momento se le hubiera pasado por alto un detalle tan importante—. Cierto, cierto. Sin los cuidados atentos de dama Desgarro, el regente ya no estaría con nosotros. Cuánta gentileza y qué altas cotas de misericordia para alguien que aspira a ocupar el puesto del agonizante, ¿verdad? —Remató su frase con una sonrisa cargada de mala intención. Sus colmillos fulguraron en la burbuja de noche que lo rodeaba.

—Ten cuidado, no te muerdas la lengua o te envenenarás con tu propia sangre, querido Enoch.

El vampiro se echó a reír.

—El mal y la inquina corren por mis venas, cierto es —dijo entre risitas—. Pero conoces tan bien como yo el verdadero motivo por el que nuestra comandante se desvive para mantener con vida al regente.

Dama Serena no replicó. Enoch llevaba razón.

Una vez Huryel falleciera, el consejo de Rocavarancolia votaría para elegir a su sucesor. Por tradición solo había dos candidatos posibles para ocupar el puesto de regente: el comandante de los ejércitos del reino y el Señor de los Asesinos, cargo que ostentaba Esmael, el ángel negro, desde hacía cuarenta años.

Era bien sabido que dama Desgarro apenas tenía partidarios en el consejo, a decir verdad la mujer nunca había despertado demasiadas simpatías en el reino. Pero tampoco despertaba el odio exacerbado que muchos profesaban hacia Esmael y ahí residían sus posibilidades de llegar a ser regente. El consejo se dividía entre los que apoyaban al Señor de los Asesinos y los que harían lo imposible para evitar que este se hiciera con el poder, incluso votarla a ella como sucesora. Por el momento ambas fuerzas estaban en equilibrio. Y eso era lo que mantenía a Huryel, actual regente, con vida. Una vez la balanza se decantara con claridad hacia uno de los pretendientes, su vida llegaría a su fin. Si dama Desgarro se veía ganadora, descuidaría sus atenciones lo justo como para que muriese sin que nadie pudiera acusarla de su muerte; si en cambio era Esmael quien se veía ganador, se serviría de las habilidades que lo habían llevado a ser Señor de los Asesinos para hacer una última y mortal visita a la habitación de Huryel; y tampoco nadie podría incriminarlo jamás en el fallecimiento del regente. El orden natural en Rocavarancolia estaba siempre regido por la crueldad y la sangre, pero cuando implicaba a las altas esferas era necesaria además cierta dosis de discreción.

—Los motivos de dama Desgarro para actuar como actúa son suyos, Enoch. Yo los desconozco —dijo dama Serena.

—¿Como desconoces aún a quién apoyarás cuando llegue la hora de elegir sucesor? —quiso saber.

La fantasma sonrió.

—El hecho de que no lo airee a los cuatro vientos no significa que no lo tenga decidido ya.

Aunque el voto del consejo era secreto, la mayoría de sus miembros ya habían declarado públicamente cuál de los dos candidatos preferían. Dama Serena era de los pocos que habían optado por mantener su decisión en secreto. Enoch el Polvoriento era, en cambio, un partidario declarado de Esmael. Lo cual resultaba comprensible si se tenía en cuenta que el puesto de Señor de los Asesinos sería suyo cuando este quedara vacante.

Con un nuevo gesto de su mano, Enoch hizo regresar al catalejo negro. Durante unos minutos se dedicó a mirar por él en silencio. Dama Serena vio como sus labios se entreabrían en más de una ocasión. No pudo precisar si el vampiro se estaba relamiendo o si buscaba el modo de decirle algo.

—El ángel negro sería muy generoso si decidieras apoyarlo —dijo al fin.

—Esmael no tiene nada que pueda interesarme.

—Oh. No, no lo tiene. Cierto es. Pero puede tenerlo.

—No te andes por las ramas, Enoch. Dime lo que hayas venido a decir.

—Esmael ha conseguido cierto libro —le explicó el vampiro tras una pausa medida—. Un grimorio antiguo y poderoso que contiene hechizos largo tiempo olvidados. Y entre ellos, mi muy querida y difunta amiga, está la Llamada de la Reencarnación. —Dejó el catalejo y se giró hacia ella—. Préstame atención, dama Serena: Esmael está en condiciones de prometerte la resurrección. Podrá traerte de nuevo a la vida, restaurar tu alma en un cuerpo vivo idéntico al que tuviste en el pasado.

Si la fantasma hubiera tenido corazón, este se le habría disparado en el pecho. El asombro que se reflejó en su rostro hizo sonreír al vampiro.

—Pero para ello necesitaría fuentes de poder a las que solo podría acceder siendo regente de Rocavarancolia —apuntó Enoch.

—Necesitaría las joyas de la Iguana —murmuró dama Serena. Eran las joyas reales que en aquel momento estaban en poder del regente y de las que solo él, en su calidad de dirigente del reino, podía servirse.

Un cuerpo de nuevo con el que tocar y ser tocada. La oportunidad de sentir otra vez el viento en el rostro, la calidez de la sangre en las venas, el suelo firme bajo los pies. La vida en suma, la vida en todo su esplendor... Eso era lo que le estaba ofreciendo Esmael por boca de Enoch. Pero ¿era eso lo que ella ansiaba?

Flotó hacia la balaustrada, confusa.

Había oído hablar de la Llamada de la Reencarnación; era un sortilegio mítico, uno de tantos hechizos que formaban parte de las leyendas. Según se contaba, se tomaba la esencia del espíritu y a partir de ella se reconstruía el cuerpo en el que una vez había morado para fundirlo después a él. Fuera como fuese, era un hechizo de los considerados perdidos. Nadie en siglos había sabido nada de él.

—¿De qué libro se trata? —preguntó dama Serena.

—No me lo ha dicho.

La fantasma guardó silencio. Su vestido, un reflejo de sus ropajes favoritos en vida, se agitaba como si contase con alma propia. No era el viento el que lo movía, sino su propia inquietud. Se sentía muy poco serena en aquellos momentos.

—¿Y bien? ¿Cuál será tu respuesta?

—¿Mi respuesta? Está bien, te la daré: dile que no quiero trato con mensajeros ni criados. Si tu amo y señor tiene algo que decirme, que venga él mismo a hacerlo —replicó en tono cortante. La perspectiva de hablar con el ángel negro la desagradaba, pero necesitaba tiempo para aclarar sus ideas.

—Oh. —El vampiro se removió incómodo ante la frialdad de la fantasma—. Transmitiré sin demora tu mensaje a Esmael.

Salió de la terraza a grandes pasos, llevándose su oscuridad con él. Ella aguardó a que el vampiro cerrara la puerta antes de dirigirse a la otra presencia que se encontraba con ella en la terraza.

—Perdona que no te saludara antes, amigo Rorcual, pero intuí que no deseabas que Enoch supiera que lo andabas siguiendo —dijo. Consiguió que su voz no reflejara la agitación que sentía.

Tras unos instantes de silencio se escuchó un carraspeo incómodo procedente de una esquina de la terraza.

—No era mi intención molestaros, dama Serena —aseguró el alquimista, invisible por completo sin su guante—. Descubrí a Enoch husmeando por los pasillos y decidí seguirlo para ver qué tramaba. Espero... espero que ni por un instante contempléis la posibilidad de aceptar el trato que os propone. Sabéis tan bien como yo que Esmael no es de fiar.

«Ni tú, sanguijuela invisible, ni dama Desgarro, ni nadie», pensó ella.

—Se acerca el final de Rocavarancolia —dijo en cambio—. ¿Importa acaso quién lleve el timón del barco mientras nos hundimos?

Escuchó los pasos del alquimista al aproximarse.

—Están los niños de Denéstor —dijo con vehemencia—. ¿Quién asegura que esto sea de verdad el final? Si un solo niño sobrevive será un nuevo comienzo. ¡Lo sabéis! ¿Y de verdad os gustaría que el ángel negro nos guiara entonces? Si resurgimos de nuestras cenizas ¿en verdad desearíais que fuera bajo el mando de una criatura tan sanguinaria y abominable?

Dama Serena no contestó. Permaneció pensativa con la vista perdida más allá del caos de ruinas que era Rocavarancolia. Pensaba en el ángel negro, en que en todos sus años de existencia, tanto viva como muerta, no había conocido a un ser tan monstruoso como él. Esmael era capaz de cometer las atrocidades más terribles sin inmutarse, no había aberración o crimen que no estuviese dispuesto a realizar. Por eso había logrado el puesto de Señor de los Asesinos, el cargo que designaba al más despiadado de los seres que campaban en el reino. Se decía que solo los reyes arácnidos y Hurza Comeojos, primer Señor de los Asesinos, le habían superado en crueldad. Entregar las riendas de Rocavarancolia a Esmael era dar el gobierno del reino a la oscuridad más total, al mal sin límite.

—¿Dama Serena?

—Esmael puede devolverme la vida, Rorcual —dijo simplemente.

—¡Para arrebatárosla en cuanto os la dé!

—Alquimista... —dijo con voz pausada—. Has expresado con toda claridad mi mayor deseo: quiero morir. Y para conseguirlo necesito estar viva.

—¿Qué demonios es eso? —Natalia hizo una mueca mientras señalaba la mancha grisácea que se habían topado en el suelo al abrir la puerta.

—Parece una alfombra podrida —respondió Ricardo tras unos instantes de duda—. Al menos espero que sea una alfombra podrida.

—Odio este sitio —gruñó Natalia.

—Eso ya lo has dicho —comentó Hector mirando en el interior de la habitación. Estaba en tan mal estado como el resto del edificio.

—¡Es que lo odio! —insistió la joven—. ¡Lo odio mucho!

Hector asintió de manera desganada y entró en la estancia intentando no pisar la mancha del suelo. Llevaba los pies envueltos en varios trapos que había encontrado en una alacena de la planta baja. No resultaba muy cómodo caminar así, pero lo prefería a andar descalzo. Por el momento aquellos trapos eran lo más útil que habían encontrado.

Ricardo entró tras él mientras Natalia aguardaba en la puerta, con su perpetuo ceño fruncido.

La habitación estaba hecha pedazos. Había muebles destrozados por toda la estancia, la mayoría apilados contra una esquina.

Hector se agachó para recoger uno de los muchos libros tirados en el suelo, entre los restos de una estantería. Se trataba de un volumen de buen tamaño, con las tapas tan arruinadas que no alcanzaba a distinguirse ni el título ni el dibujo de la cubierta. Las páginas se habían fundido unas con otras hasta convertirse en un amasijo grisáceo. Lo dejó caer y se acercó a una ventana sin prestar atención al resto de libros esparcidos a sus pies. Necesitaba respirar aire fresco.

La ventana daba a la plaza, ahora desierta. Al final habían decidido que lo mejor era dividir el grupo en dos; mientras unos se dedicaban a investigar los edificios que aún quedaban en pie en torno a la plaza, los otros exploraban las calles aledañas, sin alejarse mucho del primer grupo. El único que había puesto pegas a aquel plan había sido Marco, pero al final no le había quedado otro remedio que ceder.

Desde la ventana, Hector podía ver la fachada del torreón envuelto en niebla negra. Debía encontrar el modo de evitar que entraran allí y, además, tenía que hacerlo sin levantar sospechas. Nadie debía saber que contaba con ayuda. Dama Serena se lo había dejado muy claro. Pero ¿y si la ayuda de aquella fantasma no era tal? ¿Cómo sabía que podía confiar en ella? ¿Y si la bruma no era más que un truco para despistarlo, para evitar que se acercasen a lugares realmente útiles? El único modo de averiguarlo que se le ocurría consistía en entrar en una de las zonas marcadas, y no era una opción que le agradase demasiado.

Ricardo deambulaba por la sala, examinándolo todo con atención.

—Qué raro —murmuró pensativo.

—¿Perdona?

—Este destrozo... Es raro. Fíjate, fíjate bien.

Hector miró a su alrededor. Todo estaba patas arriba. No sabía a qué se refería Ricardo.

—Yo solo veo una habitación hecha pedazos.

—Sí, pero el destrozo sigue una dirección bastante clara, mira —caminó de espaldas hacia la ventana donde se apoyaba Hector, señalando primero hacia los restos del suelo y luego hacia la esquina cubierta de muebles rotos—: allí se amontona la mayor cantidad de trastos, ¿lo ves? Es como si algo hubiera arrojado todo lo que había en la habitación contra la pared y además de malos modos. Hay hasta pedazos de madera clavados en la piedra.

Hector asintió.

—Vale. Lo veo. Tienes razón. Algo cogió la habitación y la tiró al otro lado. ¿Y qué?

—Ayudadme —pidió y se acercó a la esquina.

Agarró un listón de madera y tiró de él, haciendo que buena parte de aquel caos se derrumbara por el suelo. Ricardo dio un brinco, sobresaltado por la avalancha repentina. Luego soltó una carcajada y siguió retirando restos de muebles rotos, envuelto en una nube de polvo. Natalia se acercó a él, apoyó el palo contra la pared y se unió a las tareas de desescombro. Ricardo canturreaba y la chica gruñía.

—Estáis locos, ¿sabéis? —dijo Hector.

—No quieres ayudarnos porque eres un flojo —le recriminó Natalia.

—No soy un flojo. Lo que pasa es que no quiero malgastar mis energías haciendo cosas sin sentido. Es estúpido. Y cansa.

Aun así se acercó, pero de manera reticente, dándoles tiempo a que llevaran a cabo el grueso de la tarea antes de echarles una mano. Justo cuando iba a hacerlo se produjo un nuevo derrumbe que despejó casi por completo la esquina.

—Al final no va a hacer falta que os ayu...

Algo cayó al suelo con estrépito, arrastrando consigo los últimos maderos que quedaban contra la pared. Se levantó una polvareda tremenda y una repentina oleada de aire fétido los envolvió a los tres. Hector y Natalia se retiraron tosiendo. Ricardo, en cambio, permaneció clavado en el sitio, con el asombro y la sorpresa reflejados en su rostro tiznado. Entre maderas rotas y astillas yacía el esqueleto de una criatura humanoide, enfundada en una armadura abollada de color gris. Medía poco más de un metro y era de extremidades cortas. El cráneo era chato y picudo, con una mandíbula prominente repleta de colmillos afilados. La parte de atrás de la coraza estaba perforada para dejar libres el par de alas con el que estaba dotado aquel ser. Solo una permanecía entera, simple cartílago quebradizo, y era descomunal en comparación con el resto del cuerpo.

—La pared —acertó a musitar Natalia.

En el muro hasta entonces oculto se podía ver la silueta del cadáver, grabada profundamente en la piedra. Y allí, a la derecha, extendida por completo, se encontraba el ala que faltaba.

—Tenías razón, le tiraron todo encima —dijo Hector con un nudo en la garganta—. Lo clavaron a la pared.

El otro asintió y se acuclilló junto al cadáver. La armadura se hallaba en muy mal estado, tan destrozada que en algunos puntos dejaba ver el esqueleto que había debajo. Ricardo lo giró para ponerlo boca arriba. La calavera de aquel ser quedó ladeada mirando a Hector. Parecía sonreír. Bajo el cuerpo descubrieron una daga de unos veinte centímetros de longitud. Ricardo la empuñó y la examinó con detenimiento. La hoja estaba mellada y cubierta por una repugnante capa de óxido.

—No es gran cosa —murmuró—. Aunque puede que nos sirva para algo.

—Sí, para que pilles una infección como te cortes —dijo Natalia—. Pero ¿qué clase de bicho es?

Ricardo se encogió de hombros y se dedicó a frotar la daga contra la pared. Una fina lluvia de herrumbre se desprendió de la hoja.

—Un bicho que no debió meterse en una habitación cerrada —contestó al cabo de unos segundos—. Algo con esas alas no está hecho para maniobrar entre cuatro paredes; debería haberse quedado fuera.

Se incorporó, guardó la daga entre el cinto y el pantalón, y miró en derredor. Su vista se paseó por los libros del suelo, tan arruinados como el que había cogido Hector, y sacudió la cabeza.

—Aquí ya hemos terminado —dijo—. Vayamos a la planta de arriba; si no me equivoco, es la última.

Natalia siguió a Ricardo fuera de la habitación; Hector, en cambio, se quedó donde estaba, con la vista fija en el esqueleto y la armadura. No podía dejar de mirarlo. Aquel esqueleto era lo más cerca que había estado nunca de un cadáver, pero no era eso lo que lo impresionaba, lo que de verdad lo tenía paralizado era el hecho de tener delante los restos de un acto de violencia desmedida. Algo o alguien había aplastado literalmente a aquel ser contra la pared de la estancia. Como si fuera una mosca.

De nuevo desvió la mirada hacia la ventana. Alcanzaba a ver los restos de un torreón medio derruido y, un poco más allá, las ruinas de una casa quemada. Desde que había despertado no había lugar donde mirara que no estuviera manchado por la mano de la violencia. Algo terrible había asolado aquel lugar.

—¿Vienes o qué? —le preguntó Natalia desde la puerta.

Hector asintió y fue tras ella, echando un último vistazo al esqueleto antes de salir de la habitación. La sonrisa del cráneo tenía un aire malévolo, la pose presuntuosa y malintencionada del que desea hacerte saber que conoce un secreto que tú ignoras.

Lo primero que llamó su atención cuando Ricardo abrió la puerta fue la iluminación de aquella sala. Además de entrar a través de los ventanales, la luz llegaba también de varias antorchas fijadas en pebeteros a media altura en los muros. Aquel fuego ardía con vigor inusitado, arrojando sombras inquietas de un punto a otro de la estancia.

—Creo que al fin hemos dado con algo —anunció Ricardo.

Estaban en la entrada de una gran biblioteca. La mayor parte de las estanterías se encontraban vacías, pero todavía quedaban bastantes libros en algunas baldas. En el centro de la sala se desplegaban varias mesas de estudio rodeadas de sillas macizas. El lugar no parecía muy dañado en comparación con el resto del edificio: alguna grieta en la pared, un par de estanterías tumbadas y poco más.

Los tres jóvenes entraron en la sala. La luz de las antorchas multiplicó sus sombras sobre las paredes y el polvo del suelo. Ricardo miró hacia el pebetero a su izquierda. Tenía forma de brazo erguido, pero donde debería haber estado la mano habían esculpido el soporte de la antorcha. El resplandor de las llamas tiñó de rojo su rostro dándole un aspecto demoníaco.

—Alguien ha debido de estar por aquí hace poco —dijo Hector señalando las antorchas encendidas.

—No puede ser —rechazó Ricardo—. Fijaos en la capa de polvo del suelo. Aquí no ha entrado nadie en mucho tiempo.

—Puede que entrara volando, encendiera las antorchas y se fuera —comentó Natalia.

Ricardo se acercó al pebetero.

—Arde pero no da calor —señaló y acto seguido colocó su mano sobre la llama. Hector silbó entre dientes, sobresaltado por su gesto—. ¡Y no quema! Es un fuego mágico.

—No se lo digas a Adrian o se pondrá a dar palmas —dijo Natalia.

—Rocavarancolia, el reino de los milagros y portentos —gruñó Hector. Todavía estaba impactado por el descubrimiento del esqueleto en la habitación de abajo. No podía quitarse de la mente la imagen de esa sonrisa perpetua. Se palpó el rostro y notó la dureza de su propia calavera bajo la carne. Apartó la mano veloz. Sus pensamientos se estaban volviendo demasiado sombríos.

—Quizá encontremos el modo de regresar a casa en algún libro —aventuró Natalia. No sonaba muy convencida.

—Mucha suerte sería eso —murmuró Ricardo. Se encogió de hombros y suspiró—. Pero bueno, no perdemos nada por echar un vistazo.

La muchacha se aproximó a una estantería y cogió el primer libro de la balda. Era un gran volumen con tapas de cuero coloreado, cubierto de polvo. Sopló para limpiar la cubierta. Entrecerró los ojos y sacudió la cabeza.

—No entiendo nada —dijo. Apoyó el libro en la estantería y pasó varias páginas—. Nada de nada.

Hector revisó los lomos de la media docena de libros que había en otra balda. Los títulos estaban escritos en caracteres extraños para él, casi parecían más pictogramas que letras.

—Desde luego no están escritos en el lenguaje de la fuente —anunció.

—¿Y si solo nos han enseñado a hablarlo y no a leerlo? —preguntó Ricardo desde otra estantería. Sus manos iban de un libro a otro a una velocidad de vértigo.

Hector escribió su nombre sobre el polvo que cubría la balda que tenía delante. Su dedo, como su lengua y su cerebro, era capaz de expresarse en aquel nuevo idioma con toda fluidez. Y sus ojos no tuvieron el menor problema en leerlo.

—No. Nos han dado la lección completa.

—Por aquí todos están escritos con letras raras. Parecen jeroglíficos egipcios. O chinos.

—Igual que estos.

—Galimatías sin sentido —dijo Ricardo—. No... No entiendo nada... Ni una palabra, si es que son palabras. —Su voz reflejaba un claro desánimo. Miró con desdén a su alrededor—. Esto es una pérdida de tiempo —murmuró—. Vámonos de aquí. Todavía queda una habitación en esta planta. Echémosle un vistazo.

Ricardo salió veloz de la biblioteca. Hector pensó que casi parecía estar huyendo de aquel lugar.

La habitación contigua era un dormitorio comunal. Contaron quince camas dispuestas en hilera contra la pared. No eran más que armazones desarmados, sin rastro de nada que se pudiera tomar por un colchón o una almohada. Frente a cada cama había un armario, todos en diversas fases de decadencia. También había una montaña de pequeñas cómodas apiladas contra una pared. Por un momento, Hector temió que alguien las hubiera arrojado contra otro guerrero alado, pero al ver el tragaluz situado justo encima comprendió que habían apilado los muebles allí para alcanzar la ventana del techo.

Ricardo trepó de mueble en mueble y asomó la cabeza por el tragaluz abierto. Sobre sus hombros cayó una lluvia de polvo y telarañas, aunque no pareció importarle.

—El tejado no está en malas condiciones —dijo desde fuera—. Y hay una especie de desván exterior a unos metros. Subamos a echar un vistazo.

—Yo no voy a subir al tejado, esté o no esté en buenas condiciones —le advirtió Hector. La mera idea de hacerlo lo mareaba—. Tengo vértigo y tendencia a caerme. Es mala mezcla.

—Está bien. Quédate con él, Natalia. Subiré yo solo.

—¡No! —replicó ella—. ¿Por qué tengo que hacer yo de niñera?

—¡Oye!

—No voy a ir demasiado lejos, tranquilos —dijo Ricardo—. Si me necesitáis pegad un grito. Y si soy yo quien grita os quiero aquí arriba a toda velocidad, con vértigo o sin él, ¿vale?

Desapareció por el tragaluz tan rápido que pareció que algo lo hubiera succionado desde arriba. Por unos instantes no se escuchó sonido alguno y Hector temió que le hubiera ocurrido algo. Pero unos segundos después escucharon sus pasos en el tejado, lentos e inseguros en un principio, firmes y confiados después.

—Odio este lugar —gruñó Natalia mirando a Hector.

—¡Vale ya! —le soltó él, harto de aquella cantinela—. ¡A mí tampoco me gusta y no lo voy repitiendo a cada paso!

—¡Yo al menos intento ser útil! ¡Tú no eres más que un estorbo!

—¡Oh, sí! ¡Ya veo lo útil que eres! —dijo Hector. Se señaló el moratón de la frente—. ¡Casi me dejas seco de un golpe!

—¡Porque eres un estorbo que no mira por dónde va!

—¡Y tú una loca peligrosa!

Natalia le lanzó una mirada de tal furia que pensó que iba a golpearlo de nuevo. Pero lo que hizo a continuación lo cogió desprevenido por completo: la chica rompió a llorar. Era un llanto desolador que la hacía temblar de pies a cabeza. Fue como si una Natalia triste irrumpiera como un obús a través de la Natalia furiosa, como si algo en su interior hubiera cedido de pronto. Hector dio un paso hacia ella, indeciso, sin saber qué decir o cómo actuar.

—No estoy loca —balbuceó ella.

—Yo... —murmuró Hector—. Lo siento, no tenía que haberte insultado...

—No... no lo comprendes. —Natalia negó con la cabeza. Le temblaba la voz—. ¡Denéstor me engañó!

—Nos engañó a todos.

—No, no, no... —negó con más vehemencia si cabía. Hector vio como una lágrima salía despedida en parábola, una estrella fugaz de agua salada—. ¡Me dijo que mis duendes estaban aquí y no es cierto! ¡Me engañó! ¡Maldito mentiroso! ¡Me engañó!

Hector se quedó mirando a la joven, sin comprender absolutamente nada. Habría preferido mil veces que lo golpease con el palo, así al menos no estaría tan perplejo.

—¿Tus... duendes?

—Me daban pastillas, ¿sabes? Mis padres me daban pastillas porque decían que no estaba bien, que mi cabeza no funcionaba como debía. —Se pasó una mano por el pelo. Lo tenía tan enmarañado que por unos instantes pareció que la mano iba a quedar atrapada allí—. No estoy loca. Veo cosas, las veo desde siempre, desde que era pequeña. Los llamo duendes aunque no se parecen a los duendes de los cuentos. Son como sombras que se doblan y retuercen. Se esconden siempre en lugares donde solo yo puedo verlos. Se meten bajo mi cama, o en el armario, o tras los sillones... Y... me hablan... Me cuentan cosas de la gente... Dónde han ido, qué han hecho... Lo que dicen de mí... También me traían cosas, cosas que encontraban donde nadie miraba. Me gustaban —le confesó, con los ojos brillantes por las lágrimas—. Yo los quería. Eran mis amigos.

Pero mis padres no lo... no lo entendieron. Creyeron que me pasaba algo, ¿comprendes? ¡Creyeron que estaba loca! Y cuando les enseñé todas las cosas que los duendes me habían regalado... todos los anillos, los pendientes, los colgantes, las pulseras... ¡pensaron que los había robado!

Hector miró dubitativo hacia el tragaluz, deseando que Ricardo se dejara caer por ahí para librarlo de aquella situación tan embarazosa. Pero ni siquiera se escuchaban ya sus pasos en el tejado. Natalia había apretado los puños y sacudía la cabeza cada vez con más fuerza. Era difícil entenderla entre sus sollozos y gemidos.

—Y un médico estúpido me dio pastillas —le dijo, con los ojos muy abiertos—. Y los duendes se fueron, ¿sabes? Las pastillas los echaron. Y desde entonces las sombras no han sido más que sombras y eso es lo más triste que me ha pasado nunca. Hasta creí... creí... que ellos tenían razón, que estaba loca y que los duendes eran producto de mi imaginación... —Tragó saliva—. Y anoche... llegó Denéstor con sus cuentos y su pipa... Y yo ya no sabía qué pensar... Cuando me dijo que yo era especial y que nadie se había dado cuenta... ¡creí que era por mis duendes! ¿Sabes el alivio que sentí? ¡Le pregunté si los duendes estaban en Rocavarancolia y me contestó que sí! ¿Cómo no iba a querer ir con él? ¡Iba a llevarme de nuevo con mis amigos! ¡Con mi familia! ¡Pero no están aquí! ¡Me mintió!

Se desplomó de rodillas, rendida por el llanto. Hector se acercó despacio a ella. Natalia temblaba; era un temblor incontrolado, casi una convulsión. Se arrodilló a su lado y, con torpeza, pasó un brazo sobre su hombro. Ella se precipitó contra su pecho, llorando a lágrima viva. Hector la abrazó, pero sin demasiado entusiasmo. Se le daba muy mal consolar a la gente.

—No se lo digas a los demás, por favor —le rogó Natalia—. No les digas que estoy loca. Por favor, por favor, por favor...

Él pensó en la araña que había puesto fin a su escapada, en Denéstor y dama Desgarro, en las aves de trapo que devoraron los recuerdos de su familia. Pensó en el esqueleto alado de la habitación de abajo y en su sonrisa eterna. Abrazó a la joven con fuerza. La sintió cálida y temblorosa entre sus manos, toda huesos y llanto bajo el jersey espantosamente grande que llevaba.

—No estás loca —le aseguró con voz firme. Y realmente creía en ello. Realmente creía que los duendes de Natalia eran reales—. Yo te creo —le aseguró.

Ella sorbió por la nariz. Se limpió el rostro con la manga.

—No me crees —replicó, y sonrió un poco—. Lo dices para que me sienta mejor.
—No, no. Lo digo en serio. Te creo. Y tienes razón. Denéstor te engañó. Dijo que no podía mentirnos y a ti te mintió. Aquí no están tus duendes.

Natalia negó con la cabeza y enterró el rostro aún más en el jersey de Hector.

—No, no me dijo la verdad pero no mintió —matizó ella, y, acto seguido, miró de reojo hacia el fondo de la habitación. Algo en su mirada y en el tono de su voz indicó a Hector que no le iba a gustar lo que la chica estaba a punto de decir—. Porque aquí también hay sombras… Están ocultas por todas partes. Pero no son las mías; aunque se les parezcan, no lo son. No hablan. Se limitan a vigilarnos. A acecharnos. Mis duendes eran amables, me querían… Estas sombras… quieren hacernos daño, Hector. Lo sé. Estoy segura. —Se separó de él y agarró el palo con fuerza—. No les gustamos.

—¿Ahora hay algún duende con nosotros? —quiso saber, sin quererlo realmente.

Natalia asintió. Levantó el palo con mano temblorosa y señaló a un armario caído junto a un ventanal.

—Hay dos agazapados allí, en un extremo. No dejan de mirarnos. Tú no los ves porque te los tapa el armario. Si te mueves, ellos retrocederán. Siempre quedarán fuera de tu vista. Solo yo puedo verlos. Solo yo.

Hector no dijo nada. Él también veía cosas que los demás eran incapaces de ver. ¿Estaría Natalia asimismo bajo un hechizo? Pero, de ser así, el sortilegio debería haber tenido lugar mucho antes de que pisara Rocavarancolia. De pronto escuchó voces y pensó que eran las sombras de Natalia, mascullando fuera de su vista. Sin embargo, los sonidos procedían de la plaza.

—¿Oyes? —preguntó la joven.

Hector asintió. Había un revuelo considerable allí fuera.

—Son Marco y los otros. Nos llaman.

Se oyeron pasos a la carrera sobre sus cabezas. Ricardo se dejó caer por el tragaluz, sin aliento.

—¡Han encontrado a los otros! —les avisó. Se percató de que ambos estaban en el suelo, sentados apenas a unos centímetros el uno de la otra y con las mejillas encendidas—. ¿Qué hacéis?

—¡Nada! —exclamó Natalia. Se levantó de un salto y se pasó el antebrazo por el rostro para limpiarse las lágrimas.

Hector se incorporó también. Se acercó a una ventana, mirando de reojo a la zona donde según Natalia los acechaban los duendes. No encontró nada allí, pero tampoco esperaba hacerlo. Se asomó fuera. Las voces llegaban de abajo, aunque no alcanzó a ver a nadie. Debían de estar aguardando a la puerta del edificio.

—Está aterrada —escuchó decir a Marina.

—¿Tú no lo estarías? —preguntó una voz que no llegó a identificar.

—Yo ya lo estoy —contestó ella—. Pero al menos entiendo lo que dicen los demás y eso ayuda.

Hector se alejaba de la ventana cuando un brillo inesperado en la lejanía lo detuvo. Fue un fulgor broncíneo, un chispazo de claridad sucia que flotaba ante la fortaleza de la montaña. Entrecerró los ojos y distinguió otros dos destellos, uno a cada lado del primero. Y se movían. Avanzaban mucho más despacio que la esfera de dama Serena, pero era obvio que se aproximaban hacia la ciudad.

—¿Bajáis de una vez? —preguntó Marco a gritos desde la primera planta—. ¡Tenemos visita!

—¡Ahora vamos! —le contestó Ricardo. Estaba tras Hector, con la vista fija en los brillos del cielo—. Pero ¿qué diablos es eso?

—Barcos —anunció Natalia desde otra ventana—. Son barcos.

Y Hector vio entonces las velas extendidas al viento. Hasta alcanzó a distinguir el movimiento acompasado de los remos a ambos flancos. Eran tres veleros que surcaban el aire como si se tratase de un mar en calma. Uno avanzaba directo hacia ellos mientras los otros viraban a la izquierda y a la derecha. En la proa del primero se distinguía la silueta difusa de un hombre.

—Es imposible —murmuró Ricardo.

—Ya no hay nada imposible —dijo Hector, admirado a su pesar—. Estamos en Rocavarancolia. El reino de los milagros y portentos. —Y en eso tampoco había mentido Denéstor Tul.

La cosecha

Eran cuatro, tres chicas y un chico, vestidos todos con ropas similares: calzones desgastados, blusones y camisolas de tela oscura. Atuendos que a buen seguro no eran con los que habían llegado a Rocavarancolia.

Una de ellos, una joven desgarbada y delgada, de largo pelo moreno, estaba sentada en el suelo, con la espalda apoyada en la pared y descalza del pie derecho. Tenía ese tobillo terriblemente hinchado y por la expresión de su cara hasta el roce del aire parecía hacerle daño. A su lado se sentaba una chica robusta y feúcha, morena también, con unos ojos marrones enormes y expresivos. Ambas tenían el pelo mojado y despeinado.

Los otros dos, para sorpresa de Hector, resultaron ser hermanos mellizos y de una belleza tal que oscurecían cuanto los rodeaba, como si absorbieran la luz del lugar para engalanarse ellos. Ella tenía el cabello pelirrojo recogido en una larga trenza a punto de deshacerse; él llevaba el pelo corto, dejando a la vista una frente altiva. Los ojos de ambos eran de color verde. Su presencia resultaba tan portentosa que ni siquiera las ropas viejas que vestían les restaban esplendor. Hector se sintió insignificante a su lado.

—Y aquí tenemos a cuatro reclutas más de Denéstor Tul —les anunció Marco—. Los dos hermanos son Madeleine y Alexander.

El muchacho pelirrojo inclinó la cabeza en un gesto que casi era una reverencia.

—Yo soy Lizbeth Carroll, de Aberdeen, Escocia —dijo la chica poco agraciada, adelantándose a la presentación de Marco. Hablaba tan rápido que costaba distinguir unas palabras de otras—. No sabemos cómo se llama ella —añadió señalando a la herida—, todavía no ha bebido de la fuente.

—¿Vosotros ya lo habéis hecho? —Ricardo parecía extrañado.

—Fuimos los primeros en llegar —le contestó Alexander. En su voz se adivinaba una seguridad tremenda, como si todo lo que estaba sucediendo fuera perfectamente normal—. Y estábamos tan sedientos que casi nos tiramos de cabeza a la fuente. Ya sabéis cómo funciona esto. En cuanto le dimos un trago, nos pusimos a charlar en rocavarancolés o lo que demonios sea, como si lo hubiéramos estado haciendo toda la vida.

Bruno se arrodilló ante la chica lastimada mientras acababan las presentaciones. Llevaba agua de la fuente en el cuenco de sus manos y se la ofreció para que bebiera. Ella lanzó una mirada interrogativa a Lizbeth, que asintió con la cabeza. Solo entonces bebió, a sorbos cortos, como un pájaro.

—Bien, creo que ya podemos darte de manera oficial la bienvenida a Rocavarancolia —le dijo Marco con una sonrisa.

Pero la expresión de perplejidad de la joven no cambió y, cuando habló, entrecortada y dolorida, de sus labios solo surgieron sonidos ininteligibles. Miró de nuevo alrededor, tan aturdida como antes.

—No funciona —dijo Bruno. Por el tono monocorde de su voz era difícil precisar si estaba sorprendido o desanimado—. Es obvio que ni nosotros comprendemos lo que ella dice ni ella entiende palabra alguna de lo que decimos nosotros.

—Habrás hecho algo mal —comentó Natalia.

—Dar de beber a alguien es una operación relativamente sencilla, Natalia. Y te puedo asegurar que, dadas las circunstancias, la he llevado a cabo bastante bien.

—Quizá tenga que beber de la fuente ella misma —comentó Marina—. Puede que el hechizo no funcione si alguien la ayuda.

—Eso ya resulta más razonable.

Lizbeth y Natalia ayudaron a la herida a levantarse y echaron a andar despacio hacia la fuente sujetándola entre ambas. Marco se ofreció a llevarla en brazos, pero Lizbeth dijo que no creía que fuera ni buena idea ni necesario.

—A mí no me gustaría que alguien que no conozco me llevase por ahí como si fuera una niña —dijo.

Hector pensó que Lizbeth parecía precisamente eso: una niña pequeña con problemas de sobrepeso. Era más baja que Adrian y el doble de voluminosa. A pesar de sus rasgos poco agraciados, había algo en sus ojos marrones que impedía considerarla fea, como si le fuera suficiente con la mirada para equilibrar los rasgos bastos y contundentes con que la naturaleza la había dotado.

Adrian había trepado de serpiente en serpiente hasta llegar a la cúspide de la estatua y desde allí, sentado a horcajadas en el cuello de la pitón gigantesca que remataba la fuente, vigilaba las evoluciones de los navíos voladores. Uno de ellos se aproximaba despacio hacia la plaza mientras los otros avanzaban en direcciones opuestas, hacia la derecha uno y a la izquierda el otro.

—¿Qué le ha pasado? —preguntó Hector, señalando con la barbilla en dirección a la chica que avanzaba despacio por la plaza.

—Fue al poco de llegar —le explicó Madeleine—. Todavía estábamos aturdidos con el cambio de idioma y todo eso, cuando oímos gritos.

Su hermano señaló hacia un edificio lejano, una casucha destartalada que se situaba entre el gran edificio en el que habían despertado todos y la plaza.

—Venían de allá —dijo—. Y eran cada vez más y más angustiosos. No entendíamos ni una palabra, claro, pero aun así echamos a correr hacia allí.

—La chica debía de estar deambulando por la casa cuando el suelo se vino abajo, con la mala fortuna de que fue a caer a un sótano inundado —continuó su hermana—. Apenas podía mantenerse a flote cuando llegamos —explicó. Se tocó el pómulo izquierdo con la palma de la mano derecha y luego el derecho con la izquierda, como si quisiera comprobar que todavía estaban allí—. Ay, Alex, creo que tengo fiebre —dijo. Luego soltó un suspiro cansado y retomó la historia—. Nos las vimos y deseamos para sacarla. Terminamos todos empapados —indicó, aunque ella, en comparación con el resto, estaba bastante seca—. Por suerte encontramos cestos de ropa en esa misma casa y pudimos cambiarnos.

—Después llegasteis vosotros y al poco tiempo la burbuja verde con la malvada bruja del oeste.

—Qué curioso —murmuró Ricardo—. Me refiero a que seáis hermanos. ¿Denéstor os trajo al mismo tiempo?

—Sí —contestó Alex—. Aunque primero se me apareció a mí. Estaba en el salón viendo una peli y de pronto ese tipejo gris aparece de la nada en mi sillón. Casi me da un infarto, te lo juro. —Se echó a reír—. Pintó todo esto de manera tan emocionante que no tardó mucho en convencerme. Luego los dos hablamos con Maddie y fue coser y cantar. «¡Rocavarancolia, allá vamos!», nos faltó decir.

—Te das cuenta de que Denéstor no fue del todo sincero, ¿verdad? —le preguntó Hector. El entusiasmo del pelirrojo resultaba más irritante aún que el de Adrian; al menos el otro se había dado cuenta de la gravedad de la situación con el discurso de dama Desgarro.

—No dijo nada que fuera falso —aseguró Alexander—. Está claro que se calló cosas, pero tampoco lo veo tan grave. Vale, no nos dijo que fuera a resultar tan peligroso, pero ¿qué es la vida sin un poco de emoción?

—Una maravilla —apuntó Hector.

—Un aburrimiento —le corrigió el otro—. Míranos, chico. Ayer vivíamos unas vidas anodinas y grises y hoy estamos metidos de lleno en una aventura fantástica. ¿No es fabuloso?

—Mi vida no era ni anodina ni gris —apuntó Marina—. Y yo no estoy aquí por gusto, te lo aseguro.

—Entonces ¿por qué has venido? —le preguntó Alexander, extrañado.

—Porque no tenía otra opción —contestó Ricardo—. Ninguno la teníamos.

—Te equivocas —replicó el pelirrojo, repentinamente serio—. A mí Denéstor me dejó claro que la decisión de venir o no me correspondía tomarla solo a mí, que nadie me obligaría a hacerlo.

—Eso te hizo creer. Otra de sus medias verdades. No, no te engañes: no teníamos elección. Nos drogó, Alexander. Denéstor Tul nos drogó.

—¿Disculpa?

—El humo de la pipa que fumaba alteraba los sentidos —le explicó Marco—. Se sirvió de ella para atontarnos a todos y que no pensáramos demasiado en lo que estábamos haciendo.

Alexander pareció sorprenderse con la noticia, pero luego sonrió con desdén.

—Pues conmigo se podía haber ahorrado la pipa y el humo. —Abrió los brazos—. Por favor: mirad alrededor. Estamos en otro mundo. ¡En otro mundo! ¿Cuánta gente de la Tierra mataría por tener la posibilidad de ver algo así? ¿Quién en su sano juicio puede decir que no a una oportunidad como esta?

—Yo —murmuró Marina.

—Y yo —se apresuró a asegurar Hector.

—Yo también —contestó Marco.

—He dicho «en su sano juicio» —señaló Alexander.

Ricardo sacudió la cabeza y echó a andar a grandes pasos hacia la fuente. El resto del grupo no tardó en seguirlo. A medio camino se detuvo en seco y se volvió hacia el pelirrojo, que caminaba tras él observándolo con atención, como si intuyera que la conversación aún no había terminado.

—No somos voluntarios ni nada que se le parezca —le soltó Ricardo—. No estamos aquí por nuestra propia voluntad, pienses lo que pienses o diga lo que diga la tipa hecha pedazos. ¿No la oíste? Lo dejó muy claro: «La cosecha». Así nos llamó. Eso somos para ella. Y eso lo resume todo: no nos han traído a Rocavarancolia, nos han recolectado. Y hay una diferencia tremenda entre una cosa y otra.

—Supongo que es cuestión de perspectiva —murmuró Alexander.

—A mí no me gustó nada que la pluma de Denéstor me pinchara el dedo cuando firmé —comentó Madeleine—. Fue muy desagradable. Y antihigiénico, además. No me extrañaría que cogiera una infección. —Suspiró mientras se tocaba de nuevo los pómulos—. Tengo fiebre, seguro que tengo fiebre.

—No funciona —les informó Natalia cuando llegaron a la fuente. Habían sentado a la chica lastimada en el suelo tras el segundo fracaso con el agua mágica—. O el hechizo de la fuente ya se ha terminado o a la niña esta, vete a saber por qué, no le hace ningún efecto.

—¿Y cómo vamos a entendernos con ella? —preguntó Adrian desde arriba. Se había contorsionado entre las serpientes hasta terminar cabeza abajo, con la frente apoyada entre las colas entrecruzadas de dos víboras.

—Ya pensaremos en algo, no te preocupes —le dijo Ricardo—. Y deja de hacer el mono. Lo único que nos falta ahora es tener otro accidente.

Marco se acuclilló ante la chica sin nombre, le sonrió y le mostró las palmas de las manos. Luego le indicó por gestos que pretendía examinarle el tobillo. Ella se estremeció pero asintió débilmente y le dejó hacer, y aunque tuvo que apretar los dientes en más de una ocasión, no se quejó ni una vez mientras Marco le palpaba el tobillo con una delicadeza impropia de unas manos tan enormes.

—No tiene nada roto —dijo el alemán finalmente—. Es solo un esguince, aunque bastante fuerte. Necesitará un buen vendaje y mucho reposo.

—¿No eres demasiado joven para ser médico? —le preguntó Madeleine.

—Mi padre tiene un gimnasio en Berlín —le explicó mientras se incorporaba. El tamaño de aquel joven seguía impresionando a Hector, debía de medir más de metro noventa—. Y paso tanto tiempo allí que he aprendido bastante de golpes.

—¿A darlos o a curarlos? —quiso saber Ricardo.

—Las dos cosas se me dan bastante bien —le contestó Marco con una gran sonrisa.

—¿No oís algo? —preguntó Marina en ese instante, inclinando un poco la cabeza—. ¿Como una música extraña?

Hector prestó atención. Era cierto. Se escuchaba un murmullo lejano, una suerte de tonadilla infantil arrastrada por el viento.

—Viene del barco —murmuró Ricardo.

—No es un barco —dijo de pronto Adrian, encaramado de nuevo en posición vertical entre las serpientes—. Lo parece, pero no lo es.

Hector y los demás aún tardaron un rato en averiguar a qué se refería: el tiempo que tardó la nave en entrar en su campo visual.

Efectivamente no era un barco, del mismo modo que los pájaros de Denéstor Tul no eran pájaros. El casco de aquel navío volador resultó ser una gran bañera de bronce, con patas en forma de garra de león. Habían perforado los laterales para sacar a través del metal varios escobones viejos que hendían el aire, haciendo las veces de remos. Entre escobas y fregonas se bamboleaban cuatro grandes cestas de mimbre, dos a cada lado de la bañera. Las velas estaban confeccionadas con camisetas y pantalones, cosidos unos a otros. Y en la proa, pilotando aquella locura, se encontraba un espantapájaros disfrazado de marinero.

—¡Ojos de esturión y sopa de medusa! —cantaba con una voz extraña, una voz que parecía hecha de hierbajos y paja—. ¡Es la hora de llenar las panzas! ¡Venid, venid, venid! ¡Traigo pasteles de rata y bollos de escorbuto! ¡Helados de lepra y escolopendras en conserva!

—Pellízcame —escuchó Hector decir a alguien—. Esto es un sueño. Solo puede ser un sueño.

—Es la comida.

—¡Qué asco! —exclamó Madeleine—. ¡No puede estar diciendo lo de los helados de lepra en serio! ¡Es repugnante!

—Si tenemos en cuenta que nuestros víveres los trae una bañera voladora pilotada por un espantapájaros, creo que no debemos descartar, sin más ni más, la posibilidad de que esté diciendo la verdad. —Bruno se golpeó la barbilla varias veces con el dedo índice—. Aun considerando el hecho de que debe de ser francamente difícil preparar un helado de lepra.

—¿Qué es una escolopendra? —preguntó Adrian desde las alturas—. ¿Una fruta?

—Un bicho.

—Un miriápodo, para ser más exacto —corrigió el italiano, con su tono de voz cansino.

La bañera voladora llegó a la plaza sin que diera la impresión de ir a aterrizar o a descargar las cestas de mimbre en las que suponían estaban las provisiones. Todos alzaron la vista cuando pasó sobre sus cabezas. La quilla resplandecía bajo el sol de Rocavarancolia.

Hector contemplaba absorto la bañera cuando alguien lo golpeó en un costado. Era Natalia, que señalaba a uno de los edificios ruinosos de la plaza.

—Allí —le indicó en un susurro—. ¿Lo ves?

El joven negó con la cabeza en primera instancia, pero luego frunció el ceño al detectar un movimiento rápido que no llegó a centrar. Podía haber sido una silueta que se ocultaba tras la esquina de la vivienda o quizá tan solo el viento agitando desperdicios.

—No lo sé —contestó él. Bajó también la voz—. No estoy seguro. ¿Puede ser una de esas sombras que nos acechan?

—¿Eres tonto? Ya te dije que tú no puedes verlas. Solo yo puedo. No. Es otra cosa.

Natalia se desplazó hacia la izquierda para ver mejor. Al cabo de unos instantes regresó, se encogió de hombros y sacudió la cabeza.

—¡Traigo deleite y ambrosías! —cantaba el espantapájaros. Su cabeza era un enorme saco marrón, con dos botones desiguales por ojos y un tajo mal cosido como boca. Hector nunca había imaginado que un espantapájaros pudiera resultar tan siniestro—. ¡Seguidme, seguidme! ¡Pronto podréis llenaros hasta reventar!

La nave los dejó atrás y continuó su marcha, adentrándose en la ciudad con lentitud bamboleante. Las escobas y fregonas hendían el aire, todas al mismo compás; la vela de ropa cosida se inflaba y desinflaba con una cadencia constante, como si un ente invisible soplara para hincharla y luego necesitase detenerse un instante para recuperar el aliento.

Ricardo y Marco mantuvieron una conversación rápida en voz baja, mirando de cuando en cuando, a veces uno, a veces el otro, el lento avance del barco sobre los edificios.

—Seguidme, seguidme —cantaba el espantapájaros.

—Lo mejor será dividirnos —dijo Ricardo al grupo, después de dar una palmada a Marco en el hombro—. Lizbeth, Marina y yo nos quedaremos con la chica herida. El resto seguirá a esa cosa. Con un poco de suerte puede que aterrice pronto y no tengáis que alejaros demasiado.

—Yo también me quedo —dijo Hector—. No me encuentro demasiado bien. —La perspectiva de adentrarse en Rocavarancolia le ponía los pelos de punta.

—No —le contestó Ricardo—. Tú te vas con los demás. —El tono de su voz era cortante y no dejaba lugar a réplica. Hector se le quedó mirando con la boca abierta, sorprendido por aquella brusquedad repentina—. ¿O es que también te da vértigo caminar? —quiso saber—. ¿O no te apetece gastar energías en algo tan absurdo como conseguir comida?

—¿Me estás echando la bronca? —le preguntó Hector en voz baja, para que no lo oyeran los demás.

—Te estoy echando la bronca, sí —le confirmó Ricardo, también en un susurro.

—¿Así que tú eres el jefe? —preguntó Alex, con cierta sorna—. ¿Habéis votado antes de que llegáramos o te has elegido a ti mismo?

Ricardo lo miró de arriba abajo.

—¿Jefe? No, te equivocas, no soy el jefe de nada —le aseguró. Ambos sonreían como si fueran los mejores amigos del mundo, pero era evidente por su tono y su postura que se estaban probando el uno al otro—. Simplemente a Marco y a mí nos ha parecido que lo más oportuno ahora es separarnos. La chica no puede caminar y alguien tiene que quedarse con ella mientras los otros van tras… la bañera de las provisiones o lo que diablos sea eso… Si tienes alguna idea mejor, coméntala. La escucharemos.

Alexander se encogió de hombros sin dejar de mirar a los ojos a Ricardo. Estaba claro que la situación lo divertía.

—No me entiendas mal, no tengo ningún problema con que seas el jefe —dijo—. Solo me ha llamado la atención lo rápido que te has puesto al mando. Nada más. —Le dedicó una brillante sonrisa antes de decir—: Te buscaré una caracola bonita para que la soples durante las asambleas.

—No marees con tus tonterías, Alex —le riñó su hermana—. Siempre estás igual. ¿Podemos ir tras ese trasto, por favor? Me muero de hambre.

★★★

Los catalejos de la balaustrada echaron a volar despavoridos en cuanto Esmael descendió en picado sobre la terraza.

Dama Serena retrocedió un paso, sorprendida ella también por la llegada inesperada del ángel negro. Era un experto en aparecer de improviso, como no podía ser menos dada su condición de Señor de los Asesinos. Se jactaba con frecuencia de que nadie podía verlo si él no deseaba ser visto. Y no era hechicería ni alquimia ni cualquier otro tipo de arte mágico, sino la destreza y el sigilo llevados a la máxima expresión. «Muchos que son ahora fantasmas se preguntan todavía qué los mató», solía decir.

El ángel negro se acuclilló sobre la balaustrada, con las alas rojas desplegadas por entero y la cabeza inclinada hacia dama Serena. El brillo del sol hacía centellear los diamantes incrustados en su piel.

—¿Una reverencia? ¿Eso es una reverencia para mí? —preguntó la fantasma. A su pesar se sentía halagada. Esmael podía ser un asesino despiadado, pero también era una criatura hermosa. Y dama Serena, pese a estar muerta, no era ajena a la belleza—. ¡Qué honor inmerecido!

—Quiero disculparme por mi falta de tacto. No tenía que haber enviado a Enoch. Ese vampiro estúpido ha tergiversado mi mensaje.

—Al contrario. No lo ha podido dejar más claro: si respaldo tu camino hacia la regencia, como recompensa, me devolverás la vida.

—Lo que sospechaba. —Esmael sacudió la cabeza, compungido—. Ha transmitido el mensaje al revés. Jamás intentaría comprarte, te respeto demasiado para eso. Lo único que debía decirte ese idiota es que existe la posibilidad de que pueda conseguirte un nuevo envoltorio mortal. Y lo haría ahora mismo si pudiera, te lo aseguro, sin importarme en lo más mínimo cuál vaya a ser tu decisión sobre el sucesor de Huryel.

—Pero necesitas más poder del que posees, ¿no es así? Necesitas las joyas de la Iguana y solo podrás poner tus manos sobre ellas si eres regente de Rocavarancolia.

Esmael suspiró con tristeza mal fingida.

—Así es, mi dama. La mayoría de los hechizos del libro necesitan un caudal de energía que supera con creces al que yo puedo generar.

—¿De qué libro se trata? —preguntó ella en tono casual.

Esmael guardó silencio un instante, como si meditara si era conveniente o no responder a esa pregunta.

—Es un texto oscuro y sangriento —contestó por fin—. Necromancia y magia negra tan monstruosa que hasta a mí me espanta. Es el grimorio de Hurza Comeojos, el primer Señor de los Asesinos de Rocavarancolia y uno de los fundadores del reino.

—El grimorio de Hurza se perdió hace siglos.

—Y perdido estuvo durante centurias, mi dama. Hasta que yo lo encontré.

—¿Dónde?

—¿Importa eso? El libro de hechizos del primer Señor de los Asesinos está en mi poder. Y entre los sortilegios que contiene se encuentra la Llamada de la Reencarnación: el modo con el que pretendo devolverte a la vida.

—Siempre y cuando consigas tu propósito de alcanzar la regencia y las joyas de la Iguana.

—Acabamos de trazar un hermoso círculo en nuestro diálogo, mi dama. Pero sí. Así es exactamente.

La fantasma flotó hasta llegar a la altura del ángel negro.

—¿Cómo sé que de verdad cuentas con el grimorio de Hurza? —le preguntó con sequedad—. ¿Cómo sé que no intentas embaucarme?

—Porque te doy mi palabra.

—Y yo no dudo de ella, Señor de los Asesinos, pero me gustaría tener algo sólido que la respaldara. Llámame desconfiada, si quieres, pero creo más en acciones que en juramentos. —Miró a Esmael a los ojos. La profundidad de aquella mirada era insondable, dos pozos negros de iniquidad—. Muéstrame el grimorio y así no me quedará ninguna duda.

El ángel negro se removió incómodo. Torció el cuello a izquierda y derecha, y luego miró más allá de la balaustrada, hacia la ciudad en ruinas.

—No lo haré —dijo—. No es seguro. El grimorio debe permanecer donde está. Pero sabrás que lo tengo, te lo prometo. Hay ciertos hechizos en sus páginas que sí puedo ejecutar. A medianoche te daré la prueba que deseas. Ejecutaré uno de los hechizos olvidados. Solo para ti, mi dulce dama.

—Esperaré con impaciencia esa prueba —dijo el espíritu. Luego desvió la mirada también hacia la ciudad en ruinas—. El viejo Belisario aseguró que la esencia de uno de los niños es esencia de reyes —señaló—. Resultaría paradójico, ¿verdad? Tanto tiempo anhelando ser regente y ahora que existe la posibilidad de que lo consigas, también existe la posibilidad de que no disfrutes durante mucho tiempo del cargo. No hace falta regente cuando un rey se sienta en el trono.

—Para eso el chico debe sobrevivir —dijo Esmael.
—Y esa es una posibilidad muy remota, pero real. A no ser, claro está, que tú no quieras que sobreviva. Entonces nada ni nadie podrá salvarlo.

Esmael sonrió.

—Me maravilla el bajo concepto que tienes de mí. —Se enderezó cuan alto era sobre la balaustrada—. ¿Insinúas que sería capaz de anteponer mi ambición al beneficio del reino? ¿Tan demencial aparezco ante tus ojos que de verdad imaginas que sería capaz de asesinar a un rey legítimo? ¿Tan desalmado me crees que piensas que podría alzar mi mano contra alguien bendecido con sangre real?

Dama Serena no respondió. Su rostro lo hizo por ella. Una frialdad pétrea se extendió por todos sus rasgos, congelando su expresión en una mueca de desprecio.

Esmael se llevó la palma de la mano a la boca y abrió los ojos en una mala imitación de la inocencia.

—Qué insensato. Qué osadía —murmuró—. Olvidé que tú, precisamente tú, acabaste con la vida de su majestad Maryalé. Que no solo era tu rey, sino también tu amado esposo. ¿Cómo he podido ser tan insensible?

—Porque eres un canalla, Esmael. Porque solo existes para hacer daño. —Si la rabia que sentía hubiera sido fuego, habría calcinado en un instante la montaña entera.

—De nuevo no me queda otro remedio que suplicar tu perdón. Pero que no te ciegue lo que sientes por mí, que el odio no desvíe tu atención de lo que en verdad importa. Piensa en el libro, mi dama. Piensa en lo que ambos podríamos obtener si alcanzo la gran dignidad de ser regente.

Y Esmael, el ángel negro, echó a volar. Sus alas, rojas como la sangre recién derramada, sacudieron el aire y se lo llevaron de allí. Tras él dejó a dama Serena temblando de furia.

A medida que avanzaban tras la insólita nave, Hector pudo comprobar que el caos era el estado natural de Rocavarancolia. Y no era solo porque gran parte de la ciudad estuviera en ruinas; daba la impresión de que el desorden era algo innato a aquella urbe, anterior incluso al desastre que la había asolado.

En primer lugar, el terreno sobre el que se asentaba era tan irregular que parecía imposible que alguien en su sano juicio hubiese edificado allí una ciudad. El suelo era una sucesión de quebradas, grietas, promontorios y hondonadas, en la que resultaba difícil encontrar un solo metro cuadrado de terreno llano.

Los edificios se iban disponiendo como podían sobre aquel desorden geográfico, apoyando sus cimientos en montículos pedregosos o acechando desde el fondo de barrancos poco profundos; las calles y callejuelas, en su mayoría estrechas y tortuosas, se amoldaban a los accidentes del terreno con fortuna desigual, como un traje confeccionado por un mal sastre para un cliente deforme.

Y si el terreno era un prodigio de rarezas, lo mismo podía decirse de las construcciones que conformaban la ciudad. No había patrón ni norma urbana, como si hubiese sido diseñada por una legión de arquitectos de los estilos más diversos. Caminar por Rocavarancolia era caminar por cien ciudades diferentes a un mismo tiempo, todas milagrosas y, a la vez, siniestras y absurdas. Las casuchas más destartaladas convivían en una misma calle con auténticas obras de arte arquitectónicas, edificios tenebrosos se agazapaban bajo las sombras de torres tan delicadas que parecían esculpidas en el aire. Todo era un sinsentido, una locura.

Para completar el caos de aquel paisaje estaba la negrura mágica que dama Serena había instalado en su cerebro. Flotaba ante puertas de edificios en apariencia inofensivos, se estiraba como un gato en tejados y ventanas, acechaba en las entradas de los callejones... Era una presencia constante en la que Hector comenzaba a pensar como un ente vivo; hasta el modo en que esos jirones tenebrosos se contraían y distendían le recordaba a una respiración fatigada. Al poco de iniciar la marcha, descubrió un pozo cegado sobre el que flotaba un gran rasgón de niebla oscura y, algo más allá, una torre coronada por un cerco brumoso, como si de una antorcha de fuego negro se tratara. De todas formas la mayor concentración de oscuridad quedaba a su espalda, rodeaba por entero a la catedral roja de las afueras. Aquella mole inmensa parecía aún mayor envuelta en tinieblas. Hector no se habría acercado allí por nada del mundo.

—Es la cosa más horrible que he visto nunca —le dijo Natalia cuando Hector se giró en dirección a la catedral por enésima vez.

—Pienso lo mismo —respondió él—. Parece hecha a propósito para meter miedo, ¿no crees?

—Toda la ciudad parece hecha para eso —gruñó ella.

El sol había alcanzado su punto más alto en el cielo y comenzaba a descender sobre la ciudad en ruinas. Había charcos por todas partes, recuerdo de la tormenta de la noche pasada. La bañera de bronce, con las cuatro cestas bamboleándose a sus flancos, marchaba tan despacio que no tenían el menor problema en seguirla. Por el momento no daba la impresión de ir a descender. Continuaba su testarudo rumbo noreste a golpe de fregona y escobón. Era difícil calcular el tiempo que llevaban tras ella, pero a Hector, agotado y hambriento como se encontraba, se le estaba haciendo eterno. Además, cada dos por tres debía detener la marcha para envolverse bien los pies en los trapos que le hacían de calzado improvisado. En dos ocasiones había estado a punto de irse al suelo.

—¡Ar! —gritó de pronto el extravagante timonel. Agitó su cabeza de paja y se puso a cantar de nuevo—: ¡A bordo no hay cañones pero sí moras y murciélago tierno! ¡Las bodegas están vacías de ron y llenas de ambrosía y caldo sangriento! ¡Venid! ¡Venid!

—¿Tú crees que va en serio lo del murciélago tierno? —le preguntó Adrian mientras se ataba de nuevo aquellos trapos mugrientos alrededor de los pies.

—Como si está duro como una piedra —contestó él—. Tengo tanta hambre que pronto me pondré a roer los adoquines.

Como remate a su frase, su estómago se quejó larga y sonoramente.

Adrian rompió a reír. El sonido de su risa parecía tan fuera de lugar en aquel sitio como su pijama. Hector ató los dos extremos del trapo de su pie izquierdo y siguió caminando.

Avanzaban por una avenida estrecha en cuesta abajo. Los edificios a su izquierda daban la impresión de que se habían derrumbado uno tras otro como si de fichas de dominó se tratara. En cambio, al otro lado de la avenida, la hilera de casas, serias y dignas construcciones de tres plantas, se erguía en perfecto estado. Desde sus fachadas polvorientas los vigilaba un ejército de gárgolas contrahechas y monstruos de piedra.

Marco había alcanzado ya el otro extremo. Detenido sobre una roca, observaba algo situado a la derecha y que quedaba todavía oculto a los ojos de Hector. La inmovilidad del joven era tal que parecía más emparentado con los seres esculpidos en piedra que coronaban los edificios que con el resto del grupo.

Se fueron arremolinando a su alrededor a medida que llegaban a su altura. Marco señaló hacia el este. No muy lejos de donde se encontraban, se levantaba una torre de piedra de un sucio tono verde; era una construcción maciza de cuatro pisos situada en lo alto de un promontorio. Estaba rodeada por un foso y por un pequeño riachuelo que fluía con tesón increíble por el suelo pedregoso. Había dos puentes dispuestos uno frente al otro: el primero cruzaba el río y el segundo, una aparatosa pasarela levadiza, salvaba el foso.

—No sé cuánto tiempo vamos a pasar en esta ciudad —dijo Marco—, pero está claro que vamos a necesitar un lugar donde meternos mientras estemos aquí. Y esa torre me gusta. Está bien situada y además tiene un foso alrededor. Me da buena espina. ¿Qué decís?

—A mí me gusta el color —dijo Alexander. El pelirrojo empuñaba un palo de madera blanca que había sacado de entre un montón de escombros y se entretenía golpeando un adoquín suelto con él—. Pero tendremos que consultarlo con nuestro intrépido líder cuando volvamos. Él manda, nosotros obedecemos.

Hector escrutó en la distancia. No había rastro de niebla negra en la zona del torreón y era cierto que se levantaba en una ubicación privilegiada. Además, no había edificios cerca y cabía suponer que alguien situado en las almenas podría vigilar una gran extensión de terreno.

Cuando se pusieron de nuevo en marcha, Alexander se retrasó un poco para caminar junto a Hector.

—¿Has leído *El señor de las moscas*? —le preguntó. Tenía doblado el brazo izquierdo por encima de su cabeza y se masajeaba el cuello.

—¿Qué? —Hector lo miró vacilante.

—*El señor de las moscas*. El libro. ¿Lo has leído?

—No, no lo he leído.

—Pero ¿sabes de qué va?

Tenía un recuerdo vago y lejano de empezar a ver una película basada en esa historia. Trataba de un grupo de niños que tras un accidente de avión acababa en una isla desierta, no había adultos con ellos y tenían que valerse por sí mismos.

—Empecé a ver la película cuando era pequeño, pero no la terminé —contestó mientras intentaba hacer memoria—. No la recuerdo bien, creo que en algún momento algo me dio miedo y cambié de canal. ¿Por qué lo preguntas?

—Me recuerdas un poco a un personaje del libro. —Le guiñó un ojo—. Aunque tú no llevas gafas.

Hector enarcó una ceja. Recordaba que uno de los protagonistas era un muchacho regordete del que todos se burlaban. Y era el único que llevaba gafas.

—¿Estás intentando insultarme o algo así? —le preguntó—. Porque si es lo que intentas, lo haces fatal.

Alexander se echó a reír. De algún modo la risa del pelirrojo, al contrario que la de Adrian, casaba a la perfección con Rocavarancolia; había un punto de locura en ella, de desorden.

—No, no, no —le dijo—. No te lo tomes a mal. En cierta manera todo esto me recuerda un poco al libro, ¿sabes? Chicos perdidos en un lugar salvaje, sin adultos... Por eso lo digo. El libro tenía algunas partes bastante duras. No he visto la película, pero supongo que a alguien sensible le podría llegar a asustar.

—No soy sensible.

—Yo no he dicho eso.

Hector lo miró con cara de pocos amigos. No sabía a qué venía esa conversación. Estaba cansado e irritado, y aunque hacía poco que conocía a Alexander, ya le resultaba antipático. Se acuclilló para revisar los trapos de sus pies, más por zanjar aquella conversación absurda que porque le hiciera falta. Alex siguió la marcha y al ver que Hector se retrasaba se giró a él para gritarle:

—¡Vamos, gordito! ¡Se nos va a escapar la bañera!

Hector sacudió la cabeza, perplejo.

—¿Me acaba de llamar gordito? —le preguntó a Natalia, que justamente pasaba a su lado.

—Sí. Eso mismo te ha llamado. Olvídalo. Es idiota.

—No, no es idiota —le replicó Madeleine—. Nunca se acuerda de los nombres de nadie y por eso va siempre poniendo apodos ridículos. ¿Os podéis creer que durante años me llamó Alexa? —Suspiró—. No os lo toméis en serio, por favor. Alex puede ser irritante, pero es inofensivo.

Hector resopló, dio un fuerte tirón al trapo de su pie derecho y continuó caminando. Algo en el cielo llamó su atención por un instante, fue un brillo fugaz que surcó el espacio entre dos edificios lejanos. No se repitió y Hector no tardó en desviar la mirada hacia Alexander, todavía con el ceño fruncido. El pelirrojo caminaba ahora junto a Marco, charlando ambos animadamente. El alemán señaló hacia la bañera y el otro dijo algo a lo que Marco respondió con una carcajada. Adrian caminaba tras ellos, con la cabeza baja, muy atento al movimiento de sus pies; parecía todavía más pequeño en aquella postura. Más allá marchaba Bruno, algo apartado del resto, muy erguido; daba la impresión de estar embutido a presión en la camisa a cuadros y los pantalones de pana que llevaba. En Bruno había algo de caduco, de vetusto, y no solo por sus ropas, que parecían sacadas del fondo de armario de un anciano, era algo que se adivinaba también en su forma de andar, lenta y metódica, y hasta en su manera de expresarse.

Justo delante de Hector caminaban Madeleine y Natalia, una junto a la otra, pero sin dirigirse la palabra. La hermana de Alex se movía como si el mundo le perteneciera; Natalia, en cambio, marchaba en tensión, como si esperara un ataque en cualquier momento. De cuando en cuando la veía mirar hacia los callejones oscuros con los ojos entrecerrados, vigilando, quizá, a aquellas sombras que solo ella podía ver.

En la plaza habían quedado otros cuatro: Ricardo, que desde el primer momento se había puesto al frente de todo; Marina, preciosa con su vestido negro, sus ojos azules y su languidez; Lizbeth, la muchacha regordeta de la que aún no había podido forjarse opinión alguna; y, por último, la chica sin nombre de la que nada sabía. Eran once. Y todavía faltaba uno para completar los doce que según aquella monstruosa dama Desgarro habían sido recolectados por Denéstor del mundo humano.

«¿Y para qué? —se preguntó Hector por enésima vez—. ¿Por qué nos han traído a este lugar infernal? ¿Qué es lo que quieren de nosotros?».

La cicatriz de Arax

—Impresionante —dijo Alexander.

Hector pensó que esa única palabra bastaba para describir el nuevo portento que les mostraba Rocavarancolia.

Ante ellos se extendía lo que a primera vista podía tomarse por el cauce de un río seco. Era una enorme grieta quebrada que atravesaba de parte a parte la zona de la ciudad en que se hallaban. La distancia entre ambos bordes variaba, aunque rara vez era menor de quince metros. Pero lo que movía al asombro no era la grieta en sí, lo que de verdad impresionaba era lo que contenía: cientos y cientos de esqueletos, un sinfín de huesos descarnados que se apilaban unos sobre otros, rebasando en ocasiones, sobre todo en la parte central, las paredes de la fosa.

Los chicos guardaron silencio, asombrados ante aquel río de osamentas. Y esa sensación, la de sentirse sobrepasado, la de estar contemplando algo que jamás había imaginado, comenzaba a resultarle demasiado familiar a Hector.

En aquella fosa común había cráneos de monstruos de difícil descripción, costillares tan inmensos que ni doce hombres juntos hubieran podido abarcarlos de un extremo a otro, quijadas de seres temibles emergían entre docenas de esqueletos de apariencia humana… Vieron una calavera descomunal, con la mandíbula abierta en un bostezo amenazador que mostraba dos hileras de colmillos, largos y retorcidos. Aquello bien podía ser la osamenta de un dragón. Había más seres de los que podrían llegar a identificar. Y por todo el lugar, serpeando entre huesos y calaveras, desplegaba sus jirones la niebla negra del hechizo de dama Serena.

—Esto no es natural —dijo Bruno. Alexander soltó una carcajada irónica ante su comentario—. No es el lecho de un río, me refiero... —puntualizó entonces el italiano—. ¿Veis esas casas? —Señaló hacia la izquierda; a unos quinientos metros de donde se encontraban se podía ver un montón de ruinas que se habían precipitado dentro de la grieta, formando un puente que comunicaba una orilla con la otra—. Sea lo que sea lo que provocó esto, se las llevó también por delante.

—Quizá hubo un terremoto —aventuró Natalia.

—Existe esa posibilidad, es cierto —dijo Bruno mientras se acariciaba de forma maquinal la montura del cristal derecho de sus gafas—, aunque para ser sincero la considero muy remota. No soy entendido en seísmos, pero sospecho que un movimiento de tierra con la magnitud suficiente como para originar semejante brecha habría reducido a escombros los edificios colindantes. Por no mencionar la ciudad entera. —Su mano dejó las gafas para acariciarse el mentón—. A no ser, claro está, que fuera un terremoto inusualmente localizado.

—¿Y todos esos esqueletos, qué? —preguntó Adrian—. ¿De dónde han salido? ¿Los mató lo mismo que abrió la grieta?

—No puedo responder a esa pregunta —dijo Bruno.

—Claro que puedes —le corrigió Marco—. Tienes la respuesta ante tus narices. La has visto antes, volando de un lado a otro... Y te ha sacado de tu casa para traerte aquí.

—¿Dama Desgarro? ¿Denéstor Tul?

—No, hombre, no. Se los cargó lo mismo que ha destrozado esta ciudad: la magia.

«Eso que tenéis ante vosotros es la cicatriz de Arax», oyó Hector en su mente. La voz intrusa lo tomó tan de sorpresa que soltó un chillido ahogado. Solo lo oyó Madeleine. La pelirroja lo miró de reojo y aunque no hizo ningún comentario, su expresión de desdén lo dijo todo.

«Hubo una gran batalla hace treinta años —continuó la voz—. Fue la última, la que puso fin a nuestros sueños de conquista. Durante tres largos días se combatió por toda la ciudad. Calle por calle, casa por casa. Nos derrotaron, por supuesto, sin piedad alguna. Pero el final fue algo digno de presenciar. La materia con la que se construyen las leyendas.

»El aire hervía con el aliento de los dragones y los proyectiles enemigos. El combate ya había llegado hasta las faldas de la montaña. Rocavarancolia ardía. Llamaradas de magia pura consumían nuestros hechizos. El empuje del enemigo era brutal. Cuando desde las torres del castillo vimos llegar a la vanguardia del ejército adversario, supimos que todo estaba perdido.

»Fue entonces cuando Su Majestad Sardaurlar salió del castillo en su halcón negro, con su espada Arax en una mano y las riendas de su montura en la otra. Cargó solo. No quiso que nadie lo acompañara en aquella última embestida. El rey se lanzó sobre el grueso del ejército enemigo mientras las saetas, los hechizos y los conjuros iban mermando tanto la protección mágica como física de su coraza. Dos dragones yeméis se abalanzaron sobre él. De un solo mandoble decapitó a uno y partió en dos al otro. Las flechas perforaban su armadura y los hechizos enemigos mordían su carne. Sardaurlar gritó, aunque no de dolor, fue un grito de desafío, de pura rabia. Otro dragón le arrancó de un bocado el ala a su halcón. Pero todo daba igual. El rey saltó sobre las huestes enemigas mientras su montura moribunda caía en espiral. Sabía que saltaba hacia la muerte y no le importaba. Siempre fue muy dramático, ¿sabes? Sin embargo, no hubo nada heroico en su gesto, no te equivoques, el último ataque de Sardaurlar fue cobardía pura: no podía admitir ante sí mismo que lo habían derrotado y por eso acometió ese ataque suicida.

»Lo mataron, por supuesto. Pero su objetivo no era sobrevivir, su objetivo era descargar un último golpe con Arax, su espada mágica. La grieta que contemplas la causó aquel mandoble. Sardaurlar murió, aunque se llevó con él a más de mil quinientos de nuestros enemigos. No fueron los suficientes para darnos una oportunidad de victoria, pero nos dio una leyenda que contar en las noches frías que siguieron a nuestra derrota.

Hector no daba crédito a lo que escuchaba. Había sido un hombre, un solo hombre, el que había causado aquella brecha en la tierra. Miró a sus compañeros, deseoso de compartir aquella información con ellos y, al mismo tiempo, sabedor de que no podía hacerlo. Ellos hablaban en murmullos, sobrecogidos por aquel espectáculo dantesco y, por supuesto, ajenos por completo a la voz intrusa en su mente. En el cielo la bañera proseguía su viaje lento. Su sombra caía a plomo sobre el río de huesos, desplazándose por su superficie como un barco fantasmal. Cuando entraba en las zonas de tinieblas del hechizo de dama Serena, la sombra desaparecía para reaparecer luego, reflejándose con nitidez terrible sobre la blancura del hueso.

«La cicatriz de Arax cruza la ciudad de este a oeste —continuó explicándole la voz—, y en ella se encuentran los restos de los que murieron en la batalla de Rocavarancolia. Es un monumento a nuestra gloria pasada, a las leyendas que perecieron aquel día, a lo que pudo haber sido y no fue. Aquí yacen todos nuestros muertos y buena parte de los del enemigo: fueron tantas sus bajas que no pudieron llevárselos a todos. Y aquí están también los huesos de los muchachos que os precedieron».

Hector sintió como una mano helada oprimía su corazón. Un soplo de hielo puro desplazándose por sus venas.

«Y aquí acabaréis si Rocavarancolia puede con vosotros».

—¿Armas? —dijo Natalia en tono vacilante. Se acercó al borde de la grieta—. Eso que brilla ahí debajo, ¿pueden ser armas?

Alexander asintió con vehemencia al cabo de un momento.

—¡Es cierto! ¡Hay armas entre los huesos! Y de todas clases. —Se giró sonriente hacia Marco—. Espadas, hachas, lanzas... ¡Y armaduras! ¡Es un auténtico arsenal!

—La magia no terminó con Rocavarancolia —dijo Hector con voz ahogada. Tenía la vista fija en una espada, tan grande como un árbol—. Fue algo mucho más humano: fue la guerra.

—Qué profundo te ha quedado eso, gordito —se burló Alexander. Hector lo miró, aturdido aún por las palabras de dama Serena; ante toda aquella muerte y destrucción, ¿qué importaba un mote estúpido?—. Magia. Terremotos. Lo mismo da. La cuestión es que tenemos delante la respuesta a nuestras oraciones: armas.

—Enhorabuena, acabas de ganar a Hector en pensamientos profundos —comentó Marco.

—Mirad: yo lo que tengo es hambre y... bueno, no sé mucho sobre el tema, lo reconozco, pero algo me dice que las espadas no se pueden comer —dijo Madeleine—. Mejor seguimos a la bañera, ¿vale? No creo que esas armas se muevan de sitio mientras tanto.

Alex y Marco se habían acercado al borde de la grieta y miraban con cautela hacia el fondo.

—No sería difícil bajar —comentó el pelirrojo. La pared era prácticamente vertical, pero estaba llena de grietas y muescas de las que servirse para descender.

La voz regresó a la cabeza de Hector:

«Una última advertencia sobre la cicatriz. Ahí abajo no solo hay huesos. Así que disuade a tu compañero de su empresa o preparaos para ver morir al primero de los vuestros».

Hector se mordió el labio inferior. Alexander caminaba al borde de la grieta, en busca de un buen lugar desde el que descender. Desvió la mirada hacia la cicatriz de Arax. Los filamentos de oscuridad se estiraban perezosos entre los huesos y cráneos apilados.

—No creo que sea buena idea bajar ahí —advirtió. Le tembló la voz al hablar.

—Gordito, gordito, no te pongas nervioso. Tú te puedes quedar aquí arriba si quieres. —Le guiñó un ojo—. Te buscaré algo chulo, no te preocupes.

Adrian era el único que vigilaba el movimiento de la bañera en el cielo. El resto o estaba pendiente de Alexander o contemplaba todavía impresionado aquel río de huesos. Hector se acercó al borde, indeciso, sin saber qué hacer para evitar que Alex descendiese al foso. El pelirrojo no le resultaba simpático, pero no quería que le ocurriera nada. Y si bajaba allí le sucedería algo terrible. Estaba convencido.

—¿Estás seguro de lo que vas a hacer? —preguntó Madeleine. Por un momento, Hector creyó que se dirigía a él y se giró hacia ella, aturdido.

—Sí —contestó Alex y levantó la cabeza para regalarle una sonrisa resplandeciente—. Voy a conseguir armas para todos. Eso voy a hacer.

—Por aquí podremos bajar sin problemas —fue Marco quien habló, acuclillado junto a un saliente, con los antebrazos apoyados en las pantorrillas. La pared a sus pies mostraba tal cantidad de muescas, y tan próximas unas a otras, que cualquiera con un mínimo de agilidad podría usarlas de punto de apoyo—. Parece que lo han hecho a propósito.

Marco se incorporó y al hacerlo su pie derecho desplazó varias rocas situadas en el borde de la grieta. Una de ellas se precipitó al vacío y provocó una pequeña avalancha de huesos. El sonido puso los pelos de punta a Hector.

—Bajaremos Alex y...

—Marco —le interrumpió Natalia. Señalaba con su palo al foso—. Lo mejor será que os quedéis aquí arriba.

—¿Qué?

La calma se había roto en la cicatriz de Arax. En diferentes puntos los huesos habían comenzado a ondular, a bullir, empujados por algo que se deslizaba bajo la superficie y que creaba a su paso un oleaje tétrico de calaveras y armas viejas. El sonido de los esqueletos al removerse era una melodía delirante, un golpeteo alocado y estremecedor. Hector contó siete estelas de hueso, y las siete avanzaban hacia el lugar donde había caído la piedra.

—Esto no me gusta. —Adrian retrocedió un paso.

El brillo de una armadura al agitarse centelleó en el foso. Hector vio emerger entre los huesos una blancura nueva: era un lomo lechoso, cubierto de pequeñas cerdas pálidas, que volvió a sumergirse a los pocos segundos de salir a la superficie.

«Los gusanos de la cicatriz —le explicó la voz—. Ciegos y sordos a todo excepto a los movimientos del río de cadáveres en el que habitan. Son como arañas a la espera de que alguna presa caiga en su tela».

Las olas de hueso confluyeron todas, casi a un mismo tiempo, en la zona donde había impactado la roca. Siete torbellinos de hueso y acero giraban frenéticos, unos hacia la izquierda y otros hacia la derecha, en busca de lo que había caído de las alturas.

Poco a poco llegó la calma, el traqueteo de los huesos se fue apagando y, por fin, todo se detuvo. Pero esa tranquilidad y ese silencio pesaban aún más en el ánimo de Hector que la vorágine de esqueletos al agitarse. Bajo aquella calma acechaban los espantos de Arax, y sin el movimiento delator de los huesos resultaba imposible saber dónde se encontraban. Podían estar en cualquier parte. Al acecho. Esperando.

Los muchachos tardaron unos instantes en reaccionar.

—Tiene que haber algún modo de cruzar al otro lado. —Marco rompió el silencio pesado que había caído sobre el grupo—. Tenemos que ir tras la bañera, ¿recordáis?

—¿Quieres cruzar por ahí? —preguntó Adrian, horrorizado. Estaba pálido y tembloroso—. Yo no pienso hacerlo. No. No quiero. Quiero irme a casa. Eso es lo que quiero. Irme a casa...

—¡Chico, chico, chico! —Alex se acercó hacia él, abriendo de par en par los brazos—. ¿Qué es lo que te asusta? —le preguntó—. ¿De verdad crees que vamos a dejar que te pase algo? ¡Tonterías! Aquí nos protegemos los unos a los otros, ¿vale? —Puso las manos sobre sus hombros y adoptó un tono de voz tan serio que por un momento pareció otra persona—. Olvídate de lo que dijo la malvada bruja del oeste, ¿de acuerdo? Nadie va a morir. Nadie. No nos va a pasar nada. Y vamos a encontrar la manera de volver a casa, te lo prometo. Pero a cambio tú me tendrás que prometer algo: me tienes que jurar que no volverás a tener miedo.

—No puedo prometer eso —balbuceó Adrian.

—Tienes razón. No se le puede pedir a nadie que no tenga miedo. —Se rascó el mentón y guardó silencio un instante, luego sonrió satisfecho como si hubiera encontrado la solución a un problema complicado—. Ten todo el miedo que quieras —le dijo sonriente—, pero que no se te note, ¿de acuerdo? ¿Podrás hacer eso? Deja el miedo dentro, no permitas que salga.

Adrian asintió, dubitativo.

—Buen chico. —Alex le revolvió el cabello con fuerza—. Y ahora a ver cómo nos las arreglamos para seguir al espantajo de la bañera.

—Podemos atravesar las ruinas —comentó Bruno señalando los edificios caídos en la grieta.

Hector observó el lejano puente de escombros con desconfianza. Aun desde la distancia se podía ver que su superficie era irregular y peligrosa. Un resbalón o una piedra suelta los llevaría directos a la fosa y a sus moradores.

—Hay algo antes de llegar allí —murmuró Natalia—. ¿Lo veis? Como a mitad de camino, en el lugar donde se estrecha la grieta. Otro puente.

—¡Sí! —dijo Adrian—. ¡Yo también lo veo!

La distancia entre los dos márgenes de la cicatriz era mucho menor en la zona que señalaba Natalia. Una terraza estrecha de roca se estiraba desde la orilla opuesta hasta quedar cortada en seco a unos cinco metros del otro lado. Alguien había improvisado un puente con lo que aparentaba ser un tablón de madera, salvando la distancia que separaba aquella lengua de piedra de la orilla. A Hector le parecía todavía más arriesgado usar ese paso que el montón de escombros, pero no dijo nada mientras se dirigían allí. No podía apartar la vista de los huesos y sombras que poblaban la cicatriz de Arax.

El puente se trataba, en efecto, de un largo tablón de madera oscura, bastante gruesa, de un metro de ancho. Estaba colocado en una ligera pendiente ascendente.

—Parece estable —dictaminó Bruno tras examinarlo en cuclillas. Se levantó y se aventuró a dar unos pasos por él. Hector se mordió el labio al verlo avanzar por el centro del tablón inclinado—. Y lo es. Aunque aconsejo que extrememos las precauciones al máximo y crucemos de uno en uno.

El primero en pasar fue el mismo Bruno, caminando como un autómata o un viejo juguete de cuerda. Adrian pasó el siguiente, a la carrera, rápido como una bala. Natalia caminó despacio, golpeando rítmicamente su vara contra el borde de la tabla. Marco avanzó con el cuello hundido entre los hombros, a pasos grandes y lentos, con la mirada fija al frente. Alex cruzó con aire despreocupado y hasta se detuvo a mitad de camino para barrer con el pie una zona astillada del puente. Madeleine fue después, con un andar elegante, más propio de un salón de baile que de aquel lugar; el cabello pelirrojo le ondeaba al viento, cada vez más despeinado pero igual de hermoso.

Hector no se movió cuando llegó su turno.

—Venga, chico, te toca —le dijo Marco desde el otro lado.

Respiró hondo y trató de infundirse ánimos, aunque no era tarea sencilla. Le resultaba difícil creer que aquel puente pudiera soportar su peso; además, no podía quitarse de la mente la imagen de los huesos removiéndose allá abajo.

Hizo amago de dar el primer paso, pero se detuvo. Le temblaban las piernas. El sudor le bañaba la espalda y las palmas de las manos; era un sudor resbaladizo y desagradable, como si lo hubieran untado de aceite.

Natalia resopló al otro lado. Sacudió la cabeza y echó a andar por el puente en dirección a Hector, tan cerca del borde del tablón que el joven se sintió enfermo.

—Es seguro —le dijo cuando llegó a su lado—. ¿Quieres que te lleve de la mano? Puedo hacerlo. El puente no se va a caer.

Hector negó con la cabeza.

—Lo haré solo —afirmó sin que apenas le flaqueara la voz—. Yo solo, ¿vale?

Se agachó y aseguró con fuerza los trapos que rodeaban sus pies. No lo necesitaba, pero no quería que Natalia viera como le temblaban las manos.

—Pues hazlo de una vez, venga. Me quedo aquí hasta que pases.

Hector se incorporó. Se limpió el sudor de la frente con el antebrazo y dio un paso inseguro. Luego otro, ya sobre la madera. El crujido de la tabla en su imaginación sonó frágil y quebradizo, pero aun así continuó adelante, conocedor de la mirada de Natalia a su espalda y de la impaciencia del grupo al otro lado. Cuando dejó atrás el suelo firme y fue consciente de que lo único que lo separaba del río de huesos y sus moradores eran unos centímetros de madera, sintió el impulso de echarse al suelo y continuar el trayecto a rastras. De no haber estado el puente en cuesta lo habría hecho, pero temió perder el equilibrio.

—Mírame a mí, gordito, solo a mí —le dijo Alex desde el otro lado, señalando sus propios ojos con los dedos índice y corazón—. Soy el centro del universo. No hay nada más que yo. Así que mírame y avanza.

—No me llames gordito —masculló entre dientes, y dio un paso más. Y luego otro.

Antes de darse cuenta se encontró en tierra firme. La palmada de ánimo de Alex estuvo a punto de tirarlo al suelo. Sentía una mezcla de alivio por haber conseguido cruzar y de enfado tremendo consigo mismo por haber dado el espectáculo otra vez. Tenía la impresión de que no hacer más que el ridículo desde que había despertado.

—No me gustan las alturas —murmuró con el ceño fruncido. Necesitaba justificarse. «No soy un estorbo», pensó enrabietado mientras miraba de soslayo a Natalia, que ya había cruzado otra vez.

La rusa ignoraba al grupo. Toda su atención estaba puesta en la bañera volante.

—¡Está bajando! —dijo al tiempo que avivaba el paso.

Aquel bajel delirante había desembocado en una plazoleta rectangular, situada a unos trescientos metros de la cicatriz de Arax y, en efecto, descendía. El espantapájaros maniobraba para virar la embarcación mientras la hacía bajar, presumiblemente para tomar tierra en la plaza. Era un lugar sombrío, rodeado de edificios extraños, tan angostos que en sus fachadas solo había sitio para las puertas en la planta baja y una ventana en cada una de las alturas. Además, ninguna de las casas era recta, todas estaban torcidas en mayor o menor medida, como si los cimientos no fueran capaces de soportar su carga. A pesar del aspecto siniestro del lugar, no había ni rastro de niebla oscura.

La bañera maniobraba despacio, a sacudidas. Algo semejante a una manzana cayó de un cesto y explotó contra el suelo con un ruido que a Hector, tan hambriento como estaba, se le antojó suculento. Con un último bandazo, la barcaza se detuvo a unos cinco metros de altura. Todos los remos se irguieron a un tiempo con un chasquido sonoro. Las cestas de mimbre se echaron a temblar y comenzaron a descender despacio, balanceándose de las cuerdas que ataban sus asas. El espantapájaros había dejado el timón para dirigirse al centro de la embarcación y desde allá se afanaba con algo que los chicos no alcanzaban a ver, probablemente con el mecanismo que hacía descender las cestas.

—¡Venid! ¡Venid! ¡Todo está listo ya! —cantaba el marinero estrafalario—. ¡Sesos de iguana y zumo de mantícora! ¡Esencia de cucaracha y lenguas de recién nacido! ¡Las viandas más suculentas de Rocavarancolia para los elegidos del amo Denéstor!

Echaron a andar hacia allí, a paso vivo, espoleados por el vacío de sus estómagos. No habían andado ni cien metros cuando Natalia se detuvo tan de improviso que Adrian chocó contra ella.

—No... —murmuró la rusa. Aferró su palo con fuerza—. ¡No! ¡No! ¡No!

—¿Qué? ¿Qué pasa?

La vara de Natalia señaló en dirección a una de las callejuelas que desembocaban en la plaza. Algo se aproximaba veloz desde allí. Volteó luego el palo para señalar hacia otra bocacalle donde se veía aún más movimiento. De la entrada de una casucha emergió una sombra velluda, a tal velocidad que dio la impresión de que el edificio la había escupido. Otra criatura entró en la plaza. Y una tercera irrumpió al trote desde una callejuela, gruñendo y babeando.

—¡Ratas! —gritó Adrian, asqueado.

—No. No son ratas —murmuró Bruno. No había ni asombro ni sorpresa en su voz, solo la misma monótona frialdad que de costumbre—. No sé lo que son. Pero no son ratas.

Aquellas criaturas peludas eran algo más grandes que gatos adultos. Tenían la cabeza casi plana, con dos ojillos de un negro intenso y una boca alargada repleta de dientes. Las patas delanteras eran el triple de robustas que las traseras y tanto unas como otras estaban dotadas de garras cortas, que más parecían de pájaro que de mamífero. Sus colas eran largas y flexibles, recubiertas por un ramillete de espinas óseas que se espesaba en la parte final, dándoles aspecto de mazas erizadas. Entraban a la carrera en la plaza, con las cabezas alzadas en dirección a la barca flotante. Hector contó una veintena de ellas.

Una pequeña y nerviosa, de pelaje gris, saltó hacia las cestas cuando aún se encontraban a más de dos metros del suelo, se aferró al asa de la más cercana y se aupó hasta caer dentro. Las otras corrían de aquí para allá, sin perder de vista la bañera.

—¿Qué hacemos? —susurró Natalia. Miró primero a Marco y después a Alex.

—Nos vamos —ordenó Marco—. Nos vamos ahora mismo.
—Pero ¿y la comida? —preguntó Adrian.
—Como esos bichos nos descubran, nosotros seremos la comida —le contestó el alemán con la vista fija en los seres espantosos que se habían dado cita en la plaza.

En cuanto las cestas estuvieron a su alcance, saltaron sobre ellas, derribándolas y haciendo rodar su contenido por el suelo empedrado. En sus ansias por conseguir la comida, arremetían unos contra otros, furiosos. Uno de ellos golpeó a otro con el extremo espinoso de su cola en pleno hocico. El agredido retrocedió y en represalia soltó una dentellada formidable en el lomo de su congénere más cercano.

Hector vio aparecer a otras cuatro criaturas por una calle perpendicular a la plaza a apenas cien metros de donde se encontraban, apretados unos contra otros al amparo de un muro. Corrían hacia el caos que se había formado bajo la bañera cuando la que iba al frente frenó en seco y giró su cabeza monstruosa hacia ellos. Sus ojos se desorbitaron al verlos. Soltó una especie de ladrido seco y, olvidándose de las cestas, echó a correr en su dirección, a más velocidad todavía. Las otras tres la siguieron al unísono, con las cabezas bajas y las fauces entreabiertas, mientras el resto en la plaza seguía dando cuenta de las cestas, ignorantes aún de la presencia de Hector y los demás. En la bañera flotante, el espantapájaros continuaba con sus cantos, sin importarle en lo más mínimo lo que ocurría bajo él.

Marco dio un paso al frente, dispuesto a enfrentarse a las bestias que se aproximaban frenéticas, lanzando dentelladas al aire.

—Atrás... Atrás... Hacia el puente, deprisa. —Hizo gestos para que todos retrocedieran. No alzó la voz, casi hablaba entre dientes—. Corred al puente. Vamos.

Alexander y Natalia hicieron caso omiso a su orden y se colocaron junto a él, empuñando sus varas de madera. El resto del grupo se alejó a trompicones, sin dar la espalda a sus compañeros; miraban aterrados a las bestias que se acercaban.

—No tengo miedo, no tengo miedo, no tengo miedo —repetía una y otra vez Adrian, pálido como un cadáver. No había tardado mucho en romper la promesa que le había hecho a Alex.

—¿Sabes usarlo? —le preguntó de pronto Marco a Natalia. Tenían prácticamente encima a los cuatro animales.

Ella lo miró perpleja, sin saber a qué se refería.

—¡El palo! ¿Sabes usarlo? ¿Sabes usarlo bien? —Y como no obtuvo respuesta se lo arrebató de las manos de un tirón. En el mismo movimiento se abalanzó hacia delante e interceptó al primero de sus atacantes. Hizo girar la vara en el aire mientras se escoraba a la izquierda, esquivando una feroz dentellada, y descargó un golpe potente sobre el cráneo de la criatura. El animal cayó de costado y quedó inmóvil a los pies de Marco. Las otras no frenaron su carrera, pero una de ellas, grande como un pastor alemán, esquivó con una finta a Marco para saltar sobre Alex, considerándolo quizá una presa más asequible.

El pelirrojo flexionó las piernas, volteó el garrote y lo proyectó contra el animal con tal fuerza que este, tras recibir el impacto en la mandíbula, salió despedido hacia arriba girando sobre sí mismo. Cayó despatarrado unos metros más allá y no volvió a levantarse.

Las otras dos criaturas saltaron sobre Marco. Él se agachó para esquivar el mordisco furioso de la primera mientras lanzaba una patada a la otra en pleno vientre. Las dos bestias se rehicieron al instante y se arrojaron de nuevo contra él. Marco las esperaba inmóvil, con los ojos muy abiertos y la vara empuñada a dos manos. De pronto pareció bailar entre ellas. Sus movimientos eran fluidos, hipnóticos, y la vara entre sus manos más parecía una prolongación de su cuerpo que un arma. Cuando el baile cesó, los dos seres yacían en el suelo y Marco, sin un rasguño, alzó la mirada, como si buscara nuevos enemigos que abatir. No tardó mucho en encontrarlos.

Una de las criaturas de la plaza sacó la cabeza del interior de una cesta rota y descubrió a los jóvenes. Su gruñido alertó al resto. Hasta la última alimaña dejó lo que estaba haciendo para mirar en su dirección. Durante unos segundos todo fue quietud y silencio; los animales parecían congelados, estatuas de piel y huesos que los contemplaban con una expresión de hambre desoladora. Hasta el espantapájaros dejó de cantar. De pronto, todas y cada una de las bestias echaron a correr hacia ellos. Era una estampida de garras, dientes y espinas de hueso, que volaba en su dirección.

—¡Atrás! —ordenó Marco ya a gritos, señalando con vehemencia el puente—. ¡Atrás! ¡Todos al puente! ¡Corred!

Natalia agarró a Hector del antebrazo y tiró de él para hacerle correr más rápido. Lo soltó en cuanto vio que el muchacho no solo no ganaba velocidad sino que estaba a punto de perder el equilibrio. Permaneció a su lado hasta que consiguió estabilizarse y luego lo dejó atrás como una exhalación.

—¡Corre! ¡Corre!

Hector no le reprochó que lo abandonara. El ruido de la carrera y los aullidos de sus perseguidores eran atronadores y él poco a poco se quedaba atrás.

«El primero en morir, el primero en morir; dama Desgarro dijo que sería el primero en morir», iba pensando. Sintió un pinchazo en el costado.

Entraron a toda velocidad en la terraza de roca. Tras él solo quedaba Marco y, más allá, sus perseguidores, cada vez más cerca. Esta vez Hector no vaciló cuando llegó al puente, la amenaza a su espalda le hizo olvidarse del vértigo y de lo que aguardaba en la cicatriz de Arax. Prácticamente voló sobre el tablón y casi cayó de rodillas al llegar al otro lado. Alguien tiró de su brazo para levantarlo, pero, tan nervioso como estaba, no se enteró de quién había sido. Marco cruzó el puente tras él, con tal rapidez que a punto estuvo de arrollarlo. Alexander salió al encuentro del recién llegado, jadeante. Los dos intercambiaron una mirada rápida y asintieron a la par.

Se agacharon y aferraron el tablón, cada uno de un extremo. Natalia se acuclilló junto a ellos e introdujo los dedos entre el suelo y la madera. Las bestias se aproximaban a la carrera, soltando espumarajos. Cuando la primera llegó al puente, los chicos empujaron el tablón a un grito de Marco. El madero dio una sacudida y las dos fieras que habían puesto pie en él cayeron al vacío.

El resto retrocedió de forma tan atropellada que más de una estuvo a punto de seguir a sus congéneres al foso. Los tres jóvenes empujaron con fuerza el puente. El largo tablón se derrumbó con estrépito, clavándose casi en vertical en el río de huesos.

Las criaturas que habían caído intentaban mantenerse a flote sobre la montonera de esqueletos. Una aullaba de forma lastimera sin dejar de mirar desesperada alrededor. La otra se había afianzado sobre uno de los cráneos gigantescos y avanzaba con lentitud hacia arriba, gimiendo y agitando la cabeza de un lado a otro.

—Está llorando —murmuró Hector. Ver a aquel ser aterrado lo perturbó enormemente. En Rocavarancolia hasta los monstruos podían tener miedo.

En el fondo de la cicatriz, los huesos comenzaron a agitarse otra vez. En varios puntos los esqueletos y armaduras se alzaron y volvieron a caer. De nuevo las olas que provocaban los espantos de la grieta al desplazarse removieron la quietud de aquel cementerio inmenso. De nuevo vio Hector los espinazos lechosos que asomaban entre tibias, costillas y cráneos, avanzando veloces hacia su objetivo.

El muchacho quería apartar la mirada, pero algo más fuerte que su voluntad se lo impedía, algo primario que hasta entonces había permanecido dormido en su interior. En el foso resonó un chasquido terrible y una sombra blanca se catapultó entre los huesos, apresó por el cuello a una de las desdichadas criaturas y la arrastró a las profundidades, demasiado rápido como para hacerse una imagen clara de ella. El aullido del ser atrapado fue tan espantoso que Hector se tapó los oídos con las palmas de las manos.

La segunda bestia, la que buscaba la seguridad en lo alto del gran cráneo, se tambaleaba muerta de miedo. De pronto la calavera sobre la que se apoyaba estalló en pedazos, embestida desde abajo. Hector tuvo un atisbo de unas mandíbulas desproporcionadas, repletas de cuchillas, que irrumpían entre las esquirlas despedidas al vuelo, atrapaban al animal por los cuartos traseros y lo arrastraban hacia abajo. Esta vez la víctima de los horrores de la cicatriz no tuvo tiempo de gritar.

Frente a ellos, al otro lado de la grieta, las bestias corrían de un lado para otro, sin importarles el destino de sus compañeras del foso.

—Vámonos —urgió Marco—. ¡Están buscando otro modo de cruzar!

—¡Que lo intenten y sabrán lo que es bueno! —Alexander agitó el garrote con el que había derribado a uno de aquellos seres. Estaba exultante.

Al otro lado de la cicatriz las bestias aullaban. Una de ellas se contoneaba al borde de la grieta, justo frente al pelirrojo. Había alzado su cola erizada y la agitaba adelante y atrás, cada vez más y más rápido. Los ojos del animal brillaban con una inteligencia aterradora.

—¡No! —gritó Hector al comprender lo que estaba a punto de suceder. Echó a correr hacia Alexander—. ¡Al suelo! ¡Tírate al suelo!

Su advertencia llegó tarde. La criatura dio una última sacudida con su cola y una de sus espinas salió disparada como una flecha. Cruzó la grieta con un silbido penetrante y se clavó en el pecho de Alex. El chico se tambaleó hacia atrás, luego hacia delante, en dirección al foso, y por fin, en silencio absoluto, cayó al suelo, apenas a unos centímetros de la grieta.

—¡Alex! —Madeleine echó a correr desesperada hacia su hermano.

Hector fue el primero en llegar. Tomó a Alexander de las axilas y, sin comprobar siquiera si estaba vivo o muerto, tiró de él para alejarlo del borde. Al otro lado la criatura había retomado su danza, dispuesta a disparar de nuevo. Otras dos se unieron a ella, agitando frenéticas sus colas erizadas. Pronto más espinas surcaron el aire.

—¡Alejaos de la grieta! —gritó Marco, y propinó un soberano empujón a Adrian, que se había quedado pasmado mirando al caído.

—¡Suéltame! —Alex se revolvía en brazos de Hector. Había pasado de una quietud de muerte a una agitación tremenda—. ¡Madeleine! —Estaba pálido. Lo que se adivinaba en su rostro no era miedo: era pavor—. ¿Dónde está mi hermana? ¡Maddie! —aulló tan fuera de sí que ni siquiera se daba cuenta de que ella estaba junto a él, con las manos convertidas en puños a la altura de la boca.

Alexander derribó a Hector en sus ansias por levantarse. Se incorporó tambaleándose, con el rostro convertido en una máscara. Aún no se había afianzado del todo en la vertical cuando Madeleine se echó en sus brazos. El pelirrojo apenas pudo resistir el impulso de otro cuerpo contra el suyo y a punto estuvo de caer de nuevo.

—Estoy bien, estoy bien —le aseguró. Se giró para interponer su espalda entre las criaturas y Madeleine. Sus ojos brillaban con un fuego cercano a la locura. Y con alivio. Alexander se apartó de su hermana, se abrió el blusón y la espina de hueso cayó a los pies de Hector. Había conseguido atravesar la ropa, pero no había tenido suficiente fuerza para traspasar la carne. Justo sobre el corazón se veía un círculo diminuto de carne enrojecida. Si la criatura hubiera estado solo un metro más cerca, Alex estaría muerto.

—¡Salgamos de aquí! ¡Rápido! —gritó Marco, frenético, a pesar de que las espinas apenas llegaban con fuerza desde el otro lado y ellos ya se encontraban fuera de su alcance—. ¡Están pasando sobre el puente de escombros!

Sobre las ruinas de los edificios caídos en la grieta saltaban varias alimañas. Hector, todavía en el suelo, contó ocho afanándose entre fachadas, muros y pilares derrumbados. Natalia le tendió una mano para ayudarlo a levantarse, él la tomó pero antes, en un impulso, cogió la espina de hueso que había estado a punto de matar al pelirrojo.

—¡Vienen a por nosotros! —gritó Adrian.

—Que vengan —murmuró Alex, pero ya no había jactancia en sus palabras, solo rabia. Se encaró hacia el puente de escombros. Las primeras ya estaban llegando al final del mismo—. ¡Que vengan y les daré su merecido!

—¡Deliras! ¡Nos vamos de aquí ahora mismo! —volvió a gritar Marco agarrándolo con fuerza del antebrazo.

Alex se libró de él de un tirón y recogió su vara del suelo. Estaba fuera de sí.

—¡Que vengan! —repitió, y antes de que nadie pudiera reaccionar echó a correr hacia el puente de escombros, enarbolando su arma y gritando como un poseso.

—¡Alex! —le llamó su hermana.

—¡Está loco! ¡Lo van a matar! —Marco se llevó las manos a la cabeza.

—¡Alex! —gritó de nuevo Madeleine y cayó de rodillas.

Marco soltó una maldición y echó a correr tras el pelirrojo con la vara de Natalia en la mano. Gritaba aún más alto que Alexander.

—¡Oye! ¡Ese es mi palo! —exclamó Natalia. Miró en derredor. Se agachó para coger una roca del suelo, la sopesó un momento, asintió y salió gritando ella también tras los dos jóvenes.

Hector los siguió. Actuó por impulso, sin pensarlo. Antes de darse cuenta de lo que hacía ya estaba corriendo. En la mano derecha empuñaba la espina de hueso. Volvió a sentir un pinchazo en el costado izquierdo pero eso no importaba, lo realmente importante era el latido acompasado de su corazón y de sus sienes, esos tambores de guerra que acababan de despertar en su interior y que lo impulsaban a ir tras Alex, Natalia y Marco, gritando como un loco. Ya no había miedo, ni inseguridad, ni siquiera vértigo. Lo único que importaba, lo único real, eran las criaturas que bajaban ya de entre los montones de escombros y cargaban contra ellos.

Hasta que de pronto, cuando solo faltaban unos metros para que se produjera el encontronazo, una de las alimañas se detuvo de manera tan brusca que resbaló. A continuación graznó asustada, volvió grupas y echó a correr en dirección contraria. Las otras la imitaron al momento, tan aterradas como la primera. Fue una desbandada general. Durante unos segundos, los chicos fueron en persecución de las bestias que huían.

—¡Volved! —gritaba Alexander, golpeando el aire con su palo—. ¡Volved aquí, cobardes! ¡Volved!

Se detuvo, jadeante. Dejó caer el garrote al suelo y se inclinó, con las manos en las rodillas.

—¿Has visto? —Natalia se giró hacia Hector, le brillaban los ojos—. ¡Han huido de nosotros! ¡Los hemos espantado!

—¡Sí! —Hector estaba eufórico, a punto de ponerse a dar saltos de alegría—. ¡Han echado a correr! ¡Nos tenían miedo! ¡A nosotros!

—¡Síiiiiiiiiiiiiiiiiii! —Natalia se acercó a él y le abrazó con todas sus fuerzas. Hector dudó un instante, aunque finalmente respondió al abrazo. El cabello de la chica le hizo cosquillas en la cara. Los dos olían a sudor y suciedad, pero eso tampoco importaba. Habían ganado. Habían hecho huir a las bestias. Ya no había ni rastro de ellas. Ni siquiera se las veía al otro lado de la grieta.

Cuando Natalia se apartó de él para ir al encuentro de los otros dos, a Hector le fallaron las rodillas. La enormidad de lo que acababa de suceder se le vino encima como un alud. No quería ni pensar en lo que hubiera podido ocurrir si aquellas fieras no hubiesen retrocedido.

Y como si fuese un eco de sus pensamientos, aquella voz que no era suya volvió a resonar en su cabeza: «No te lleves a engaño. Habéis tenido un golpe de suerte, nada más. Lo normal es que hubierais muerto todos. Absolutamente todos. Este ataque ha sido una locura, una completa locura».

—Ha funcionado —dijo él. Se levantó y se acercó hacia los otros. Marco abrazaba a Natalia con tal ímpetu que la había levantado del suelo. Ella se reía y lo golpeaba en los hombros, pidiéndole que la bajara.

Alex se enderezó y miró tras él. Madeleine, Adrian y Bruno se aproximaban con rapidez. Por un segundo en el rostro del pelirrojo no hubo expresión alguna, solo vacío. Fue un instante mínimo, pero Hector se sobresaltó al verlo. Luego el brillo regresó a los ojos verdes de Alexander y con él la alegría.

—¡Corrían como conejos! —aulló y se puso a patear el suelo—. ¡¿Te lo dije o no te lo dije, pequeñajo?! —preguntó al tiempo que señalaba con la vara a Adrian—. ¿Miedo? ¿Quién tiene miedo?

Adrian rompió a reír.

—¡No vuelvas a hacer algo así! —Madeleine le dio un puñetazo a su hermano en el hombro—. ¡Estás loco! ¡Me has dado un susto de muerte!

«¿Recuerdas lo que te conté sobre el último rey de Rocavarancolia? ¿Eso de que no fue el valor ni el heroísmo lo que lo llevó a cargar contra una fuerza a la que no podía derrotar? Pues acabas de asistir a una reconstrucción de aquello. A pequeña escala, por supuesto. Y con un idiota pelirrojo en el papel de Sardaurlar. Porque tampoco ha sido la valentía ni el heroísmo lo que ha llevado a tu amigo a correr hacia la muerte. Me pregunto qué habrá podido ser... Y lo más importante: ¿qué ha provocado que tú lo siguieras?».

Hector no podía responder a la segunda pregunta. Pero sí sabía qué había espoleado a Alex para comportarse así: había sido el miedo, pero el miedo puro, el que te enloquece y te hace perder el control. Las miradas de ambos jóvenes se cruzaron. Alex sonrió y le hizo la señal de la victoria. Hector le devolvió la sonrisa y luego apartó la mirada, incómodo. En el cielo, al otro lado de la grieta, la bañera izaba las cuerdas que habían atado las cestas y se preparaba para partir.

Hector bajó la vista. Aún tenía la espina de hueso en la mano.

—Increíble —alcanzó a murmurar dama Serena, todavía asombrada del modo en que los cachorros de Denéstor habían hecho huir a las colaespinas—. Realmente increíble.

A través del catalejo plateado podía ver como ahora avanzaban sobre el puente de ruinas que comunicaba las dos orillas de la cicatriz de Arax. El joven negro iba en cabeza, guiando al grupo por las zonas más seguras. Tanto él como el pelirrojo ayudaban al resto cuando se encontraban con alguna dificultad en la marcha. Sorprendentemente, Hector no necesitó ayuda en ningún momento. Avanzaba con determinación, siguiendo sin problemas la estela del grupo.

La fantasma escuchó una tosecilla ligera en las alturas. Dama Araña, después de hacer patente su presencia, se descolgó de la parte alta de la terraza gracias al fino hilo de seda que segregaba su abdomen. Parecía como si un montón de extremidades mal pegadas a dos sacos informes se estuviera dejando caer de manera desmañada, pero lo que en un primer momento se podía calificar como torpeza no era tal, sino el modo más efectivo con el que dama Araña, dada su anatomía peculiar, podía moverse.

Aterrizó ante dama Serena y asintió con la cabeza varias veces, como si estuviera satisfecha del trabajo realizado. Había sustituido dos de sus monóculos por un par de prismáticos espejados.

—Todo marcha como es debido —cloqueó, moviendo su monstruosa cabeza de izquierda a derecha. Su voz era vibrante—. Todos los polluelos siguen vivos y contentos. Y Huryel duerme de nuevo, sano y salvo, en su lecho.

—Alguien debería tomarse la molestia de enseñarte de una vez a usar las puertas —dijo dama Serena, y despidió al catalejo con un elegante gesto.

—Las arañas nunca usamos los caminos normales. No, no, no. Es en los senderos abruptos y complicados donde se encuentran las moscas más jugosas.

—¿Y has encontrado alguna?

—Hace un rato descubrí a un curioso ejemplar rondando las almenas, una mosca de alas rojas y piel brillante. La dejé ir. Era demasiado grande para mí.

—Hiciste bien. Se te habría atragantado.

Llamaron a la puerta y, casi al instante, sin esperar respuesta, la abrieron desde fuera. Dama Desgarro entró en la estancia, con su paso inseguro y vacilante. Parecía que en vez de caminar marchara de tropiezo en tropiezo, siempre a punto de caer y siempre testarudamente en pie. Dama Serena la saludó con la cabeza y se giró de nuevo hacia la araña vestida con levita.

—¿Cómo está Huryel?

—Vivo —respondió esta.

—Vive. Vive. —Dama Desgarro salió al aire fresco de la terraza. Donde antes tenía el ojo izquierdo ahora solo se veía una cuenca vacía grotesca—. Cada día nos cuesta más esfuerzo mantenerlo así, pero no cejamos en nuestro empeño. Testarudas e irreductibles. Así somos.

—Esmael ha estado aquí —le comunicó la fantasma.

—¿Dónde? —preguntó, y como si temiera que el ángel negro pudiera estar tras ella, giró sobre sus talones a tal velocidad que la cabeza se le desprendió del cuello, cayó al suelo y rodó por la cuesta leve de la terraza hasta topar con la balaustrada.

El cuerpo decapitado se acercó al murete de dos zancadas, recogió la cabeza y volvió a acomodarla en su sitio. Chasqueó la lengua. Estaba acostumbrada a las pequeñas incomodidades que de cuando en cuando le deparaba el estado maltrecho de su cuerpo, pero aun así le desagradaba en grado sumo que se le cayera la cabeza. Hacía que pareciera poco respetable. Y además, la mareaba.

—Vino a hacerme una oferta difícil de rechazar. Por no decir imposible —le explicó la fantasma.

—¿Y qué puede ofrecerte Esmael? —preguntó dama Desgarro.

Dama Serena les hizo saber lo que primero Enoch el Polvoriento y después el mismo ángel negro habían ido a contarle.

—El grimorio del Comeojos, nada más y nada menos —murmuró dama Desgarro después de escucharla. Entrelazó las manos, pensativa—. No es el más poderoso de los antiguos libros, pero sí lo suficiente como para ser un objeto temible. ¡Qué molestia! —rezongó—. Debemos hacernos con él, nada bueno puede ocurrir si ese loco tiene semejante poder en sus manos.

—Si es que de verdad cuenta con ese grimorio —apuntó dama Araña, ansiosa por participar en la conversación, aunque a ella, a fin de cuentas, poco le importaba quién fuera el regente o qué ocurriera con ese libro de hechizos. Se limitaba a cumplir lo que se le ordenara, estuviera quien estuviera al mando.

—Veremos con qué hechizo nos sorprende esta noche —dijo dama Desgarro. En la terraza flotaba el aroma denso de la custodia del Panteón Real y comandante de los ejércitos del reino. Olía a podredumbre de bosque, a moho y flores muertas—. En los compendios de Valcoburdo aparece un listado de los grimorios conocidos y sus sortilegios, y a buen seguro que el libro del Comeojos estará entre ellos —dijo—. Los consultaré en cuanto pueda.

—Como comprenderás, daré mi voto a aquel que tenga el libro en su poder —señaló dama Serena.

—Por supuesto, por supuesto. Es comprensible y natural. ¡Qué contratiempo! —Se acarició la cuenca vacía, taciturna, con su mano plagada de cicatrices. El movimiento de su dedo asustó a una diminuta mariposa azul que se había refugiado dentro—. Pero hablemos de cosas más agradables: la cosecha de Denéstor. ¿Los has visto? Han espantado a gritos a esas alimañas. ¿Quién lo habría dicho? Aún no me puedo creer que todavía estén todos vivos.

—Los hermanos Lexel… —comenzó la arácnida.

—Sí, sí —le cortó ella—. Cruzan apuestas sobre cuántos morirán antes de que caiga la noche. Lo sé. —Su cara, fea y deforme, tan surcada de cicatrices y marcas que parecía el mapa de un país sumamente accidentado, se torció en lo que se podía considerar como un gesto pícaro—. Hasta yo misma me he atrevido a apostar con ellos parte de mi pequeña reserva de manzanas de Arfes. Yo digo que ni uno solo morirá hoy. Mañana tal vez. Pero no hoy.

—¿Y ese arranque de optimismo? —preguntó dama Serena, asombrada.

Dama Desgarro no contestó. En cambio soltó una carcajada desde la caverna que era su boca y entrecerró su ojo derecho.

En la cúspide de un alto edificio se posaba uno de los pájaros de Denéstor. En forma y tamaño era casi idéntico a los que habían volado la noche anterior al mundo humano. Pero los materiales con los que el demiurgo lo había construido eran muy diferentes. El cuerpo del ave estaba hecho con alambre retorcido y vuelto a retorcer, su cabeza era una bola diminuta de cañón recubierta de plata, sus ojos, rodamientos de acero, y su pico, cuero curtido forrado de aluminio. Se trataba de un ejemplar magnífico, y además estaba hecho para perdurar, no como sus congéneres, que una vez cumplida su misión habían regresado a su categoría de materia inerte.

El pájaro, espoleado por el deseo de dama Desgarro, dio unos pasos hacia el borde de la azotea, moviendo su cabeza de izquierda a derecha y de derecha a izquierda. En el pico, con suavidad exquisita, portaba el ojo izquierdo de la comandante de los ejércitos del reino. Y no perdía detalle de lo que ocurría con Hector y los demás.

—Los veo —murmuró dama Desgarro. Arrastraba las palabras como si fueran cieno y su boca un pantano—. Han llegado al otro extremo del puente y se encaminan hacia las cestas. Poco encontrarán, pobrecitos, pobrecitos. El hambre dormirá con ellos esta noche. Los veo, dama Serena. —Una nueva mueca removió los rasgos de la mujer rota, una mezcla de sentimientos encontrados a los que ni siquiera ella se atrevía a poner nombre—. Los veo —repitió.

—¿Qué? —Dama Araña enfocó con sus prismáticos hacia la plazoleta—. ¿Qué es lo que ves?

—Veo un grupo. Aún no formado, pero en ciernes. Veo dos líderes fuertes, el muchacho recio que se quedó en la plaza y el joven de piel oscura. Se han echado a la espalda la responsabilidad de cuidar de los demás. Y lo han hecho inmediatamente, sin pensarlo siquiera. Y casi todos se han reunido ya a su alrededor. Solo uno de los cachorros de Denéstor ha optado por la soledad.

—¿Y qué ves en Hector? —preguntó dama Serena.

—Potencial dormido. Fue el primero en ver lo que iba a hacer la colaespina. Y a pesar del miedo, siguió a los otros a la lucha. Es torpe, insensato, y puede que algo estúpido... Pero tiene madera, sin duda.

—¿Lo dices con orgullo?

—¿Orgullo? No. Digo lo que veo. No voy más allá, cielos e infiernos me libren de tener imaginación. —Chasqueó la lengua, disgustada—.

¿Esencia de reyes? ¿Quién puede asegurar eso a estas alturas? El camino acaba de empezar, y nadie puede saber lo que nos aguarda al final.

—Pero ¿y si sobrevive? ¿Y si realmente hay esencia de reyes en él? Esmael aseguró que le permitiría sentarse en el trono. Aunque ni en mis delirios más enfermizos me lo imagino dejando a un lado la regencia para entronar a ese mocoso.

—No voy a mentirte, querida amiga. Una vez acabe todo, si el niño sigue vivo y existe la posibilidad, por mínima que sea, de que se convierta en rey, lo mataré —dijo dama Desgarro mientras observaba como los muchachos rebuscaban entre las cestas destrozadas—. Sin dudarlo un segundo, sin que me tiemble la mano Tú mejor que nadie sabes hasta dónde llega la locura de los reyes de Rocavarancolia. La esencia da poder, pero también enloquece. Ahora no es tiempo de reyes ni de locura. Es hora de crecer, de medrar, abrir puertas, construir...

Vio en la distancia como Hector hacía una pausa en la recolección de restos para dar un bocado rápido a una fruta rojiza, golpeada y maltrecha. Dama Desgarro entró de nuevo en su mente. Lo hizo con la misma facilidad con la que lo había hecho para despertarlo o cuando había enlazado sus mentes desde la esfera de dama Serena. Fue como penetrar en un mar inmenso de luces pardas.

«La tormenta de magia se apacigua, no puedo arriesgarme a seguir en contacto contigo. Y no sé cuándo tendré la oportunidad de volver a hablarte». Eso fue lo que pensó dama Desgarro. A continuación tomó sus pensamientos de las circunvoluciones cavernosas de su cerebro polvoriento y los arrojó a la mente del muchacho.

Hector se irguió como un palo, sorprendido de nuevo por la voz que resonaba en su cabeza y que él creía de dama Serena. La fruta se le cayó de la mano y Natalia lo riñó por su torpeza.

«Ya he hecho por ti todo lo que está en mi mano. Ahora estás solo. No te descuides, niño. Esquiva la niebla oscura y vigila siempre tu espalda. Y no confíes en nadie. —Dama Desgarro pasó una lengua violácea entre sus dientes quebrados mientras seguía en contacto con Hector. La sierra rota que eran sus colmillos le arañó la lengua, pero ni una gota de sangre brotó de ella—. Absolutamente en nadie».

Los expedicionarios

Eran los ojos más hermosos que había visto nunca. Y no se trataba solo de su color azul y sus reflejos violeta, era, más que nada, por la forma en que miraban. En aquellos ojos había dulzura y poesía, y una entereza sobrecogedora.

Marina estaba sentada frente a él y Hector no podía dejar de mirarla. No lo hacía de manera directa, por supuesto; en el tiempo que llevaban en la plaza había encontrado cinco modos diferentes de observarla sin que resultara evidente o, al menos, eso quería creer. Se sentía estúpido, pero era superior a sus fuerzas.

Mordisqueó el hueso de la fruta a pesar de que ya no quedaba ni una hebra de pulpa adherida a él. Era la última que le correspondía y todavía seguía hambriento. En la cesta maltrecha que habían traído con ellos quedaba una pieza para cada uno, pero habían decidido que lo más prudente sería racionarlas. Esas frutas, una especie de pera enorme, de color verde oscuro, que no sabía a nada que hubiese probado antes, eran lo único que se había salvado de la voracidad de las alimañas que los habían atacado; por suerte para ellos, aquellas peras no debían de ser bocado de su agrado. Hector tenía tanta hambre que aún no había podido decidir si le gustaban o no.

Se dio cuenta de que la joven con el tobillo lastimado lo miraba con fijeza. El pelo moreno, largo y lacio, le caía sobre la cara como un cortinaje sucio. Estaba apoyada contra el muro de la fuente, con la pierna estirada por completo y el tobillo vendado. Ricardo había averiguado que se llamaba Rachel y que Denéstor la había traído desde Quebec; y por suerte había conseguido comunicarse con ella lo suficiente para tranquilizarla y hacerle saber que con ellos estaba a salvo. Hector le sonrió. Ella le devolvió la sonrisa al instante, le guiñó un ojo y a continuación miró a Marina con picardía, dejándole claro que no había sido tan discreto como pensaba. Hector enrojeció y se centró en roer el hueso de la pera como si el destino del universo dependiese de que lo dejara limpio por completo.

Los nueve muchachos estaban sentados en círculo junto a la fuente, aguardando con impaciencia el regreso de Ricardo y Marco. Ambos habían decidido, ante el espanto de la mayor parte del grupo, salir en busca de más provisiones. El joven alemán creía poder encontrar la zona en la que había aterrizado otra de las bañeras. Decía haberla visto descender cerca de tres altas torres situadas al sur, para luego elevarse de nuevo, ya desprovista de cestas, y poner rumbo al castillo. Habían insistido en ir solos aun a pesar de que Natalia, Marina y Bruno se habían ofrecido a acompañarlos.

«Iremos más rápido siendo solo dos», dijo Ricardo. «Pero no os preocupéis. No correremos riesgos estúpidos. Nada de abalanzarnos hacia bestias salvajes dando alaridos. Volveremos cuanto antes». Una mirada hacia lo alto delató su inquietud. Hector comprendió que no quería que la noche los sorprendiera en el exterior. Marco le había hablado del torreón sobre el promontorio y había coincidido con él en que podía resultar un buen refugio.

A Hector no le gustaba el plan de los dos jóvenes, pero había preferido reservarse su opinión. Pese al hambre, creía que era más urgente encontrar un lugar donde refugiarse y aguardar al día siguiente para buscar provisiones. El sol ya hacía largo rato que había comenzado su declinar y aquel extraño color azul de cielo se iba tornando cada vez más turbio. La cercanía del anochecer lo inquietaba y no solo a él. Cada vez con más frecuencia las miradas del resto se veían atraídas por la bóveda celeste. Si Rocavarancolia era un lugar temible durante el día, Hector no quería ni imaginar en qué podía convertirse una vez se pusiera el sol.

Un viento arisco y destemplado comenzó a gemir como un alma condenada entre las ruinas. Hector se envolvió lo mejor que pudo en el blusón gris que llevaba sobre el jersey. El tejido era desagradable al tacto y despedía el olor de las cosas viejas y abandonadas, pero servía para mantenerlo caliente. Alexander y Lizbeth habían traído tres cestones llenos de ropa de la casa donde habían rescatado a Rachel. En su mayoría era idéntica a la que ellos llevaban: blusas y pantalones de arpillera, camisas de estopa basta, camisolas, casacas y calzones, todo en colores oscuros. La habían repartido entre el grupo y aunque en primera instancia muy pocos habían estado dispuestos a ponerse aquellas prenda feas, a medida que la temperatura descendía habían ido dejando de lado su aprensión.

—Los niños perdidos de Peter Pan —bromeó Alexander cuando todos estuvieron envueltos en las blusas oscuras.

Lo que más agradeció Hector fue el par de alpargatas que encontró en un cesto. Eran unas zapatillas de paño grueso y suela de cuero. Le apretaban un tanto en el talón, pero suponían toda una mejora con respecto a los trapos mal anudados.

No podían saber cuánto tiempo llevaban esperando a Ricardo y Marco. De todos ellos solo Bruno llevaba reloj, y este se había parado en el mismo instante en que Denéstor Tul había trasladado al joven a Rocavarancolia. Era un reloj viejo y feo de cadena que Bruno guardaba en un bolsillo de su camisa, con la cabeza horripilante de un león tallada en la tapa dorada.

—Es un regalo de mi abuelo —les explicó. Observaba la esfera con tal concentración que parecía querer poner en marcha el reloj con la única fuerza de su voluntad.

—Pues no debe de quererte mucho —dijo Adrian—. Es muy feo.

Bruno alzó la vista para mirarle directamente. La frialdad de sus ojos resultaba perturbadora.

—Pero ¿cómo te atreves a decir que algo es feo llevando el pijama que llevas? —preguntó Lizbeth, provocando las carcajadas de Alex.

—Déjalo, no tiene importancia. —Bruno se levantó y se metió las manos en los bolsillos traseros de su vetusto pantalón de pana. El vuelo de su blusón negro aleteaba al viento—. Y tiene razón con respecto a mi abuelo —dijo—. No me tiene mucho aprecio. Denéstor se podía haber ahorrado el esfuerzo de borrarme de su memoria, estoy convencido de que le habría resultado agradable hacer ese trabajo por sí mismo. —Guardó un instante de silencio, con la vista perdida en los edificios que rodeaban la plaza. Señaló con la cabeza hacia la entrada de un callejón cercano y echó a andar hacia allí—. Necesito ir al servicio. Ahora vuelvo.

—No te alejes demasiado —le advirtió Lizbeth mirándolo preocupada.

Decidieron poner en común los objetos que llevaban en sus bolsillos, en busca de cualquier cosa que pudiera serles útil. El resultado fue bastante deprimente: varios juegos de llaves, tres paquetes de pañuelos de papel, monedas, y dos pequeñas piedras coloreadas de Natalia fueron todo el botín.

—Qué miseria —murmuró Alexander—. Aquí no hay nada que nos pueda servir.

—¿Y qué esperabas, Alex? —le preguntó su hermana—. ¿Una pistola?

—Con una navaja me habría conformado, listilla. Nos habría venido de perlas ahora.

Hector aún tenía reciente en la memoria el ataque de pánico del pelirrojo. El joven se había rearmado de manera casi instantánea, pero durante unos segundos había mostrado toda su debilidad, todo su miedo. Recordó que le había hecho prometer a Adrian que, por muy asustado que estuviera, no se dejaría dominar nunca por el pánico, y se preguntó si Alexander no se habría hecho a sí mismo una promesa semejante.

Alzó de nuevo la vista. Hacia el oeste, entre los picos quebrados de la cordillera, comenzaba a asomar el anochecer. Las cumbres de las montañas estaban rodeadas de remolinos de un intenso azul oscuro; manchas de color púrpura y escarlata prendían el vientre de las nubes. El crepúsculo, poco a poco, se iba derramando por el cielo.

—¡Bruno! ¡Ricardo nos ha dicho que no nos alejemos! —gritó de pronto Natalia, sacando a Hector de su ensimismamiento—. ¡Vuelve aquí ahora mismo!

Bruno estaba inmóvil ante un torreón situado en un extremo de la plaza. Era el edificio de piedra parda rodeado de niebla que Hector había descubierto al poco de recuperar la consciencia. El italiano había atravesado la cancela del jardín y se encontraba ante la puerta. La cortina de sombras flotaba a apenas unos centímetros de él, como una aurora boreal malograda.

Hector se levantó de un salto.

—¡Bruno, vuelve! —gritó también, sobrecogido al verlo tan cerca de la bruma. Por un momento creyó ver como de esa oscuridad densa surgía una mano etérea, una garra de tinieblas que se cerraba peligrosamente cerca del rostro del joven.

—¡Creo que deberíais venir a ver esto! —gritó él, y para espanto de Hector, sin dudarlo un segundo, buena parte del grupo se levantó y fue hacia allí. Sólo Lizbeth y Rachel permanecieron sentadas, la una junto a la otra. Hector frunció el ceño, sin saber qué hacer.

—Quédate con ella, ¿vale? —le pidió a Lizbeth antes de acelerar el paso para alcanzar a los demás.

El torreón pardo tenía cuatro plantas; las tres primeras eran rectangulares, de ventanas estrechas, construidas con pequeños bloques de granito. La última planta, en cambio, era tan distinta en cuanto a forma y material que no encajaba en absoluto con el resto, como si fuera parte de otro edificio que alguien hubiera colocado allí por error. Ese último piso parecía construido de una sola pieza esférica, plana en su parte superior, sus numerosas ventanas eran amplias y ovaladas, con alféizares curvos. Las primeras plantas tenían un aspecto macizo y rotundo mientras que esa última parecía etérea, como si en vez de aposentarse sobre las otras flotara sobre ellas.

El jardín que rodeaba al edificio había quedado reducido a polvo y tierra yerma. En algunos puntos asomaban unos hierbajos maltrechos que parecían a punto de desintegrarse.

—Este sitio es horrible —murmuró Marina mientras contemplaba con desagrado un helecho muerto.

—¿Y qué se supone que tenemos que ver aquí? —preguntó Alexander—. Es otra casa espantosa en la ciudad más espantosa del universo.

—Sospecho que este es un edificio especial —les dijo Bruno—. Mirad: en otro tiempo hubo estandartes allí. —Señaló hacia los mástiles situados en la parte alta del portón—. Y observad bien el símbolo sobre la puerta. Mientras perseguíamos a la bañera pude verlo en otro edificio, muy parecido a este.

Se arremolinaron tan cerca de la bruma de advertencia que Hector sintió la necesidad de apartarlos a empujones. Se limitó a aproximarse más que nadie a la oscuridad sombría interponiéndose en el camino de cualquiera que intentara avanzar hacia los escalones del portón. Si alguien hacía ademán de entrar, lo derribaría al momento, decidió. Intentaría que pareciera un choque fortuito: un tropiezo más del torpe del grupo. Se tiraría también al suelo y simularía hacerse daño para que no les quedara más remedio que centrarse en él y olvidar la torre. Casi se sorprendió de la rapidez con la que trazó su plan.

El símbolo sobre la puerta era una estrella de diez puntas, de un sucio color rojo. Sus ocho brazos horizontales se curvaban un tanto hacia fuera, mientras los brazos verticales se prolongaban rectos desde los extremos del óvalo alargado que era su centro. Tenía el aspecto de un insecto extrañamente simétrico posado en la pared de la torre.

—¿Qué querrá decir? —preguntó Adrian.

—Lo desconozco. Puede que indique la naturaleza del edificio. Un símbolo gremial o algo de esa índole.

—O puede que sea una advertencia —murmuró Hector, ansioso por evitar que a alguien se le ocurriera la idea genial de ponerse a explorar la torre—. El equivalente de «Peligro. No entrar».

—Solo hay un modo de averiguarlo —anunció Alexander, y dio un paso hacia la escalera.

Hector lo miró atónito, incapaz de creer que fuera siempre el mismo quien parecía ansioso por atravesar las brumas de dama Serena. Ya se preparaba para derribar al pelirrojo cuando desde la plaza se escuchó un silbido. Miraron hacia allá sobresaltados. La que silbaba era Rachel. Se había llevado dos dedos a los labios y emitía un sonido prolongado que sorprendía tanto por lo agudo como por lo persistente.

—¡Santo cielo! —exclamó Madeleine—. ¡Qué pulmones!

—Y qué mala idea silbar de ese modo en este lugar —dijo Bruno—. Ese silbido se habrá escuchado en toda Rocavarancolia.

Lizbeth debía de pensar lo mismo, porque hizo callar a Rachel con rapidez para luego, una vez vio que la atención de todos estaba fija en ellas, señalar hacia una de las bocacalles que conducían a la plaza. Ricardo y Marco se acercaban desde allí a buen ritmo. No llevaban cesta alguna consigo.

Hector suspiró aliviado cuando salieron del jardín de la torre parda para ir al encuentro de los recién llegados.

—Este lugar es una locura —afirmó Marco mientras se dejaba caer en el suelo empedrado.

Ricardo lo imitó. Tenía una expresión ausente. Se llevó las manos a la cabeza y las restregó con violencia en su pelo, como si intentara secarlo o apartar alguna idea desagradable de su pensamiento. Luego resopló, alzó la vista y miró a todos y cada uno de los presentes como si fuera la primera vez que los veía.

—No es una locura. Es una pesadilla —aseguró, y sonó tan inexpresivo como Bruno—. Eso es lo que es: una pesadilla.

—¿Qué pasa? —preguntó Adrian—. ¿No habéis encontrado comida?

Marco negó con la cabeza. Ricardo miró hacia lo alto.

—¿Qué habéis visto? —le preguntó Lizbeth. Se llevó una mano al pecho, como si se preparara para resistir una terrible impresión.

Ricardo volvió a resoplar y se pasó una mano por la frente. El pelo castaño cayó sobre sus ojos. Cuando habló no lo hizo para contestar a Lizbeth.

—Nadie entrará en ningún edificio hasta que estemos convencidos de que es un lugar seguro —dijo. Su mirada se había endurecido. No había traza alguna de amabilidad ni en sus palabras ni en sus gestos. Hector comprendió que tenían ante sí al mismo Ricardo que le había ordenado de manera tajante ir con los demás tras la bañera—. Nadie irá solo a ningún lado, como mínimo iremos en parejas. —continuó—. No nos adentraremos en la ciudad si no es necesario. Intentaremos encontrar los lugares donde esos locos nos vayan a dejar las provisiones y ya está. Nada de aventuras, ni exploraciones, ni tonterías... Este sitio es peligroso.

—Lo sabemos, intrépido líder. —Alexander se golpeó el pecho justo en el punto donde le había acertado la espina de la alimaña—. Un bicho asqueroso casi me deja tieso en el sitio.

—Créeme: esos bichos van a ser la menor de nuestras preocupaciones —terció Marco.

—¿Qué habéis visto? —insistió Lizbeth. Habló muy despacio y con un tono tan serio que casi parecía amenazante. Se había colocado delante de Ricardo y le observaba ceñuda, con las manos apoyadas en las caderas. A Hector le recordó la pose que adoptaba su madre cuando le reñía.

—Yo... —Ricardo rehuyó la mirada de la joven. Toda la seguridad de la que acababa de hacer gala se desvaneció. Bajó la cabeza como si estuviera terriblemente cansado.

—No ha sido solo una cosa —les explicó Marco ante la falta de respuesta de su compañero—. Ha sido una sucesión de... no sé cómo llamarlo. Este lugar es imposible, puede con cualquiera. No sé ni por dónde empezar. —Miró alrededor, como si buscara inspiración. Luego suspiró y comenzó a hablar—: Al poco de dejaros nos encontramos con el patíbulo de un ahorcado. No quedaban de él más que huesos y... se movían... No paraban de moverse. Creíamos que era el viento, pero no. Era otra cosa. El esqueleto estaba infestado de insectos, habían hecho del cadáver su nido. Vivían dentro de sus huesos. Y nos vigilaban, nos vigilaban desde las cuencas vacías. Y eso no es todo. —Tragó saliva y señaló a su espalda, aunque era evidente que por mucho que miraran hacia allá no iban a poder ver lo que señalaba—. La ciudad está ardiendo, ¿sabéis? A unos cinco kilómetros hay una gran zona en llamas. Pero no, no os preocupéis, el incendio no llegará hasta aquí. Está inmóvil,

¿comprendéis? Las lenguas de fuego están congeladas, quietas. Ni siquiera hay humo. Y sin embargo ahí está: ardiendo. Las calles y los edificios están envueltos en llamas, todos a medio consumir. Hay gente gritando allí... Y sea lo que sea que hace que las llamas no avancen, también mantiene con vida a los que arden. No paran de gritar. No sé cuánto tiempo deben de llevar en ese infierno, quemándose vivos...

—Cállate —dijo Adrian, tapándose los oídos con fuerza—. Cállate. Cállate.

—¡Oye! —Alexander se giró hacia él. A pesar del frío el pelirrojo tenía la frente bañada en sudor—. ¿Qué me habías prometido, pequeñajo? Puedes tener todo el miedo que quieras, pero no se te tiene que notar. ¿Vale?

Adrian le miró con los ojos desorbitados.

—¡Pues que se calle! —exclamó.

—¡Oh! ¿Creías que esto iba a ser un paseo? ¡Ya sabes que no! ¡No es una excursión, es una aventura! ¡Y las aventuras son peligrosas!

—¡Callaos los dos! —gritó Lizbeth sin apartar la vista de Ricardo—. ¿Qué has visto tú? —le preguntó.

El joven bajó la mirada. Cuando habló lo hizo despacio, sin levantar la cabeza.

—No hemos encontrado víveres, aunque tampoco hemos buscado mucho —empezó—. Queríamos volver cuanto antes y bueno... el barrio en llamas nos había puesto los pelos de punta. Cuando regresábamos nos hemos topado con una casa de ladrillos blancos y tejado negro, con tres ventanas en la parte de delante. —Los ojos de Ricardo brillaban húmedos de lágrimas que no llegaban a caer—. En el alféizar de la ventana del centro había una maceta con un arbolito retorcido, un bonsái seco. —Se pasó una mano por la frente, muy despacio—. Era mi casa... El bonsái me lo regaló mi madre hace dos años y se me murió. Fue por mi culpa, era de exterior y yo me empeñé en tenerlo en mi cuarto. Era un regalo de mi madre y quería tenerlo cerca, ¿sabéis? —Las lágrimas seguían sin caer. Hector estaba asombrado, las veía temblar pero permanecían afianzadas al párpado inferior. Tan congeladas como las llamas de las que acababa de hablar Marco—. Cuando lo saqué fuera ya era tarde.

—¿Tu casa? ¿Viste tu casa?

Marco le pidió silencio con un gesto. Ricardo no había terminado de hablar:

—La ventana de mi cuarto se abrió de pronto y apareció mi madre. Me gritó que dejara de jugar y que volviera dentro, que ya estaba bien, que era muy tarde y que había que cenar. Y estaba a punto de hacerlo, ¿sabéis? Si Marco no me hubiera detenido, lo habría hecho.

—¡No entiendo nada! —se quejó Natalia.

—Yo no vi la casa de Ricardo —dijo Marco—. Vi la entrada del gimnasio de mi padre, con sus carteles de cursillos y el programa de combates de boxeo para el fin de semana. Y a él en la puerta, llamándome para que terminara de fregar el pasillo de una vez. Yo también me lo creí. Sé que ahora mismo puede parecer imposible, pero os juro que estuve a punto de entrar... Me acercaba ya a la puerta cuando de repente vi otra cosa. Mi padre y el gimnasio parecieron parpadear y pude ver lo que proyectaba esas ilusiones. —Guardó un instante de silencio—. Es difícil de describir... Parecía una cabeza enorme que saliera del suelo, con una boca grande y desencajada y ojos gigantescos. Pero no era una cabeza: era una casa; una casa viva y hambrienta. La puerta era la boca y los dos ventanales de su fachada eran los ojos que nos miraban... Si hubiéramos entrado nos habría devorado, estoy seguro.

—Como una planta nepente —dijo Bruno de improviso. Al ver la expresión de los demás añadió—: Son plantas carnívoras que atraen con su olor a los insectos. Igual que esa casa, aunque en vez de un estímulo olfativo al parecer usa uno visual.

—Lo que sea —gruñó Ricardo malhumorado—. Marco tuvo que tirarme al suelo para que no entrara. Y de pronto una lengua negra salió disparada por la puerta y dio un latigazo cerca de nosotros. Estábamos fuera de su alcance, solo por centímetros. La maldita casa soltó un gruñido y yo pude ver al fin cómo era de verdad... Y mi madre se desvaneció.

Un silencio incómodo flotó sobre el grupo. Todos sabían que aún faltaba algo por contar.

—Murió hace dos años —murmuró—, al poco de regalarme el bonsái. Un accidente estúpido de coche, un borracho chocó contra ella y todo acabó. Y he tenido que venir a este infierno para volver a verla. —Las lágrimas, por fin, comenzaron a fluir por sus mejillas.

—Esa no era tu madre, Ricardo —le dijo Marina—. Solo su imagen.

—¡No me importa! —gritó incorporándose con violencia—. ¡Se han metido en mi cabeza! ¡¿Pero quiénes se han creído que son para hurgar en mi mente?! —Se giró para quedar encarado hacia el castillo en la montaña—. Nos engañaron para traernos a este sitio asqueroso. Me han hecho olvidar todos los idiomas que sabía y ahora se atreven a jugar con el recuerdo de mi madre. ¡Malditos sean! —Apretó los dientes. Hector comprendió que sus lágrimas no eran de dolor ni de tristeza, eran de rabia—. Había olvidado su cara, ¿lo comprendéis? —les soltó con furia—. ¡No la recordaba! ¡No recordaba a mi propia madre! Dios... Las fotos que teníamos de ella no le hacían justicia. Era preciosa... y yo lo había olvidado... La había olvidado. —Cerró los puños con fuerza—. Les voy a hacer pagar por esto. Os lo juro. No sé cómo, pero pagarán.

El torreón

Había un reloj en la cúspide del torreón. Al menos se asemejaba mucho a un reloj. Era una gran esfera acristalada, colocada en la cara este, justo bajo la línea de almenas. En la parte superior de la esfera se podía ver una pequeña circunferencia roja y, en el lugar en el que un reloj de sol marcaría cerca de las cuatro y diez, la misma estrella escarlata que habían encontrado en la torre parda de la plaza.

—Otra vez ese símbolo —dijo Bruno.

—Ese punto de arriba… —murmuró Marco pensativo—. Dama Desgarro mencionó algo sobre una Luna Roja, ¿recordáis?

—Dijo que en los últimos treinta años nadie había vivido para verla —señaló Hector. Y ahora que Marco lo había mencionado sí que parecía que aquel punto representaba una luna, hasta se intuía algún accidente geográfico en su superficie: grietas y cañones profundos que se repartían sobre todo en la zona oriental del ecuador.

—Pero ¿qué se supone que es? —preguntó Adrian—. ¿Un reloj o un adorno?

—Puede que indique cuándo salen la Luna Roja y esa estrella —conjeturó Ricardo—. O cuándo tendrá lugar el próximo eclipse, o a lo mejor no tiene nada que ver con lunas ni estrellas. Yo qué sé.

Los once jóvenes estaban en lo alto del promontorio, contemplando el edificio desde el otro lado del foso, al pie del puente levadizo. Se trataba de un torreón de planta redonda, de muros oscuros mezclados con arenisca verde y cuatro pisos de altura. La única tara que se advertía en el edificio era un fuerte impacto en la cara norte; bien podía haber sido causado por un cañonazo que, aunque no había llegado a atravesar el muro, había logrado deformarlo; Hector no pudo evitar pensar en un puño enorme golpeando contra la pared.

El puente levadizo era de gruesa madera oscura y medía seis metros de largo y cuatro de ancho. Las cadenas descendían desde dos aberturas situadas a ambos lados del portón de la torre para aferrarse a los anclajes del extremo del puente.

El foso que rodeaba el torreón no tenía fondo apreciable. Natalia había hecho ademán de ir a asomarse, pero Ricardo la había cogido del cuello del blusón antes de que pudiera dar dos pasos. Hector contempló aquella nueva brecha con aprensión. El recuerdo de la cicatriz de Arax y lo que contenía estaba demasiado fresco en su memoria. Y aunque allí no había ni rastro de la niebla de advertencia, tampoco olvidaba lo que la fantasma había dicho: la ausencia de oscuridad no implicaba que un lugar fuera seguro.

A sus espaldas se escuchaba el murmullo continuo del torrente que discurría en torno al promontorio. Sus aguas bajaban turbias tras la tormenta de la noche anterior, arrastrando pedazos de madera y escombros.

No habían tardado mucho en cubrir la distancia que separaba la plaza de la fuente del torreón. Habían avanzado deprisa, espoleados por la llegada inminente de la noche. Marco había cargado a Rachel a su espalda sin que esta vez Lizbeth pusiera el menor reparo. A mitad de camino, se habían topado con una gran escalinata de mármol negro. El último escalón servía además de puente para atravesar el río, aunque con la subida de las aguas se encontraba casi sumergido. Una vez cruzaron a la otra orilla fue fácil dar con el torreón.

Llevaban un rato parados ante el puente levadizo. Todos esperaban la señal de Ricardo para pasar al otro lado, pero el joven castaño estaba inmóvil observando la mole del torreón con desconfianza, como si pensara que aquel lugar también estaba ansioso por devorarlos.

—¿Qué hacemos, intrépido líder? —le preguntó Alexander. Llevaba al hombro toda la fruta que quedaba, dentro de una camisola con las mangas atadas—. ¿Nos quedamos aquí toda la noche o cruzamos de una vez?

Ricardo resopló. Era evidente que no se sentía nada convencido.

—De acuerdo, vamos a entrar —concedió al fin—. Pero con calma y que nadie se separe. Vayamos donde vayamos, iremos juntos.

En ese preciso instante se escuchó un aullido tremendo. Procedía de las montañas, que en aquel momento no eran más que una densa zona de sombras contra el crepúsculo. Un segundo aullido se unió al primero. Y un tercero no tardó en seguirlos. Hector sintió una punzada de miedo en la boca del estómago. Aquellos aullidos sonaban a hambre pura, a huesos roídos con rabia... Casi sin darse cuenta se aproximaron unos a otros, buscando la sensación de seguridad que da la cercanía.

—No son lobos —dijo Lizbeth—. Los lobos no aúllan así.

Cruzaron el puente con rapidez, mirando de cuando en cuando a sus espaldas, como si temieran que algo fuese a darles alcance antes de atravesar la puerta del torreón. Hector caminó por el centro del puente levadizo, sin mirar ni una vez al abismo que se adivinaba debajo. La explosión de adrenalina que había sentido en la cicatriz de Arax había quedado ya muy atrás.

Los aullidos continuaban, sonoros y temibles. Se habían impuesto con facilidad al gemido del viento.

—¿No suenan más cerca? —preguntó Adrian.

—No —le replicó Lizbeth—. Suenan igual que cuando han empezado. No se han movido.

—Yo los oigo más cerca. Estoy seguro.

El portón daba a un pasillo abovedado y sombrío que conducía hasta una segunda puerta, bastante más pequeña que el portalón que acababan de atravesar. En el techo del pasadizo se veían, a intervalos regulares, los dientes afilados de tres verjas alzadas, firmemente encajadas entre la mampostería.

Fue el mismo Ricardo quien abrió la segunda puerta. El chirrido que emitió al abrirse casó a la perfección con los aullidos y el gemir del viento.

Sus ojos tardaron unos instantes en habituarse a la penumbra densa que se acumulaba tras la puerta, pero poco a poco las sombras del interior se fueron definiendo, convirtiéndose en mesas y sillas, en candelabros de pie y repisas inofensivas.

—Parece despejado —murmuró Ricardo, y traspasó el umbral. El resto no tardó en seguirlo.

Sin separarse ni un metro unos de otros, echaron un vistazo alrededor. Natalia y Alexander empuñaban con fuerza sus varas.

La sala era enorme. Ocupaba la totalidad de la planta baja, y aunque estaba desordenada por completo, ese caos no parecía fruto de ninguna catástrofe. Más bien daba la impresión de que alguien había usado el lugar como almacén improvisado, sin preocuparse de guardar un mínimo orden mientras amontonaba cosas. Por todas partes había cómodas, mesas, sillas y anaqueles atestados de los enseres más diversos. Había linternas de cristal, candelabros, un sinfín de velas de todos los tamaños y colores, cuencos, vasos, platos de cerámica, cucharones, bandejas y hasta una olla. Y era tal la cantidad de polvo y telarañas que poblaba la estancia que esta parecía amortajada.

—Buscad cerillas, mecheros... Cualquier cosa que pueda prender fuego —les pidió Ricardo—. Necesitamos luz.

—Si encontráis armas o comida, avisad también —añadió Marco.

Los muchachos se repartieron por el lugar, abriendo cajones y revisando estantes, examinándolo todo sin alejarse mucho unos de otros. Pronto se encontraron avanzando casi a tientas en la semioscuridad de la sala. En el centro de la misma había una escalera de caracol, de peldaños retorcidos que además de subir a las plantas superiores descendían hacia un nivel inferior. Hasta allí se acercó Hector, con Adrian pegado a sus talones. Miró hacia arriba y hacia abajo por el hueco de las escaleras. Solo parecía haber otra planta bajo la que se encontraban.

Junto a las escaleras había un gran cubo de madera del que sobresalían varios escobones, fregonas y cepillos. Hector cogió una escoba y la usó para quitar las telarañas de un objeto cercano tan recubierto de ellas que era imposible adivinar de qué se trataba. Resultó ser un arcón voluminoso de madera. Dudó entre abrirlo o no, pero al final le pudo la curiosidad e hizo palanca con la escoba para levantar la tapa. El arcón estaba repleto de ropa, idéntica la mayor parte a la que llevaban. Pero también distinguió entre ella una colorida camiseta adornada con el protagonista de una serie de dibujos animados que había estado de moda hacía unos años. En el centro de la prenda había un gran desgarrón rodeado por una mancha oscura que bien podía ser sangre seca. Hector se apresuró a esconder la prenda entre las demás.

—¿Has encontrado algo? —le preguntó Adrian.

—Nada. —Enterró aún más la camiseta ensangrentada—. Más ropa. Solo eso.

Adrian asintió y estornudó con fuerza. El deambular de los chicos por la habitación levantaba nubes y nubes de polvo.

—¡Ay! —se escuchó exclamar a alguien en la oscuridad polvorienta.

—¿Qué ocurre? —preguntó Ricardo, acercándose hacia la fuente del sonido.

—¡Que soy idiota! —exclamó Madeleine—. ¡Eso ocurre! Me he hecho un corte con un estúpido cristal. Tenía los bordes afila…

Sus palabras quedaron cortadas por un grito de asombro que coincidió con un brillo súbito en las tinieblas. Venía de la mano de la muchacha. Madeleine sujetaba aún el vidrio con el que se había cortado, un pequeño cristal romboidal de color azul claro, y era de ahí de donde surgía la luz. Daba la impresión de que Maddie empuñaba una esfera resplandeciente de medio metro de diámetro. La luz no bastaba para iluminar la sala, pero aclaraba las tinieblas.

—¡Has hecho magia! —exclamó Adrian, admirado.

—Lo que me he hecho ha sido daño —le replicó ella con sequedad—. Aquí hay más cristales, por si os interesa saberlo.

—Déjame ver. —Alexander se acercó a su hermana y observó con el ceño fruncido el corte en el dedo pulgar de la joven—. No es nada, solo un arañazo. Casi ni sangras.

—Pero duele… Y seguro que está llena de gérmenes y bacterias. ¡Enfermaré! —Le tendió el cristal para que lo sostuviera él mientras ella misma examinaba la herida. No habían pasado ni dos segundos desde que Alexander lo había cogido cuando la luz se apagó.

—¡Vaya! ¿Ya lo he roto? Suelo tardar más en cargarme las cosas.

Madeleine se lo arrebató de la mano y la luz regresó otra vez.

—¿Solo funciona conmigo?

Hector y Ricardo examinaron el resto de cristales. Había varias docenas amontonadas en una bandeja de madera policromada. Eran todos idénticos en forma, aunque no en color; los había azules, verdes y anaranjados.

Ricardo tomó uno azul entre sus dedos y lo examinó a la luz que arrojaba el de Madeleine. Luego se hizo un corte rápido en la yema de un dedo con él. El resplandor plateado afloró casi al instante en torno al cristal romboidal. Ricardo le tendió el cristal a Hector y en cuanto cambió de manos la luz se disipó.

—Por lo visto los cristales solo funcionan con quien los activa —comentó Bruno. Seleccionó un cristal de la bandeja y, sin pensárselo dos veces, lo hundió en la palma de su mano. Ni siquiera entonces varió la expresión de su rostro. Cuando el cristal se prendió lo alzó ante sus ojos para examinarlo mejor—. La sangre se cuela por los bordes y circula por el interior del cristal. Hay algo ahí. Un punto oscuro… Cuando la sangre lo alcanza, el cristal se enciende.

Ricardo recuperó el cristal que le había dado a Hector y de nuevo la claridad lo envolvió.

—Bien, ya tenemos luz —dijo—. El que quiera ya sabe lo que tiene que hacer. Pero tened cuidado, sería un fastidio que alguno se desangrase.

La luz ya era más que suficiente para alumbrar la sala con nitidez; aun así tanto Lizbeth como Marina prendieron dos nuevos cristales. Rachel dijo algo que nadie logró entender, para luego señalar con vehemencia hacia la bandeja y los cristales. Marina le acercó uno y la chica asintió complacida antes de cogerlo. A continuación se hizo un corte con él en el dorso de la mano, y aunque la sangre brotó y penetró en el cristal no hubo luz esta vez.

—Estará roto —conjeturó Marco. Cogió el cristal y se lo clavó en la yema del dedo pulgar. Al cabo de un instante, una burbuja de nítida luz perla rodeó su mano. Rachel gruñó, disgustada.

Alex y Natalia fueron los siguientes en activar cristales. Los distintos focos de luz dotaban a los objetos de la habitación de sombras múltiples y movedizas como espectros de tinta que se alargaban o encogían en función de los movimientos de los chicos. Hector tomó un cristal del cesto y lo acercó a la yema de su dedo índice, pero no tuvo valor para clavárselo; la idea de hacerse daño a propósito, aunque fuera a cambio de un poco de luz, le repugnaba. Suspiró y devolvió el cristal al cestillo con rapidez. Miró a los que sujetaban esas esferas luminosas; aquella claridad los dotaba de una consistencia casi nebulosa, como si no terminaran de estar allí. Ricardo, con su propio cristal en las manos, se acercó a la escalera de caracol y les hizo una seña para que lo siguieran.

En el sótano de la torre encontraron las mazmorras. Ocupaban toda la mitad sur del torreón y eran tres celdas a las que se accedía a través de un enorme portón reforzado. De su cerradura sobresalía una llave de hierro que compartía argolla con otras llaves más pequeñas.

Las celdas eran grandes y húmedas, de barrotes gruesos de acero sin apenas separación entre ellos. La sensación de agobio y encierro que asaltó a Hector en aquel lugar fue tremenda, tanta que sintió el impulso de echar a correr y no parar hasta encontrarse fuera de la torre. De los muros de la mazmorra central colgaban tres juegos de cadenas y grilletes. Había marcas de arañazos y golpes en la mampostería y manchas oscuras y turbias por todas partes.

—Este sitio me pone los pelos de punta —dijo Marina con un hilo de voz—. ¿Podemos salir de aquí, por favor?

Hector asintió. Aquel lugar estaba cargado de malignidad. Entre esas paredes habían ocurrido cosas terribles. Y hasta las mismas piedras se habían impregnado de aquellas resonancias oscuras.

—Sí —murmuró Ricardo. También parecía sobrecogido por las celdas—. Aquí no hay nada que ver. Vámonos.

Frente a las mazmorras, al otro lado de la escalera de caracol, había dos puertas más. Alexander abrió la primera y su rostro se iluminó en cuanto vio lo que había dentro.

—Por fin —musitó al contemplar la gran cantidad de armas que se apilaba en la habitación—. Por fin, por fin... —repitió mientras entraba ansioso.

—La armería de la torre —anunció Bruno.

Por doquier se esparcían armas de todo tipo y tamaño. Espadas, arcos, escudos, alabardas, aljabas llenas de flechas, hachas, ballestas, dagas... Estaban tiradas en el suelo, apoyadas en las esquinas o sujetas por abrazaderas a los muros. Prácticamente lo cubrían todo. En el centro de la armería había dos arcones abiertos, repletos de piezas de armadura. Entraron de uno en uno, en silencio. Las esferas de luz que portaban arrancaban destellos del acero y de los adornos de las vainas y empuñaduras. Hector miraba a un lado y a otro, impresionado por la cantidad de armas. Todo aquello estaba concebido para matar, pensó sobrecogido: en cada una de esas armas había una promesa de violencia a punto de desatarse. Se preguntó cuántas habrían matado ya.

Alexander se acercó a un espadón enorme a dos manos casi tan alto como él. Intentó blandirlo, pero ni siquiera logró moverlo de su sitio. Se decidió entonces por una espada mucho más pequeña que empuñó sin sacarla de su vaina. Logró levantarla, aunque no sin dificultades.

—Deja eso, haz el favor —le pidió Marco.

—Pero ¿qué dices? ¡Es lo que estábamos buscando! ¡Armas con las que protegernos!

—¿Sabes manejar una espada? ¡Mira cómo la empuñas! ¡Así lo único que conseguirás será destrozarte la muñeca!

—Es cierto, Alex —le dijo su hermana—. Pareces un payaso.

Alexander apretó los dientes y alzó la espada hasta apuntar con el filo envainado a la garganta de Marco. Su brazo temblaba pero ese temblor apenas se reflejaba en el arma que empuñaba. Las lenguas del cinturón de la vaina se agitaban en el aire como serpientes adormiladas.

—Puede que no sepa, pero aprendo rápido —le advirtió.

Marco entornó los ojos. Saltó hacia delante y golpeó con el antebrazo la espada mientras empujaba a Alexander. El arma cayó al suelo y el pelirrojo a punto estuvo de hacerlo también. Marco recogió el arma y la desenvainó con un movimiento fluido y elegante.

—¿Ves? Con una espada lo único que lograrías sería cortarte tú solo. —La envainó de nuevo y ajustó las correas del cinto a su cintura. Hector pensó que si alguien había nacido para llevar una espada, ese era Marco—. Buscad dagas y cuchillos. Y procurad que no sean ni muy grandes ni muy pesados. No os tiene que costar ningún esfuerzo empuñarlos.

—Mi madre me apuntó a un curso de esgrima, pero solo fui a una clase. No me gustó nada —dijo Adrian. Alzó la palma de su mano abierta ante su rostro y comenzó a agitarla de un lado a otro—. Te ponen una máscara horrible en la cara. Era como estar dentro de un rallador de queso. Si me hubiera quedado... Si hubiera aprendido... —añadió malhumorado.

Se agachó y rebuscó entre un montón de armas hasta dar con un pequeño cuchillo de su gusto. La empuñadura tenía forma de dragón con las alas extendidas. Adrian se abrió la blusa y deslizó el arma en la cintura de su pijama. Marina se acercó a un elegante arco de madera oscura y bordes rojos, dispuesto contra la pared. Acarició su superficie con delicadeza.

—Mi primo tiene un arco de competición —dijo—. No es como este, claro... Está lleno de clavijas y cosas raras. El verano pasado me enseñó a tirar.

—¿Y lo haces bien? —le preguntó interesado Marco.

—No le di a la diana ni una sola vez —confesó ella—. Me cargué una ventana del cobertizo. Y maté un pato.

—¿Le apuntabas a él? —preguntó Alexander.

—¡No!

—Entonces busca un cuchillo —le dijo Marco.

Hector al final se decidió por una pequeña daga de empuñadura retorcida. No tenía cinturón, pero un enganche en la parte trasera de la vaina le permitió colgarla del interior del blusón.

Lizbeth tomó a Ricardo de la muñeca y le hizo girarse hacia ella.

—¿Crees que es buena idea que vayan por ahí armados? —le preguntó—. Al final alguien se hará daño, ya verás. Es una imprudencia.

—Necesitamos armas —le contestó él—. Eso está claro. Este lugar es peligroso y no nos va a dar ninguna ventaja. —Se acercó a Marco, que estaba examinando la daga elegida por Madeleine—. ¿Aprendiste a manejar la espada en el gimnasio de tu padre?

—No exactamente... Aprendí kendo. Y nociones básicas de otras artes marciales. Pero no creas que soy un experto. Cualquiera con un poco de idea me daría una paliza.

—¡Que se lo pregunten a los bichos que nos atacaron! —exclamó Adrian e imitó el gesto de golpear algo con un palo—. ¡Pum!

—Pues nosotros tenemos que aprender a defendernos y ese poco que sabes nos puede venir de perlas —estaba diciendo Ricardo—. ¿Podrías enseñarnos?

—Por supuesto que sí —contestó Marco.

—Pero ¿cuánto tiempo creéis que vamos a pasarnos aquí? —le preguntó Natalia. Tenía una daga de hoja curva a medio desenvainar entre las manos.

—Si conseguimos salir de aquí mañana mismo, excelente —dijo Ricardo—. Aunque creo que deberíamos empezar a pensar que vamos a pasar una larga temporada en este sitio.

—¿Qué? ¡Yo no quiero pensar eso! —dijo Adrian—. Lo que quiero es volver a mi casa, ¿vale? Quiero volver con mi madre. Esto hace ya rato que no me divierte.

—Todos queremos volver a casa —dijo Lizbeth en tono consolador—. Y encontraremos el modo de hacerlo, ya lo verás.

—¡No, no lo encontraremos! —exclamó Marco. Todos lo miraron espantados ante aquella reacción exagerada—. ¡Y cuanto antes se os meta eso en la cabeza mejor! Pensar en volver a casa solo os hará daño.

—Pero ¿qué dices? —le preguntó Marina—. ¿Desde cuándo tener esperanza hace daño?

Marco sacudió la cabeza, como si se dispusiera a explicar algo tan obvio que le resultara inconcebible tener que expresarlo en palabras.

—Denéstor nos repitió una y otra vez que no podía mentirnos, ¿de acuerdo? —dijo—. Que por ley tenía prohibido hacerlo. Por lo tanto todo lo que nos dijo es cierto. Y algo que nos repitió a todos es que no habrá modo de regresar a nuestra casa hasta dentro de un año, cuando las puertas entre nuestros mundos se abran.

Un silencio incómodo se cernió sobre el grupo. Adrian miró a Marco con los ojos muy abiertos.

—Puede que nos mintiera al decirnos que no podía mentirnos —le espetó con la voz quebrada—. ¿No has pensado en eso? ¿Eh?

—No, no... —Marina negó con la cabeza, incrédula—. No puedes fiarte de lo que nos dijo Denéstor, Marco. ¡No tiene sentido que le creas! ¡Por todos los cielos, él es el malo!

Ricardo suspiró.

—Si hubiera podido mentirnos de manera directa, no habría montado ni el espectáculo de la pipa ni el rollo del contrato —dijo apesadumbrado—. Marco tiene razón: Denéstor nos manipuló, pero no nos mintió.

—Me temo que así es —añadió Bruno—. Hasta en el contrato que firmamos venía recogida una cláusula que especificaba que al cabo de un año se nos daría la oportunidad de regresar a nuestro hogar. Por lo tanto tenemos que considerar como real el hecho de que no habrá posibilidad de regresar hasta transcurrido ese tiempo.

—Un año —murmuró Lizbeth.

De nuevo regresó el silencio a la armería, tenso y terrible. Los muchachos se miraban unos a otros. En sus ojos, Hector leyó perplejidad y desánimo, excepto en la mirada de Bruno, vacía como de costumbre, y en la de Rachel, que asistía desconcertada de nuevo a una conversación de la que nada entendía.

—Un año —repitió Alexander—. Un año no es tanto tiempo. Ya veréis. Pasará volando.

Como rúbrica a sus palabras, de nuevo se oyeron aullidos en el exterior. Hector se estremeció. La perspectiva de pasar todo un año en aquel lugar horrible era escalofriante. Frunció el ceño. Denéstor había dicho que les darían la oportunidad de volver a sus hogares al cabo de ese tiempo, era cierto, pero ¿a qué mundo regresarían? ¿A un lugar donde nadie los recordaba? ¿Hablando un idioma que nadie entendería? Hector comenzaba a temer que la posibilidad de regresar a casa no fuera más que otra de las medias verdades de Denéstor Tul.

Una vez escogieron armas y Marco les hubo dado el visto bueno a todas y cada una, salieron de la armería. Lizbeth había preferido seguir desarmada y Ricardo al parecer no había visto motivo para sustituir la daga herrumbrosa que había encontrado bajo el cadáver alado. A Hector el cuchillo que llevaba al cinto no le hacía sentirse más seguro. Y al parecer tampoco a Natalia ni a Alex, que continuaban con sus varas. El pelirrojo no había apartado la vista de las espadas de la armería; parecía un niño al que le hubieran prohibido tocar su juguete favorito.

Fue Bruno quien abrió la última puerta del sótano del torreón. La habitación a la que conducía tenía forma de media luna y era tan pequeña que la mayor parte del grupo tuvo que contentarse con verla desde fuera, al no haber espacio para todos dentro. En la curva de la pared se disponían varias palancas y ruedas de metal y madera. Un olor pestilente a aceite y grasa lo llenaba todo.

—Desde aquí deben de controlarse el puente levadizo y las verjas —dijo Ricardo examinando una palanca. Era grande y estaba carcomida por los bordes. Tiró de ella hacia abajo. Al instante algo crujió entre los muros de la torre y los sobresaltó a todos.

—¡Levanta el puente! ¡Levanta el puente! —le pidió Adrian—. ¡Así los lobos no podrán entrar!

Ricardo hizo girar una rueda y en la distancia se oyó un crujido.

—No estaría mal que alguien fuera a echar un vistazo a la entrada —comentó Marco—. Para saber qué estamos haciendo y eso…

Hector iba a quedarse abajo, pero al ver que con Adrian y Alexander subía Marina, decidió ir también. Los cuatro subieron las escaleras con rapidez y se acercaron a la puerta del torreón después de sortear el caos de enseres de la planta baja. Los cristales de Alex y Marina alumbraron el pasadizo de entrada. Más allá la noche era casi absoluta. Rocavarancolia no era más que un mar de sombras. Desde la puerta fueron informando a gritos a los de abajo de lo que iba ocurriendo.

—¡Habéis bajado la segunda verja! —dijeron cuando la reja descendió. Lo hizo de golpe y el chasquido de la base dentada al golpear el suelo resonó durante unos segundos en el pasadizo.

Al cabo de un momento el puente levadizo dio una fuerte sacudida. La herrumbre de los refuerzos de metal y el polvo acumulado entre la madera saltaron hacia arriba. Un gran crujido restalló en el interior del torreón seguido por un repique continuo de eslabones metálicos recogiéndose. Las cadenas se tensaron y comenzaron a alzar el puente entre quejidos de madera y temblores. Quedó a medio camino, inclinado como una lengua burlona enorme.

—¡Seguid así! —les animó Adrian. Tenía las mejillas enrojecidas por la emoción—. ¡El puente se está levantando! ¡Dadle fuerte! ¡Fueeeeeerte!

Otro nuevo crujido llegó desde el interior de la torre y el puente se puso de nuevo en marcha entre el repicar de las cadenas y el quejido de la madera. Hector sabía que era un sentimiento absurdo, pero a medida que el puente se alzaba se sentía más seguro, como si de verdad aquel foso pudiera protegerlo de los horrores que poblaban Rocavarancolia.

—¡Ya está! ¡Ya está! —gritó Adrian, dando saltos, cuando el puente cerró el portón principal de la torre. Dio una palmada a Hector en un hombro y sonrió a Alexander—. Ahora estaremos a salvo, ¿verdad? —preguntó, y había tal ingenuidad y desamparo en su voz que Hector sintió un nudo en la garganta.

—Por supuesto que estaremos a salvo —le aseguró el pelirrojo, con la vista fija en el portón cerrado. Las sombras en el pasadizo se habían hecho más oscuras.

Cuando el puente estuvo izado y las tres verjas bajadas, retomaron la exploración de la torre. Las dos plantas siguientes estaban divididas en habitaciones comunales, cuatro por piso, con ocho jergones toscos en el suelo de cada una. Los colchones eran poco más que fundas sucias de estopa desgastada, mal rellenas de paja. No había rastro de muebles y el polvo y las telarañas lo cubrían todo. En cada cuarto había tres troneras, demasiado estrechas como para mantener ventiladas las habitaciones.

—¿Dónde nos has traído? —Alex miró a Marco con una ceja enarcada—. ¿Al hostal Rocavarancolia?

El joven se encogió de hombros y le dedicó otra de sus sonrisas impresionantes.

—Hay que reconocer que el sitio no está mal, si no nos fijamos en el polvo y la mugre, claro —dijo Ricardo—. Lo más probable es que no seamos los primeros en refugiarnos aquí.

Hector pensó en la camiseta ensangrentada del arcón, pero no dijo nada.

Adrian se acercó a un colchón y le propinó un ligero puntapié, como si quisiera probar su consistencia. Algo se removió al instante bajo la funda. Torcieron el gesto al ver como varias arañas salían entre los desgarrones de la tela, agitadas por el movimiento repentino.

Madeleine dio un grito y retrocedió un paso, retorciéndose las manos a la altura del cuello.

—¡Están llenas de bichos!

—No son bichos. Son arañas —dijo Marina y se acuclilló junto al colchón. Una de las arañas, de un vivo color verde, correteó sobre su zapato sin que a ella pareciera importarle.

—¿Se parece a la que viste anoche, Hector? —le preguntó Ricardo.

—Tiene un aire. Aunque la mía era un poco más grande y vestía mejor.

—No aconsejaría que durmiéramos en eso —comentó Lizbeth señalando a los jergones mugrientos—. A no ser que queráis que los bichos os coman vivos.

—Encontré un cajón con ropa abajo —dijo Natalia, y Hector rezó por que no fuera el mismo que había encontrado él—. Podemos extenderla en el suelo a falta de algo mejor.

—Dormir en el suelo... —dijo Madeleine como si la idea le pareciera absurda e irracional. Miró a su hermano y sacudió la cabeza—. Este lugar resulta cada vez más y más desagradable.

—Nadie dijo que fuera a ser fácil —replicó Alex.

—Y nadie dijo que fuera a ser tan horripilante como está resultando ser —espetó ella con frialdad—. Y tú me metiste en esto, te lo recuerdo. Una aventura, dijiste. Una pesadilla, digo yo.

Alexander frunció el ceño pero no replicó.

—No estás aquí por culpa de tu hermano —terció Hector—. Estás aquí por culpa de Denéstor. Él fue quien nos engañó a todos.

—No te metas donde no te llaman, gordito —le soltó el pelirrojo saliendo de la habitación sin mirarlo. Casi arrolló a Marina y a Rachel a su paso.

—Tu hermano es algo idiota, ¿no? —preguntó Marina.

—Tiene sus momentos.

Hector resopló.

La última planta de la torre era casi el reflejo opuesto a la primera. Como aquella, se trataba de una única habitación que ocupaba todo el piso, pero mientras la de abajo estaba atiborrada de muebles y enseres, en esta, en cambio, solo había un barril solitario colocado en el centro mismo de la estancia, lo que acentuaba todavía más la sensación de vacío. Y justo en la porción de techo que quedaba sobre el barril se podía ver una trampilla rectangular atrancada por un gran pasador metálico. Marco se subió al barril para intentar descorrer el pestillo, pero todos sus intentos fueron en vano.

—Está atascada —dijo bajando de un salto—. Debe de dar a la azotea y al almenar.

Lizbeth estaba dibujando garabatos con el pie en el polvo del suelo mientras miraba a su alrededor.

—Este sitio está un poco mejor que las habitaciones de abajo —dijo—. Deberíamos quedarnos aquí esta noche, ¿qué os parece?

—Polvoriento y feo —murmuró Madeleine—. Pero eso sí: menos polvoriento y feo de lo que hemos visto hasta ahora.

Hector se acercó a una tronera. El ambiente en el torreón estaba bastante cargado y se agradecía el poco aire fresco que se colaba por las ventanas estrechas. Miró fuera y ante su vista se extendió una panorámica amplia de la ciudad en ruinas. Los edificios, que ahora no eran más que masas informes de oscuridad, se apilaban caóticos sobre aquel terreno quebrado que tan pronto se alzaba como descendía.

Respiró hondo y, para su sorpresa, el aire trajo consigo un olor intenso a mar.

—¡Un patio! ¡Hay un patio ahí debajo! —exclamó Adrian de pronto. Estaba mirando desde una tronera situada en el lado opuesto de la torre. Hacia allí se dirigieron todos. Las esferas de luz que llevaban en sus manos crearon una cortina de sombras movedizas.

El patio ocupaba más extensión de terreno que el propio torreón, su superficie era irregular, como parecía la tónica general en Rocavarancolia, y estaba protegido del foso por un muro almenado de dos metros de altura al que se podía subir por una escalera situada en el centro. Faltaban tantas piezas en el empedrado que Hector tuvo la sensación de estar contemplando un puzle a medio montar.

—Hay un pozo en un lado —murmuró Marina—. Y... ¿qué es eso? ¿Una estatua?

—¡Qué cosa más fea! —exclamó Adrian.

Había un pedestal de roca púrpura en el centro del patio y sobre él, esculpido en ese mismo tipo de piedra, se alzaba la estatua de una criatura arácnida de pie sobre una montaña de cráneos, con cuatro de sus ocho extremidades levantadas hacia el cielo en señal de oración o de desafío. Llevaba puesta una complicada armadura sembrada de aguijones, púas y garfios, y aunque el yelmo ocultaba su cabeza se adivinaba que esta era monstruosa.

—Esa sí que se parece a la araña que vi anoche —dijo Hector.

Una vez conocieron su existencia, no fue difícil encontrar la puerta al patio. La habían pasado por alto al estar semioculta tras una estantería de la planta baja. Lizbeth y Rachel se quedaron en la de arriba; la muchacha no estaba en las mejores condiciones como para forzarla a bajar y subir de nuevo por aquella escalera y Ricardo no había creído que corrieran peligro solas.

Entre todos hicieron a un lado la estantería sin muchos problemas. La puerta que quedó al descubierto era idéntica a la principal. En cuanto la abrieron, un soplo agradable de aire fresco entró en el torreón; había cambiado de dirección y ya no quedaba en él rastro de olor a mar.

La luz de los cristales parecía diluirse en el patio. Mientras unos se encaminaban al pozo situado en un extremo, el resto, con Hector a la cabeza, se dirigió a la estatua arácnida. En la base del pedestal encontraron una placa deteriorada que Marina leyó en voz alta a la luz del vidrio romboidal:

—«A la macabra gloria de su majestad... —tomó aliento antes de continuar—: Arachnihentheradon, bajo cuyo próspero y agresivo mandato fue erigido el torreón Margalar». Hay otro texto en letra más pequeña, parece que añadieron algo después a la placa. —Entornó los ojos—: «Que los dioses lo maldigan mil veces» —leyó.

—Por lo visto alguien no le tenía demasiado aprecio —murmuró Hector.

—Y no me extraña. Ese bicho es casi tan feo como su nombre —bromeó Alexander.

La estatua medía unos tres metros de altura y estaba labrada con gran detalle. El autor había perfilado hasta la última de las escamas de la cota de malla que se entreveía por los huecos de la armadura, hasta la última espina que recubría sus placas; había llegado a tal extremo que se podían distinguir ocho ojos espeluznantes tras las rejillas de la visera del yelmo.

—¿De verdad te encontraste un bicho como este? —preguntó Adrian, intranquilo.

—Era de la misma especie, pero no parecía tan peligroso —le contestó Hector.

—Os juro que yo me habría muerto de miedo —aseguró Marina.

—¿No te gustaban las arañas? —le preguntó Alexander.

—Solo las que son más pequeñas que yo.

Al otro extremo del patio, Natalia, Bruno y Ricardo habían apartado la tapa de madera que cubría el brocal del pozo y ahora examinaban la polea sobre la que discurría la cuerda atada al asa. Se les oía discutir si sería arriesgado o no beber esa agua.

Hector echó un vistazo al muro que rodeaba el patio. Estaba construido con el mismo tipo de piedra del torreón y a lo largo de su perímetro se veían varias puertas de madera de aspecto endeble, la mayor parte entreabiertas. Contó cinco. El muchacho se acercó a la más cercana y la abrió por completo. Se encontró ante un habitáculo pequeño, oscuro y maloliente. En el suelo había un agujero que iba a dar directamente al foso.

—Creo que he encontrado el baño —anunció, torciendo el gesto.

Madeleine se asomó sobre su hombro y arrugó la nariz, espantada ante el hallazgo. Hector pensó que la cantidad de muecas que podía hacer aquella chica era realmente asombrosa.

—¡Qué asco de sitio! —exclamó con dignidad ofendida—. ¡Yo no pienso entrar aquí, os lo aseguro!

—Pues tú sabrás lo que haces, guapa —le dijo su hermano, mientras le pasaba un brazo sobre los hombros—. Pero algo me dice que ese bonito agujero va a ser lo mejor que vas a encontrar por aquí. —Le guiñó un ojo a Hector—. Y ahora si me permitís. Creo que voy a ser el primero en estrenar los baños del hostal Rocavarancolia.

—¡Eres repugnante! —dijo la pelirroja mientras se apartaba de él.

Hector hizo una mueca y retrocedió para dejar paso a Alexander. Luego echó a caminar sin rumbo por el patio, indeciso entre volver a la estatua o acercarse al pozo. El viento había remitido y ahora se respiraba una gran sensación de calma. Cerró los ojos y dejó que aquella paz lo envolviera. Las voces de los demás sonaban lejanas, ajenas a él. Escuchó reír a alguien, a Adrian tal vez, y por un momento pensó que se encontraba en casa, en el jardín, escuchando los ruidos de la casa vecina, y que todo lo que había ocurrido no era más que una ensoñación, un rapto de fantasía con el que haría reír a Sarah a la hora de la cena. Luego abrió los ojos y Rocavarancolia volvió a desplegarse en torno a él, un mundo hecho de ruinas y tinieblas, de sombras y espantos. El viento eligió ese mismo instante para recobrar su fuerza y gemir entre las casas abandonadas y los escombros como un monstruo agonizante.

Hector sacudió la cabeza y miró en derredor. Al hacerlo captó un brillo sutil en el cielo. Entrecerró los ojos. El chispazo de luz caía en vertical hacia tierra. Por un instante lo tomó por una estrella fugaz, hasta que aquella cosa cambió de dirección y volvió a remontar el vuelo.

Poco a poco el cielo comenzó a poblarse de resplandores inquietos. Fue Alexander, después de salir del servicio, el primero en descubrir de qué se trataba.

—¡Madre mía! —exclamó—. ¡Son murciélagos con alas de fuego! Pero ¿es que en este manicomio no hay nada normal?

—¿Murciélagos?

Habían aparecido a decenas, punteando la oscuridad con el resplandor de sus alas. Volaban sobre los tejados, hacían piruetas en el aire o simplemente se limitaban a revolotear sin rumbo aparente. Adrian soltó un chillido y echó a correr hacia el torreón, agitando los brazos sobre su cabeza como si temiera que los murciélagos fueran a abalanzarse sobre él. El resto permaneció en el patio, contemplando atónitos el vuelo de aquellas criaturas.

Hector vio pasar uno a apenas dos metros de donde se encontraba y asombrado comprobó que se trataba, en efecto, de un murciélago. No medía más de diez centímetros de largo y sus alas eran dos llamaradas de un vivo color rojo. Se quedó mirándolo con la boca abierta.

—No puedo creerlo —murmuró Ricardo.

—¿Los veis? ¿Los veis? —gritó Lizbeth desde la tronera del último piso.

—Asombroso —comentó Bruno—. Observadlos bien. Con el resplandor de sus alas atraen a los insectos y los calcinan para luego comérselos.

Hector vio como uno de aquellos murciélagos hacía un picado para atrapar a la polilla que acababa de abrasar. Estaba encandilado, como la primera vez que sus padres lo habían llevado a ver fuegos artificiales y fue incapaz de apartar la mirada un solo segundo de los ramilletes de fuego y pólvora que florecían en las alturas.

—Es hermoso —repitió Marina.

Hector miró a Marina y vio como el juego de resplandores de los murciélagos se reflejaba en sus ojos, tan abiertos y asombrados como los de él. Y no le quedó más remedio que darle la razón: aquel baile de criaturas extraordinarias era de una belleza embriagadora. Sintió un soplo de optimismo recorriendo su ser, tan fuerte y repentino que lo dejó casi sin aliento. Si hasta en un lugar tan horrible como aquel había espacio para la hermosura, siempre quedaría esperanza.

El ángel negro volaba sobre la ciudad en ruinas. Se deslizaba en el aire con una gracia etérea, mágica, sin aparente rumbo fijo. Varios murciélagos flamígeros seguían su estela, chillando de placer al compartir el vuelo del Señor de los Asesinos. Esmael podría haberlos dejado atrás con facilidad, pero de momento les permitió seguirlo, aunque hicieran visibles para cualquiera sus movimientos. Estaba seguro de que lo vigilaban desde el castillo. Dama Desgarro y sus aliados debían de estar ya al tanto de su conversación con la fantasma. Y una vez demostrara que de verdad tenía en su poder el grimorio de Hurza, harían todo lo posible para arrebatárselo. Torció el gesto al pensar que lo que iba a demostrar era, en todo caso, que tenía acceso al libro, lo de «tenerlo en su poder» era otro asunto.

No hacía ruido al desplazarse. Los únicos sonidos que se escuchaban eran el ir y venir del viento y el aullido ocasional de la manada en el castillo, alterada por la presencia de sangre joven en la ciudad.

Esmael contempló la urbe que se extendía ante él. Habían transcurrido treinta años, pero aún no se había acostumbrado a aquella desolación. Todavía recordaba Rocavarancolia tal y como era antes de la guerra, y el contraste entre la ciudad de su memoria y la que sobrevolaba le pesaba en el ánimo de forma devastadora. El Señor de los Asesinos suspiró en las alturas y batió una sola vez sus alas para cambiar de rumbo. La horda de murciélagos lo siguió como una estela de estrellas fugaces.

En la noche destacó la silueta herrumbrosa de Rocavaragálago, la gigantesca construcción roja que se levantaba a las afueras de la ciudad. Ni el paso de los siglos ni la guerra habían dejado la menor huella en su estructura. Se mantenía exactamente igual a como se veía en los grabados y pinturas más antiguos. Para aquel edificio el tiempo parecía no transcurrir. La fortaleza en la montaña podía ser el cerebro del reino, el lugar donde se dictaba el rumbo que se debía seguir, pero aquella construcción de piedra lunar era el verdadero corazón de Rocavarancolia. Un corazón despiadado que hasta el Señor de los Asesinos temía.

Giró hacia el norte. Entre las sombras reconoció la cicatriz de Arax, surcando la ciudad de oeste a este. La blancura de los miles de esqueletos que se apilaban en ella emitía un fulgor mortecino, una fosforescencia leve que se hacía más nítida de noche. Esmael desvió la mirada, repelido por aquella visión nauseabunda. En esa fosa yacían todos a los que una vez había llamado amigos; allí estaban Dionisio y Bocafría, Amaranto y Dorna el Sombrío. Y dama Fiera... Esmael se mordió la lengua con fuerza y el relámpago de dolor evitó que su mente se perdiera en pensamientos que ahora mismo no necesitaba. No era el momento de pensar en el pasado. Era la hora de construir el futuro.

Su vista se fijó entonces en el torreón Margalar, el lugar donde se habían refugiado casi todos los cachorros de Denéstor. Lo curioso de la situación era que ese y precisamente ese había sido el propósito original de aquella torre: albergar a los distintos ejemplares que llegaban a Rocavarancolia en las noches de cosecha. Había habido otros quince emplazamientos como aquel repartidos por la ciudad, pero de todos ellos era el único superviviente, el resto habían sido destruidos en la última batalla. Y ahora once de los doce muchachos se refugiaban de nuevo entre sus muros. De haber sido de naturaleza optimista habría llegado a pensar que aquello era un buen augurio. Como el hecho de que ni un solo niño hubiera muerto en sus primeras horas de estancia en Rocavarancolia.

De pronto aceleró el vuelo, se convirtió en un borrón de oscuridad y los murciélagos flamígeros se desbandaron al ser incapaces de seguir su ritmo. Esmael voló hacia el este, batiendo sus alas con fuerza, veloz como un relámpago negro. Luego realizó un quiebro rápido hacia el norte. Nada ni nadie podría localizarlo ahora. Volvió a cambiar de rumbo al azar una docena de veces antes de enfilar hacia su destino real: la torre parda en la plaza de las serpientes.

Entró como una exhalación por un ventanal de la última planta. Plegó sus alas rojas y miró alrededor. Se encontraba en una gran estancia heptagonal, decorada con un sinfín de alfombras y tapices. Las antorchas iluminaban los anaqueles repletos de libros, las mesas de estudio y los estantes llenos a rebosar de redomas, amuletos y los objetos más diversos de naturaleza mágica. Había dos antiguos guerreros aldarkenses disecados en el centro de la estancia; los habían inmortalizado en postura de combate, cruzando sus sables estriados. El polvo lo cubría todo; en el aire todavía se agitaban los remolinos que Esmael había originado con su entrada.

Enoch estaba apoyado en la mesa central del estudio. Tenía una mano en el cuello y el rostro aún más descompuesto de lo habitual; estaba tan pálido que se entreveía la sombra de los huesos bajo la piel. El vampiro giró la cabeza hacia Esmael al percatarse al fin de su presencia y ese movimiento sencillo le hizo torcer el gesto más todavía.

—La maldición de la entrada me desordena por dentro, mi señor —explicó entre jadeos—. Es una sensación sumamente desagradable, como si me cambiaran las entrañas de sitio para luego volver a colocarlas en su lugar —murmuró—. Dadme un instante para recuperarme, por favor.

«¿Y tú vas a ocupar mi puesto como Señor de los Asesinos?», pensó Esmael. El servilismo de aquel ser le ponía enfermo. Hasta hacía poco no había perdido la oportunidad de mostrar su desprecio por él siempre que tenía ocasión, pero las circunstancias habían cambiado y ahora no le quedaba más remedio que tratar a aquel vampiro repugnante con tacto.

—Da gracias a los infiernos de ser un no muerto o ahora mismo estarías clavado en el hechizo de la puerta aullando de dolor.

—Lo sé, lo sé. —El vampiro soltó una risilla infantil entre dientes. Sus colmillos amarillentos quedaron al descubierto durante un instante—. Empujé a muchos durante mi juventud contra puertas malditas, era divertido verlos retorcerse y gritar y gritar. Tardaban tanto en morir...

El ángel negro lo miró con desprecio.

—Me enterneces, Polvoriento.

—Oh. Me halagáis sin merecerlo, mi señor —afirmó el vampiro sin percatarse del sarcasmo de Esmael. La expresión de su rostro se dulcificó antes de preguntar:— ¿Ya contamos con el apoyo de nuestra querida fantasma?

—Lo tendremos en cuanto le demuestre que el grimorio está en nuestro poder. Por eso te he citado aquí. Será necesario hacer una pequeña demostración en su honor.

—¡Entonces ya es un hecho! ¡Con dama Serena apoyándoos, todo se decantará a vuestro favor! —El vampiro se estremeció de placer—. ¡La regencia será vuestra!

—Yo no estaría tan seguro.

Esmael contaba con los apoyos de Ujthan el guerrero, de la momia balbuceante que era el anciano Belisario y del propio Enoch. Dama Desgarro tenía de su lado al maldito alquimista invisible, a dama Sueño y a Mistral, el cambiante, ese paranoico estúpido que permanecía oculto por miedo a que Esmael lo matara para inclinar así la balanza a su favor. También formaban parte del consejo los gemelos Lexel, pero dado su antagonismo natural cada uno de ellos votaría a un candidato diferente, así que sus votos se anulaban entre sí. De los dos miembros del consejo que aún no habían hecho pública su decisión, Esmael solo estaba seguro de poder convencer a dama Serena, siempre y cuando el libro de Hurza se mantuviera en su poder. Denéstor Tul sería mucho más difícil de atraer a su bando. Al demiurgo no le gustaba ninguno de los dos candidatos, pero Esmael temía que al final acabara apoyando a dama Desgarro. No sería extraño. A fin de cuentas sus cargos en Rocavarancolia eran diametralmente opuestos: el demiurgo se dedicaba a dar vida y el Señor de los Asesinos a arrebatarla.

Esmael maldijo por enésima vez la voracidad de Roallen. El trasgo había formado parte del consejo hasta el año anterior, cuando en un rapto de locura había devorado a los dos únicos ejemplares que había cosechado Denéstor del mundo humano. Roallen había sido desterrado y Mistral había ocupado su puesto en el consejo. El trasgo había sido un fiel seguidor del ángel negro, con él en el consejo su elección hubiera resultado más sencilla.

—Prométeme que no te comerás a ninguno de los cachorros de Denéstor —le pidió a Enoch, consciente de pronto de que los instintos asesinos del vampiro no tenían nada que envidiar a los del trasgo.

—Oh. —Se llevó una mano al pecho—. Jamás pondré un dedo encima a esas tiernas criaturas, os lo juro.

—No es a tus dedos a lo que temo, es a tus colmillos —Esmael sonrió con desgana—. Hagamos lo que hemos venido a hacer, vampiro: el libro. El hechizo debe tener lugar a medianoche, no quiero hacer esperar a la dama, sería muy poco caballeroso.

—Por supuesto, por supuesto —canturreó Enoch. Se separó de la mesa y cojeó hacia un atril semioculto entre dos estanterías. Era un soporte tallado en hueso de metro y medio de altura, barnizado con pintura ocre. El grimorio de Hurza Comeojos se encontraba firmemente encajado entre los ocho esqueléticos dedos de la mano descomunal que coronaba el atril.

El libro estaba encuadernado en sangre eternamente fresca. Fluía por las tapas y por el lomo en lentas espirales, como remolinos en un lago inquieto; de cuando en cuando alguna burbuja asomaba a su superficie para estallar al cabo de un segundo. El movimiento resultaba tan hipnótico como malsano. Aquella no era la cubierta original del grimorio, sino un añadido posterior, un modo de evitar que nada que no fuera un vampiro pudiera usar el libro. Cualquier otra criatura que pusiera las manos sobre él caería fulminada en el acto, asesinada por la magia de la encuadernación sangrienta. No había hechizo capaz de abrir el libro o desencantar aquella cubierta.

Había sido Enoch quien lo había encontrado hacía menos de un mes, durante una de sus habituales cacerías nocturnas. El vampiro se pasaba noches enteras deambulando por la ciudad, en busca de cualquier cosa que tuviera sangre en sus venas. Enoch llevaba treinta años hambriento, subsistiendo a base de alimañas. Ya ni recordaba lo que era estar saciado. Aquella noche en cuestión, al pasar junto a una torre derruida le había asaltado un aroma tan intenso a sangre que enloqueció al instante. Había algo enorme bajo los cascotes de aquella torre, algo repleto a rebosar de deliciosa sangre fresca. Enoch apartó los escombros con tal frenesí que se rompió varios dedos. La desilusión que le embargó al descubrir que el olor provenía de pilas y pilas de libros encuadernados en sangre fue indescriptible. Rompió a llorar como un niño. Cuando al cabo de largo rato logró serenarse, examinó lo que había encontrado.

Los libros eran en su mayoría obras sin importancia, tratados históricos, diarios de vampiros olvidados o grimorios de poder escaso. Pero uno en concreto llamó poderosamente su atención dado que hasta la última de sus páginas estaba en blanco. Había algo extraño en aquel libro vacío: ¿qué vampiro querría proteger algo que no contenía nada? Esa misma noche enseñó su descubrimiento a Esmael.

El ángel negro creyó estar siendo víctima de algún tipo de broma aun a pesar de saber que el vampiro no tenía la imaginación necesaria como para hacer algo así. Enoch se dedicaba a pasar página tras página del libro mientras repetía una y otra vez que no tenía sentido que estuvieran en blanco, cuando a los ojos de Esmael cada una de esas páginas se hallaba repleta de dibujos, esquemas, diagramas y texto manuscrito. Solo cuando en uno de los márgenes del libro descubrió el sello tradicional del Señor de los Asesinos, comprendió qué estaba ocurriendo.

En aquel grimorio había dos protecciones en marcha, una impedía que cualquiera que no fuera un vampiro pudiera manejar el libro y otra, más antigua, ocultaba el texto a los ojos de todo aquel que no ocupara el cargo de Señor de los Asesinos de Rocavarancolia. La última sorpresa fue descubrir que aquel grimorio era el del primero de todos ellos: el libro de hechizos de Hurza Comeojos, uno de los fundadores del reino.

Resultaba evidente que en algún punto de la historia de Rocavarancolia, un vampiro ambicioso que había logrado auparse al cargo de Señor de los Asesinos había realizado aquel encantamiento sobre el libro de Hurza y, era más que probable, sobre todos los grimorios a su alcance. Seguramente lo había hecho con vistas a intentar convertir en tradición el que un miembro de su especie ocupara ese alto rango en el reino.

Para desazón del ángel negro, la curiosa naturaleza del grimorio había hecho que Enoch y él se convirtieran en aliados, aunque Esmael se había guardado muy mucho de compartir con el vampiro demasiada información sobre el libro. Enoch era maligno, pero limitado de inteligencia e imaginación; eso lo hacía terriblemente aburrido, aunque fácil de manejar.

El vampiro tomó el libro de Hurza entre sus manos. En sus ojos rojos brillaban torbellinos de sangre turbia. Abrió el libro con afectación, sabedor de la importancia que había cobrado para Esmael. Se permitió una sonrisa mientras mostraba las páginas una a una al ángel negro. Este apoyó una mano en la espalda de Enoch. Para acceder al poder encerrado en el libro debía estar en contacto físico con el vampiro y eso hacía la situación aún más desagradable.

—¿Veis algo que os complazca? —preguntó Enoch al cabo de un rato, con una mano alzada en espera de pasar otra página, al ver el brillo de satisfacción que cruzaba la mirada del ángel negro.

—Sí —contestó Esmael—. He encontrado algo que, sin lugar a dudas, sorprenderá sobremanera a dama Serena.

Y en lo alto de la torre parda, el Señor de los Asesinos se inclinó sobre el grimorio de Hurza con una sonrisa maléfica en sus labios.

La primera noche

Los cristales se apagaron de uno en uno. El primero en hacerlo fue el de Madeleine; luego el resto siguió su camino en el mismo orden en que los habían encendido. Pronto la oscuridad se hizo dueña y señora del torreón Margalar y era tan espesa que les costaba distinguir los rostros de los que estaban a su lado. Natalia y Ricardo intentaron encender de nuevo sus cristales, pero fue un derramamiento de sangre en vano: ni el resplandor más tenue surgió esta vez. Por lo que parecía, aquellos vidrios romboidales eran de un uso único. Alexander y Natalia se ofrecieron a ir a por más, pero Ricardo no se lo permitió, según dijo era demasiado arriesgado bajar por aquella escalera retorcida en la oscuridad.

Estaban tumbados formando un círculo sobre el caos de ropa que habían extendido en el suelo del último piso. En un armario de la planta baja habían encontrado varias mantas que se sumaron a aquel colchón comunal improvisado una vez Ricardo y Marco, bajo la supervisión de Lizbeth, las sacudieron bien en el patio.

En el exterior, los murciélagos llameantes seguían dibujando caracteres de fuego contra el cielo nocturno, pero su vuelo era ahora más errático si cabía, como si les costara trabajo mantenerse en el aire con las rachas formidables de viento que recorrían Rocavarancolia. La luz escasa que iluminaba el torreón procedía de los que se acercaban más a la fachada con sus revoloteos frenéticos. Uno de ellos había llegado al extremo de irrumpir a través de una tronera, provocando el consiguiente ataque de pánico de Adrian. El murciélago había salido al instante por otra ventana, pero eso no había impedido que el joven huyera aterrado de la habitación, dando gritos y sacudiendo los brazos desesperado. Ricardo fue tras él y tardó un tiempo considerable en traerlo de vuelta. Por una vez Alexander no recriminó a Adrian que hubiera roto su promesa de controlarse. Hector supuso que el pelirrojo había comprendido que Adrian tenía fobia al fuego. Y ese era un miedo que en nada tenía que ver con Rocavarancolia.

—Tengo hambre —murmuró Alexander—. Me muero de hambre. Me comeré al primero que se duerma, lo juro. Duérmete, gordito: corre, corre.

Alex estaba acostado con los brazos en cruz a la derecha de Hector, a su izquierda se encontraba Natalia, cubierta casi por entero por una manta. La chica había dejado su vara a mano, apoyada contra la pared, y había guardado el cuchillo en la camisa enrollada que le servía de almohada.

El estómago de Hector, haciéndose eco de las palabras de Alex, se quejó con un largo gruñido. Antes de acostarse habían dado buena cuenta de las últimas peras, pero eso no había bastado para quitarles el hambre. Estaba claro que iba a ser una noche larga.

De nuevo se oyeron aullidos en la lejanía, mezclados con el bramar del viento. Hector se estremeció bajo las mantas. La cabeza de Natalia, una sombra entre sombras, se giró hacia una tronera. Los sonidos que llegaban del exterior bastaban para inquietar al más valiente. Nadie dijo una palabra durante largo rato. Fue Lizbeth quien rompió el silencio; habló a tal velocidad que, como de costumbre, resultó difícil entenderla.

—Creo que este es buen momento para plantearnos qué vamos a hacer mañana, ¿no pensáis lo mismo?

—Mañana —murmuró Madeleine. En sus labios aquella palabra sonó tan horrible como los aullidos de fuera.

—No haremos nada —anunció Ricardo—. Nos quedaremos aquí, sin más. Este sitio parece seguro y ya hemos visto que ponerse a vagar por la ciudad no es buena idea.

—Debemos ser precavidos —continuó Marco—, y no hacer las cosas a tontas y a locas. Mañana esperaremos a que salgan las bañeras, nos dividiremos en tres grupos para ir tras ellas y recogeremos las provisiones siempre y cuando no sea peligroso hacerlo. Después volveremos directamente al torreón.

—¿No vamos a explorar la ciudad? —preguntó Alexander.

—¡No! —exclamaron al unísono Ricardo y Marco. A Hector lo asombraba lo bien que se compenetraban los dos jóvenes.

—Yo no quiero salir de aquí —murmuró Adrian. Le temblaba la voz. Aún no se había recuperado del ataque de pánico causado por la irrupción del murciélago—. No saldré de aquí jamás.

—Perdonad que discrepe —declaró Bruno. Su forma de hablar, pedante y a la par monótona, casaba a la perfección con aquel ambiente de tinieblas—. A mí en particular me gustaría explorar la torre del extraño emblema de la plaza. Ese símbolo quiere decir algo y sospecho que puede ser importante averiguarlo.

Hector resopló al recordar la neblina negra que rodeaba aquel lugar. Cuando buscaba algo que decir para disuadir a Bruno, Ricardo se le adelantó:

—Nada de explorar —insistió con dureza—. Nos limitaremos a quedarnos en la torre y conseguir víveres. Al menos por ahora, ¿vale?

—¿Recuerdas que dama Desgarro nos habló de maldiciones fulminantes? ¿Y de monstruos que viven entre las ruinas? —le preguntó Marco. Hector escuchó como Adrian sofocaba un gemido entre las mantas—. No. Por mucho que nos mate la curiosidad no podemos correr riesgos estúpidos.

—La biblioteca —dijo entonces Bruno—. Habéis comentado que encontrasteis una biblioteca. Y sabemos a ciencia cierta que ese lugar es seguro ya que a vosotros no os sucedió nada mientras lo explorabais. ¿Podría ir allí al menos?

—No entenderás ni una palabra de esos libros —se apresuró a decir Hector—. No están escritos en el idioma de la fuente. —Estaba convencido de que la intención de Bruno era volver a la plaza para entrar en la torre parda.

—Los libros no solo contienen palabras —señaló el otro.

—Puedo acompañarlo si se empeña en ir —dijo Natalia. Hector la miró frunciendo el ceño, aunque no dijo nada—. Y la plaza no queda lejos. No debería ser peligroso. Hemos ido y vuelto un par de veces ya.

—A mí también me gustaría volver a la plaza —anunció Madeleine—. Dejamos nuestra ropa mojada allí y quiero recuperarla. No es gran cosa, pero al menos tendré algo que ponerme además de estos andrajos.

—Si os parece bien vamos a dejar esa discusión para mañana, ¿vale? —dijo Ricardo—. Lo primero que tenemos que hacer es conseguir comida. Cuando tengamos el estómago lleno ya pensaremos si nos acercamos a esa dichosa biblioteca o no.

—Desconocemos por completo todo lo que concierne a esta ciudad. —Bruno parecía incapaz de aparcar el tema—. Si queremos sobrevivir necesitamos información, eso es algo que debería resultaros obvio a todos.

—Mañana —repitió Ricardo con más firmeza aún.

—¿Y el chico que falta? —Natalia se incorporó sobre el montón de ropa, provocando un pequeño derrumbe de mantas y cobertores.

—Si está vivo lo encontraremos.

—¿Y cómo vamos a hacerlo si ni siquiera lo buscamos?

—Él también puede encontrarnos a nosotros, ¿verdad?

—No crees que esté vivo —dijo Marina. Estaba recostada entre Madeleine y Rachel. Hector no podía ver su cara en la oscuridad y, aunque fuera paradójico, aquello resultaba un alivio.

—No sé si está vivo o no —le replicó Ricardo—. No puedo saberlo. Lo que no quiero es que nos pase algo mientras lo buscamos.

—Es posible que haya preferido ir a su aire —opinó Lizbeth—. Quizá crea que así tiene más posibilidades de sobrevivir.

—Pues se equivoca si piensa eso —apuntó Alexander con rapidez—. Lo mejor es permanecer juntos. Así nos protegeremos unos a otros. —Se estiró hacia Adrian y alargó una mano en su dirección—. ¿Verdad, pequeñajo?

—Verdad —dijo Adrian, con poco convencimiento.

—Lo que no entiendo es qué tenemos que hacer aquí —dijo Lizbeth—. ¿Para qué se supone que nos han traído?

—Para reconstruir el reino, al menos en la medida de nuestras posibilidades —contestó Marco—. Eso era lo que ponía en el contrato que firmamos.

—Entonces ¿qué? —Alexander se sentó sobre el caos de ropa—. ¿Cogemos palas, cubos y escobas y comenzamos a barrer? ¿Nos ponemos a levantar casas? ¿Eso es lo que quieren? ¿Barrenderos y carpinteros?

—No nos han dado ninguna instrucción —señaló Ricardo—. Ni Denéstor ni esa mujer espantosa nos han dicho nada de lo que tenemos que hacer.

—Te equivocas —le dijo Natalia—. Sí nos ha dicho qué tenemos que hacer: mantenernos vivos durante todo el tiempo que podamos.

—¿Os habló a vosotros de potencial? —preguntó Marina entonces—. ¿De la magia que todos llevamos dentro?

Hubo un murmullo de asentimiento general.

—Me dijo que yo era especial —susurró Adrian.

—Al menos en cuanto a pijamas, desde luego que lo eres —comentó Alexander.

—Especiales —murmuró Ricardo—. Pero ¿por qué? ¿Qué nos hace especiales?

Después de un rato de charla, lo único que les quedó claro era lo poco que tenían en común. Todos procedían de diferentes partes del mundo, aunque la mayoría eran europeos; Bruno comentó que aquello bien podía deberse a la casualidad o a que durante el tiempo que permaneció abierta la puerta entre Rocavarancolia y la Tierra, entrar a ese continente les resultaba más sencillo a Denéstor y a los suyos. Los únicos no europeos eran Hector, Rachel y los dos mellizos, que resultaron ser de un pueblo perdido de Australia.

—Por no haber, no hay ni canguros allí. Es, con toda probabilidad, el lugar más aburrido del planeta —señaló el pelirrojo.

Sus edades también eran diferentes. Iban desde los trece años de Adrian, el más pequeño, hasta los dieciséis de Ricardo. Lo que sorprendió sobremanera a Hector fue averiguar que Marco, el inmenso y maduro Marco, solo tenía catorce años, los mismos que Marina y Lizbeth y uno menos que el resto.

Hector se giró hacia Natalia. Si había alguien especial allí era ella: veía sombras que nadie más podía ver, las había visto en la Tierra y las veía ahora en Rocavarancolia. La joven se tensó al darse cuenta de cómo la miraba.

—No digas nada —le susurró, adivinando sus pensamientos, y le soltó una patada bajo las mantas.

—Tiene que haber algo que nos diferencie del resto —continuó Ricardo—. Algo por lo que nos hayan traído aquí. En mi caso no sé qué puede ser... En lo único en que destaco es en los idiomas. Se me dan bien. Mi padre es traductor y desde pequeño me animó a aprender otras lenguas. Pero no creo que eso me convierta en especial.

—Eres un líder nato —apuntó Lizbeth—. Te has hecho cargo de nosotros. Y aunque apenas nos conocemos, nadie discute lo que decides. Bueno, al menos no demasiado —dijo lanzando un blusón enrollado hacia Alexander.

—Yo nunca discuto —protestó el pelirrojo—. Y por mí está bien que sean Marco y él quienes decidan qué hacer. Siempre es bueno tener a alguien a quien echarle la culpa si las cosas van mal. —Se encogió de hombros—. Pero no sé... ¿tener madera de líder es suficiente para que te metan en este berenjenal? Porque no veo por aquí a Amanda Carter, mi delegada de clase, y esa, amigos míos, sí que es alguien de armas tomar.

—¿Por qué crees que os han traído a tu hermana y a ti? —preguntó Lizbeth.

—Por nuestra belleza, ingenio y simpatía, ¿acaso lo dudabas? —Se escuchó una sonora carcajada en la oscuridad; Hector no pudo precisar su procedencia, Marco quizá—. No, hablando en serio. No tengo ni la menor idea de por qué Denéstor me eligió a mí. No soy nada especial. Pero Maddie sí lo es; aunque no lo parezca es una verdadera artista: pinta, pinta raro, pero pinta muy bien.

—¡Por favor! —exclamó ella—. No le hagáis caso, no sabe lo que dice. Hace unos meses empecé un curso de pintura —les explicó—, y desde el primer día me dio por utilizar tonos cálidos en mis cuadros: rojos, marrones, ocres, colores así... Los mezclo casi al azar y luego dibujo un montón de líneas encima para que parezca que miras el lienzo a través de una telaraña o un cristal agrietado. Mi profesora dice que son pinturas potentes, pero ni yo misma estoy segura de que sean buenas.

—Sonar suena bien —opinó Marina.

Hector se subió la manta hasta el cuello y cambió de postura para evitar un pliegue incómodo de ropa. Rachel estaba tumbada frente a él; vislumbró brevemente su rostro al resplandor de unas alas de fuego que batieron veloces ante una tronera. Hector se preguntó qué estaría pensando en ese momento. Lastimada, alejada de todo lo que conocía y rodeada de extraños a los que no podía entender. Un nuevo murciélago voló cerca de la fachada y, a su luz, Hector pudo comprobar que Rachel dormía profundamente. La expresión de su rostro era tan plácida que la envidió al instante. No fue el único en darse cuenta.

—Vale —dijo Ricardo—. Ya sabemos qué hace especial a Rachel: es capaz de dormir en cualquier situación y lugar.

—¿Está dormida de veras? —preguntó asombrado Adrian mientras asomaba la cabeza de entre las mantas.

—Pues es todo un don —comentó Alex—. ¿Alguien tiene algo más que contarnos? —preguntó—. ¿Algo que crea que le hace especial? ¿Canto, baile, ventriloquia? ¡Cualquier cosa nos vale! ¡Con suerte quizá podamos abrir un circo!

—¡No seas bobo! —le riñó Lizbeth entre risas.

—Marco es fuerte y rápido —dijo Adrian. Parecía que la conversación le iba animando por momentos—. Se lio a golpes con los monstruos que nos robaron la comida. Era increíble verlo en acción. Fue como estar en una película.

—Y voy a enseñaros a hacer lo mismo —le dijo Marco—. Ni un solo bicho se atreverá a acercarse a vosotros, ya lo veréis.

—¡Es verdad! ¡Vas a enseñarnos!

La conversación había relajado el ambiente. Eso y el hecho de que los aullidos hubieran cesado. Ahora solo se escuchaba el viento, dando bandazos y gimiendo fuera; era como si en el exterior se estuviese librando una batalla campal entre gigantes.

—Yo también soy especial —dijo Hector—. Ya lo habéis visto: me paso más tiempo rodando por el suelo que de pie. Mi profesor de educación física dice que no ha conocido a nadie tan torpe en toda su vida. De hecho no entiende cómo he sobrevivido durante quince años...

—Qué exageración. Tampoco te caes tanto —señaló Lizbeth.

—El año pasado el profesor tuvo la genial idea de llevar la cuenta de todos los accidentes que sufrí durante su clase. Sí, oís bien: contó las veces que me caí, me golpeé contra los aparatos de gimnasia, puertas y paredes o choqué contra otros alumnos.

—¡No!

—Lo hizo. No miento —mintió.

—Me da miedo preguntar... —dijo Alexander—. Pero lo haré. ¿Cuántas fueron?

—Mil doscientas veintiocho —contestó—. Durante ese curso destrocé dos puertas, una colchoneta, saqué una ventana del marco y dejé en coma a un alumno de intercambio que, francamente, no le caía bien a nadie. Creo que si aprobé fue por eso.

Las carcajadas de los chicos sonaron tan fuerte que varios murciélagos se alejaron de las troneras, espantados por el súbito estruendo. Hasta el viento pareció frenar un poco sus acometidas. Rachel entreabrió los ojos, murmuró algo ininteligible y volvió a cerrarlos.

—Yo... No sé si debería decirlo... —dijo Adrian al cabo de un momento. El tono de su voz era tan alegre que Hector estuvo a punto de echarse a reír solo con oírle hablar—. Tengo un poder secreto. Una habilidad especial...

Se llevó una mano a la axila y comenzó a bajar y subir el brazo produciendo un sonido de ventosa bastante desagradable.

—¡Eso es asqueroso! —se escuchó decir a Maddie sobre las risas de los demás—. ¡Para ya!

—No puedo evitarlo. Me picó un pedo radiactivo cuando era pequeño —dijo Adrian, muy serio, mientras seguía haciendo gala de su poder. Hector reía tanto que las lágrimas le rodaban por las mejillas.

—Pues ya sabéis lo que dicen —dijo Alexander—. Un gran poder conlleva una gran...

—¡Basta! ¡Basta! ¡Basta! —gritó Natalia. Se había sentado sobre el caos de ropa y movía los brazos con energía—. ¡Esto no es una broma! ¿No veis lo serio que es? ¿¡Cuándo vais a dejar de comportaros como críos!?

Tras un segundo de incómodo silencio se oyó decir a Adrian:

—Es que somos críos.

—¡Tú lo serás!

—¿Quieres dejar de estar angustiada, por favor? —le preguntó Alexander—. ¡No puedes estar tensa todo el día o acabarás rompiéndote! ¡Relájate un poco, vamos, no es pecado!

—¿Podéis hacerme el favor de bajar un poco la voz y no dar esos gritos? —suplicó Madeleine—. Vais a dejarme sorda.

—¿De verdad estamos discutiendo si podemos hacer chistes o no? —quiso saber Ricardo—. Qué ridiculez.

Alexander saltó sobre Hector para poder hablar con Natalia en voz baja. El peso del pelirrojo le dejó sin respiración un segundo y lo hundió en la confusión de ropa y mantas.

—Relájate, angustias. —Alex puso su mano sobre la de Natalia—. El pequeñajo estaba tranquilo al fin y tú lo vas a poner otra vez de los nervios. Vale que estamos en aprietos, pero no hace falta que lo repitas una y otra vez. Eso no hará que las cosas mejoren.

—Perdona —susurró Natalia, avergonzada.

Alex volvió a su sitio para alivio de Hector. Pero la atmósfera de buen humor que había reinado entre ellos se había disipado. De nuevo la amenaza de Rocavarancolia se hizo presente y pesada. De nuevo el sonido del viento se hizo insoportable.

—¿Alguien tiene algo más que contar? —preguntó Ricardo.

Hector vio como Bruno se sentaba sobre la ropa. Hasta creyó adivinar que se disponía a hablar, pero otra voz se le adelantó y el italiano volvió a recostarse.

—Bueno... —carraspeó Marina—. No creo que lo que yo haga me convierta en especial, pero... creo que sí hay algo raro en ello, sobre todo si tenemos en cuenta lo que está pasando. —Se incorporó a medias en la oscuridad—. Veréis: me gusta escribir. Lo hago desde pequeña... cuentos y poesías... nada demasiado largo porque me aburro enseguida. No soy demasiado constante. La cuestión es que desde hace poco he empezado a escribir una especie de... ¿saga? No, no lo llamaría así... Son cuentos ambientados todos en una misma ciudad, ¿comprendéis? En una ciudad mágica.

—¡Ay! —exclamó Madeleine—. ¿No se llamará Rocavarancolia?

—No, no. Se llama Delirio. Bueno... en mi imaginación es muy parecida a Rocavarancolia, aunque no está en ruinas, claro. La habitan un sinfín de criaturas extrañas; algunas malvadas, pero otras benévolas y pacíficas. Es, no sé... la ciudad en la que me gustaría vivir. Llena de magia y fantasía y aventuras y... —Suspiró—. Esta bien podía ser mi ciudad, ¿sabéis? Y da como vértigo pensarlo. Porque me muero de ganas de salir de aquí.

—¿Qué tipo de historias escribías? —preguntó Marco.

—Tampoco he escrito tantas, no creas —contestó ella—. Había terminado dos cuentos, tenía uno a medias y un principio de idea para otro. Todos muy fantásticos. Para que os hagáis una idea, en el que todavía no había acabado aparecía un cementerio donde los muertos no paraban de hablar entre ellos y con todo el que se acercara.

—¿Puedes contarnos uno? —preguntó Maddie.

—¿Un cuento? —dijo sorprendida—. ¿Queréis que os cuente un cuento?

—Por favor —la animó Lizbeth—. Una historia antes de dormir.

—Bueno, si a nadie le importa puedo intentarlo —dijo con timidez—. Aunque ya os aviso que se me da mejor escribirlos que contarlos.

—Pero que no sea el del cementerio de los muertos que hablan —le rogó Adrian—. Ese no, por favor.

—Vale. Os contaré otro entonces —dijo—. El segundo cuento que escribí sobre Delirio. Sí, ese estará bien; además, no es demasiado largo. —Se puso cómoda entre la ropa y las mantas y, después de unos instantes de silencio, comenzó la historia—: Se titula *Por amor* y es la historia del rey y la reina de Delirio —les explicó—. Se habían conocido cuando apenas eran unos niños y nada más verse tuvieron claro que estaban destinados a estar juntos. «Cuando crezca me casaré contigo», fue lo primero que él le dijo, y ella simplemente contestó: «Lo sé». Tenían siete años.

—¡Una historia romántica! —exclamó Alex, horrorizado—. ¡No, por todos los cielos! Tendré pesadillas si cuentas una historia de amor a estas horas, me subirá el azúcar y no podré dejar de...

—¡Cállate! —le espetaron a un tiempo Lizbeth, Madeleine, Natalia y Marco. Adrian se echó a reír ante semejante respuesta conjunta.

—Me callo —anunció Alexander teatralmente—. Sé cuándo estoy en desventaja. Puede usted continuar, encantadora asesina de patos.

Marina retomó la historia:

—Desde el primer momento, como digo, había quedado claro que aquellos niños estaban hechos el uno para el otro. Prácticamente, aseguraban todos, era como si hubieran nacido ya casados. Eran la pareja perfecta. Los años pasaron, se convirtieron en reyes de Delirio y ambos continuaron igual de enamorados que el primer día. Bajo su gobierno el reino prosperó como nunca antes lo había hecho. Fueron años magníficos, espléndidos; todo era felicidad y dicha. Hasta que un asesino llegó a la corte, un asesino enviado por un país vecino con la orden de acabar con el monarca. Pero cometió un error y en vez de verter el veneno con el que pretendía consumar su crimen en la copa del rey, lo hizo en la de la reina.

Hector escuchaba con toda atención la historia de Marina. La voz de la muchacha lo tenía tan hechizado en aquellos momentos como lo habían tenido sus ojos durante todo el día.

—La reina cayó mortalmente enferma. Mientras agonizaba, el rey, enloquecido por la pena, juró que ni siquiera la muerte los separaría y acudió a la torre del hechicero más poderoso del reino para suplicar su ayuda. —Guardó unos instantes de silencio antes de continuar—: El mago le dijo que no podía hacer nada por salvarla; el veneno del asesino era tan potente que no había magia ni en Delirio ni en ningún otro mundo capaz de ayudarla. Pero sí había una cosa que podía hacer: un sortilegio sumamente peligroso, ya que desequilibraba la esencia misma de la magia. Velaría a la moribunda, le explicó, y, justo en el momento exacto de su muerte, cuando el alma de la mujer escapara de su cuerpo, se haría con ella y usaría todo su poder para transformarla en fantasma.

—Eso ya pasaría cuando muriera, ¿no? —preguntó Adrian—. La reina se convertiría en fantasma ella sola.

—No —le contestó Marina—. En el mundo mágico que me he inventado al menos las cosas no funcionan así. Son muy pocos los que al morir se transforman en espíritus. Y ese no era el destino de la reina; su alma, simplemente, iba a desaparecer para siempre. Y como el rey no podía soportar esa idea, le pidió al mago que realizara el hechizo sin importarle que este le advirtiese de lo complicado y peligroso que era.

El rey juró darle la mitad del reino si conseguía devolverle a su esposa, aunque fuera convertida en fantasma.

—Qué bonito —dijo Madeleine—. Eso sí es amor.

—El mago aguardó en la habitación de la reina hasta el instante en que exhaló su último aliento. Entonces, cuando el alma de la mujer abandonaba su cuerpo, se hizo con ella, la llevó a su torre y allí realizó el sortilegio que la convirtió en fantasma. Pero ocurrió algo que nadie podía esperar: la transformación enloqueció a la reina; no podía comprender que, aunque fuera por amor, el rey la hubiera condenado a ser un fantasma para siempre. «No podía vivir sin ti —dijo él—. ¿No lo entiendes? Vivir sin ti no era vida». Ella no lo escuchó. La rabia la consumía. Y cegada por ella lo hirió de muerte. «Manda buscar al hechicero —rogó el rey de Delirio mientras agonizaba a sus pies—, que me transforme también a mí y así estaremos juntos hasta el fin de los tiempos». Pero ella se limitó a contemplar como moría. «Me has condenado, necio —le dijo—. Por amor me has condenado a una vida que no es vida, por amor me has arrojado a la eternidad y a la desdicha perpetua. Maldigo tu amor. Llévatelo contigo a la oscuridad, llévatelo contigo al olvido. Yo me quedaré aquí para siempre, maldiciendo tu nombre y maldiciendo el día en que te conocí».

—El asesino debía saber que eso iba a pasar —dijo Ricardo—. Seguro que no se equivocó al envenenar a la reina en vez de al rey. A veces el modo más simple de acabar con alguien es destruir lo que ama.

—¿Ya está? —preguntó Adrian. Parecía decepcionado—. ¿Ya se ha terminado el cuento?

—Sí —contestó Marina—. Acaba con él muerto y ella condenada a ser un espíritu durante toda la eternidad.

—Qué historia más triste —murmuró Lizbeth.

—Todas las historias son tristes —señaló Bruno y su voz desapasionada hizo aún más rotunda esa afirmación.

—¿Todas? ¡¿Pero qué dices?! —exclamó Lizbeth—. ¡No! Hay historias alegres. Y muchas, muchísimas, tienen final feliz.

—No —replicó—. No las hay. No hay historias alegres. No existen los finales felices. Es mentira. Son espejismos. Esas historias a las que te refieres están incompletas. No te cuentan la última parte. No te cuentan que siempre, al final, todos mueren.

★★★

La habitación infinita estaba contenida en una esmeralda diminuta engastada en un muro de la torre central.

Dama Serena vagaba por ella con caminar lento y fatigoso. Por mucho que avanzara, jamás encontraría el final de aquella estancia. Los muros y el techo de la misma se perdían entre brumas grisáceas, mientras en el suelo se retorcían remolinos de niebla espesa. Mirara donde mirara, dama Serena solo veía fantasmas. Había quien aseguraba que la misma habitación era un espectro, el espíritu de una ciudad arrasada por las huestes de Rocavarancolia.

La habitación había sido construida hacía más de quinientos años, cuando resultó evidente que la proliferación de espíritus en el reino se había convertido en un problema serio; era tal su número, que resultaba imposible dar dos pasos sin toparse con algún espectro doliente o con algún fenómeno paranormal provocado por ellos. Por eso se construyó la esmeralda, para mantener encerrados allí a la mayor cantidad posible de espíritus. La estancia los atraía como la luz a los insectos y, una vez dentro, la mayoría no podía abandonarla jamás; solo unos pocos privilegiados eran capaces de resistirse al embrujo de la esmeralda y vagar a su antojo por Rocavarancolia. Dama Serena, dada su condición peculiar, era uno de ellos; solo en ocasiones contadas se dejaba atraer por la llamada de aquel lugar. Hoy caminaba por ella a la espera de que llegara la medianoche y con ella el hechizo de Esmael. La inquietud poblaba de chispas los antebrazos del espíritu, daba la impresión de llevar las manos enfundadas en relámpagos.

Ante ella caminaba el espectro de un ahorcado, con la soga sujeta aún del cuello; a su izquierda, un músico con su acordeón, tocando sin entusiasmo una canción de amor traicionado. A la derecha se arrastraba el espectro de un hombre lobo; la muerte lo había sorprendido a medio cambio y ahora era una mezcla incongruente entre bestia y hombre, sin que quedara muy claro dónde empezaba una y terminaba el otro. Si miraba hacia atrás, dama Serena podía ver una gran silueta informe avanzando tras ella, el espíritu de un ser inmenso cuya cima se perdía entre la niebla. Legiones y legiones de fantasmas los rodeaban. Las alturas también estaban tomadas por bandadas de espectros, flotando sobre sus cabezas como un mar de nubes inquietas.

Llegó y pasó la medianoche, sin que nada variara en el interior de la esmeralda. Los fantasmas continuaron con su caminar lento por la habitación infinita, ajenos a todo salvo a ellos mismos y sus pesares. Dama

Serena se detuvo y miró alrededor mientras los espíritus la atravesaban como si no existiera.

—Vamos, Esmael —murmuró—. ¿Qué tienes para mí?

Atravesó el suelo de cristal y apareció al otro lado de la esmeralda, en una habitación octogonal situada en el primer nivel del castillo. Dama Serena se deslizó entre las paredes, mirando de izquierda a derecha cuando desembocaba en una sala o en un corredor.

—Esmael, Esmael... ¿con qué intentarás convencerme?

Asomó la cabeza a través del muro exterior. Hasta la noche parecía expectante. Volvió dentro y siguió explorando la fortaleza, atravesando muros, vigas y tabiques.

De pronto quedó inmóvil en mitad de un pasillo. Había sentido una punzada extraña, un aguijonazo que, de algún modo, le recordó sensaciones olvidadas a las que ni siquiera podía poner ya nombre. Miró hacia la puerta al final del corredor. Daba al salón del trono.

Hacia allí fue, recubierta casi por entero de relámpagos de inquietud. Se deslizó a través del muro.

Lo primero que vio fue que las telarañas que habían cubierto el Trono Sagrado durante años se habían venido abajo. Ahora, por primera vez en lustros, el asiento real quedaba a la vista. Y siendo grandioso como era, se veía empequeñecido por el entramado de tentáculos que surgían de sus brazos y su cabecera. Eran unos seudópodos metálicos, de casi metro y medio de largo cada uno, que daban al trono el aspecto de una disparatada y amenazadora estrella de mar. Aquellos tentáculos despedazarían a cualquiera que se sentara en el trono sin ser el soberano legítimo de Rocavarancolia. A lo largo de la historia, muchos habían muerto despedazados bajo su abrazo. Unos al intentar demostrar que eran ellos los que debían portar la corona y otros forzados a hacerlo.

Dama Serena vio como se removían inquietos en el aire. Daban la impresión de estar desconcertados.

Luego vio al hombre.

Estaba de pie ante un ventanal del salón contemplando Rocavarancolia desde allí, con los hombros hundidos, encorvado, como si lo consumiera un gran pesar. Vestía una armadura de gala, revestida de tatuajes cambiantes. El cabello rubio y largo le llegaba casi a la cintura. Las puntas de su melena eran de color negro azabache. Dama Serena había peinado ese pelo centenares de veces.

Se sintió perdida, condenada más de lo que ya lo estaba. No acudieron lágrimas a sus ojos porque los fantasmas estaban más allá del llanto, pero la pena, el dolor y una culpa intensa la desgarraron por dentro. Ya no le quedaba ninguna duda: Esmael tenía en su poder el grimorio del primer Señor de los Asesinos; estaba convencida de que dama Desgarro encontraría ese hechizo dentro del libro de Hurza cuando consultara los listados y compendios de los grimorios conocidos.

—Maryalé —llamó. Su voz tembló al pronunciar el nombre de su esposo, el hombre al que había asesinado hacía más de seiscientos años.

Él se dio la vuelta. El rostro que tantas veces había besado y acariciado estaba surcado de lágrimas. Maryalé no era un fantasma, era real. Esmael lo había revivido. Los ojos negros, la línea fina de las pestañas, las arrugas nobles y altivas que surcaban su frente, el mentón afilado... Era él. Tal y como lo recordaba, tal y como lo había visto por última vez en vida. En aquel entonces también había lágrimas en sus ojos, las vertía mientras dama Serena agonizaba en su lecho, envenenada. Pero esta vez Maryalé no lloraba por ella, comprendió. Lloraba por lo que acababa de ver tras la ventana: lloraba por Rocavarancolia.

—Serena —dijo el antiguo rey muerto. Alargó una mano temblorosa en su dirección—. Mi reino... ¿qué le ha pasado a mi reino?

La noche trajo consigo una pesada oscuridad de ataúd y mortaja. En el castillo de la montaña los monstruos no dormían. Hasta dama Sueño permanecía despierta en su habitación, con los ojos secos muy abiertos, mirando con fijeza de reptil las grietas del muro, como si algo allí llamara irremisiblemente su atención. Al otro lado de esa misma pared, en la habitación contigua, el anciano Belisario, envuelto en su sinfín de vendas, se sentaba a una mesa atestada de los enseres más curiosos; junto a él, de pie y taciturno, uno de los criados pálidos de la fortaleza iba tomando uno a uno los objetos de la mesa y los acercaba a la cara del anciano, para que pudiera distinguirlos mejor. Belisario se estremecía con cada recuerdo que pasaba ante sus ojos nublados por las cataratas. El criado le mostró una cajita de música, el regalo de un viejo amor. Luego un cuerno de hueso gris, una promesa incumplida aún. Después un viejo collar de cuentas, robado a una niña que él mismo había asesinado. Recordar el pasado era lo más parecido a soñar que conocía Belisario.

Los hermanos Lexel se hallaban sentados el uno frente al otro en sus aposentos de la torre norte. No dejaban de mirarse. Se habían quitado las máscaras y se contemplaban con un odio enfermizo y completo. Muchos en el castillo estaban convencidos de que los gemelos se alimentaban únicamente del odio que se profesaban el uno al otro. Pasaban largas noches en vela, observándose con ojos asesinos. En el suelo, bajo la mesa, se encontraba una cesta vacía que hasta no hacía mucho tiempo había contenido varias manzanas de Arfes.

En el salón del trono, un rey revivido se desvaneció en la nada cuando el hechizo que lo había resucitado finalizó. Dama Serena permaneció largo rato contemplando el vacío, flotando a unos centímetros del suelo. La fantasma temblaba.

Rorcual, el alquimista, estaba de pie ante el gran espejo del armario de su cuarto, observando su reflejo inexistente. Llevaba tantos años sin ver su rostro que había olvidado cómo era; ya no recordaba siquiera el color de sus ojos. Se acarició el mentón, sin afeitar, cuarteado. Luego se sirvió otra copa de vino y, tambaleándose, se dejó caer en su lecho.

En uno de los sótanos del castillo, dama Araña preparaba con mimo los nuevos víveres que saldrían mañana rumbo a la ciudad en ruinas. Carne en salazón, fruta recreada, embutidos, pan seco; todo eso pasaba por sus cuatro brazos mientras lo iba depositando en las cestas. Cuando terminara allí, acudiría a rendir visita al regente, postrado en la última planta de la torre principal, le haría beber uno de sus bebedizos fortalecedores y se retiraría a descansar por fin a su telaraña. Los espantapájaros observaban sus evoluciones, firmes en sus puestos, con las manos rellenas de paja aferradas con determinación a los timones de sus navíos.

Fuera, la manada deambulaba por los jardines arruinados del patio exterior. No apartaban la mirada de la ciudad en ruinas. Sentían la llamada de la nueva sangre. El líder de la manada, un gran macho oscuro con una cicatriz tremenda marcando su ojo derecho, alzó su cabeza hacia la noche cerrada y aulló. El resto no tardó en seguirlo.

En Altabajatorre, Denéstor Tul dormía de forma tan profunda que bien podía haber pasado por muerto. A su alrededor deambulaban una multitud de sus creaciones más absurdas, velando juntas el sueño de su creador. La mayoría amaba ciegamente al demiurgo. Habrían dado por Denéstor la vida que él mismo les había concedido sin dudarlo un instante. Un antiguo fusil de pólvora con una docena de tijeras a modo de extremidades trepó a la hamaca donde el demiurgo dormía y se hizo un ovillo a su costado.

Más allá del castillo y las montañas, entre las ruinas de Rocavarancolia, vagaba Enoch el Polvoriento, olfateando el aire en busca de alguna presa a la que desangrar. En su camino pasó cerca de la hondonada del cementerio. El Panteón Real, un edificio de mármol negro, con una gran cúpula y cuatro anexos piramidales, ocupaba el centro del camposanto. El resto del terreno estaba cubierto por centenares de tumbas y mausoleos. Enoch se detuvo un instante a escuchar la charla de los muertos. Estaban inquietos. Hasta a ellos los había alterado la llegada de la nueva cosecha. Sus conversaciones eran una algarabía incongruente.

La puerta principal del Panteón Real se abrió para dejar salir a dama Desgarro, furiosa y más despeinada de lo habitual.

—¡Queréis callaros de una vez! —gritó a los pobladores parlanchines del cementerio—. ¡Quiero dormir! ¡Callaos u os juro que bajaré tumba por tumba y os cortaré vuestras malditas lenguas agusanadas!

—Duerma, señora, duerma —le contestó uno de ellos, el cadáver de un antiguo hechicero de escaso poder. La voz sonó ahogada por el ataúd y la tierra que lo cubría—. Y perdone nuestra osadía. Deje que reparemos nuestra afrenta ayudándola a conciliar el sueño.

Y los muertos comenzaron a cantar una canción de cuna, tan desafinada que hasta el propio Enoch rechinó los dientes. Dama Desgarro soltó una maldición, se arrancó las orejas, las guardó en los bolsillos de su camisón raído y regresó al interior del Panteón Real agitando la cabeza malhumorada. Bajo tierra, cientos de bocas muertas rompieron a reír.

Enoch siguió su camino, con el viento agitando el vuelo de su capa polvorienta. Un atisbo de sangre cálida llegó a sus fosas nasales al cabo de un rato. Venía de la segunda planta de un edificio semiderruido. Allí estaba el último cachorro de Denéstor, el único que no se había refugiado en el torreón Margalar.

El vampiro trepó por la fachada de la casa como una lagartija incongruente y espió al joven a través de una ventana con los ojos entrecerrados. El chico se encontraba acuclillado ante una hoguera, concentrado en la tarea de asar una rata ensartada en su espada. En el suelo, junto a sus pies descalzos, había ya un buen montón de huesecillos roídos.

Enoch se relamió. Sería tan fácil abrirle la garganta y beber su sangre, su deliciosa y maravillosa sangre.

De pronto, el joven alzó la vista y miró en su dirección. Las llamas de la hoguera se reflejaron con una intensidad pavorosa en sus ojos. El vampiro, sobresaltado, se dejó caer a la acera y echó a andar a paso rápido, casi a la carrera, mirando de cuando en cuando hacia atrás como si temiera que el muchacho marchara en su persecución. Se echó a reír, consciente de lo absurdo de su miedo. Era un niño, un cachorro de Denéstor. ¿A qué se debía ese ataque absurdo de pánico? Enoch agitó la cabeza, volvió a reír y siguió caminando, más despacio ahora.

Solo miró hacia atrás una vez más.

En lo alto del faro, de espaldas a Rocavarancolia, se sentaba Esmael, el ángel negro, con la mirada perdida en el horizonte movedizo del mar. De cuando en cuando destellaba el haz de luz del faro y se proyectaba sobre el océano en dirección este, reflejándose de paso en la pedrería natural que recubría la carne del ángel negro. A los pies del acantilado, entre los arrecifes, flotaban los restos de las docenas de barcos que habían naufragado engañados por la luz traidora del faro de Rocavarancolia.

La cúpula del mismo se había convertido en los últimos tiempos en el lugar favorito de Esmael. Le gustaba sentarse allí y dejar vagar la vista por la superficie inquieta del mar. Lo tranquilizaba escuchar el oleaje al romper contra las rocas y los barcos naufragados. A veces se preguntaba cuánto tiempo sería capaz de volar mar adentro antes de que el agotamiento lo venciera. En más de una ocasión había estado tentado de hacerlo: levantar el vuelo por última vez y avanzar hacia el horizonte lejano en un viaje sin retorno. A lo largo de los siglos no habían sido pocos los Señores de los Asesinos que se habían dado muerte a sí mismos, unas veces por deshonor, otras por simple hastío. De hecho, su primer impulso tras la derrota que puso fin a las ambiciones de Rocavarancolia había sido ese: adentrarse en el mar y no regresar jamás.

Esmael suspiró con la mirada perdida en el horizonte. Luego volvió la vista en dirección al torreón Margalar.

Allí la mayoría de los muchachos dormía. A Hector lo asombraba que hubieran podido conciliar el sueño, pero el sonido acompasado de sus respiraciones no dejaba lugar a dudas. Él, en cambio, se había resignado a pasar la noche en vela. La mente le bullía con todo lo que había vivido en las últimas horas. Era como si en su cerebro estuvieran pasando una película acelerada y mal montada de lo ocurrido. Denéstor, dama

Desgarro, la araña humana, la cicatriz de Arax, las tinieblas que dama Serena había injertado en su mente...

Cada cierto tiempo los ruidos del exterior le hacían girar la cabeza hacia la ventana. El viento gemía allí fuera con mil voces diferentes. Se escuchaba también el repiqueteo de las tejas, el ruido de entrechocar de piedras y, de cuando en cuando, los aullidos siniestros desde la montaña. Rocavarancolia de noche era más ruidosa que de día. Y más siniestra. A veces hasta creía oír pasos en el exterior y su imaginación se llenaba de criaturas al acecho, de hordas de espantos que trepaban por los muros.

Los lobos, si eran lobos, volvieron a aullar y él se estremeció de nuevo en la oscuridad.

—¿Duermes? —escuchó que le preguntaba Natalia.

—No —susurró él. Alguien masculló algo en sueños—. No puedo dormir. He intentado contar ovejitas pero llegan los lobos y se las comen.

—Eres tonto —le dijo ella entonces. Y aunque no pudo ver su rostro, Hector adivinó que Natalia sonreía—. Si quieres puedes coger mi mano —le ofreció—. Por si tienes miedo, digo.

Hector sonrió. En la oscuridad de la habitación se coló por un instante el resplandor de uno de los murciélagos flamígeros que revoloteaban en torno al torreón. Alargó la mano, en busca de la de Natalia. Cuando la encontró entrelazaron los dedos con fuerza. Sentir la calidez de la mano de la chica en la suya fue un bálsamo, un respiro. Permanecieron en silencio, sin soltarse, sumidos cada uno de ellos en sus propios pensamientos. Y para sorpresa de Hector él también comenzó a deslizarse hacia el sueño; a pesar de los sonidos del exterior y de toda la tensión, el agotamiento se había presentado a pasar su factura.

En lo último que pensó antes de quedarse dormido fue que habría preferido estrechar la mano de Marina. Fue un pensamiento que lo avergonzó al instante, pero ni pudo ni quiso evitarlo. Marina tenía los ojos más hermosos del mundo.

Y fuera el viento aullaba.

Piedra, fuego y magia

Hector despertó bruscamente.

Se incorporó con la manga de un jersey pegada a la mejilla, tan aturdido que por unos instantes no supo ni cómo se llamaba ni dónde estaba. Sentía una pesadez profunda en su sien izquierda, como si buena parte de su cerebro se negara a despertar y tirase de él de regreso al sueño.

Natalia estaba a su lado, y por su aspecto daba la impresión de acabar de despertarse tan desorientada como él. Su pelo moreno se alzaba en una conjunción de crestas y picos despeinados, dándole aspecto de pájaro estupefacto. Pareció sobresaltarse al descubrirlo junto a ella.

—¡Arriba, gandules! ¡Vamos, vamos!

Alex y Ricardo se encontraban en la escalera de caracol. Habían sido ellos quienes los habían despertado con sus gritos. Hector gruñó y se dio un manotazo en la cara para librarse de la manga del jersey. La luz del día entraba tibia por las troneras iluminando la estancia y su caricia, aunque desangelada, resultaba confortable. Vio a Adrian, que se frotaba los ojos, adormilado entre la ropa revuelta y a Rachel, que, fuera de toda lógica, continuaba dormida a pesar de las voces que daban los dos jóvenes. No había nadie más.

—¡Venga, dormilones! —insistía Alex—. ¡Nos han traído un regalo! ¡Salid de debajo de las mantas de una vez!

No fueron sus palabras lo que hizo que Hector le prestara toda su atención, sino el sonido de un mordisco carnoso que terminó de despertarlo tanto a él como a su estómago vacío. Ricardo estaba comiéndose una manzana de un color dorado intenso, tan suculenta a la vista que comenzó a salivar en el acto. Alexander balanceaba en una mano una pequeña cesta de mimbre.

—¿Las bañeras? —acertó a preguntar Natalia. Se deslizó fuera del cobertor y avanzó de rodillas sobre las ropas revueltas—. ¿Ya han pasado las bañeras?

—No. La cesta estaba en el patio, junto a la estatua de la amiga de Hector. Nos la debieron de dejar anoche.

—No es mi amiga —murmuró él, sin apartar la vista de la manzana de Ricardo. Cuando el muchacho volvió a morderla, Hector inconscientemente imitó su gesto.

Alexander sacó una manzana de la cesta y se la lanzó. No pudo atraparla al vuelo y cayó entre la ropa. Cuando la cogió le sorprendió la suavidad de su tacto, sutil como la seda. Los rayos del sol hacían destellar la piel dorada.

—¿Y si están envenenadas? —preguntó Adrian mientras observaba reticente la manzana que Alex le acababa de lanzar.

—Pues si lo están, que lo estén, Blancanieves —le contestó el pelirrojo—. Es lo más delicioso que he probado en la vida. Si me matan, moriré feliz. Devuélvemela si no te fías.

Adrian negó con la cabeza y lanzó un bocado exploratorio a la manzana. Hector hizo lo mismo. Solo arrancó un pellizco de piel y pulpa, pero fue suficiente para comprender a qué se refería Alex. Jadeó en cuanto sintió el jugo de la fruta en su boca. Decir que estaba delicioso era quedarse corto. Nunca en la vida había probado nada tan maravilloso, nunca en la vida había imaginado que pudiera existir sabor semejante.

—¡Madre mía! —exclamó, y miró a Alexander y a Ricardo con los ojos muy abiertos. Los dos asintieron y se echaron a reír al mismo tiempo—. Es como comerse un pedazo de cielo.

—¡Tened cuidado y no os atragantéis! —les dijo Ricardo—. A Marco casi le da un ataque mientras se la comía. Se le saltaban las lágrimas.

—¡Está buenísima! —Adrian se levantó de pronto y comenzó a saltar sobre las mantas.

Natalia consiguió finalmente despertar a Rachel a base de sacudir su hombro. Alexander sacó las dos manzanas que quedaban y se las lanzó a las chicas. Ambas las atraparon al vuelo, con una soltura admirable. Natalia fue la primera en probarla y, nada más hacerlo, lanzó un gemido escandaloso y se dejó caer de espaldas. Rachel la contempló extrañada, bostezó varias veces y le dio un soberano mordisco a la suya. Al momento sus ojos se abrieron como platos. Miró asombrada a todos, dijo algo en su idioma incomprensible y procedió a devorar la fruta a toda velocidad.

Hector en cambio hizo todo lo posible para hacerla durar. Cada bocado era una explosión de gloria directa a su paladar, pero es que, además, con cada mordisco notaba como el hambre se desvanecía. Cuando terminó la manzana se sintió satisfecho por completo.

Se reunieron con el resto entre el caos de muebles y enseres de la planta baja que a la luz del día parecía más abarrotada aún. La luz se filtraba por unas aberturas diminutas que recorrían el muro a media altura, tan estrechas que la noche anterior no se habían percatado de su existencia. Todos estaban despeinados y sucios, excepto Alex y Maddie, que parecían igual de resplandecientes que antes de acostarse.

—¿Cómo lo hacen? —le preguntó Natalia a Hector en voz baja una vez ayudaron a Rachel a sentarse en un gran butacón—. Yo huelo a vómito de gato.

—Yo me siento como si fuera vómito de gato —dijo él.

Miraba a Marina. Estaba apoyada contra una mesilla alta. La noche había desordenado su cabello y parecía somnolienta, pero seguía estando preciosa. La joven se frotó los ojos y ahogó un bostezo contra el dorso de la mano.

—Escuchadme, escuchadme —anunció Lizbeth con su voz acelerada, agitando las manos para llamar la atención de todos—: Por lo visto vamos a quedarnos aquí hasta que aparezcan las bañeras de provisiones. Para no estar mano sobre mano mientras tanto, os propongo que arreglemos un poco este lugar. Hay escobones y trapos y no debería costarnos mucho trabajo siendo tantos como somos. ¿Os parece? —Y sin ni siquiera hacer una pausa para que tuvieran la oportunidad de responder, continuó hablando. Cada una de sus palabras parecía fundirse con la anterior—: Y tenemos que hacer algo con los colchones de arriba para poder dormir en blando esta noche. Sacar el relleno, limpiarlo de bichos y repartirlo bien entre las fundas que estén en condiciones para... —De pronto se calló, consciente del modo en que la miraban todos—. ¿Qué pasa? ¿Tengo algo en el pelo? ¿Por qué me miráis así?

Hasta Rachel parecía atónita ante la capacidad verbal de la que acababa de hacer gala Lizbeth, y eso que no había podido entender ni una sola palabra. Alexander palmeó a Ricardo en la espalda y le susurró al oído:

—Ahora ya sabemos quién manda realmente aquí.

—¿Tenemos que ponernos a limpiar ahora? —preguntó Adrian—. No, ¿verdad? ¡Acabamos de levantarnos!

—Parece que no nos va a quedar más remedio —comentó Natalia, torciendo el gesto—. Pero espero que nos deje ir antes al baño o tendrá que limpiar más de lo que piensa.

El torreón Margalar pronto fue un hervidero de actividad frenética. Marco, Lizbeth y Ricardo se encargaron de sacar los colchones al patio mientras el resto, armados con escobas, trapos y cubos de agua del pozo, luchaba contra el polvo y la suciedad del último piso. Cuando acabaron allí, se trasladaron al caos que era la planta baja y fueron llevando muebles y trastos al primer piso y al sótano, en un intento de despejar el lugar. Los que eran demasiado grandes como para maniobrar con ellos por la escalera acababan en el patio.

En poco tiempo hubo dos grupos claramente definidos. El de los que de verdad se afanaban en la tarea, Hector entre ellos, y el de los que se dedicaban a curiosear en cajones y armarios y a esquivar con más o menos sutileza el trabajo pesado. En ese último grupo estaban los mellizos y Adrian, y aunque en más de una ocasión Lizbeth les llamó la atención, poco se podía hacer para concentrarlos en la tarea. La única que tenía disculpa para vaguear era Rachel, que se pasaba la mayor parte del tiempo sentada donde menos estorbara. Ricardo había improvisado un par de muletas para ella con dos escobas viejas. Primero les arrancó todas las cerdas y luego envolvió ambos extremos con trapos para que no resbalaran en el suelo ni le hicieran daño en los brazos al apoyarse en ellas.

Mientras adecentaban la planta baja aprovecharon también para registrarla a conciencia, en busca de cualquier cosa que pudiera resultar útil, reveladora o simplemente curiosa.

Madeleine encontró un armarito de madera abrillantada repleto de medallones y colgantes. Todos estaban en un estado lamentable, fundidos, oxidados, ennegrecidos o las tres cosas a un tiempo. Y daba la impresión de que ni siquiera cuando habían estado en buenas condiciones podían haberse considerado hermosos. Más bien, todo lo contrario.

—Qué cosas más horribles —murmuró la pelirroja mientras sostenía entre los dedos un colgante que parecía la cabeza de un bebé de tres ojos que gritaba desencajado de miedo—. ¿Quién puede querer llevar esto al cuello?

—¿Arañas humanas? ¿Mujeres horrendas cubiertas de cicatrices? ¿Duendecillos grises mentirosos?

En una caja de madera cubierta por una alfombra vieja descubrieron otro montón de objetos en mucho mejor estado. Se trataba de juguetes, adornos, cuerdas, llaveros y un sinfín de trastos de uso incierto.

—Debieron de pertenecer a chicos que trajeron aquí antes que a nosotros —dijo Marina.

Todos dejaron de lado sus quehaceres para revolver en el interior de la caja. Natalia sacó una curiosa arqueta de madera, de forma rectangular, que al agitarla emitía extraños sonidos, vagamente animales. Vieron anillos de todos los tamaños y metales, pulseras y collares, juguetes tan toscos que no eran más que madera mal tallada. Alexander cogió la representación burda de una criatura parecida a un caballo; tenía seis patas y una larga cola terminada en un aguijón curvo.

—¡Mirad esto! —exclamó Hector. Había encontrado una tarjeta de plástico metalizado. Estaba grabada con caracteres ininteligibles y una curiosa fotografía parecía flotar a unos milímetros de la superficie del vértice superior izquierdo.

—Es algún tipo de holograma —dijo Bruno.

La criatura que aparecía retratada de cuerpo entero en aquella imagen flotante no era humana. Se trataba de un ser regordete, de patas cortas y gruesas y brazos tan planos que casi parecían alas. Tenía la cabeza achatada, cuatro ojos ovalados y una especie de pico romo en mitad del rostro. Era difícil distinguir si lo que recubría su cuerpo era plumaje o algún tipo de ropa.

—No traen gente solo desde la Tierra —dijo Hector. El holograma parpadeaba al moverlo, mostrando planos cortos del rostro de la criatura. Tuvo la sensación de que sonreía. Se preguntó si los huesos de aquel ser habían terminado también en la cicatriz de Arax.

Al retirar unos tablones apoyados contra el muro oeste descubrieron una curiosa cocina. Era una pequeña plataforma de piedra de casi un metro de alto sobre la que se disponían varios carriles metálicos. La superficie de la plataforma y los rieles estaban separados por un hueco de unos centímetros en el que aún se podían ver restos carbonizados de leña. Junto a la cocina había un armario repleto de sartenes, pucheros y vasijas llenas de aceite espeso.

Alex cogió una de las vasijas y subió a la última planta de la torre. Ricardo y Hector fueron tras él. El pelirrojo saltó encima del barril colocado bajo la trampilla del techo y engrasó las junturas del enorme pestillo con un pañuelo embadurnado en aceite. Luego lo descorrió sin problemas. La portezuela se abrió hacia abajo y la claridad del día irrumpió con fuerza a través del hueco. Por unos instantes, el joven estuvo rodeado de un nimbo de luz dorada y polvo en suspensión.

En el revés de la trampilla había varias muescas horizontales que facilitaban el ascenso al almenar. Alexander trepó por ella y asomó la cabeza por la abertura.

—Parece seguro —anunció desde allí—. ¿Me da usted permiso para subir, intrépido líder?

—Solo si luego saltas.

Alexander soltó una carcajada y se aupó fuera. Hector sintió un pinchazo de inquietud al verlo desaparecer por la trampilla.

—Está asqueroso, pero no hay peligro de que nadie se caiga torre abajo —le escucharon decir al cabo de unos instantes—. Oh... La vista es magnífica. ¡Venga, subid! ¡Tenéis que ver esto!

Antes de hacerlo, Ricardo llamó al resto del grupo. Lizbeth y Rachel se quedaron en la planta baja, pero los demás no tardaron en arremolinarse en torno al barril, con los rostros alzados hacia la trampilla abierta. Subieron de uno en uno. Hector habría preferido esperar abajo, y si al final los siguió fue más por temor a lo que pudieran pensar de él que por verdadero convencimiento. La idea de estar en la azotea de la torre le ponía los pelos de punta.

Natalia le dio la mano cuando asomó la cabeza por la trampilla y lo ayudó a subir el último tramo. Por un momento quedó a gatas sobre el suelo, con las manos y las rodillas hundidas en un islote repugnante de excrementos secos de pájaros y murciélagos. Se levantó asqueado, limpiándose las palmas de las manos contra el pantalón.

La azotea estaba rodeada por un muro de metro y medio de alto del que sobresalían, a intervalos regulares, las almenas. Más allá se extendía Rocavarancolia, con las montañas y el castillo al oeste. Pero la atención de todos estaba centrada en dirección opuesta.

—El mar —murmuró Natalia, emocionada. Le brillaban los ojos—. Nunca había visto el mar.

El manto azul inmaculado aparecía bruscamente ante la vista más allá de la última línea de edificios, como si estuviera separado de la ciudad por un acantilado, un dique o algo similar; luego se extendía en la distancia hasta confundirse con el cielo cerca de la línea del horizonte. La visión era prodigiosa. La superficie movediza del océano estaba salpicada de destellos y oscuridades, de sombras rutilantes y manchas de espuma. Casi creyeron oír el rumor lejano de las olas.

—Quizá podamos escapar por mar —murmuró Adrian, poco convencido—. Podríamos construir una balsa o algo así...

—Dama Desgarro dijo que la ciudad está rodeada de montañas y acantilados —le recordó Marco—. No creo que encontremos ninguna salida al mar. Y aunque lo hiciéramos... ¿dónde iríamos? ¿O cómo?

Adrian se encogió de hombros.

—Un día mi padre me dejó al timón de su yate...

—¿Yate? ¿Tenéis un yate?

—La verdad es que tenemos dos.

Desde el almenar de la torre tenían una visión privilegiada de la ciudad. Los tejados y azoteas se desparramaban por doquier, sin orden ni concierto, como piezas de un juego de construcción desperdigadas por un niño travieso, entre un delirio de arcadas, puentes, escalinatas y plazoletas.

—No hay ni una brizna de hierba —murmuró Marina, asomada entre dos almenas. El viento agitaba su cabello revuelto—. No se ve ni una gota de verde. ¿Alguien ha visto un árbol o cualquier otra planta?

—Juncos raquíticos en el río y helechos muertos en un par de patios —contestó Ricardo—. Por ahora nada más.

—Qué lugar más terrible. —La joven retrocedió un paso.

La catedral roja era el mayor edificio de Rocavarancolia; se alzaba hacia el sudoeste, terrible y funesta, rodeada por la cortina densa de sombras de dama Serena. No era la única gran construcción de la ciudad. A las tres torres a las que se habían acercado Ricardo y Marco el día anterior, había que añadirles otra docena de edificaciones que superaban con creces a las demás. Cerca de la propia catedral había un obelisco casi tan alto como ella.

—El aire alrededor del castillo está lleno de resplandores —comentó Adrian—. ¿Los veis?

Todos se desplazaron hacia la cara oeste del torreón para poder contemplar mejor las montañas. En torno al castillo se observaban un sinfín de destellos relampagueantes e inquietos, la mayoría centrados ante su fachada. A Hector le recordaron los típicos brillos que en las películas anuncian que alguien está espiando con prismáticos o apuntando un arma, aunque dudaba mucho que ese fuera el caso en esta ocasión. Había demasiados destellos y además estaban en constante movimiento.

—Vale, ¿y ahora qué serán esas cosas? —murmuró Alexander—. ¿Lámparas voladoras? ¿Pajarracos de cristal?

En ese preciso instante, como si el pelirrojo la hubiera invocado con su mención a las aves, una bandada de pájaros negros pasó volando sobre sus cabezas; sus graznidos eran ensordecedores, restallaban en el aire como carcajadas mezcladas con el tableteo de un arma de fuego. Los vieron perderse entre las ruinas, como una larga y caótica trenza negra.

Poco después decidieron proseguir con las tareas de limpieza. Adrian se quedó en el almenar, encargado de dar aviso si aparecían las bañeras. El muchacho estaba tan encantado con sus nuevas atribuciones que no pasaban ni dos minutos sin que anunciara a gritos que todo estaba despejado y en calma. Solo se calló cuando Alexander amenazó con arrojarlo por las almenas si volvía a oírlo gritar.

Abajo continuó la lucha contra el desorden y el polvo, bajo la dirección de Lizbeth. Cumpliendo sus órdenes, Hector apiló candelabros, luchó contra telarañas, barrió y ayudó a transportar muebles escaleras arriba y abajo. Y siempre que le resultaba posible, espiaba a Marina, tan atareada como él. No podía evitarlo. Si bien era cierto que Madeleine la superaba en belleza, la hermosura de Marina tenía algo que trascendía a la de la pelirroja, un toque plácido y espiritual que, de alguna manera, había calado en Hector. Y él era incapaz de resistirse a esa atracción creciente. Lo único que sabía era que no podía dejar de mirarla: necesitaba saber que ella seguía estando allí, que no se había desvanecido sin más en el aire, que no era un sueño o un portento más de aquella ciudad hechizada.

De pronto cayó en la cuenta de que no había hablado con Marina en ningún momento. Habían participado en conversaciones comunes, sí, pero nunca se había dirigido directamente a ella. Deambuló por sus cercanías, armándose de valor para decirle algo, cualquier cosa. Un simple cruce de palabras inofensivo, solo eso. Sin embargo, algo le impedía dar ese paso. Las palmas de las manos le sudaban y se le formaba un nudo en la garganta.

A veces se alejaba hasta la otra punta del torreón, consciente de que su comportamiento era absurdo, pero no tardaba en regresar a su órbita.

Cuando la vio aproximarse hacia una estantería que Ricardo había revisado y limpiado ya, vio su oportunidad: le diría que ya estaba limpia y luego, casualmente, le comentaría lo mucho que le había gustado el cuento de la reina fantasma. Se sentía estúpido planeando el desarrollo de la conversación así, pero no veía otra forma de reunir valor para hablar con ella.

Cuando ya se acercaba hacia Marina, con el corazón en el puño y unos dedos fríos hurgándole en las tripas, desde las alturas del torreón Margalar llegó la voz de Adrian, gritando a pleno pulmón:

—¡Las bañeras! ¡Ya salen del castillo! ¡Ya salen del castillo!

Hector y los dos mellizos avanzaban deprisa, pegados a las fachadas de los edificios ruinosos de una callejuela, atentos al menor ruido o movimiento.

Se dirigían hacia las torres donde el día anterior Marco había creído ver descender una bañera. Y en efecto daba la impresión de que una de ellas avanzaba directa hacia allí. Aunque todavía estaba lejos ya podían oír los cánticos de su piloto. Marco les había señalado qué camino debían evitar para no acercarse a la casa que había intentado devorarlos; en cualquier caso eso no tranquilizaba a Hector. Podían esquivar ese peligro, pero muchos otros acechaban. La niebla negra estaba por todas partes. A su pesar, él abría la marcha y no por valentía; quería impedir que cualquiera de los dos hermanos eligiera un camino que los aproximara demasiado a una zona de sombras.

Hector se sentía ridículo. Marchar envuelto en andrajos, con una daga envainada al cinto y un escudo redondo a la espalda, le resultaba casi tan irreal como la mayor parte de lo que estaba ocurriendo. Lo del escudo había sido una inspiración de última hora de Marco. Antes de salir del torreón, les había hecho bajar a la armería y había seleccionado escudos para todos, en su mayoría pequeños y manejables. «Si aparecen los bichos de cola espinosa, procurad cubriros bien con él», aconsejó.

Los tres jóvenes llegaron a la esquina de la calle. Se detuvieron allí para cerciorarse de que el camino estaba despejado. Cuando comprobaron que así era, reanudaron la marcha, casi a la carrera, hasta parapetarse contra el muro de un patio.

En aquellos mismos momentos, Natalia y Marco debían estar encaminándose hacia el norte, hacia el lugar donde el día anterior se habían enfrentado con las alimañas; mientras, Ricardo, Bruno y Marina seguían el rastro del tercer velero, cuyo destino parecía estar situado también al otro lado de la cicatriz de Arax.

En el torreón se habían quedado Lizbeth, Rachel y Adrian. Habían intentado convencer al muchacho para que acompañara a Marco y a Natalia, pero todo había sido en vano. No quería ni oír hablar de salir de la torre; ni siquiera había querido estar presente cuando bajaron el puente levadizo. Se había ocultado en una habitación de la segunda planta y había dicho que solo saldría cuando el puente estuviera izado de nuevo. Hasta Alexander parecía haberlo dejado por imposible. Lizbeth se había ofrecido a ir en su lugar, pero todos habían estado de acuerdo en que era preferible que ella se quedara al cargo de Rachel.

Lo que no convencía a Hector era compartir aventura con los mellizos. Alexander ya no le caía tan mal como en un principio, a pesar de su obstinación en llamarlo «gordito»; pero no lograba olvidar su comportamiento desquiciado en la cicatriz de Arax. Hector estaba convencido de que podía volver a perder el control en cualquier momento. Y no le gustaba la perspectiva de estar cerca cuando eso ocurriera.

Las tres torres hacia las que se aproximaban eran idénticas, al menos en cuanto a altura y forma; la base y los dos primeros pisos eran pentagonales, aunque luego el resto del edificio era rectangular; todas las fachadas estaban salpicadas de grandes ventanales de arcos de medio punto, casi sin separación entre ellos, lo que otorgaba a los edificios un curioso aspecto liviano.

En lo que las torres sí se diferenciaban era en los materiales en que estaban construidas. Una de ellas había sido erigida en mármol claro, otra parecía hecha de cristal y espejos y la tercera era de madera verdosa. La torre blanca y la torre de vidrio estaban bastante dañadas; la azotea de la primera parecía haber estallado hacia fuera, mientras la fachada norte de la segunda se hallaba en tan mal estado que la mayor parte de su superficie era una maraña de grietas. Los últimos pisos de la torre verde estaban rodeados por completo con la bruma negra de dama Serena.

Mientras se acercaban, vislumbraron en la lejanía el fulgor que despedía el barrio en llamas. No podían ver la zona en su totalidad, pero sí partes de ella tras las casas que se apiñaban al suroeste y los solares en ruinas, y ya solo con eso Hector se sintió, por enésima vez, superado por aquella ciudad tan horrible como portentosa. Allí se elevaban grandes columnas de fuego, tan altas como los edificios que consumían; llamaradas de un rojo intenso lamían las fachadas, tejados y cornisas, deshaciéndose en espirales interminables, clavadas a la nada; ríos de fuego quieto colapsaban las calles entre brasas y ascuas que se desplegaban en el aire como flores milagrosas; y todo ello, por supuesto, aparecía ante sus ojos manchado y punteado por la niebla negra de dama Serena. Aun así, Hector no pudo negar que era un espectáculo hermoso. Más que fuego parecía cristal tallado. El resplandor del incendio inmóvil tiñó de rojo la quilla de la bañera que se aproximaba hacia las torres.

—«La hoguera no debe apagarse nunca» —recitó Alex.

—¿Otra vez *El señor de las moscas*? —le preguntó Hector.

Alexander asintió, distante y frío.

—¿Los oís? —preguntó.

Hector iba a negar con la cabeza pero de pronto él también pudo escucharlos. El viento traía consigo los alaridos de los que ardían en el barrio incendiado. Toda la hermosura aparente de aquel lugar se vino abajo al momento: aquella belleza no era más que otra trampa, otro espejismo asesino. Había gente allí, gente consumiéndose entre las llamas sin llegar a morir; su agonía detenida quizá por lo mismo que impedía que el incendio se propagara por la ciudad. Hector se estremeció. A medida que se acercaban a las torres, el griterío se transformó en un murmullo persistente, un estremecedor zumbido al que era difícil no prestar atención. Al menos, al avanzar, perdieron de vista aquel barrio maldito.

Hector centró su atención en el objetivo al que se dirigían y del que apenas los separaban ya doscientos metros. Se detuvieron en un socavón en mitad de la calzada que llevaba a las torres y desde ahí espiaron los alrededores. Una bandada de aves negras salió graznando de lo alto del edificio de mármol salpicando el día con sus carcajadas.

Había existido una cuarta torre junto a las otras pero de esta solo sobrevivía la primera planta. El resto del edificio había desaparecido sin dejar rastro, ni siquiera un mínimo escombro; desde la distancia a la que se encontraban era difícil advertir de qué material había estado construido, lo que quedaba de él daba la impresión de ser hielo sucio.

Entre las tres torres y los restos de la cuarta se extendía una plaza enorme, repleta de estatuas blancas; la mayoría se encontraban en buen estado, aunque había bastantes hechas pedazos. Y hasta la última de las que aguantaban en pie estaba inmersa en una impresionante batalla campal inmóvil.

Por todas partes se veían guerreros batiéndose, monstruos en poses amenazadoras o caídos por el suelo. Hector descubrió representaciones en piedra de dos criaturas aladas semejantes a la que habían encontrado el día anterior; montaban a horcajadas sobre el lomo de un gigante de cabeza y brazos desproporcionados, acuchillándole la espalda con fiereza. El gigante se revolvía e intentaba alcanzar con su maza a sus atacantes, pero estos se encontraban fuera de su alcance.

La más asombrosa de todas las estatuas de la plaza era la de un dragón enorme que, alzado sobre sus cuartos traseros, lanzaba un zarpazo al grupo de jinetes que lo azuzaba con sus lanzas. Durante unos instantes, Hector no pudo apartar la vista de las fauces abiertas de aquella bestia y de las hileras de colmillos, tan grandes como su daga. Casi creía ver el aire tremolando en su garganta, como si de un momento a otro fuera a soltar una llamarada.

El velero se aproximaba despacio desde el oeste. Ya había dejado atrás el barrio incendiado y viraba para esquivar el torreón de cristal.

—¿Y si aparecen los bichos de las espinas? —preguntó Madeleine.

—Nos damos la vuelta y nos marchamos sin hacer ruido —contestó Alex. Hector suspiró aliviado—. Nuestro líder ha dicho que nada de correr riesgos y vamos a hacerle caso. Es sabio y valiente —gruñó antes de añadir—: Y estos escudos son muy pequeños.

—¡Venid! ¡Traigo esófago de lechuza y mal aliento de gorgona! ¡Dedos de serpiente y alas de pez espada!

El navío maniobraba ya sobre la plaza. Su piloto era idéntico al del día anterior, hasta la voz sonaba igual. Dejó el timón y procedió a bajar las cestas muy cerca de un curioso grupo de árboles próximos a la torre arruinada; medían más de veinte metros y estaban esculpidos en la misma piedra que los combatientes. Eran de tronco irregular, mucho más grueso en la parte baja que en la alta, y la base de su copa era horizontal por completo.

Hector los contempló extrañado mientras el espantapájaros hacía bajar las cestas. Esos árboles resultaban una incongruencia allí, en mitad de la batalla quieta. Había algo en la plaza que le ponía los pelos de punta, aunque no veía rastro de niebla por ninguna parte.

Una cesta volcó al tocar suelo y un trozo de carne sujeto por una redecilla rodó por el empedrado hasta detenerse a los pies de dos guerreros. Los muchachos, que habían permanecido inmóviles y expectantes durante todo el tiempo que duró la bajada de las cestas, echaron a correr hacia ellas.

Había trozos de estatua esparcidos por todas partes. Pasaron a la carrera junto a un torso gigantesco tirado entre los restos de sus propias piernas. Y fue entonces, al mirar aquellos pedazos de piedra blanca, cuando Hector se dio cuenta de lo que había sucedido en aquella plaza.

Se frenó, horrorizado por lo que acababa de descubrir, y al hacerlo un mal paso le llevó a tropezar y caer al suelo. Su codo izquierdo chocó contra el empedrado y una lanzada de dolor le hizo apretar los dientes primero y chillar después.

Los dos hermanos regresaron junto a él a toda velocidad.

—Mira que llega a ser torpe —murmuró Madeleine con desdén cuando llegaron a su lado.

—No le hagas caso. Ya sabes lo que dicen de las pelirrojas: son malas, muy malas. —Alexander le tendió la mano mientras miraba alerta alrededor—. ¿Te encuentras bien?

Hector negó con la cabeza. Pero con su negación no se refería a su estado.

—No son estatuas —murmuró mientras señalaba un pedazo de pierna blanca. Estaba hueca y en el interior se podía ver parte de una tibia y un peroné, truncados a la misma altura donde se cortaba la piedra—. Eran reales. Estaban vivos. Debían de estar combatiendo en la plaza y algo los transformó en piedra.

Madeleine ahogó un gemido contra la palma de su mano. Alex miró a un lado y a otro y, tras una ligera vacilación, se encogió de hombros, con la vista fija en un guerrero decapitado.

—Mejor ellos que nosotros —señaló. La voz apenas le tembló. Se pasó la mano por el pelo antes de volver a mirar a Hector—. Si te vas a caer cada vez que nos encontremos algo sorprendente, pronto no te quedará ni un hueso sano.

—Pero ¿cómo puedes tomártelo así? —preguntó sin dar crédito a la frialdad de Alexander—. ¡Estaban vivos! —Hector se incorporó sin hacer caso a la mano que volvió a tenderle el pelirrojo. Le dolía la pierna derecha y sentía el codo entumecido.

—Eso es. Estaban vivos, gordito, estaban. No puedes hacer nada por ellos y, la verdad, ninguno de estos tipos parece demasiado amigable

—apuntó—. ¿O es que preferirías encontrarte con esa cosa en carne y hueso? —quiso saber mientras señalaba con la cabeza a un ser espantoso situado a su izquierda.

Era una criatura de casi tres metros de altura, delgada y fibrosa, con unas manos enormes de dedos largos, que asomaban de la mata de pelo que cubría sus antebrazos; su cabeza era casi esférica, medio cubierta de una melena que parecía trenzada con un nido de culebras. Su boca abierta mostraba dos filas de colmillos afilados como navajas. Aquel monstruo no era más horrendo que muchas de las cosas que ya había visto en Rocavarancolia, pero había algo en él que sobrecogía.

—¿Lo ves? —Alex sonrió y echó a andar hacia las cestas—. Vamos a por la comida. Me muero por probar ojos de mofeta y riñones de ardilla.

Alexander colocó las provisiones sobre la mesa que habían dispuesto ante la puerta principal del torreón Margalar. Eran los primeros en regresar y ahora, en ausencia de los otros, el lugar parecía extrañamente desierto. Además, Lizbeth había encendido varias velas y candelabros, y aquella conjunción de resplandores temblorosos, unida a la claridad melancólica del día que entraba por las rendijas de las paredes, hacía parecer más vacío aún el torreón.

Hector se dejó caer en una silla, agotado y todavía dolorido tras el tropiezo en la plaza. Adrian estaba sentado en un peldaño de la escalera, taciturno y sombrío; ni siquiera las bromas de Alexander lo habían hecho sonreír. Hector sospechaba que se sentía avergonzado por no haber querido salir del torreón.

Lizbeth se encargó de hacer un inventario rápido de los víveres que habían traído. Por suerte, los cánticos de los espantapájaros no tenían nada que ver con el contenido de las cestas. En ellas había carne fresca y en salazón, rebanadas de pan duro con la corteza mohosa, fiambres, vegetales variados, queso, frutas y lo que parecía ser algún tipo de pescado recubierto de una sustancia gelatinosa.

—Todo tiene una pinta repugnante —se quejó Madeleine.

—A lo mejor preferirías los sesos de mono y las otras delicias que cantaban esos chalados.

—Si algún día me apetecen sesos de mono, solo tendré que meterte una cuchara por la oreja.

Los siguientes en regresar fueron Marco y Natalia, cargados con dos cestas cada uno. No habían tenido ningún problema, ni para cruzar la cicatriz ni para recoger los víveres.

—Los bichos del otro día nos espiaban desde lejos —comentó Natalia mientras se sentaba en una silla junto a Hector—, pero ni se nos han acercado. ¡Nos tienen miedo! ¿Os lo podéis creer?

Estiró los brazos todo lo que le daban de sí para desentumecerlos. Hector estaba asombrado de la fuerza de la joven, más cuando a primera vista su delgadez la hacía parecer tan frágil. Él, dolorido y magullado como estaba, solo había sido capaz de arrastrar una cesta, pero sabía que aunque se hubiera encontrado en perfectas condiciones ni por asomo habría podido con dos. Se acarició la frente. El golpe que le había dado Natalia aún le dolía.

Aunque el sol seguía alto, los rayos escasos que conseguían abrirse camino hasta el torreón comenzaron a menguar; Lizbeth, para luchar contra la tiniebla creciente, encendió unos cuantos candelabros más. La joven había encontrado varios mecheros dentro de una olla. Eran aflautados, de casi treinta centímetros de largo, y estaban fabricados en madera tallada; en uno de sus extremos se hallaba encajada una pieza de metal, con forma de cabeza de animal fantástico, una especie de lagarto picudo, de ojos redondos y saltones. Al presionar un pequeño cuerno situado en el extremo opuesto, la boca se abría y de ella brotaba una llamarada azul diminuta. Hector no pudo evitar recordar al dragón petrificado de la plaza.

A medida que transcurría el tiempo, la preocupación por los ausentes crecía.

—¿Qué hora creéis que es? —preguntó Adrian.

—Por el sol, yo diría que media tarde —dijo Natalia—. Nos hemos pasado un montón de tiempo arreglando el torreón.

—Están tardando mucho.

—Nuestro líder está con ellos. No les pasará nada, ya lo veréis.

—Pero ¿y si no vuelven?

—Volverán, angustias, volverán —contestó rotundo el pelirrojo.

Hector se removió inquieto en su asiento. Cruzó una mirada con Marco. El alemán estaba tan tenso y preocupado como él. De pronto el enorme muchacho se levantó del butacón en el que estaba sentado, con expresión decidida.

—Voy a buscarlos —anunció—. Y no quiero que nadie salga de aquí mientras estoy fuera, ¿me entendéis?

—Iré contigo —dijo Alexander.

—No, no vendrás —espetó mientras comprobaba el cinto de su espada—. Te quedarás aquí y esperarás con el resto. Y como se te ocurra hacer el menor ademán de seguirme, te meteré en la mazmorra y la cerraré con llave, ¿te queda claro?

Antes de que Alexander tuviera oportunidad de replicar, se escuchó la voz de Ricardo desde el foso, pidiéndoles que bajaran el puente levadizo. Hector suspiró aliviado. Lizbeth y Alexander corrieron al sótano para hacer descender el puente y en unos minutos Ricardo, Marina y Bruno atravesaron la puerta del torreón.

No traían cestas, pero sí tres libros tan enormes y pesados que la joven se las veía y deseaba para cargar con el que le había tocado llevar a ella. Bruno, en cambio, caminaba con el suyo abierto, tan concentrado en sus páginas que parecía en trance. No hizo caso a nada ni a nadie; ni siquiera dirigió una mirada a las cestas o a las velas y candelabros, se limitó a buscar una silla libre, sentarse en ella y continuar enfrascado en el libro.

—¿Libros? —preguntó Alex—. ¿No son algo indigestos? ¿O es por la fibra?

Ricardo les explicó que mientras seguían al tercer velero más allá de la grieta y sus esqueletos, se habían topado con una segunda hendidura en el terreno, una fosa sin fondo aparente de casi cincuenta metros de diámetro. La bañera había ido a detenerse justo en medio y había descolgado las cestas en el vacío.

—No hay manera de alcanzarlas —dijo—. Llegamos hasta el borde pero estaban fuera de nuestro alcance. El piloto las soltó en el agujero y se marchó de vuelta al castillo. —Señaló hacia Bruno. El italiano seguía metido en el libro; sus ojos, diminutos tras las gafas, se movían de manera vertiginosa. Más que mirar las páginas, parecía estar bebiéndoselas—. Como nos caía de camino, pasamos por la biblioteca para tener contento al niño. Por eso hemos tardado tanto. Le ha costado lo suyo decidir qué libros quería.

—Pues los debe de haber escogido al peso —dijo Lizbeth—. Qué pedazo de monstruos.

—No tenías que haberlo hecho, Ricardo —le recriminó Marco. Su voz había cobrado una seriedad terrible—. Dejamos bien claro que todo lo que se salga de nuestros planes es un riesgo que no podemos correr.

—No vi peligro. —Ricardo se encogió de hombros—. Fue entrar y salir. Y ya habíamos estado allí antes.

—Me da igual: no debiste hacerlo —repitió Marco.

Hector cojeó hasta la mesa para echar un vistazo a los libros de Marina y Ricardo. De reojo vio que en la encuadernación del de Bruno había grabados dos símbolos idénticos, colocados en el centro de cada cubierta. Era la misma estrella de diez puntas que habían encontrado tanto en la torre parda como en el extraño reloj de la fachada. Las del libro estaban recubiertas de un baño de plata tan resquebrajada que la que ocupaba el centro de la contraportada apenas era visible.

—¿Has encontrado algo interesante? —le preguntó a Bruno, quien no dio seña de haberlo oído.

—Ni lo intentes —advirtió Marina. Y al escuchar su voz, Hector sintió una llamarada en la boca del estómago—. En cuanto ha cogido el libro ha desconectado. Lo ha venido leyendo desde que salimos de la biblioteca.

—¿Leyendo? —preguntó él. Una vocecilla insidiosa en su mente no dejaba de repetir: «Estás hablando con ella. Lo has conseguido. Estás hablando con ella». Le costó trabajo no prestarle atención—. ¿Es que puede entenderlo?

—No. Al menos supongo que no... Pero está lleno de dibujos y grabados. Como los otros dos, por eso los hemos traído.

Ricardo se acercó a una cesta para examinar su contenido.

—Ya es mala suerte lo de la tercera bañera —comentó Lizbeth—. De todos modos creo que con la comida de las otras iremos bien. Al menos no pasaremos hambre.

—¿Y si les escribimos para pedirles que nos dejen esas provisiones en otro sitio? —sugirió Adrian. El joven permanecía todavía alejado del resto.

—Dijeron que no interferirán, ni para bien ni para mal —le contestó Lizbeth—. Lo que no entiendo es por qué dejan la comida en medio de un agujero, ¿qué sentido tiene eso? ¿Me lo puede explicar alguien?

—Los puntos de avituallamiento deben de estar fijados desde hace mucho tiempo, desde antes de que existiera esa fosa —dijo Marco—. Y los muy idiotas o no se han dado cuenta o no les importa.

Hector abrió uno de los libros. Era un volumen grueso de tapas oscuras, adornadas con el dibujo de dos espadas entrecruzadas. El olor a polvo y abandono de las páginas le hizo arrugar la nariz. En cada hoja venía dibujada un arma, rodeada por completo de anotaciones en un lenguaje extraño. Al menos Hector supuso que era un lenguaje; las palabras que lo formaban parecían más una procesión de insectos que palabras de verdad.

—¿Un catálogo de armas? —preguntó Natalia.

—Bruno se empeñó en traerlo. No sé por qué, a mí no me parece nada interesante —dijo Marina. Estaba tan cerca de Hector que sus cuerpos casi se rozaban—. Pero mirad este otro. —Tomó el segundo libro y lo abrió sobre la mesa. La encuadernación, sin marcas ni dibujo alguno, crujió—. Es una especie de atlas, pero no de países ni continentes. Son planetas enteros.

Hector tuvo que hacer un gran esfuerzo para apartar la mirada del pelo enredado de la joven y dirigirla al libro abierto. La mayoría de los chicos se acercó a curiosear. El volumen se dividía en capítulos de ocho páginas, cada uno de ellos, como bien había dicho Marina, dedicado a un mundo diferente.

Las dos primeras páginas de cada capítulo las ocupaba un mapa general del planeta en cuestión; una representación burda de sus continentes y sus mares, repleta de anotaciones. En las tres siguientes se podían ver tablas y más tablas de texto incomprensible. A continuación aparecía un segundo mapa: el plano de una ciudad esta vez; quizá la más importante o la más representativa de ese mundo, y, para terminar, las dos últimas páginas venían ilustradas con grabados de sus habitantes. En la mayor parte de los casos se trataba de seres idénticos al hombre o con diferencias mínimas, pero en otros no se asemejaban en nada a ellos. En un mundo atestado de bosques y selvas habitaba una raza de humanoides de largas extremidades y orejas en punta; en otro en el que apenas se veía tierra firme, la especie dominante era un pueblo de sirénidos de color verdoso; su ciudad parecía excavada alrededor de arrecifes sumergidos y selvas de algas y coral. Había tierras pobladas de centauros y unicornios, planetas enteros infestados de reptiles y criaturas draconianas, mundos de criaturas aladas minúsculas que vivían en palacios de madera y pétalos...

—Nuestras leyendas —murmuró Bruno. Había dejado su libro sobre la silla y ahora contemplaba el atlas con la misma expresión vacua de siempre—. Aquí están recogidos muchos de los mitos y leyendas de nuestro planeta. Sirenas, duendes, hadas...

La Tierra también se encontraba allí, en el centro exacto del libro, aunque el mapa que la representaba daba la impresión de ser bastante antiguo. Bruno señaló algunos lugares mientras Ricardo estudiaba las anotaciones escritas junto a ellos, como si intentara distinguir los nombres de esas ciudades en aquellos extraños caracteres. Allí estaban Roma, Londres, Moscú, Berlín, Praga...

Los grabados que aparecían en las últimas páginas dedicadas a la Tierra mostraban asimismo a individuos arcaicos, hombres y mujeres vestidos con ropas medievales, largas túnicas o harapos desastrosos. Uno de ellos montaba a caballo y tanto el animal como él iban embutidos en armaduras pesadas.

—Los mapas y dibujos muestran cómo era nuestro mundo hace siglos —dijo Bruno.

—Pero ¿cuánto tiempo llevan raptando gente estos locos?

La última sección del libro estaba dedicada a la propia Rocavarancolia. El mapa de la ciudad no les iba a servir de ayuda para orientarse, puesto que era más un grabado artístico que un plano de verdad. La perspectiva en el dibujo cambiaba y el tamaño de algunos edificios parecía exagerado a propósito para resaltar su importancia. Ahí estaban las montañas, oscuras y abruptas, el castillo y la imponente catedral roja de las afueras. Pero lo que más llamó la atención del grupo fue que también se podían ver edificios flotando en el aire: minaretes y torres en su mayor parte; la más alta de todas ellas parecía elevarse directamente sobre la plaza que habían visitado los mellizos y Hector hacía bien poco.

—¿Alguien ha visto algún edificio flotando por ahí? —preguntó Alexander.

—Creo que me habría dado cuenta si lo hubiese hecho —murmuró Ricardo.

—En Delirio... la ciudad que inventé en mis cuentos, había edificios voladores —dijo Marina—. Estaban construidos en piedra liviana y, aunque la mayor parte del tiempo permanecían fijos sobre la ciudad, podían ser trasladados de aquí para allá.

—Delirio es Rocavarancolia —dijo Natalia—. Escribías cuentos sobre esta ciudad.

—¿Antes de conocerla? —Marina negó con la cabeza—. No, tiene que ser una coincidencia, nada más.

—¿Y dónde están ahora esos edificios voladores? —quiso saber Adrian.

—Debieron de llevárselos —dijo Marco—. O algo los destruyó.

El mapa del planeta en el que se encontraba Rocavarancolia mostraba tres grandes continentes. Uno de ellos ocupaba casi por entero el hemisferio norte; los otros dos, mucho más pequeños, estaban situados al sur, separados por un océano retratado con tonos de azul violento, repletos de torbellinos y dibujos de monstruos marinos. En un primer momento fueron incapaces de encontrar la ciudad allí. Fue Ricardo quien dio al final con ella, al comparar el texto que encabezaba el plano de Rocavarancolia con las anotaciones del mapa general. La ciudad estaba situada en el extremo oeste de uno de los continentes del sur.

En las dos últimas páginas correspondientes a ese mundo, no había grabados de sus habitantes. En vez de eso, ambas hojas estaban ocupadas por una luna roja inmensa, dibujada tan perfectamente que más parecía una fotografía que una ilustración. Las marcas y fallas que se veían en su superficie formaban una compleja malla de cicatrices en la zona oriental del ecuador del astro. Aquella luna era prácticamente idéntica a la que se veía en el reloj del torreón. Guardaron silencio durante unos instantes.

—No me gusta nada el aspecto de esa cosa —murmuró Natalia—. Pero nada de nada.

Bruno parecía de su misma opinión, porque retrocedió una página para regresar al plano de Rocavarancolia. Señaló una torre con el dedo. Era pequeña en comparación con la catedral y las montañas, pero estaba claro que el dibujante había querido resaltarla entre los edificios que la rodeaban. En su cúspide redondeada había una estrella de diez puntas. Por su situación, Hector comprendió que se trataba del torreón pardo de la plaza de la fuente. Bruno señaló otras cuatro torres idénticas a aquella, esparcidas por la ciudad, tres en su superficie y una sobrevolándola. En todas aparecía el mismo símbolo.

—Esa estrella aparece también en la encuadernación del libro que he traído. Y ya he averiguado lo que significa. —Cogió el volumen que había dejado en la silla y lo colocó junto al atlas mientras anunciaba con su voz carente de emoción—: Significa magia.

—¡Magia! —Adrian se acercó por fin al grupo. Los ojos le brillaban.

—¿A qué te refieres, Gandalf? ¿A varitas, chisteras y conejos? —preguntó Alexander—. ¿O a juegos de manos y cartas?

—Me estoy refiriendo a magia real, Alexander. No a magia de broma o de salón. Y tengo la fundada sospecha de que este libro enseña cómo practicarla.

Bruno pasó hojas al azar. En aquel volumen avejentado se alternaban páginas repletas de diagramas e ilustraciones con otras llenas de texto sin sentido. El italiano señaló una secuencia de viñetas en las que se veía de un modo burdo y caricaturesco como a un diablo zanquilargo le abrían una herida brutal desde el pecho hasta el ombligo, sin que en ningún momento pudiera verse qué la provocaba. Cada uno de esos recuadros estaba complementado con un segundo dibujo en su parte alta: una mano humana de dedos anillados colocada en distintas posiciones. En uno de los dibujos se la veía en horizontal con la palma medio abierta y dos dedos estirados; en otro se encontraba en vertical con los dedos flexionados a alturas diferentes. Bruno tenía razón. Aquel libro enseñaba magia. Esas manos explicaban los movimientos que debían hacerse para abrir una herida mortal a un adversario.

—Los pasos están explicados a la perfección —comentó Bruno—. Podéis observar que sobre cada dibujo hay varias líneas de texto. Sospecho que son las palabras que deben recitarse cuando se efectúa el correspondiente movimiento de manos.

—¿Y con eso partirías a alguien por la mitad? —Lizbeth estaba espantada—. ¿Solo con mover las manos y decir unas palabras?

—No puedo saberlo a ciencia cierta, pero todo parece apuntar en esa dirección.

—Pues gracias al cielo que no entendemos lo que pone o acabaríamos todos destripados.

En muchas páginas se repetía el mismo esquema con la secuencia de dibujo, posición y postura de manos y, sobre estas, el texto que se debía recitar. Pero había otras ilustraciones mucho menos explicativas. En una página se veía un complicado diagrama formado por octógonos y pentágonos de distintos tamaños y colores, colocados en posiciones diferentes entre un sinfín de bosquejos extraños que parecían representar espirales, ojos a medio cerrar o desorbitados, marcas de arañazos, velas apagadas y encendidas… Otra página estaba ocupada por entero por el dibujo de una calavera en la que habían practicado incisiones múltiples y sobre la que habían clavado lo que bien podía ser un corazón humano.

—La estrella de diez puntas significa magia —repitió Bruno al cabo de un rato—. Estoy convencido de ello.

—Entonces… el torreón de la plaza… —comenzó Adrian.

—¿Una torre mágica? —aventuró Alex.

—O tal vez el torreón de un hechicero —murmuró Natalia.

—Sea lo que sea, deberíamos…

—¡No! —exclamó Hector, interrumpiendo a Bruno de manera tan violenta y sorpresiva que Madeleine y Marina retrocedieron sobresaltadas—. ¿Quieres ir al torreón de un mago si es eso lo que es? ¿Eso vas a decir? ¿Y si ese símbolo significa torre encantada? ¡No puedes saberlo! ¡No sabes qué hay ahí dentro!
—Parece que al gordito le ponen nervioso los abracadabras.
—Hector tiene razón —dijo Ricardo—. Puede ser peligroso entrar en esas torres. Lo mejor será que las olvidemos.
—Pero... —empezó Bruno.
—Al menos de momento —le atajó el otro.
—Mirad, mirad este dibujo —dijo Adrian. Señalaba hacia lo que parecía ser un hechizo explicado en tan solo una viñeta. En ella se veía una esfera oscura que flotaba a media altura contra un fondo blanco. El movimiento de manos relacionado con ese sortilegio estaba descrito en la parte superior del recuadro y se limitaba a dos posiciones—. No tiene texto. ¿Será un hechizo que funciona sin palabras mágicas?
—¿Y para qué sirve? ¿Para hacer flotar pelotas?
Bruno realizó los movimientos de manos tal y como se explicaban en el libro. Lo hizo con una rapidez y una soltura increíbles. Nada ocurrió. Adrian no tardó en imitarlo, de manera más torpe y desgarbada, pero con resultado idéntico.
—¿Qué esperabais? —preguntó Madeleine—. ¿De verdad creíais que iba a ser tan fácil? ¡Qué pánfilos!
En ese mismo instante se escuchó el sonido de un fuerte mordisco. Todos miraron hacia las cestas. Allí estaba Rachel, apoyada en las muletas y con una pera enorme en la mano. Miró a todos, sonrió y dijo con la boca llena:
—Abracadabra.

Esmael caminaba entre los muertos.
Marchaba sin acelerar el paso, con los ojos entornados y las alas respetuosamente plegadas a su espalda. El Panteón Real era terreno sagrado y hasta él debía guardar las formas allí. En aquel mausoleo yacían la mayor parte de los reyes de Rocavarancolia, junto a todos los que, por sus servicios al reino, se habían ganado el alto honor de acompañarlos. Los monarcas estaban sepultados en tumbas majestuosas, adornadas con

estatuas sedentes que los representaban con tal fidelidad que era como si hubiesen cobrado vida y se hubieran detenido a descansar en las cabeceras de sus propias lápidas. El resto de difuntos del panteón descansaba en grandes nichos en las paredes, cada uno con su correspondiente placa donde, junto a su nombre, se relataban sus principales hazañas.

El ángel negro también tenía reservado un lugar entre aquellos muros, aunque, por supuesto, no le corría prisa alguna ocuparlo. Y además albergaba la esperanza de que a su muerte no fuera un simple nicho mortuorio lo que lo aguardara allí, por magníficos que estos fuesen. Su intención era ganarse el privilegio de descansar en la tumba de un rey, con su propia estatua velando su sueño. Ese era su mayor deseo, lo que ansiaba sobre todas las cosas: convertirse en rey de Rocavarancolia; pero no se engañaba, sabía que su ambición era casi imposible de alcanzar: nunca un ángel negro se había sentado en el Trono Sagrado y había sobrevivido para contarlo. No obstante, eso no lo detendría.

En toda su vida, solo se había atrevido a confesar su ambición a una persona, a dama Fiera, ángel negro como él y muerta en la batalla que trajo la condenación al reino. Habían pasado más de cincuenta años desde la noche en que, por impulso, le habló de su sueño.

«Olvídalo —le aconsejó dama Fiera mientras se levantaba del lecho que acababan de compartir—. Muchos de los nuestros lo han intentado y todos han terminado igual: descuartizados en el salón del trono».

Esmael estaba al tanto del listado sangriento de ángeles negros que habían creído merecer la corona. Dentrelar, el mejor de todos ellos, el comandante que había guiado a los ejércitos de Rocavarancolia durante veinte gloriosos años y que nunca conoció la derrota, decidió que había llegado la hora de asumir el mando del reino cuando murió Jeremías el Inacabado. No había nadie en toda Rocavarancolia que lo mereciera más, dijo. Por desgracia para él, el Trono Sagrado no fue de su misma opinión y acabó hecho pedazos. Cien años después, Molev, el héroe de las mil batallas, el ángel negro que había traído a Rocavarancolia la cabeza del cíclope Leviatán y las entrañas del Duque de los Infiernos, en un rapto de locura decidió que el trono debía ser suyo y no del cobarde que por aquel tiempo lo ocupaba. También quedó hecho pedazos. Y el mismo destino corrieron Dronte y Veronés. Y Kanchal y dama Estilete. Y tantos, tantos otros… La lista era interminable.

«Muchos lo han intentado y ninguno lo ha conseguido, Esmael —le dijo dama Fiera aquella noche lejana—. Y así debe ser. Los ángeles negros no estamos hechos para llevar corona; somos lo que somos, criaturas salvajes, hechas para la sangre y la matanza, no para el gobierno con sus intrigas y sutilezas. Nuestro reino es el campo de batalla y así —remarcó— es como debe ser».

Nunca más volvió a hablar con ella sobre el tema. Estaba tan seguro de que dama Fiera se equivocaba que no le vio sentido discutir sobre ello. Y ahora, casi cincuenta años después de aquella charla, estaba más convencido que nunca de que él podría ser el primero de su especie en sentarse en el Trono Sagrado sin morir despedazado. Era cierto que nunca un ángel negro había sido rey de Rocavarancolia, pero nunca antes un ángel negro había sido regente y él estaba cerca de conseguirlo.

Esmael se adentró aún más en el laberinto intrincado que formaban los pasillos del Panteón Real. Notaba el peso de la historia a cada paso que daba, en cada hálito de aire que penetraba en sus pulmones. Mientras avanzaba por las entrañas del panteón, los nombres de los héroes de antaño salían a su encuentro desde las planchas de oro blanco de sus nichos: Valente Rufio, dama Escoria, Verban Dolomí, Dentro Matadragones, recordados todos, pero no venerados como se veneraba a los reyes y reinas de Rocavarancolia. En su camino, el ángel negro pasó también junto a ellos, celoso de su grandeza, ávido de su leyenda; Esmael caminó a la sombra de su majestad Boronte Glaco, el primer rey gigante de Rocavarancolia, cuya estatua magnífica alcanzaba los veinte metros de altura; pasó ante el rey Ronces el Decapitador, que empuñaba las dos hachas que lo habían hecho célebre; contempló de nuevo la feroz majestuosidad de Castel, el octavo rey trasgo de Rocavarancolia, el carnicero destructor de mundos. Sí, la historia lo rodeaba.

«La historia está hecha de muertos», pensó el Señor de los Asesinos.

De pronto escuchó ruido de pasos aproximándose y, un instante después, llegó hasta él el olor a podredumbre de dama Desgarro. Esmael había dejado el sigilo de lado en esta ocasión. No lo necesitaba en el Panteón Real y, de hecho, estaba deseando ser descubierto. La victoria no era suficiente para él: necesitaba regodearse. Sonrió con malevolencia y continuó su camino, ignorando con toda intención el trote torpe con el que la mujer trataba de darle alcance. Dama Desgarro aún tardó unos instantes en ponerse a su altura.

—¿Vienes a recoger el mal que has sembrado, ángel negro? —le preguntó. Algo en la voz de la custodia del Panteón Real lo inquietó, un punto de sarcasmo apenas contenido que ensombreció el humor excelente con el que se había adentrado en el mausoleo. Se giró con lentitud medida hacia ella y le dedicó una mirada de desprecio.

—Vengo a hablar con un miembro del Consejo Real que sé que se encuentra aquí. Y a presentar mis respetos a los muertos, por supuesto —añadió con una sonrisa malintencionada. Estaba claro que a esas alturas dama Desgarro debía estar al tanto de lo sucedido la noche anterior. Y por si pudiera quedarle alguna duda, el siguiente comentario de la mujer marcada las despejó por completo.

—Por supuesto, por supuesto. Ambos sabemos lo respetuoso que puedes llegar a ser con ellos. —De nuevo detectó en su voz el mismo tono de burla.

—¿Hay algo que quieras decirme? —le preguntó con desidia—. Tengo prisa y muy pocas ganas de malgastar mi tiempo contigo.

—No, Esmael, no te entretengo más. Haz lo que tengas que hacer.

El ángel negro esbozó una mueca, se giró y continuó su camino. Poco después encontró lo que buscaba. Dama Serena estaba en el centro de una intersección de pasillos, flotando a dos metros de altura ante la estatua sedente del vigésimo sexto monarca de Rocavarancolia: su majestad Maryalé. La expresión de la fantasma era indescifrable.

Esmael sonrió al verla, olvidada ya la inquietud que le había provocado el encuentro con dama Desgarro. Era consciente de haber cometido un error al traer de vuelta a aquel reyezuelo llorón; estaba convencido de que al hacerlo había predispuesto a la fantasma más en su contra de lo que ya estaba. Y aun así era un error que no le pesaba haber cometido. Había resultado tan tentador que habría sido un insulto a su naturaleza dejarlo pasar. Además, jugaba con la ventaja de tener el libro de Hurza en su poder. La aversión que dama Serena pudiera sentir por él no le haría olvidar ese detalle. Estaba seguro de ello.

—Dama Serena —la llamó.

Ella desvió la mirada una fracción de segundo hacia él, luego volvió a contemplar ensimismada la tumba de Maryalé.

—¿Sí, Esmael? ¿Qué deseas? —preguntó con voz carente de interés.

—Lo que llevo persiguiendo todo el día, mi apreciada amiga: mantener una pequeña charla contigo; no sé por qué pero tengo la curiosa sensación de que has estado evitándome. Espero equivocarme.

—No te equivocas, Esmael. Ha sido un día largo. Si te sirve de consuelo, no solo te esquivaba a ti, esquivaba a Rocavarancolia entera. Tenía mucho en lo que pensar y he buscado la soledad a propósito.

—Lo supongo. —Esmael sonrió. Sus colmillos resplandecían en su rostro oscuro. Debía contener las ansias de relamerse—. Estoy seguro de que la demostración que hice anoche en tu honor fue más que suficiente para convencerte de que en verdad poseo el grimorio de Hurza.

—Lo fue, lo fue. Sin duda lo fue.

Dama Serena se giró otra vez y lo contempló desde las alturas. No había palabras para describir el odio que sentía por la criatura despreciable que tenía ante ella. Haber hecho regresar al hombre que había amado y asesinado solo para demostrarle que tenía aquel maldito libro era un acto de tal vileza que no se le podía ni poner nombre. Pero lo que más la consternaba era que, después de todo el tiempo transcurrido desde la muerte de Maryalé, aún lo seguía odiando por lo que le había hecho. Si no hubiera desaparecido al poco de encontrarlo, lo habría asesinado de nuevo. Y eso hacía que odiara todavía más a Esmael: le había mostrado en qué clase de ser se había convertido.

—Es uno de los hechizos menores del libro —le explicó el ángel negro, ignorando la mirada furiosa de la fantasma—. La Resurrección Breve, lo llaman. Y aun siendo un hechizo menor necesité buena parte de mi poder para realizarlo.

—También estoy al tanto de eso. La Resurrección Breve, sí... La necromancia de Hurza Comeojos puede resucitar por un corto lapso de tiempo a cualquiera siempre y cuando quede alguien cerca que lo recuerde con detalle.

—Esa eras tú, por supuesto.

—Por supuesto.

—Entonces ¿crees que sería posible que mantuviéramos ahora esa pequeña charla de la que te hablaba? —preguntó el ángel negro—. Quizá este lugar no sea el más indicado para ello. No sabemos qué oídos podrían estar escuchando. —De hecho sabía a ciencia cierta que dama Desgarro estaba cerca, muy atenta a la conversación.

Dama Serena lo miró de arriba abajo antes de responder. El tono de su voz fue de una amabilidad engañosa. Cada palabra estaba bañada de veneno.

—No. No será necesario que vayamos a ningún otro lugar —dijo. Sus labios moldearon una sonrisa sarcástica—. De hecho, nuestra conversación va a resultar mucho más breve de lo que imaginabas. —Su sonrisa se iba haciendo mayor a medida que hablaba—. Resulta sorprendente la cantidad de información que recogen los compendios mágicos, ¿sabes, Esmael? —comentó con desgana fingida—. En el de Valcoburdo, por ejemplo, no solo vienen consignados los hechizos de la mayoría de grimorios conocidos sino también una buena cantidad de curiosidades respecto a ellos.

Esmael entrecerró los ojos. Ahora comprendía el porqué del tono de burla de dama Desgarro. Maldijo su estupidez. Ni siquiera se había molestado en averiguar qué información venía recogida en los compendios sobre el grimorio del Comeojos.

—Solo puedes usar el libro de Hurza si sigues siendo el Señor de los Asesinos —prosiguió la fantasma—. Como regente no podrías cumplir tu promesa de darme la vida. ¿De qué te serviría el poder de las joyas de la Iguana si ni siquiera serías capaz de leer el hechizo? —Y ambos sabían que nadie podía lanzar un sortilegio escrito en un grimorio sin leerlo del propio libro; no había modo de copiarlos ni mente alguna capaz de memorizarlos—. Por lo tanto, mi querido amigo, lo que de verdad me interesa ahora es que permanezcas en tu actual cargo. ¿Quién sabe? Quizá con el tiempo logres acumular el poder suficiente para ese hechizo que con tanta amabilidad te ofreciste a lanzar sobre mí.

—Eres una arpía, dama Serena —gruñó Esmael. Sus miradas se cruzaron, rebosantes de ira. Se hallaban en terreno sagrado, el único lugar de Rocavarancolia donde la violencia estaba prohibida. La magia que protegía el Panteón Real impedía que nada ni nadie hiciese daño a quien hubiera traspasado sus puertas, pero eso no evitó que la postura de ambos estuviera cargada de amenaza, de ansias de saltar.

—Y tú un estúpido —le escupió la fantasma—. Y un estúpido no puede llevar nunca las riendas del reino, aunque sea un reino abocado a la perdición como este —añadió antes de levantar el vuelo y, sin mirar atrás, atravesar los muros del Panteón Real.

Dama Desgarro, que había observado todo desde la distancia, con los brazos cruzados y una sonrisa en sus labios maltrechos, no pudo evitar aplaudir la salida de escena de la fantasma.

Esmael clavó su mirada negra en ella. Ardía de furia. Apretó los puños con fuerza. De no haber sido por su piel coriácea sus uñas habrían atravesado las palmas de sus manos.

★★★

—Mesa —dijo Ricardo. Y dio una palmada sobre ella. Rachel asintió, y repitió con sumo cuidado la palabra que acababa de oír. A continuación añadió otra en su propio idioma y Ricardo trató de repetirla con poco éxito. La joven se echó a reír ante su intento.

—Mesa —repitió. Cogió el tenedor con el que acababa de comerse un surtido variado de frutas y lo volteó en el aire, señalando a Alexander con él—. ¡Abracadabra! —exclamó.

El pelirrojo dejó caer la cabeza y comenzó a croar muy bajito, abriendo y cerrando los ojos al compás.

—Es lo más sensato que te he oído decir desde que te conozco —dijo Lizbeth.

Hacía solo unos minutos que habían terminado de cenar, reunidos en torno a una de las mesas que habían sacado al patio. No habían encontrado nada tan delicioso como las manzanas doradas, pero todos quedaron bastante satisfechos con la comida, todos excepto Madeleine, por supuesto, que protestó por sistema bocado tras bocado. A Hector le había gustado sobre todo el queso, tenía un sabor que recordaba a la miel sin llegar a resultar empalagoso.

En una de las cabeceras de la mesa se sentaba Bruno. Había comido de manera frugal, con el libro de magia abierto sobre las piernas. Cada poco tiempo lo veían ensayar los movimientos de mano; casi siempre eran los mismos que aparecían sobre el dibujo de la esfera flotante, pero a veces se embarcaba en complicados y largos movimientos correspondientes a otros hechizos.

El viento comenzó a soplar de nuevo, ligero al principio, pero ganando velocidad y furia después, exactamente igual que el día anterior. Y como aquel, a medida que transcurrían las horas, la temperatura fue descendiendo. Muchos de los que se habían desprendido de camisas y blusones se envolvieron otra vez en capa tras capa de ropa. Solo Marco permaneció ataviado con una camisola fina de manga corta.

Tras la cena se dispersaron en pequeños grupos por el patio. En la mesa solo quedaron Marco, Bruno con su libro, Ricardo y Rachel, que seguían enseñándose palabras el uno al otro. Adrian se sentó en el escalón de entrada a la torre, atento siempre al cielo. Hector supuso que a la menor señal de murciélagos flamígeros huiría dentro.

La noche caía sobre Rocavarancolia, la segunda para ellos en la ciudad. Hector se encontró caminando solo por lo alto del muro que rodeaba el patio. Se detuvo a contemplar las siluetas sombrías de los edificios más allá del foso, apoyado contra la defensa almenada. La noche creciente era como un océano de tinta que se fuese derramando poco a poco allí fuera, zonas y zonas de negrura difusa entre arrecifes de una oscuridad más profunda aún. Al otro extremo del muro se encontraban Marina, Alexander y Lizbeth. De cuando en cuando se escuchaba la risa de las chicas. El encanto del pelirrojo era abrumador. Y Hector tenía que reconocer que sin él y su desquiciado sentido del humor, aquellos dos días habrían sido mucho peores. Alexander hizo una reverencia exagerada ante las dos muchachas y dijo algo que volvió a hacerlas reír.

Podía haberse unido a ellos, pero prefería estar solo. Miraba hacia la ciudad envuelta en noche, aunque su mente flotaba muy lejos. Pensaba en su casa, en su familia. Se preguntó si en el tiempo que llevaba en Rocavarancolia habrían pensado en él un solo instante. Sabía que no quedaba en ellos recuerdo alguno de su existencia, pero aun así... ¿En algún momento habrían echado a faltar algo sin saber exactamente qué? ¿Una ausencia a la que no podían poner nombre?

Suspiró. Se sentía pequeño y perdido. En ese instante, mientras contemplaba la ciudad en sombras, se dio cuenta de lo mucho que echaba de menos a su familia. Recordó que la última vez que había hablado con su madre había sido a gritos, con los nervios de punta tras la riña por llegar tarde. Sacudió la cabeza, incapaz de creer que se hubiera enfadado por aquella niñería, por aquella estupidez. No podía ser cierto. No podía ser verdad que la última imagen que su madre había tenido de él hubiera sido verlo gritar fuera de sí.

«¿Y qué importa si ya no me recuerda?», pensó, al borde de las lágrimas.

—No hay estrellas —murmuró alguien a su izquierda. Natalia estaba apoyada en el almenar del muro, mirando hacia arriba. No la había oído llegar.

Hector alzó la vista. El cielo estaba despejado pero no se veía estrella alguna. La noche era de una profundidad insondable, una sima hambrienta que parecía descender sobre sus cabezas. Aquel vacío lo entristeció aún más.

—Echo de menos a mi familia —dijo.

—Yo no mucho. —La joven se encogió de hombros—. Los quería y eso, pero nunca me he sentido demasiado unida a ellos, ¿sabes? Siempre

he tenido la impresión de que no estaba donde debía estar. Y no, ni me lo preguntes, no creo que este lugar horrible sea mi sitio.
—Tenías tus duendes.
—Y me los quitaron con pastillas.
—Deberías contárselo a los demás.
Natalia negó firmemente con la cabeza.
—No van a creer que estás loca. ¿Cómo van a pensar eso con todo lo que está pasando? —insistió Hector.
—Ya sé que no van a creer que estoy loca. Pero prefiero no decírselo, ¿vale?
—Pues no lo entiendo. No tiene sentido que no lo hagas. Quizá si averiguamos por qué nos han traído aquí, sepamos qué quieren de nosotros. Y puede que esos duen...
—Eres un pesado —le cortó ella—. Eres tonto y pesado.
—Y torpe, y tengo vértigo. Y mil defectos más. Pero no estamos hablando de mí, estamos hablando de...
—¡Que no se lo voy a decir!
—Pero ¿por qué no?
Natalia bufó y lo fulminó con la mirada.
—Porque desde que te lo he contado a ti, tienes siempre a una de esas sombras detrás, ¿vale? ¿Estás contento? ¡Ya lo sabes! Te sigue a todas partes. Y no quiero que les pase a los demás.
Hector tragó saliva, sobrecogido. Estuvo tentado de mirar de reojo a su espalda.
—¿Dices que una de esas cosas me sigue? —alcanzó a preguntar con un hilo de voz.
—¿No me has oído? Te lo acabo de decir. Sí. Te sigue. Cuando te fuiste por la comida fue detrás de ti.
Hector resopló. Se disponía a preguntarle dónde se encontraba ahora esa sombra cuando, de pronto y sin poder evitarlo, se echó a reír. Era absurdo. Visto en conjunto todo era absurdo: sombras que los perseguían, oscuridades terribles instaladas en su mente por arte de magia, bañeras voladoras pilotadas por espantapájaros cantarines, murciélagos flamígeros, pájaros de trapo... Nada tenía sentido. Era como estar en el reverso tenebroso de un parque de atracciones. A Hector se le saltaban las lágrimas.
Natalia lo miraba perpleja.
—¡Santo cielo! ¡El gordito se ha vuelto loco! —exclamó Alexander—. ¡Poneos a salvo! ¡Corred! ¡Corred!

Hector lo miró, doblado por la risa. Y la visión del pelirrojo, envuelto en aquellos harapos negros, con la daga al cinto, como recién salido de una película de bajo presupuesto, hizo que sus carcajadas se redoblaran.

El cielo se llenó de murciélagos en llamas. De la montaña llegó el primer aullido de la noche. Y Hector siguió riéndose.

Volvían todos juntos hacia el torreón, cuando vieron como Bruno se levantaba de un salto de la silla, dejando caer el libro de magia al suelo, y echaba a correr como alma que lleva el diablo dentro del edificio.

—¿Qué le pasa? —le preguntó Alex a Marco cuando llegaron junto a él.

—Creo que ha sido culpa mía —confesó el otro—. Se ha vuelto loco cuando le he dicho que la mano de ese dibujo raro lleva una pulsera con un cristal parecido a los que encendimos anoche.

Hector recogió el libro y buscó la página en cuestión. Marco estaba en lo cierto. Una pulsera adornaba la mano del dibujo, y de ella colgaba un cristal romboidal que parecía una reproducción exacta de los que habían usado para iluminarse la noche anterior. Desde dentro del torreón llegaba el sonido de pasos apresurados y de cajones que se abrían y cerraban. Oyeron como Bruno preguntaba por los cristales a Adrian, quien, como Hector había supuesto, había corrido a refugiarse en el torreón nada más aparecer el primer murciélago. Unos minutos después, Bruno salió por la puerta con un puñado de vidrios romboidales en la mano.

—Faltaba un elemento. Por ese motivo no funcionaba el hechizo. —Los ojos le brillaban, no era un brillo demasiado vívido pero resultaba perturbador en contraste con su frialdad habitual. Hector tuvo la impresión de que alguien o algo ajeno al Bruno que conocía se estaba asomando a través de aquella máscara inexpresiva—. Quizá se trate de un catalizador, o de una forma de amplificar el hechizo. No lo sé. No lo sé... —Se clavó con tal fuerza uno de los cristales en el dorso de la mano izquierda que al instante un reguero de sangre corrió por su muñeca y manchó la manga de su blusón.

—¡Qué bruto! —exclamó Madeleine.

La esfera de luz brotó alrededor del cristal antes siquiera de que Bruno se lo desclavara, provocando una leve llovizna roja sobre el adoquinado. El joven arrebató sin contemplaciones el libro a Hector y realizó los movimientos con la mano derecha mientras con la izquierda, bañada en sangre, sujetaba el tomo y el cristal luminoso a un tiempo. No ocurrió nada. Volvió a repetirlos hasta en tres ocasiones.

—No puede ser —murmuró.

—Eres un animal —le dijo Lizbeth acercándose hacia él. Se había sacado un pañuelo blanco del bolsillo de su falda—. Menudo tajo te has hecho. Deja que te vea eso...

—No es necesario —replicó Bruno mientras retrocedía un paso para apartarse de ella; la esfera de luz proyectaba su sombra contra la fachada del torreón de un modo grotesco—. Debe de haber un error. He debido de pasar algo por alto. —La mirada del italiano iba de forma alternativa del cristal al libro abierto. De pronto el brillo de sus ojos repuntó—. Ya lo sé, ya lo sé: confundimos el síntoma con la función. De eso se trata. —Los miró con su fijeza acostumbrada y Hector se estremeció—. El propósito de estos cristales no es el de iluminar; la luz no es más que un síntoma, la señal de que el cristal está trabajando. ¿Comprendéis? Es un indicador. Al activarlos con nuestra sangre se puso en marcha algún tipo de proceso en su interior y cuando este finalizó la luz se apagó.

—A mi teléfono móvil se le enciende una luz roja cuando lo pones a cargar —dijo Adrian—. Y se apaga cuando ya está recargado.

—Cargas —murmuró Bruno—. Es una posibilidad. Sí. Es factible. Los cristales quizá actúen como baterías y este se está cargando precisamente ahora. —Agitó la mano que portaba la esfera de luz. Nuevas gotas de sangre cayeron al patio—. ¿Alguien tiene algún cristal de los que encendimos anoche? —preguntó.

Marco le arrojó el suyo prácticamente al instante.

—Sí, sí, sí —repetía Bruno, ya con el cristal de Marco en la mano—. Eso es. El hechizo necesita una fuente de energía para funcionar.

Su mano derecha hizo los dos movimientos tal y como venían reflejados en el libro. Y de nuevo no ocurrió nada. Bruno ni se inmutó. Repitió el movimiento en dos ocasiones más, pero el resultado siguió siendo el mismo. Lo repitió de nuevo, una y otra vez. La expresión de su rostro no varió, pero algo en su postura dejaba entrever una frustración tremenda.

—Es inútil —dijo Lizbeth—. Olvídalo un rato y deja que te cure.

—A lo mejor se te ha roto la varita —comentó Alexander.

—No comprendo qué ocurre —dijo Bruno mientras repetía por enésima vez los dos gestos—. Debería funcionar. Estoy seguro de que el procedimiento es el adecuado. Quizá haya factores que no he tenido en cuenta o tal vez un solo cristal no sea suficiente —conjeturó. Dejó el libro y el cristal sobre la mesa y permitió que Lizbeth le tomara la mano herida. El brillo que se había dejado entrever en su mirada comenzaba a apagarse—. No lo entiendo —repitió—. Estaba convencido de que lo conseguiría.

Marco se acercó al libro y le echó un vistazo mientras Lizbeth vendaba la herida de Bruno con un pañuelo.

—En el gimnasio de mi padre teníamos varios libros de artes marciales en japonés —dijo—. Y no se leen como los leemos en Occidente, de izquierda a derecha, se leen al revés: de derecha a izquierda. Nos equivocábamos cada dos por tres con los ejercicios. ¿Por qué no pruebas?

Bruno se lo quedó mirando largo rato, sin parpadear. Parecía estar procesando la información que acababa de recibir. Luego asintió despacio, apartó con más lentitud si cabía su mano de la de Lizbeth, cogió de nuevo el cristal y repitió los gestos que tantas veces le habían visto hacer en los últimos minutos, invirtiendo esta vez el orden. Nada más terminar el segundo todos notaron un crepitar repentino en el ambiente.

Una zona vacía del patio, a metro y medio de altura, se convirtió en un vórtice de oscuridad. El aire se pintó de negro, se agrietó y crujió. Todos retrocedieron, todos excepto Bruno, que permaneció inmóvil, observando aquel fenómeno que teñía su rostro de reflejos sombríos. De repente aquella zona de negrura eclosionó. En su lugar apareció una esfera escarlata, de unos cuarenta centímetros de diámetro, que giraba despacio en el vacío.

Todos observaban estupefactos aquella cosa aparecida de la nada. Su superficie parecía carnosa y estaba cubierta de pliegues. Mientras la miraban, en medio de la esfera se abrieron tres orificios, dos pequeños y paralelos en la parte alta y uno más largo y en horizontal bajo aquellos. Una voz grotesca y borboteante surgió de la esfera de carne.

—Está viva —murmuró Madeleine—. Esa cosa está viva.

Nadie entendió ni una sola palabra de lo que dijo la esfera, pero por el tono parecía ser una pregunta.

—¿Qué ha dicho? ¿Qué es lo que ha dicho? —preguntó Adrian desde el quicio de la puerta, donde se había refugiado.

En las ranuras altas de la esfera afloraron dos chispazos turbios. Giró en dirección a Adrian y se desplazó a gran velocidad hacia él, repitiendo de nuevo sus palabras. El chico dio un grito y huyó torre adentro. La esfera se detuvo en la puerta, volvió a girar y miró a Bruno. Habló de nuevo.

—No te entiendo —dijo el italiano—. No sé qué estás diciendo.

Aquella criatura se proyectó hacia él. Se detuvo a poco menos de un centímetro del rostro de Bruno, que apenas parpadeó ante la acometida de la esfera viva. Volvió a hablar, más despacio, en aquel lenguaje incomprensible. Por el tono de la voz, Hector comprendió que aquella cosa estaba furiosa. La esfera comenzó a temblar, un movimiento exagerado de izquierda a derecha y de delante a atrás. Por un instante pareció a punto de estallar. Y, a continuación, se desvaneció. Simplemente dejó de estar allí. Bruno reculó, sorprendido, y tuvo que apoyarse en la mesa para no caer.

Todos se miraban, atónitos ante lo que acababa de ocurrir.

—Abracadabra —dijo Alexander.

—Abracadabra —repitió Hector. Buscó con la mano el respaldo de una silla y luego se sentó en ella, muy despacio. Las piernas le temblaban.

Mistral

Denéstor Tul dormía en el primer nivel de Altabajatorre, tirado cuan largo era en la hamaca donde Ujthan el guerrero lo había dejado caer sin demasiadas contemplaciones hacía ya cinco días. El demiurgo permanecía en la misma postura desde entonces, con un brazo extendido sobre su cabeza y el otro doblado por encima del estómago.

Nada más atravesar el portón de Altabajatorre y alzar la vista quedaba claro que no se trataba de un edificio normal. Aunque medía más de treinta metros, la torre estaba formada por una única planta que se disparaba hacia arriba, sin techos ni división visible alguna, como un cañón gigantesco que apuntara a las alturas.

Un verdadero caos de cuerdas, sogas y escalerillas caía desde las vigas, se deslizaba por los muros o parecía colgar del vacío por arte de magia. Los armarios, anaqueles y estantes estaban o bien clavados a distintas alturas en las paredes o atados con firmeza a las cuerdas. Por todas partes deambulaban las creaciones del demiurgo: aves insólitas de mil colores, insectos de papel maché, cometas articuladas, autómatas y otros seres tan surrealistas que no se parecían a nada que hubiera existido jamás campaban a sus anchas por aquel territorio desplegado en vertical. El resto del espacio estaba copado por casas de muñecas, percheros, pajareras, sombrereros... Y en lo alto, más allá de todo ese desbarajuste de cuerdas, estantes y criaturas en movimiento, se veía el cielo claro de Rocavarancolia.

En cuanto la respiración de Denéstor varió, de camino al despertar, un reloj de arena vestido con un chaleco de lentejuelas saltó a uno de los cordajes, se afianzó a él con las cucharas que tenía por manos y tiró hacia abajo. El demiurgo abrió los ojos y bostezó.

Al poco tiempo una silueta gibosa y oscura se dejó caer desde el techo inexistente de Altabajatorre. Era dama Araña, deslizándose por un hilo fino de seda, en respuesta a la llamada del reloj de arena. Descendía cabeza abajo y en un prodigio de equilibrio llevaba en sus manos dos jarros, una tetera y una gran taza.

Denéstor observó su descenso recostado en la hamaca. Un sinfín de pensamientos acuciantes y urgentes rondaba su cabeza, pero decidió ignorarlos. Ya tendría tiempo de preocuparse luego. En torno a él varias de sus criaturas festejaban su despertar después del largo sueño. Denéstor se permitió otro bostezo y acarició una lagartija hecha de dedales y vidrios coloreados.

—Buenos días, buenos días —canturreaba dama Araña mientras maniobraba en su tela para aterrizar cabeza arriba a los pies de la hamaca. En el cambio de postura no vertió ni una sola gota de las jarras, ya que fue girándolas a medida que ella misma lo hacía—. Es un placer tenerlo de regreso entre nosotros, demiurgo. Y nada como una poción vigorizante para que el cuerpo y la mente se afinen tras tan largo y merecido descanso. —Vertió el contenido de las jarras en la tetera y nada más cerrar su tapa se escuchó una pequeña detonación en su interior. Luego dama Araña llenó la taza con el líquido translúcido que salió de la tetera y se la tendió a Denéstor.

—Gracias —murmuró él con voz desabrida. Notaba los músculos entumecidos, la garganta áspera y un peso tremendo en el ánimo al que se resistía a prestar atención. El calor de la cerámica entre sus manos resultaba reconfortante. Casi tanto como el primer sorbo de poción. Saboreó el último instante de tranquilidad, suspiró y, a su pesar, hizo la pregunta que tanto temía realizar—: ¿Queda algún niño con vida?

—¿Alguno? ¡Todos! ¡La mayoría están felices y contentos en el torreón Margalar! ¡Juegan con palos y comen todo lo que les preparo!

—Pero ¿cuánto tiempo he dormido? —preguntó sorprendido. Debía de ser un error. Quizá aún no habían pasado más de unas horas desde que había caído inconsciente sobre la mesa del consejo. No, no era posible. Estaba casi restablecido y de las palabras de la arácnida se desprendía que había transcurrido cierto tiempo desde su desmayo.

—Cinco días han pasado desde la noche de Samhein —le informó ella—. Su sueño ha sido profundo esta vez, demiurgo.

—Cinco días —murmuró, incrédulo. Salió de la hamaca. No puso un pie en el suelo, se limitó a afianzarse con una mano a una de las cuerdas que colgaban desde lo alto mientras enroscaba el pie en otra—. ¿Cinco días y ni un chico muerto? —No cabía en sí del asombro. No sabía cómo tomarse aquella noticia. Era demasiado buena para ser cierta.

—¿No es fabuloso? ¡Han superado las expectativas de todos! Hasta hubo quien apostó sobre cuántos morirían antes de la primera noche. —Dama Araña soltó una risita siniestra. Sus quelíceros se agitaron como cuchillos mal pegados a su faz—. Dama Desgarro fue la única que dijo que no moriría ninguno, ¿puede creerlo? Y para celebrarlo regaló una manzana de Arfes a cada niño.

El demiurgo frunció el entrecejo. Aquello no era propio de la comandante de los ejércitos y custodia del Panteón Real. Y definitivamente resultaba difícil creer que ni un solo muchacho hubiese muerto todavía. Denéstor comenzó a trepar de cuerda en cuerda mientras dama Araña lo seguía en su tela, manteniéndose siempre a su misma altura. Las creaciones del demiurgo capaces de volar o trepar por las paredes fueron tras ellos.

—Lo que me recuerda algo... —continuó la araña—. Tanto dama Desgarro como el ángel negro han solicitado verlo en cuanto estuviera despierto. Dicen tener asuntos de suma urgencia que tratar con usted.

—Que esperen —murmuró Denéstor. El interés de ambos por verlo solo podía obedecer a un motivo: el regente seguía con vida. Y eso le alegraba. Huryel era uno de los pocos habitantes de Rocavarancolia por los que sentía verdadero afecto.

Pronto llegaron al almenar de la torre y al saledizo estrecho que lo bordeaba. La claridad del día deslumbró al demiurgo después de tanto tiempo inmerso en las tinieblas del sueño. Se frotó los ojos. Un catalejo alado se acercó hasta ellos y a un gesto de Denéstor se colocó ante su cara. Pestañeó, trató de enfocar lo mejor que pudo la mirada y buscó a los muchachos en la ciudad en ruinas. Al primero que encontró fue al que había traído desde Sao Paulo. Estaba en los tejados, descabezando un sueño al resguardo de una chimenea. Y a pesar de estar dormido, su postura delataba una tensión alerta, como si estuviera a punto de despertar en cualquier momento. Su brazo derecho y la espada corta que empuñaba eran lo único que sobresalía de la capa gris en la que estaba envuelto. El demiurgo observó con interés la espada; si no se equivocaba, era un arma hechizada, aunque con magia menor. No pudo menos que preguntarse dónde la había conseguido.

Denéstor apartó la mirada del joven dormido para fijar su atención en el torreón Margalar. Allí la mayor parte de los muchachos dormía también, juntos en la última planta. Solo tres estaban despiertos. El italiano andaba enfrascado en la lectura de un libro en un cuarto de la segunda planta mientras los otros dos combatían con varas de madera en el patio.

En efecto, los doce seguían con vida. Denéstor frunció el ceño; ni viéndolo con sus propios ojos terminaba de creerlo. Y justo cuando apartaba la mirada del torreón, se dio cuenta de que algo no era como debía ser. Volvió a mirar, con atención redoblada. Y esta vez solo le llevó un segundo comprender qué había sucedido. Sus manos buscaron el apoyo de una almena al instante, impresionado por su descubrimiento. Maldijo en voz baja.

—¿Ocurre algo? —le preguntó dama Araña, consciente de la turbación repentina del demiurgo.

Denéstor la miró un momento y luego negó con la cabeza.

—Nada —mintió—. No ocurre nada. Un ramalazo de debilidad, mi querida dama Araña. Nada más.

Apartó el catalejo de un manotazo y dio la espalda a la ciudad en ruinas para regresar al interior de Altabajatorre. Sabía que no podía ser cierto. Por tradición, lo primero que exigía Rocavarancolia tras la noche de Samhein era un tributo de sangre. Esta vez no había sido diferente. Dama Desgarro no había ganado la apuesta: uno de los doce jóvenes había muerto al poco de llegar a Rocavarancolia. Y Mistral, el cambiante, había ocupado su lugar.

Hector se desperezó en la cama. La luz del amanecer recién estrenado se colaba por las troneras. Del patio llegaba el sonido de pasos apresurados y madera entrechocando. Por lo visto, alguien había madrugado para entrenarse.

Miró a ambos lados mientras se frotaba un ojo y meditaba la posibilidad de volver a dormir. Los colchones estaban dispuestos siguiendo la curva de la pared, con mesillas y cómodas entre ellos. Había cinco vacíos, pero somnoliento como estaba no pudo ver a quiénes pertenecían. Uno era probablemente el de Bruno, aquel chico extraño apenas dormía. Bostezó de nuevo y cuando cerraba los ojos para intentar conciliar otra vez el sueño se dio cuenta de que necesitaba ir al servicio. Se incorporó en el colchón, se calzó las zapatillas y salió despacio de la habitación. La tranquilidad del torreón Margalar era un bálsamo a su alrededor.

Le resultaba difícil creer que ya hubieran pasado cinco días allí, y todavía le resultaba más difícil asimilar el hecho de estar acostumbrándose a todo aquello. Y esa sensación le perturbaba, era consciente de que de seguir así las cosas pronto consideraría al torreón su hogar y no estaba convencido de que eso fuera buena noticia.

La ciudad seguía siendo un enigma para ellos. Por el momento, sus salidas se habían limitado a recoger las provisiones de los veleros y, en una ocasión, una visita rápida a la plaza de la fuente para que Madeleine pudiera recuperar su vestido y Bruno echara otro vistazo a la biblioteca; esta vez el viaje había sido en vano, el italiano no había encontrado más libros de su agrado y tampoco hallaron rastro alguno del vestido de Maddie ni de las ropas del resto.

El ruido de lucha quedó amortiguado cuando Hector comenzó a bajar por la escalera. A la par que ese sonido decrecía, otro empezaba a hacerse audible: dos voces susurraban en la segunda planta. Al llegar allí descubrió que procedían de la habitación que quedaba frente a él. La puerta estaba un poco entreabierta y entre el hueco de la hoja y el marco Hector pudo ver a Madeleine y a Marina. Habían dispuesto un barreño enorme en el centro de la estancia y Marina, de espaldas a la puerta, estaba vaciando en él un cubo de agua caliente. Ambas estaban desnudas de cintura para arriba.

Hector tragó saliva, indeciso entre seguir su camino o quedarse allí. Su mente lo instaba a marcharse y, sin embargo, sus piernas se negaban a obedecer. Madeleine era hermosa de un modo demoledor. Era un deleite ver su cuerpo desnudo, como contemplar una obra de arte espléndida que hubiera cobrado vida. Pero al mirar a Marina se despertaba en su interior una sensación diferente, semejante a la que había sentido al morder la manzana dorada: sentía como si acabara de descubrir un mundo nuevo y magnífico que hasta entonces había permanecido oculto.

El vapor que surgía del barreño se deshacía en lentas nubes blancas sobre ellas. El agua hacía brillar sus cuerpos y las antorchas y velas los teñían de un tenue resplandor rosado. Toda la escena irradiaba calidez. Marina se inclinó hacia la bañera, mojó una esponja en el agua y frotó su costado, desde la curva de la cintura a la axila. Hector estaba hipnotizado tras la puerta. Ni siquiera prestaba atención a lo que decían las chicas. Sus ojos iban de una a otra y no podía dejar de pensar que se moriría al instante si Marina se daba la vuelta y lo descubría espiando. Y a pesar de eso, deseaba con todas sus fuerzas que la joven se girara para poder verla mejor.

Maddie se estiró al otro lado de la bañera, desató el nudo de su falda y con un movimiento rápido de cadera dejó que se deslizara hasta sus tobillos. Hector sintió que le faltaba el aire, buscó el apoyo de la pared, su mano aleteó en el vacío a unos centímetros de su objetivo, se giró para orientarse, perdió pie y rodó escaleras abajo. El torreón entero se despertó ante tal estrépito de golpes y gritos. Se oyeron pasos a la carrera tanto en las plantas de arriba como en la baja.

Hector quedó dolorido en mitad del último tramo de peldaños. No tenía nada roto pero le dolía todo el cuerpo.

—Ay —se quejó.

—Lo tuyo empieza a ser problemático, gordito. —Alexander lo miraba desde arriba con los brazos en jarras. Llevaba una vara en una mano y un escudo en la otra—. La gravedad debe de odiarte mucho.

—Tropecé, estúpido imbécil de pelo rojo —dijo él, aturdido y avergonzado. Desde donde estaba alcanzó a ver a Madeleine y a Marina, envueltas ya en sus blusas, mirándolo asustadas. Apartó la vista de inmediato al ver las piernas perladas de humedad de la pelirroja.

—¿Estás bien? —Marco tendió la mano para ayudarlo a levantarse. Hector torció el gesto y se incorporó. Tenía la sensación de pasarse la vida rodando por el suelo. Y esta vez se lo merecía.

—Pero ¿qué ha ocurrido? —preguntaron desde arriba.

—¡Nada! ¡Hector se ha vuelto a caer!

El aludido resopló y se marchó cojeando con la poca dignidad que le quedaba.

Adrian lo embistió por el flanco izquierdo tras amagar un ataque al derecho. Hector apenas tuvo tiempo de detener el golpe con su escudo. El impacto lo cogió mal posicionado y fue de tal calibre que a punto estuvo de derribarlo. Lanzó una estocada desesperada a su adversario mientras recuperaba el equilibrio. Adrian la detuvo sin dificultades y, no contento con eso, lo desarmó de un mandoble certero. El palo de Hector salió volando, dando vueltas en el aire.

—¡Estás muerto! —exclamó Adrian, y apoyó el extremo de la vara en su pecho.

Hector resopló. Adrian lo había matado ya cinco veces en lo que iba de mañana. Un índice de mortalidad demasiado elevado hasta para él. Marco detuvo su combate con Alexander, recogió el palo de Hector y se lo devolvió.

—No intentes anticiparte a sus movimientos —le dijo—. Limítate a defenderte de lo que ves, para empezar será más que suficiente. Y levanta un poco más el escudo.

Hector se encogió de hombros. No estaba prestando demasiada atención, y Adrian se aprovechaba de ello. Aún tenía la cabeza puesta en la escena que había entrevisto en aquella habitación. Durante buena parte de la mañana no había podido evitar sonrojarse cada vez que Madeleine o Marina se cruzaban en su camino. Y la vista se le iba tras ellas cada dos por tres.

Natalia y Ricardo, en cambio, parecían tan centrados en su combate que daba la impresión de que para ellos el mundo a su alrededor había dejado de existir. Sus movimientos delataban cierta torpeza e ingenuidad, pero había que reconocer que superaban con creces a los demás. Hector había sido el contrincante de Natalia la primera mañana y había recibido tal cantidad de golpes que acabó envuelto en una constelación de moratones. Al día siguiente, Marco emparejó a la rusa con Ricardo y a Hector con Adrian, en un intento de compensar las parejas. Hector se encontró con un adversario menos peligroso pero tan entusiasta que el número de golpes que se llevaba apenas varió. Al menos tenía la satisfacción de alcanzar de vez en cuando a su oponente, lo cual servía para mantener su orgullo más o menos intacto.

Pero de todos ellos, Alexander era quien más se esforzaba en aprender a luchar. Pasaba la mayor parte del tiempo en el patio y, si no lograba convencer a nadie para que entrenara con él, se dedicaba a combatir enemigos invisibles con su vara y su escudo. Quería una espada, una espada de verdad. No dejaba de repetirlo tantas veces como veces le repetían Ricardo y Marco que aún no estaba preparado. La mañana anterior, mientras curioseaba por enésima vez en la armería, Alex había encontrado en un arcón la que según decía iba a ser su espada. Se trataba de un arma a una mano, de hoja verde y empuñadura negra, equilibrada a la perfección. El pelirrojo la había blandido a la primera, aún dentro de su vaina. Aquella espada parecía hecha a su medida.

—Todavía no, chaval —le había dicho Marco—. Si logras vencerme una sola vez, te dejaré llevarla al cinto. Mientras tanto, confórmate con el palo y la daga.

—Lo primero que haré con mi espada será ensartarte como a un pavo, maldito aguafiestas.

Junto al arma había encontrado un escudo rectangular, también en verde y negro, con el dibujo de una salamandra envuelta en una llamarada esmeralda, y un casco a juego. Adrian se había encaprichado de ellos y, a pesar de formar conjunto con la espada, Alex no puso ningún reparo en dárselos. El escudo era bastante ligero para el tamaño que tenía, y aunque el casco le venía un poco grande, Adrian se empeñaba en llevarlo siempre puesto.

—¡Defiéndete, cobarde! —le gritó a Hector antes de abalanzarse de nuevo sobre él. Hector suspiró, paró el golpe y lanzó otro directo al casco. Adrian lo detuvo casi por reflejo, alzando el escudo. Era el ataque que más repetía Hector. No podía evitarlo. Le encantaba el sonido de la vara al golpear contra el casco.

Resultaba sorprendente el cambio que se había operado en Adrian en las tres últimas jornadas. De nuevo parecía entusiasmado de estar metido en aquella aventura, hasta tal punto que el día anterior se había atrevido a salir por fin del torreón en busca de provisiones.

Había marchado con el escudo en ristre, la daga desenvainada y el casco inclinado hacia un lado, mirando en todas direcciones en un estado de alerta permanente que era más pose que real. Pero por mucho valor que pudiera haber ganado, cuando anochecía era el primero en refugiarse en el torreón, antes incluso de que el primer murciélago en llamas surcara el cielo. Hector no se engañaba: aquel cambio de actitud era fruto de la inconstancia del joven; para él, de nuevo, todo aquello no era más que un juego y así seguiría siendo hasta que algo le metiese otra vez el miedo en el cuerpo.

Desvió con dificultad una nueva acometida de Adrian e intentó prolongar el movimiento con un golpe a su costado. Pero fue muy lento y su vara hendió el vacío a más de diez centímetros de su blanco.

De pronto, el chasquido de una flecha al clavarse contra la madera resonó en la mañana con una claridad inaudita, sobre todo porque nadie había esperado oírlo.

—¡Le di! —anunció Marina, entusiasmada. Levantó el arco en señal de triunfo—. ¡Por fin le di! ¡Ja! ¡Le acerté! ¿Habéis visto?

Era la primera vez en tres días que conseguía clavar una flecha no ya en la diana, sino en la tabla enorme donde estaba dibujada. El resto de proyectiles o bien se habían perdido por encima del muro o bien habían terminado rotos o mal clavados en la piedra.

Marina se había decantado por el arco en cuanto quedó claro que lo suyo no era el cuerpo a cuerpo. Había escogido un precioso arco largo de la armería, de madera pintada en negro con ribetes dorados, pero había tenido que devolverlo en cuanto comprobó lo difícil que resultaba tensarlo. Tuvo que conformarse con un arco corto, mucho más sencillo de manejar.

—¡Le di! —repitió. A continuación colocó una nueva flecha en el arco. Tensó, apuntó y disparó. Esta vez la flecha se perdió zumbando sobre el muro.

—Bien hecho, ojo de halcón —dijo Alexander.

Marco había colocado el tablón con la diana en el punto más alejado de donde impartía lo que él llamaba clases de «manejo básico de armas», para evitar en lo posible que la mala puntería de Marina acabara con alguno de sus alumnos. Ella no era la única que no participaba en aquellos combates mitad entrenamiento mitad juego. A Rachel le habría gustado hacerlo, pero su tobillo no estaba en condiciones y debía contentarse con ejercer de espectadora. Había intentado tirar con arco y, aunque parecía imposible, su puntería resultó aún peor que la de Marina; tanto que Marco le había prohibido acercarse a menos de dos pasos de una flecha.

En cuanto al resto, Lizbeth y Madeleine habían dejado claro que no tenían la menor intención de empuñar nunca una espada ni nada que se le pareciera; Maddie, además, señaló su desagrado ante toda aquella exhibición de bárbara violencia. Bruno fue mucho más parco en su negativa: cuando el primer día Marco repartió las varas de madera, se limitó a negar con la cabeza y a sentarse en una silla con el libro de magia.

Cada día que pasaba, la antipatía de Hector por Bruno iba en aumento. Su frialdad y su comportamiento le ponían nervioso. Procuraba esquivarlo siempre que podía. Y no era el único, casi todos lo evitaban. A Bruno no solo no parecía importarle, sino que también hacía lo posible por mantenerse alejado del resto. En aquel instante, debía de estar en alguna habitación con la nariz metida en aquel libro polvoriento. Rara vez se separaba de él, a pesar de que, por lo que contaba, no había sacado todavía nada en claro de sus páginas, descontando, por supuesto, la invocación de aquella esfera siniestra. Ricardo le había pedido que no repitiera el hechizo y Bruno le había asegurado que no pensaba hacerlo.

«Resulta evidente que la esfera estaba molesta por haberla convocado y la barrera idiomática hizo imposible toda comunicación —dijo—. Volver a llamarla sería una niñería sin sentido».

Hector repelió un nuevo ataque de Adrian, sintió un pinchazo de agotamiento en un costado, y levantó las manos, en señal de rendición.

—Vale, se acabó, se acabó —dijo, inclinándose hacia delante—. No puedo más. Estoy agotado.

No recordaba haber hecho tanto ejercicio en su vida. Se retiró hasta la única mesa que todavía quedaba fuera y se dejó caer en una silla. Ricardo y Marco habían convertido en leña el resto de los muebles que habían sacado del torreón, despejando el lugar y consiguiendo varios sacos de madera con los que alimentar el fuego de la cocina.

Marco emparejó a Adrian con Alexander y siguió dando consejos mientras observaba las dos peleas que se desarrollaban en el patio. Hector los siguió con la mirada. Poco a poco su vida en Rocavarancolia iba adoptando el aire de monotonía y calma que conlleva toda rutina. Quizá no resultara demasiado emocionante permanecer la mayor parte del tiempo encerrados en el torreón, pero si eso los mantenía con vida, él no pensaba quejarse. No quería vivir aventuras, tan solo quería vivir. Y volver a casa.

Cuando avistaron los veleros, se dividieron de nuevo en dos grupos para ir a por los víveres. A Hector lo acompañaban esta vez Ricardo, Natalia, Lizbeth y Adrian, que estaba todavía más ansioso por salir que el día anterior. Llevaba puesto el casco y se abrazaba con todas sus fuerzas al escudo de la salamandra. Parecía aún más pequeño envuelto en los andrajos negros y grises que llevaban todos.

Salir del torreón Margalar siempre los ponía nerviosos. Era inevitable. Habían llegado a considerarlo como una especie de santuario en el que nada malo podía suceder; más allá del portón se extendía la ciudad y ese era territorio hostil. Pese a no haber tenido encuentros peligrosos en los últimos días, cuando salían del torreón la sensación de amenaza era constante. Y el mero hecho de bajar el puente levadizo ya hacía que formasen parte de aquel paisaje inquietante, de aquel terreno poblado de sombras al acecho.

Se reunieron en la entrada del torreón, charlando animadamente con el fin de ocultar sus nervios. A más de uno se le fue la mirada hacia el extraño reloj que coronaba la fachada. En los cinco días que llevaban allí, la estrella se había desplazado hasta poco más allá de las cuatro y veinte. El símbolo de la Luna Roja, en cambio, se mantenía inamovible en la cúspide de la esfera. El día anterior, Bruno había calculado que, a la velocidad con la que se movía la estrella, debían de faltar más de doscientos días para que ambos símbolos coincidieran.

—¿Y qué pasará cuando eso ocurra? —preguntó Adrian.

—Es imposible saberlo con certeza —había contestado Bruno—. Pero si tuviera que apostar al respecto diría que ese será el instante en el que salga la Luna Roja o cuando alcance su plenitud.

—A lo mejor nos dejan volver entonces a casa.

—Lo dudo. El contrato estipulaba un año como estancia mínima en Rocavarancolia y, como digo, la confluencia entre los dos símbolos tendrá lugar varios meses antes de finalizar ese plazo.

Una docena de mariposas azules revolotearon en torno al torreón, en un frenesí de zigzagueos y piruetas. Alex bromeaba con Adrian mientras intentaba hacer cosquillas a su hermana. Ella se revolvía y trataba de zafarse de sus acometidas, aunque no podía evitar que se le escapara la risa.

Natalia estaba un poco más adelantada en el puente levadizo con una cesta vacía en la mano. Se retiró el pelo moreno de la frente y frunció el ceño. Llevaba unos pantalones anchos de color rojo sucio y una larga casaca negra sobre una camisola gris. Miraba hacia un punto de la ciudad que Hector no podía ver, probablemente vigilaba a la legión de sombras que según ella los acechaba.

Hector miró alrededor, preguntándose, como hacía a menudo, dónde se encontraría la que lo seguía a todas partes. En su imaginación, aquella sombra era un ser muy parecido a los borrones de oscuridad que dama Serena había instalado en su mente, solo que contaba con un par de piernas y dos largos brazos. Se lo imaginaba desplazándose como un cuadrúpedo inusualmente elástico, capaz de amoldarse a los más pequeños recovecos de las paredes y de caminar por los techos como un insecto. Cuando le preguntó cómo eran en realidad, Natalia se encogió de hombros.

—Son todos diferentes. Unos parecen escupitajos de alquitrán y otros son como nubes que se arrastran...

Dos días antes Natalia había ido en el grupo encargado de recoger los víveres de la plaza de las torres. A su regreso le contó que la torre de madera estaba llena a rebosar de sombras negras.

—Estaban amontonadas en las ventanas y las fachadas. Y no dejaban de mirarme... me dieron ganas de gritar, te lo juro. Las había a docenas y todas me tenían puesta la vista encima.

—A mí ese sitio me dio mala espina —dijo él. No podía olvidar que las últimas plantas de aquel lugar estaban rodeadas de la niebla de dama Serena.

—A ti todo te da mala espina.

—También es verdad.

Los dos grupos echaron a andar puente levadizo adelante. Alexander seguía persiguiendo a su hermana, haciéndole cosquillas en la cintura cada vez que la cercaba. Ella se giró, harta ya, e intentó golpearlo con la cesta. El pelirrojo se zafó con un salto y le hizo una reverencia que lo colocó entre Marina y Ricardo. Después de una mirada de complicidad, ambos cayeron sobre él y le devolvieron con creces las cosquillas que había hecho a su hermana. Alex se retorcía, al borde de las lágrimas, avanzando a trompicones mientras sus compañeros lo atacaban.

Hector sonrió, sacudió la cabeza y avivó el paso hasta alcanzar a Natalia, que miraba sobre su hombro el vuelo errático de las mariposas azules. Más allá del puente aguardaba Rocavarancolia. Los ecos de las carcajadas de Alexander los perseguían, frenéticos, alegres, llenos de vida. Hector recordaría esa risa durante muchísimo tiempo. A partir de aquel día habría pocos motivos para reír.

Denéstor Tul, demiurgo de Rocavarancolia y custodio de Altabajatorre, llevaba dos horas revoloteando en torno al torreón Margalar.

En apariencia no era más que otra mariposa azul volando entre mariposas azules; había que fijarse mucho para percatarse de que no se trataba de un insecto real. Las alas estaban hechas de papel, el cuerpo, de miga de pan coloreada, y las patas, de pelo de rata. Denéstor la había fabricado con premura y aun así había resultado ser una de sus obras más perfectas, como si la agitación hubiera refinado su talento natural. Le había costado mucho más esfuerzo conferir su conciencia al interior de la criatura. A pesar de ser un hechizo frecuente entre demiurgos, Denéstor no se sentía restablecido del todo de la noche de cosecha y realizarlo había requerido más concentración de la que solía ser necesaria.

Ahora volaba en torno al torreón, esperando el momento en que pudiera abordar a Mistral con seguridad. Vio como llegaba la ocasión cuando finalmente los chicos salieron tras los navíos y el cambiante se quedó en la torre, junto a la niña herida. La mariposa en la que viajaba la conciencia del demiurgo revoloteó sobre los chicos que avanzaban por el puente levadizo. Natalia levantó la vista y se fijó en él durante unos instantes, y Denéstor temió haber sido descubierto, pero al final habían continuado su camino, charlando entre bromas y risas. En eso tampoco se parecían a los grupos de años anteriores, no eran tan sombríos ni tristes como aquellos.

«Aún no han probado el verdadero sabor de Rocavarancolia —pensó el demiurgo—, aún no saben lo que les aguarda».

La mariposa que era Denéstor Tul esperó a que Mistral izara el puente levadizo, batió entonces sus alas de papel, se encaramó a una corriente de aire y se dejó llevar hasta las troneras del torreón. Entró por una de ellas y fue a parar a una habitación de la segunda planta. Allí estaba la niña lastimada, hojeando con expresión aburrida un antiguo atlas de los mundos vinculados. La muchacha lo descubrió revoloteando por el techo y sonrió maliciosamente, hizo una bola con un viejo pergamino y se la lanzó con fuerza. Denéstor tuvo que hacer un quiebro rápido para esquivarla, descendió y salió por la puerta entreabierta justo cuando un nuevo proyectil pasaba a su lado.

No halló a Mistral en esa planta. Revoloteó a través de la escalera de caracol hasta el último piso del torreón y se encontró con la trampilla del almenar abierta. Subió por ella. Allí estaba el cambiante, apoyado en una almena y oteando las ruinas de Rocavarancolia con aire ausente.

—Mistral —dijo Denéstor desde la mariposa. La voz del demiurgo apenas era un susurro, pero el cambiante no tuvo problemas para escucharla. Sonrió. Su sonrisa estaba a medio camino entre la amargura y la melancolía.

—Empezabas a preocuparme, Denéstor. No sueles tardar tanto tiempo en despertar —dijo Marco.

—¿Qué has hecho, insensato?

Mistral se encogió de hombros.

—¿No es evidente? La noche de Samhein maté a uno de tus cachorros en las mazmorras, arrojé su cadáver a la cicatriz de Arax y luego adopté su apariencia. —Alzó una mano ante su rostro y la mariposa se posó al momento en la punta de su dedo corazón—. Eso hice, demiurgo. —Denéstor creyó percibir un deje de tristeza en su voz.

—Estás loco, Mistral. No me esperaba esto de ti. De cualquier otro sí, pero ¿de ti?

—Lo he hecho por el reino. No quedaba otra salida. —Levantó la mano con la mariposa en el dedo para poder mirarla de frente—. Hay momentos en los que es preciso olvidar la ley y la tradición y actuar según el dictado del sentido común.

—El consejo se enterará de esto. Te desterrarán al desierto Malyadar como desterraron a Roallen. Será tu final.

—¿Me delatarás, Denéstor? —preguntó Mistral. Por un momento su cara burbujeó y un vestigio de su verdadero rostro se asomó a ella—. ¿Eso harás?

—No me queda otro remedio. Lo sabes.

—Es cierto. Es cierto. Eres Denéstor Tul, demiurgo de Rocavarancolia y custodio de Altabajatorre. Defensor a ultranza de las leyes y tradiciones de este reino moribundo. Hazlo, Denéstor, hazlo. Delátame y condénanos de una vez por todas. Pero qué absurda paradoja el hecho de que seas tú quien ponga el último clavo a nuestro ataúd.

Y de pronto Denéstor Tul comprendió el dilema en el que lo había puesto Mistral. Era algo tan obvio que lo había pasado por alto. El consejo, por ley, no solo debería desterrar al cambiante. El consejo estaba obligado a matar a todos los muchachos a los que había ayudado. Mistral había interferido en la cosecha y ahora ambos estaban mancillados.

—¿Lo ves? —le preguntó Mistral—. No es tan sencillo como parece. Los he mantenido con vida, demiurgo. Si no hubiera sido por mí las colaespinas los habrían devorado el primer día. ¡Corrieron hacia ellas, por todos los infiernos! ¿Te lo puedes creer? Daban gritos y alaridos, como si así fueran a espantarlas. —Bajó la voz hasta convertirla en un susurro—: Si esas malditas alimañas no hubieran intuido mi verdadero ser, ahora todos estarían muertos. Y mira dónde los he traído: al torreón Margalar, el lugar más seguro para ellos de toda Rocavarancolia. ¿Tú dirías que he influido en el desarrollo de los acontecimientos? ¿Tú dirías que he interferido en la criba?

Denéstor suspiró. Diez de los once muchachos supervivientes serían ejecutados si el consejo se enteraba de la osadía de Mistral.

—Estás loco, cambiante —fue lo único que se le ocurrió decir—. Loco.

—Lo estoy, lo estoy. Tan loco como el trasgo Roallen, lo admito. Pero al menos mi locura es benigna para el reino.

—No podrás mantener este engaño eternamente. Alguien te descubrirá.

—Lo tengo todo previsto. En cuanto se puedan valer por sí mismos desapareceré. Simularé mi muerte. Me dejaré caer a la cicatriz de Arax y me escabulliré por los pasajes subterráneos. Todos creerán que he sido pasto de los gusanos. —Mistral sonrió con amargura al percatarse de la paradoja que representaba aquello. El chico al que había dado muerte había tenido ese mismo final—. Confía en mí, por favor. Tu lealtad al reino es ciega, lo sé, lo comprendo y lo admito. Pero no le debes lealtad a las leyes que nos llevarán a la extinción. Permíteme mantenerlos con vida. Permíteme salvarnos.

La mariposa azul suspiró. Mistral parecía tenerlo todo pensado. ¿Y qué podía hacer él? Agitó las alas y echó a volar alrededor de la cabeza de Marco.

—Si te descubren...

—No lo harán —le aseguró el cambiante—. En cuanto termine de enseñarles los rudimentos del acero los abandonaré a su suerte. Míralos ahora. Atraviesan la ciudad sin miedo y esta vez no voy con ellos. Pronto dejaré que vuelen solos, te lo prometo.

—Las colaespinas... —recordó de pronto Denéstor. Sin Mistral en el grupo que iba hacia ese punto, las alimañas atacarían sin duda.

—Muertas. Anoche salí del torreón mientras todos dormían, busqué el nido y acabé hasta con la última de ellas. Un peligro menos para la cosecha. Otra interferencia más.

—No podrás mantenerlos vivos a todos, ¿lo sabes, verdad?

—Ni lo pretendo. Solo al mayor número posible. Y me iré mucho antes de que salga la Luna Roja. Te lo prometo, Denéstor. ¿Me guardarás el secreto?

—Parece que no me queda otra alternativa.

Mistral sonrió. El anciano demiurgo no pudo evitar recordar al muchacho que había traído consigo y que el cambiante había asesinado aun antes de que despertara en Rocavarancolia. En apariencia era muy similar al que tenía delante, aunque Mistral era algo más voluminoso. Y aquel otro joven despedía un brillo especial. Había resultado fácil convencerlo de venir a Rocavarancolia. Era un soñador, un chico ansioso por conocer y vivir. Su sonrisa era franca y alegre y en sus ojos vibraba una fuerza interior fuera de toda medida.

—¿Por qué elegiste a este? —preguntó la mariposa azul—. ¿Por qué no a otro?

—Fue por su aspecto —le contestó el cambiante. Se encogió de hombros—. Me pareció hermosísimo. No pude evitarlo.

—No se lo merecía —dijo Denéstor. La voz de la mariposa sonó más clara de lo que habría sonado de surgir de la propia garganta del demiurgo, que en aquellos momentos, en Altabajatorre, estaba atenazada por la pena—. No se lo merecía.

—Ninguno se lo merece. Pero ¿qué otra cosa podemos hacer? —Suspiró con la vista fija en los muchachos que avanzaban hacia la cicatriz de Arax—. Somos monstruos.

Más tarde, Hector fue incapaz de recordar qué lo había llevado a mirar hacia la tercera bañera, la que dejaba las provisiones en el foso del noroeste.

La cuestión fue que mientras la contemplaba vio como una figura se incorporaba de pronto sobre la línea de tejados y echaba a correr hacia ella a gran velocidad. A su espalda aleteaba lo que daba la impresión de ser una corta capa gris y un saco vacío. A pesar de lo rápido que iba y la distancia, Hector no tuvo problemas en distinguir que se trataba de un joven de su edad. El chico llegó al final de la azotea sin frenar su carrera, saltó con una agilidad pasmosa, surcó el vacío que lo separaba de la bañera y cayó dentro. El navío se bamboleó de un lado a otro ante la súbita invasión, pero no tardó en estabilizarse. El piloto ni se inmutó, la llegada del nuevo pasajero lo había cogido a media estrofa y continuó con ella como si nada hubiera sucedido.

—¿Habéis visto eso?

—¿Qué? ¿Qué? —preguntó Adrian al tiempo que miraba en todas direcciones.

Hector señaló a la barca y explicó lo que acababa de ver.

—¡Tiene que ser él! ¡El chico que falta! —dijo Lizbeth—. ¡Lo hemos encontrado!

—¡Es cierto! ¡Está ahí! —gritó Adrian mientras se echaba hacia atrás el casco esmeralda. Todos miraban en dirección a la bañera. Allí estaba el joven, de pie en cubierta, registrando con calma las cestas.

—¿Qué hacemos? ¿Lo llamamos?

Ricardo negó con la cabeza.

—No podrá oírnos desde tan lejos —dijo. Hector sabía que ese no era el motivo. La cuestión no era si él podía escucharlos, sino a qué otras cosas podrían alertar de su presencia si se ponían a dar voces.

—Entonces ¿qué hacemos? —insistió Adrian.

Ricardo contempló la distancia que los separaba de la bañera. Luego volvió la vista en dirección al torreón Margalar. Se hallaban a medio camino de la cicatriz de Arax y el velero del que estaban encargados ni siquiera había llegado hasta ellos. Se pasó una mano por la frente, encrespando su pelo castaño. Se le veía indeciso.

—Hector, ven conmigo —dijo al fin—. Los demás encargaos de las provisiones y tened cuidado, ¿vale? Nosotros vamos a ver si podemos hablar con el saltimbanqui ese...

Natalia frunció el ceño cuando se separaron, como si todo aquello no le pareciera buena idea, pero no dijo nada.

Ricardo y Hector avanzaron con rapidez por las calles retorcidas, rumbo a la bañera volante. Procuraban mantenerla siempre a la vista, pero a veces los edificios la ocultaban a sus ojos. El joven seguía a bordo, hurgando en las cestas y metiendo en su saco los alimentos que eran de su agrado.

De pronto, escucharon pasos a la carrera a su espalda. Se giraron al unísono, Ricardo con la daga ya a medio desenvainar. Era Adrian. Llegó corriendo hasta ellos, jadeando y con el rostro enrojecido.

—¡Quiero ir con vosotros, no con las chicas! —les dijo.

Ricardo soltó una maldición. Miró de nuevo hacia la bañera, volvió a maldecir.

—Vamos —dijo. Y por el tono de su voz, Hector adivinó que comenzaba a arrepentirse ya de haber dividido el grupo—. Pero no te separes de mí ni un centímetro o te las verás conmigo, ¿de acuerdo?

Los tres siguieron camino por la ciudad en ruinas. Cuando llegaron a la cicatriz de Arax, la bañera volante y su polizón solo les sacaban ya unos doscientos metros. El joven seguía en cubierta, dedicado a su tarea con una calma tremenda. Estaba claro que no era la primera vez que tomaba al abordaje uno de aquellos veleros. Hector se preguntó qué motivos lo habían llevado a no unirse al grupo o por qué al menos no se había presentado a ellos aunque no quisiera quedarse en el torreón. No tendría que jugarse la vida asaltando bañeras a la carrera, habrían compartido de buen grado las provisiones con él. Su comportamiento no tenía ningún sentido.

El segundo navío, el que iba en dirección a Lizbeth y Natalia, los sobrevoló justo cuando atravesaban la brecha. Lo hicieron sobre una montaña de ruinas que hacía las veces de dique entre los montones de esqueletos. La quilla del velero destelló cegadora bajo los rayos del sol diminuto de Rocavarancolia.

—Va a hacer algo —susurró Adrian cuando llegaron al otro lado.

Tenía razón. El joven había cerrado su saco y ahora se apoyaba en el reborde de la bañera, mirando hacia la izquierda. Tenía todo el aspecto de alguien que espera en el autobús a que llegue su parada. La barca entraba en ese momento en una amplia avenida. Solo había edificios en uno de los lados de la calle: casas estrechas, de seis plantas de altura. La práctica totalidad de la fachada de una de ellas se había venido abajo y se podían ver claramente las habitaciones interiores, como si se tratara de una casa de muñecas abierta al exterior. Comprendieron lo que se proponía aun antes de verlo tomar impulso en la bañera al llegar a la altura de ese edificio. Saltó a él con una limpieza impecable. En la quietud de la tarde se escuchó el ruido blando del joven al aterrizar en una de las habitaciones de la quinta planta. Giró sobre sí mismo y los descubrió avanzando a la carrera avenida arriba. Los miró indeciso, sacudió la cabeza y desapareció en el interior de la casa.

—¡Espera! —gritó Ricardo—. ¡Solo queremos hablar contigo!

Corrieron hacia la entrada. No había ni rastro de la bruma de dama Serena y eso tranquilizó en parte a Hector. Una alta escalera conducía hasta la puerta del edificio. Ricardo subió el primero, con los otros dos siguiendo sus pasos a corta distancia. Hector marchaba agarrado a la barandilla de hierro y en todo momento evitó mirar hacia abajo: aquella escalera era demasiado alta para su gusto.

Todo sucedió a una velocidad de vértigo. Ricardo empujaba ya la puerta cuando desde el otro lado se la arrebataron de las manos y terminaron de abrirla con tal violencia que el joven no pudo apartarse de su trayectoria. La puerta golpeó a Ricardo en la cara y lo derribó. Hector y Adrian se apartaron para no verse arrastrados por su amigo, que rodaba escaleras abajo. Ricardo consiguió aferrarse a la barandilla y quedó tendido a unos pocos escalones del suelo.

En el marco de la puerta apareció un muchacho fibroso y moreno, de tez bronceada, nariz aguileña y ojos oscuros.

—¡Fuera! ¡Fuera! ¡Apartaos de mi camino! ¡Fuera! —aullaba frenético. Blandía de un lado a otro una espada corta.

Con el afán de apartarse de él, Adrian y Hector chocaron entre sí, entorpeciéndole aún más el paso. El joven saltó hacia delante justo cuando Ricardo, unos peldaños más abajo, se incorporaba. Hector se llevó una mano a la daga, pero antes de poder desenvainarla el puño de su atacante impactó contra su mentón. Lo último que vio antes de caer fue a Adrian, protegiéndose el rostro con el escudo, y un veloz brillo metálico a media altura. El chico pasó como una exhalación junto a Hector, se apoyó en la barandilla ruinosa y saltó a la calle.

—¡Imbécil! —Ricardo echó a correr tras él, salvando las escaleras de un solo salto. Pero el otro le llevaba tal ventaja que se dio por vencido apenas unos pasos después de iniciar la carrera. Se llevó una mano al costado y se acuclilló en el suelo, dolorido, sin aliento.

Hector se levantó apoyándose en la barandilla. El mentón le palpitaba. «Llevaba una espada —pensó aturdido— podía haberme matado, podía haberme matado...».

—Hec... —escuchó a su espalda. Una corriente de fuego helado descendió, una a una, las vértebras de su columna—. Hector...

Adrian estaba caído, con la espalda apoyada contra la barandilla, una palidez terrible se asomaba a su rostro desencajado. Se aferraba el vientre con ambas manos, aunque sus esfuerzos eran inútiles: la sangre fluía entre sus dedos, mansa pero constante. La mancha en el suelo se extendía a ojos vista, una marea roja incontenible que trazaba arabescos en las hendiduras e irregularidades de la escalera. Hector dio un paso hacia él y al ver su propio reflejo en el charco de sangre sintió que se ahogaba.

—¿Hector? —repitió Adrian. Su boca se abrió y cerró. Hector pensó en un pez asfixiándose fuera del agua—. El escudo... —murmuró con una voz cada vez más débil. Apartó una mano de su vientre para señalar el escudo caído fuera de su alcance, unos escalones más abajo. La sangre fluyó ahora a más velocidad—. Por favor... Se me ha caído... el escudo... —Lo miró con una urgencia desoladora.

Hector notó como las rodillas le fallaban.

—¡Ricardo! —gritó.

Adrian pestañeó varias veces. Miró a su alrededor, como si no reconociese la realidad que lo rodeaba, como si fuera algo ajeno por completo a él. Luego sus ojos se cerraron. Despacio, muy despacio. Una lágrima con reflejos ensangrentados rodó por su mejilla.

La agonía

Hector tenía un grito atascado en la garganta. Lo sintió nacer cuando Adrian se desvaneció ante la puerta. Y aunque quería soltarlo, no lo lograba; el grito permanecía enredado entre sus cuerdas vocales, negándose a salir. Era como un bostezo rebelde, como un estornudo del que no podía librarse.

Había estado a punto de conseguirlo cuando Ricardo subió corriendo las escaleras. Con solo ver el rictus de consternación en su cara al descubrir a Adrian tirado en aquel charco de sangre, por puro reflejo, estuvo a punto de gritar. Pero entonces escuchó un gemido, un quejido leve que delataba que aún quedaba vida en ese cuerpo apuñalado, y el momento pasó.

Ricardo cargó con Adrian hasta el torreón Margalar. Fue un trayecto de pesadilla a través de la ciudad en ruinas. Hector caminó a su lado, sin apartar la vista del joven inconsciente. Ricardo había hecho jirones su blusón para vendarle la herida, pero aun así fueron dejando un reguero de sangre tras ellos. A cada pocos pasos una nueva gota caía sobre el adoquinado, a veces era diminuta como una moneda, otras tan grande que a Hector le recordaba la luna roja del atlas y la esfera de la torre. Por un segundo, estuvo tentado de decirle a Ricardo que cometían un error, que no iban en dirección correcta. Debían dar la vuelta y regresar a la cicatriz de Arax para arrojar allí a Adrian. Su lugar era aquel osario, no el torreón.

Y ahora volvía a sentir como aquel grito monstruoso se removía en su garganta al contemplar el fuego que ardía en la cocina. El humo se alzaba para volver a descender y perderse por las oquedades de ventilación que jalonaban la bandeja de la leña. Las lenguas de fuego teñían de rojo la hoja de la espada que calentaba Marco. Y Hector sentía que no iba a poder contener durante mucho más tiempo ese maldito grito. Debía soltarlo o le devoraría.

—Tiene miedo al fuego —alcanzó a decir. Aquel resplandor rojo se le antojaba sangre, una hemorragia transformada en llamas—. No podéis hacer eso, tiene miedo al fuego... ¿No os dais cuenta?

—Así cauterizaremos la herida —le dijo Marco—. Y dejará de sangrar.

—¡Pero es que tiene miedo al fuego! —insistió.

—Hector, si no te callas, te sacudo —le advirtió el otro. El reflejo de las llamas en sus pupilas le daba aspecto de demonio enloquecido.

—Pero...

—¡Hector!

Natalia le pasó un brazo por la cintura y lo apartó de la cocina. Todavía quedaban grandes goterones oscuros en el suelo del torreón y en las escaleras, marcando el camino del herido. Hector sacudió la cabeza al verlos, conmocionado. Apartó a Natalia y bajó al sótano. Rebuscó en los cestones de ropa hasta dar con la camiseta del dibujo animado manchada de sangre que había encontrado el primer día en el torreón. Subió de nuevo y usó la prenda para limpiar las manchas del suelo. Se mordió el labio inferior. La idea de limpiar la sangre de Adrian con aquella camiseta le había parecido brillante en un principio, pero ahora que estaba haciéndolo se sintió terriblemente estúpido. Se echó a llorar, sin dejar de frotar el suelo con fuerza, ocultando la sangre vieja de la prenda rasgada con la sangre recién vertida.

Alexander se acercó hasta él.

—Arriba, Hector —le dijo mientras le tendía la mano. Él la aceptó tras una leve vacilación y se incorporó despacio.

El ambiente del torreón nunca había sido tan sombrío. En una de las habitaciones de arriba se encontraban Ricardo y Lizbeth cuidando de Adrian. El resto estaban desperdigados por la planta baja. Marco calentando la espada para cauterizar la herida; Natalia apoyada contra la pared, con los brazos cruzados y una expresión de impotencia y rabia tremenda en su rostro; Madeleine, Marina y Rachel estaban sentadas juntas en la mesa principal, cada cual más triste y desolada; Bruno, en la otra punta del torreón, apartado de todos, apoyaba las manos en la cubierta del libro que descansaba en sus rodillas. Parecía ansioso por abrirlo y aun así se contenía, como si se diera cuenta de que no era el momento más adecuado.

Alex y Natalia cruzaron una mirada.

—Vamos a buscarlo —dijo el pelirrojo. Ella asintió y se apartó de la pared con decisión—. Tiene que pagar por lo que ha hecho.

—Nadie va a hacer nada de eso —les advirtió Marco sin apartar la espada del fuego.

—¡Ha apuñalado a Adrian! ¿Quieres que lo dejemos pasar así como así? ¡Ese tipo es un asesino!

—¿Y cómo piensas encontrarlo? —le preguntó Marco—. Por si no te has dado cuenta, Rocavarancolia es enorme. Además, el problema no será dar con él, el problema será evitar que las cosas que habitan esta ciudad te encuentren a ti mientras lo buscas.

—¡Sabremos defendernos!

—¡No! ¡No sabréis! ¡Si salís solos lo único que conseguiréis será que os maten! ¿Así es como pensáis ayudar a Adrian? ¿Dejándoos matar?

Alex gruñó y se desplomó en una silla, rabioso. Natalia fulminó a Marco con la mirada y subió las escaleras a toda velocidad.

—Pero ¿por qué lo ha hecho? —preguntó Marina—. ¿Por qué os atacó? No lo entiendo.

—Puede que tuviera miedo —murmuró Madeleine. Las dos chicas habían entrelazado sus manos sobre la mesa.

—No —dijo Hector. Se estremeció al recordarlo—. Yo lo vi. Y no tenía miedo. Estaba furioso. Por eso nos atacó.

—Esto ya casi está. —Marco dio la vuelta a la espada. Hector apartó la mirada mientras el grito de su garganta pugnaba por escapar.

—No servirá de nada —dijo Bruno—. Cauterizaréis la herida, pero los daños también son internos. Adrian va a morir. Lo mejor será que empecemos a hacernos a la idea.

—¡No pienso hacerme a la idea, listillo! —gritó Alexander. Se levantó de un salto de la silla y se acercó veloz hacia él—. ¡Le prometí que lo llevaría a casa y voy a hacerlo! ¿Me oyes?

—Te oigo perfectamente, Alexander —contestó sin alterarse lo más mínimo—. Pero permíteme decirte que no veo manera alguna de que puedas ayudarlo y menos llevarlo a casa. —Como siempre, el tono de su voz no varió ni un ápice. Hector resopló, tan furioso con el italiano que lo habría abofeteado allí mismo. De hecho estaba deseando que Alex lo hiciera—. Si la pérdida de sangre no lo mata, la infección lo hará, eso es indudable. La cuestión es cuánto tiempo va a durar con vida. Unas horas o, como mucho, poco más de un día. Todo dependerá de qué órganos internos tenga dañados. Con el dolor que va a sufrir lo mejor para él será que todo acabe cuanto antes. Lo más misericordioso sería ayudarlo a mo...

—¡Cállate! —le gritó Alex. Por un instante pareció realmente dispuesto a golpearlo, pero en lugar de eso le dio la espalda y se alejó a grandes pasos.

Mistral dio la vuelta a la espada. Pronto llegaría el momento de quemar la herida. No se engañaba: Bruno tenía razón. No había manera de salvarlo, al menos no un modo natural de hacerlo. El vistazo rápido que le había echado a la herida había bastado para hacerse una idea de su gravedad. El daño era tan grande que solo la magia podría salvarlo. Los hechizos de curación no eran demasiado complejos, hasta él, con lo poco versado que estaba en hechicería, habría sido capaz de realizarlo. Pero eso implicaría quedar expuesto por completo. No podía salvar a Adrian sin descubrirse. Y si lo hacía tanto su vida como las de los niños no valdrían nada. Sería el final.

Cambió de postura en la cocina. El calor era infernal y aun así tenía que obligar a sus poros a exudar un sudor que de otra forma no habría aparecido sobre su piel. Debía cuidar tantos detalles para no levantar sospechas ni entre la cosecha ni entre los habitantes de Rocavarancolia, que vivía con miedo constante a ser descubierto. Cada vez con más frecuencia pensaba que había cometido un error, que debía haber dejado que las cosas fluyeran de manera natural y no inmiscuirse. Pero ya era tarde para echarse atrás; tenía que permanecer allí, incluso a pesar del riesgo. Por el reino, sí, y también por ese niño al que había asesinado para ocupar su lugar. Si desaparecía ahora, su muerte no habría tenido sentido alguno; ayudando al resto al menos lograba que tuviera significado.

«Muerte por vida», pensó Mistral, con los ojos fijos en la hoja de la espada. A veces todo resultaba tan sencillo como eso, a veces el mejor modo de enfrentar los problemas era simplificarlos. No había acudido a la reunión del Consejo Real por razones obvias y no había visto la medición que dama Araña había hecho de la esencia de los chicos, pero no le hacía falta para saber quiénes tenían más potencial. En los cinco días que llevaba allí, se había hecho una idea aproximada de eso. Y el potencial de Adrian era enorme.

Para Rocavarancolia sería una lástima perder tal caudal de poder. Mistral apretó los dientes y giró la espada de nuevo. Era sencillo salvarlo, solo tenía que señalar en la dirección adecuada, pero sabía que de hacerlo otro de los niños moriría. Vida por vida, no quedaba otro remedio. Y aunque ese ya sería de por sí un cambio justo, racional, aún había algo más: si todo salía bien no solo salvaría a Adrian, pondría en manos del grupo un poder que nunca había ostentado jamás cosecha alguna, al menos no tan pronto. Sus oportunidades de sobrevivir se multiplicarían de manera enorme. ¿Por qué dudaba entonces? Le resultaba incomprensible, más si cabía teniendo en cuenta que tarde o temprano alguno de los muchachos señalaría justo en esa misma dirección. Y no podía permitir eso, porque si lo hacía, si él no controlaba la situación, el riesgo de que ocurriera una verdadera tragedia sería enorme.

—Ya está —retiró la espada del fuego. La hoja brillaba.

Hector apartó los ojos cuando Marco subió las escaleras espada en mano. Miró a su alrededor, angustiado, asfixiado. El resplandor del arma se le había quedado prendido en la retina. Pestañeó para borrarlo, pero seguía ahí, brillando incandescente contra sus párpados cerrados. Necesitaba aire fresco. Salió al patio casi a la carrera. Alexander lo siguió poco después. Los dos caminaron el uno junto al otro, en silencio. El pelirrojo se mordió el labio inferior y golpeó con el puño el pedestal del rey arácnido cuando pasaron a su lado.

En ese momento se escuchó un grito de dolor procedente del torreón Margalar. Solo duró unos segundos, aunque fue suficiente para estremecerlos de pies a cabeza. Hector sintió como su propio alarido se disponía a salir por fin de su garganta, pero justo en ese instante Alexander lo aferró del brazo y el grito se replegó de nuevo, de vuelta al nudo atascado en su gaznate. Se volvió hacia el pelirrojo. Sus ojos brillaban con una fiereza animal.

—Allí… —gruñó.

Hector siguió la dirección de su mirada. Más allá del muro y el foso, en la primera línea de tejados que se veía desde donde se encontraban, estaba el joven que había apuñalado a Adrian, en cuclillas, mirando hacia el torreón. Se levantó al verse descubierto, los observó unos instantes y desapareció a la carrera, con su capa gris aleteando frenética tras él.

★★★

Cuando oscureció, la manada aulló como solo lo había hecho durante la primera noche. Mistral frunció el ceño. Olían la muerte y la sangre derramada, y eso los volvía frenéticos. Y no serían las únicas criaturas a las que el olor a sangre humana habría alterado. Esperaba equivocarse, pero era probable que más de un carroñero rondara ahora por las cercanías del torreón Margalar. Debía extremar las precauciones. Evitar en lo posible, por ejemplo, que los chicos permanecieran solos en el patio. Había alimañas en Rocavarancolia capaces de saltar el foso o atacar desde el aire.

Lizbeth apareció por las escaleras, su semblante era de una seriedad terrible. Llevaba una palangana con un montón de vendas sucias. Abajo aguardaban los demás, sentados en torno a la mesa. Permanecían en silencio, mirando al vacío, sumidos cada uno en sus propios pensamientos.

—Tiene mucha fiebre —dijo Lizbeth cuando se sentó a la mesa tras tirar los vendajes usados y dejar la palangana junto a la cocina.

—¿Y qué hacemos? —preguntó Marina.

Ricardo se encogió de hombros. Tenía la nariz hinchada y amoratada después del golpe que le habían dado con la puerta.

—Ojalá lo supiera —dijo. Estaba desolado. Nadie le había echado la culpa por lo ocurrido, aunque estaba claro que eso no servía para que se sintiera menos culpable. La idea de ir tras aquel joven había sido suya. Hector sintió lástima por él, pero sabía que si intentaba consolarlo solo empeoraría la situación.

—Vayamos al castillo —sugirió Natalia—. No pueden ser tan crueles como para dejarlo morir, ¿verdad? Seguro que allí tienen un médico o algo parecido. Alguien que pueda curarlo.

—Es demasiado peligroso —dijo Marco.

—Además, el castillo es uno de los lugares prohibidos —le recordó Bruno—. Y no debemos llevarnos a engaño ni formarnos falsas esperanzas: dama Desgarro nos dejó meridianamente claro que no intervendrán aunque nuestras vidas estén en peligro. No pueden interferir, es su ley.

—Intentémoslo al menos —dijo Madeleine—. No perdemos nada. Y vale, nos han prohibido ir al castillo. Pero eso no significa que no podamos enviarles un mensaje, ¿verdad?

—¿Y cómo lo hacemos?

—Mañana, en las bañeras. Podemos dejar notas en las cestas explicando lo ocurrido. Alguien las leerá, seguro. Puede que nos ayuden.

Hector suspiró y se recostó sobre la mesa. Todo aquello era inútil. Primero porque era muy posible que Adrian muriera durante la noche, segundo porque dama Serena le había dejado claro que estaban solos, abandonados a su suerte en aquella ciudad en ruinas. Además, tenía la certeza de que en el castillo ya estaban al tanto de lo ocurrido. Debían vigilarlos de algún modo, quizá hasta las mismas sombras de Natalia se encargaban de informarles de lo que ocurría.

Se negó a compartir sus pensamientos con el resto del grupo; a pesar de lo que Bruno acababa de decir, en aquellos momentos era preferible abrazarse a cualquier esperanza, aunque esta fuera falsa.

—Me quedaré con él durante la noche —dijo Lizbeth.

—Podemos hacer turnos —se ofreció Marina.

La otra negó con la cabeza.

—Tranquila, no hace falta. Además, no voy a ser capaz de dormir. Yo me encargo, yo me encargo. Si hay alguna novedad os avisaré... —se le quebró la voz. Todos sabían a qué novedad se refería.

—Es extraño —comenzó Marina—. Nos han metido un montón de miedo con esta ciudad. Nos han dicho que está llena de monstruos y peligros, de encantamientos y no sé cuántas cosas más... Pero no ha sido Rocavarancolia la que ha apuñalado a Adrian. Ha sido un chico, un chico como nosotros.

—¿Y eso te parece raro? —preguntó Marco—. Los seres humanos llevan masacrándose unos a otros desde el principio de los tiempos.

—Los monstruos más terribles son los que no lo parecen —murmuró Hector.

Mistral miró al joven. Le costó gran esfuerzo que su rostro no delatara la impresión que le habían causado sus palabras. Por un instante había estado convencido de que Hector lo había descubierto.

Era de madrugada profunda, pero aún faltaba mucho para el amanecer. Dentro del torreón la mayor parte de los muchachos se removían inquietos en sus colchones, incapaces de conciliar el sueño. En una habitación de la segunda planta Adrian yacía inconsciente; junto a su lecho estaba Lizbeth, medio adormilada en su silla, pero atenta en todo momento al estado del herido. En Rocavarancolia reinaba el silencio. La manada había callado al fin.

Una nube de polvo negro recién llegada del oeste sobrevoló el foso. Era compacta y oscura y aunque avanzaba en brazos del viento no parecía plegarse a su capricho, sino que se servía de él para avanzar hacia su objetivo. Durante unos segundos giró y danzó sobre el foso, saltando de corriente de aire a corriente de aire hasta dar con una que marchaba en la dirección deseada: hacia las troneras del torreón. El nubarrón de polvo se coló por una situada en la segunda planta y, una vez dentro, se comprimió y retorció; fue adquiriendo una vaga forma humanoide, algo a medio camino entre una sombra, un fantasma y un espejismo. Ganó definición a medida que caminaba hacia la puerta de la habitación vacía.

Poco a poco, uno a uno, los rasgos de Enoch el Polvoriento se fueron dibujando en la cara de aquel ser. El vampiro estaba sediento. En sus ojos rojos brillaba una luz ansiosa. Cuando salió de la habitación era casi sólido. Solo las plantas de sus pies tenían aún consistencia de polvo, acolchando de esa manera el ruido de sus pasos sobre el suelo.

Olfateó junto a la escalera de caracol. Nada más oler la sangre se relamió. Avanzó deprisa; con tal avidez que a punto estuvo de resbalar. Intentó serenarse. Debía tener cuidado ahora. No podía arriesgarse a que lo descubrieran o compartiría el destino de Roallen, el trasgo desterrado al desierto más allá de las montañas.

«Va a morir —pensaba el vampiro, mientras seguía el rastro del olor a sangre hasta la habitación de Adrian—. Ese niño va a morir. Así que qué importa que beba un poco. Nadie lo sabrá nunca. Y yo tengo tanta, tanta sed...».

Se acercó hasta la puerta, apoyó las manos en ella y escuchó con atención. El chico no estaba solo, había alguien con él. El vampiro podía oír su respiración repleta de vida y el zumbar acompasado de la sangre que recorría sus venas.

Por las arrugas de su rostro rodó polvo negro. Había cometido el error de reconvertirse demasiado pronto, debería haber esperado a comprobar que no hubiera nadie con el niño herido. Ahora no le quedaba más alternativa que volver a transformarse, con el riesgo que eso conllevaba. Dada la debilidad extrema en la que se encontraba desde hacía tantos años, más le valía no abusar de aquella metamorfosis o podría acabar disgregado para siempre, sin posibilidad de solidificarse de nuevo. Pero no le quedaba otro remedio, no si quería seguir adelante. Y quería hacerlo. No había nada que deseara más.

Enoch sopló. De sus labios agrietados comenzó a surgir polvo oscuro, espirales de oscuridad granulosa. A medida que la nube de polvo en suspensión aumentaba, la masa de Enoch disminuía. El viejo vampiro se sopló a sí mismo, hasta que tan solo quedaron dos labios llagados flotando en el vacío. Luego esa boca horripilante se desintegró también. Y de nuevo Enoch no fue más que polvo negro.

Se coló por las rendijas y grietas de la puerta, cuidadoso, a pocas cantidades cada vez. No debía llamar la atención. Pronto la mayor parte de su ser estuvo al otro lado del umbral. Serpeó por el suelo mientras se hacía una imagen de la situación.

En una silla cabeceaba la niña regordeta. En el colchón, con el rostro perlado de sudor, yacía el herido. La manta con la que lo cubrían se había movido y su torso quedaba al descubierto. Aunque debían haberle cambiado las vendas hacía poco, el vampiro pudo oler la sangre que las manchaba. Al otro lado de la cama, sobre una mesilla de madera vieja, había dos palanganas de agua, una de ellas turbia y ensangrentada. La riada de polvo se situó tras la silla de Lizbeth.

Ella abrió los ojos de repente. Echó un vistazo en derredor, aturdida, pero a la luz escasa de la lámpara de aceite no vio nada más que sombras. Se levantó para comprobar la temperatura de Adrian. Suspiró, le retiró el trapo húmedo de la frente, volvió a mojarlo en la palangana de agua limpia, le humedeció los labios y las mejillas con él y lo colocó de nuevo sobre los ojos del muchacho. Luego regresó a la silla. A su espalda, en un silencio estremecedor, la figura de Enoch comenzó a materializarse de nuevo.

El vampiro tuvo un momento de duda una vez estuvo completo. Su primer impulso fue saltar sobre Adrian, desgarrarle el cuello y beber hasta que no quedara nada.

«No soy un animal —se recordó—. Tengo hambre. Solo eso. Tengo hambre. Y el pobre chico está sufriendo. Le daré el descanso que se merece y yo a cambio saciaré esta maldita sed mía. No es interferir. Vamos a hacernos un favor los dos. Solo eso. Sí. Solo eso. Pero no me comportaré como un animal. Tengo dignidad…».

La saliva brillaba en las comisuras de sus labios y resbalaba por su mentón. Se acercó al respaldo de la silla. Alzó la mano derecha, se inclinó hacia Lizbeth y le acarició el pelo con las yemas de los dedos. La joven se estremeció, pero fue un toque tan sutil que ni siquiera se giró.

—Duerme, preciosa repleta de sangre y vida. Que nada perturbe tu descanso —susurró Enoch. Luego recitó las diecisiete palabras antiguas que componían el encantamiento del sueño. Lizbeth pareció hundirse en la silla. Su respiración se hizo lenta y pesada.

A continuación el vampiro se acercó al colchón. Los ojos le brillaban, fijos en las vendas al descubierto de Adrian. El olor a sangre era cada vez mayor. Tiraba de él, lo empujaba hacia el cuerpo tendido como una garra invisible que lo apresara por las entrañas.

«Solo quiero recordar lo que era estar saciado. Solo eso».

Enoch el Polvoriento se cernió sobre Adrian: una sombra oscura rodeada de polvo en suspensión. Sus manos temblaban. Se inclinó, despacio, sobre la venda que cubría la herida. La sentía pulsar bajo los vendajes, como si ella también estuviese ansiosa de encontrarse con sus labios. En ese momento, Adrian despertó. El vampiro se incorporó al instante al notar el cambio en la respiración del herido. Los ojos claros del muchacho lo vieron alzarse ante él como una visión de pesadilla, una sombra oscura con una boca entreabierta rebosante de colmillos y dos ojos llameantes. Intentó gritar pero lo único que surgió de su boca fue un vahído aterrado.

—Quietud —ordenó Enoch. Y luego pronunció la única palabra antigua que hacía falta para consumar el hechizo. El cuerpo de Adrian se inmovilizó al instante: la boca entreabierta, los ojos desorbitados por el pánico.

Enoch escrutó su rostro, indeciso. Los ojos del niño seguían fijos en él. Pese a la inmovilidad, todavía podía verlo. Y el vampiro podía ver a su vez el terror extraordinario que se reflejaba en esos ojos.

—Tengo hambre —dijo en un intento patético por justificarse—. ¿Lo entiendes?

Gimió. Llevaba tanto tiempo hambriento que hacía años que no podía pensar con claridad... En su cabeza apenas había lugar para pensamientos coherentes, todo estaba teñido de hambre y voracidad. Siseó y dio un paso hacia delante, con la mirada fija en las vendas negras. El vampiro se estremeció.

«No soy un animal —se repitió—. Soy Enoch. Y un día fui digno y temido. Un día mi nombre significó algo, movía al espanto y era pronunciado con temor en más de veinte mundos. Y no tenía que rebajarme a acudir al lecho de los moribundos para conseguir mi sustento. ¿Qué me ha pasado? ¿Desde cuándo me he convertido en un carroñero?».

Pero la tentación era tan fuerte...

El vampiro gruñó, cogió con violencia la palangana de agua ensangrentada y se bebió su contenido de un solo trago. La sangre aguada bajó por su garganta seca, arrastrando el polvo adherido a su gaznate.

Enoch dio un paso atrás, sollozó desesperado y se deshizo en polvo ante la mirada aterrada del moribundo.

El grito de Adrian despertó a todo el torreón, fue corto pero terrible, un alarido entrecortado por el dolor y la agonía. Acudieron en tropel a su habitación para encontrárselo medio caído de la cama, con el rostro desencajado de miedo y señalando hacia un espacio vacío entre el lecho y la mesilla. A pesar del escándalo, Lizbeth continuaba profundamente dormida. Hector fue el único que no entró en el cuarto, permaneció en la puerta, con una mano apoyada en el dintel. Sintió como una corriente granulosa rozaba sus pies desnudos. Miró al suelo, extrañado, pero no vio más que sombras entre sombras.

Adrian tiritaba. Su mano convertida en una garra aferró a Alexander de la pechera de la camiseta y tiró de él hacia abajo. A pesar de su debilidad casi derribó al pelirrojo sobre la cama. Le dijo algo, en voz tan baja que solo Alex pudo escucharlo. Luego se desplomó sobre el colchón, inconsciente. Y aun desmayado temblaba, como si el miedo le hubiera seguido a la inconsciencia.

—Dice que un vampiro de polvo quería beberse su sangre —anunció el pelirrojo, confuso.

Mistral miró a su alrededor. Enoch el Polvoriento había estado allí, atraído sin duda por la sangre del niño. En cierto modo era una lástima que no hubiera terminado con Adrian; de haberlo hecho también habría puesto punto y final a sus dudas. Y como recompensa añadida, Rocavarancolia se habría librado al fin de aquel desagradable vampiro cuando el consejo lo desterrara.

Nadie tuvo ya la presencia suficiente de ánimo como para intentar dormir. Ni siquiera regresaron a sus colchones. Desayunaron sin apetito y se desperdigaron por la planta baja del torreón, a la espera de que amaneciese.

—Le ha subido la fiebre —dijo Lizbeth. La joven tenía mala cara. No lograba entender por qué no se había despertado durante el ataque de

Adrian. Se sentó, con una mano en el pecho y expresión ausente. Todavía parecía aturdida.

—¿Creéis que vio eso de verdad? —preguntó Hector—. ¿Un vampiro de polvo?

—Tal vez fuera un delirio fruto de la fiebre —intervino Bruno—. Pero teniendo en cuenta la naturaleza del lugar donde nos encontramos nada es descartable.

Hector asintió. Por un instante había olvidado dónde estaba. En Rocavarancolia todo era posible. Absolutamente todo.

Cuando llegó el amanecer, Adrian se sumió en un estado de semiinconsciencia febril. Rara vez parecía percatarse de lo que sucedía a su alrededor. Siempre había alguien a su lado, aunque eran Lizbeth y Rachel las que más tiempo pasaban con él: ambas se habían echado sobre sus hombros la responsabilidad de cuidarlo.

Hector era el único que todavía no había ido a verlo; no había entrado ni una sola vez en aquella habitación ni tenía intención de hacerlo. Cada vez que pasaba cerca de la puerta sentía un mordisco acerado en las entrañas, un latigazo mezcla de angustia, pena y miedo que le hacía acelerar el paso y alejarse. Cuando Natalia le dijo que Adrian, en uno de sus raros momentos de lucidez, había preguntado por él, se limitó a encogerse de hombros. Se negaba a ver agonizar a su amigo. No tenía el valor suficiente para entrar en la habitación y decirle adiós. Y aunque eso lo destrozaba, no podía evitarlo.

Mistral alzó la cabeza. Un ruido vago e inidentificable acababa de llegar hasta él. Demasiado tenue como para que los demás pudieran escucharlo, pero no para escapar a su oído. Procedía del interior del torreón, de algún punto en la primera planta. El cambiante se levantó de la mesa y echó a andar hacia la escalera, sin apresurarse ni mostrar signo alguno de inquietud. No quería alarmar a Madeleine y Marina, que eran quienes estaban con él en aquel momento. Aquella misma mañana, había visto carroñeros merodeando más allá del foso, atraídos a buen seguro por la agonía de Adrian, y aunque dudaba mucho que alguno hubiera encontrado el modo de entrar en el torreón sin ser visto, no le quedaba más alternativa que extremar las precauciones.

Ya en la primera planta, siguió el sonido hasta dar con la puerta tras la que se originaba. Había alguien llorando al otro lado. Era un llanto tan bajo que resultaba evidente que quien estuviera allí intentaba contra viento y marea que nadie lo oyera. Mistral retrocedió, incómodo. Aquello no era asunto suyo, no pensaba entrometerse en la intimidad de nadie. Si alguien quería llorar sin ser visto, estaba en todo su derecho a hacerlo. Ya se disponía a irse cuando el llanto cesó de repente. A continuación se oyeron pasos. Quienquiera que estuviese dentro se disponía a salir. El cambiante retrocedió con rapidez pero no tuvo tiempo de llegar hasta la escalera.

Para asombro de Mistral, fue Alexander quien apareció al abrirse la puerta. Salió frotándose los ojos contra la manga de su camisola. Detuvo su gesto al descubrirlo inmóvil en mitad del pasillo.

—¿Qué haces aquí? —le preguntó con brusquedad. A pesar de sus esfuerzos por ocultarlo, era evidente que había estado llorando y que se sabía descubierto.

—Te buscaba —mintió Mistral, y al ver la alarma del joven se apresuró a añadir—: ¡No! Sigue vivo, Adrian sigue vivo... Solo quería saber dónde te habías metido, nada más. —Estaba tan aturdido por toparse con él en condiciones semejantes que no se le ocurrió ninguna excusa mejor—. Oye, ¿te encuentras bien? —le preguntó.

Alex asintió y echó a andar a buen paso rumbo a la escalera.

—¿Estás seguro? —insistió Mistral cuando pasó junto a él.

—¿No tienes ojos en la cara o qué? —le preguntó rabioso—. Claro que no estoy bien. No estoy nada bien. Nada de esto está bien. —Se mordió el labio inferior con furia antes de seguir hablando—: Va a morirse, Marco. Y no hay nada que nosotros podamos hacer para evitarlo. Nada.

—Estamos intentándolo —dijo él.

—¿Intentándolo? —Hizo una mueca—. ¿Y qué se supone que estamos haciendo? ¿Sentarnos a ver cómo muere le servirá de algo? Maldita sea, ¿no nos ves? Estamos metidos en una situación que nos supera. —Miró a Mistral con rabia. El cambiante solo lo había visto tan alterado en otra ocasión: cuando echó a correr hacia las colaespinas en la cicatriz de Arax. Pero ahora el pelirrojo no tenía nada contra lo que luchar, nada contra lo que revolverse—. Adrian va a ser el primero en morir —le dijo en un susurro, un hilo de voz que contenía un grito—, y no será el último. Lo sabes tan bien como yo. Caeremos todos. No podemos sobrevivir a esto.

El cambiante negó con la cabeza.

—Si piensas eso ya estamos perdidos —le dijo—. No le des esa ventaja a esta ciudad. No podemos rendirnos. No, no podemos. Tenemos que seguir luchando.

La mirada de Alex recobró la lucidez. Dio un paso atrás y se llevó una mano a la frente. La rabia pareció esfumarse. Asintió con la cabeza.

—Lo sé, lo sé... Dios... No sabes lo difícil que es esto para mí.

—Para todos.

—Para todos, sí —murmuró—, pero vosotros no metisteis a vuestra propia hermana en este embrollo. Eso lo hace aún peor, ¿sabes? No dejo de pensar en ello. No dejo de pensar en que por mi culpa ella está aquí. Ni siquiera fue Denéstor Tul quien la convenció de venir, ¿comprendes? Fui yo. Solo yo.

—No puedes echarte la culpa de eso —le dijo—. Denéstor habría terminado convenciéndola tarde o temprano, o con su palabrería o con el humo de su pipa.

Alexander sacudió la cabeza.

—Te equivocas. Es tozuda como ella sola. Si dice que no, es que no. Hazme caso. Nunca da su brazo a torcer. —Sonrió con pesar—. No sé si es una virtud o un defecto, pero mi hermanita es así. No. Denéstor no la habría convencido si ella hubiese dicho que no. —A pesar de todo, Mistral sabía que eso no era cierto: la voluntad de la pelirroja se habría doblegado de todas formas a las artes del demiurgo—. Está aquí por mi culpa —insistió Alex—. Y si le pasara algo, no podría soportarlo. —Se echó hacia atrás y apoyó la espalda en la pared—. Y cada día aquí es una tortura porque no hago otra cosa que fingir ser quien no soy. Finjo que todo va bien, que soy fuerte y que puedo con todo... —Tenía los ojos llorosos, pero Mistral estaba convencido de que no lo vería llorar—. Y oye, no se me da mal. Me mantengo firme y sigo adelante. Pero... —Se mordió otra vez el labio inferior, luego miró a Mistral a los ojos—. Pero hay veces que no puedo más —le confesó—. Hay veces que no puedo soportarlo porque estoy cansado de ser siempre firme, de estar siempre ahí, entero, incombustible... Estoy cansado de tragarme las ganas de gritar y de ponerme a dar golpes a todo lo que se mueve. —Suspiró con desdén—. A veces solo quiero rendirme.

—Aun así no lo haces. Y eso es lo que importa.

Alexander hizo ademán de echarse a reír, pero en cambio señaló con la cabeza hacia la habitación de la que acababa de salir.

—Te equivocas. ¿Qué crees que acabo de hacer en esa habitación? ¿Qué crees que hago allí dentro una docena de veces al día? Rendirme. Eso hago. Entro y me rindo. Una y otra vez. Cuando nadie me mira, cuando sé que todos estáis lejos entro en esa maldita habitación y me vengo abajo. Y después me pongo la sonrisa en la cara, salgo fuera y finjo ser un héroe.

—¿Y cuál es la diferencia? —quiso saber Mistral—. El resultado es el mismo, ¿no es así? ¿Qué importa ser un héroe o fingirlo?

—Que yo sé que miento —dijo.

Como cada día, los veleros con las provisiones salieron del castillo a media tarde. Marina y Madeleine habían preparado ocho notas para colocarlas en cada cesta de las bañeras. Tenían poca esperanza en recibir ayuda del castillo, pero necesitaban sentir que estaban haciendo algo por Adrian. La alternativa era permanecer mano sobre mano a la espera de que todo acabara y eso resultaba más frustrante todavía.

Esta vez, Hector, Marco, Bruno y Madeleine fueron los encargados de ir a por las provisiones que las barcas dejaban más allá de la cicatriz de Arax. Durante todo el camino estuvieron más pendientes de la tercera bañera y de los edificios que sobrevolaba que de la que ellos esperaban. Sin embargo, el joven no apareció. Por primera vez en todas sus salidas por la ciudad, Marco cargaba con un arco y un carcaj bien provisto de flechas. Parecía más alerta que nunca, como si esperara un ataque en cualquier momento. Aun así no ocurrió nada. Recogieron las provisiones, colgaron las notas de las asas de las cestas antes de engancharlas de nuevo a las cuerdas y regresaron al torreón, sin novedad ni encuentro alguno.

Lizbeth bajó el puente levadizo y salió a su encuentro en la puerta.

—Sigue igual —les dijo. Se había recogido el pelo revuelto en una trenza desordenada—. Ahora no hace otra cosa que llamar a su madre. Rachel está con él.

—¿Todavía no ha regresado mi hermano? —preguntó Madeleine mientras dejaba una cesta sobre la mesa. Lizbeth negó con la cabeza. La pelirroja frunció el ceño. La plaza de los petrificados estaba mucho más cerca que la cicatriz de Arax. El grupo que se encargaba de las provisiones de esa zona llegaba siempre antes que el otro. La joven se acercó a Marco, que se disponía a cerrar la puerta.

—Déjala abierta, por favor —le pidió, y se quedó en el umbral, como si aguardar allí pudiera acelerar el regreso de Alexander.

Bruno dejó su cesta en la mesa y fue directo a la silla donde había dejado el volumen de magia. Se sentó con las piernas cruzadas y el libro abierto sobre ellas. De pronto se escuchó un gemido prolongado procedente de la escalera de caracol. Un escalofrío recorrió la espalda de Hector. El grito se removió en su garganta.

—Pronto morirá —dijo Bruno sin ni siquiera levantar la vista del libro—. Será lo mejor. Dejará de sufrir.

—¿Puedes dejar de ser tan siniestro solo por un minuto, por favor? ¿O es mucho pedir? —le preguntó Madeleine desde la puerta—. No he conocido a nadie tan amargado y raro como tú. Seguro que por eso te ha traído Denéstor. En esta ciudad te sentirás como en casa.

—Es que estoy en casa —aseguró él—. Estoy donde debo estar. Como lo estáis vosotros. La única diferencia es que yo conozco la razón por la que Denéstor me ha traído y vosotros no.

Hubo un largo silencio. Todos observaban perplejos a Bruno. Sus ojos tras los cristales sucios de las gafas parecían pequeños y distantes.

—¿Sabes por qué te han traído? —le preguntó Hector al fin—. ¿Eso acabas de decir?

La mirada imperturbable del italiano abandonó el libro para mirarlo con fijeza apática. Luego asintió despacio.

—Estoy aquí porque allí donde voy la gente muere —explicó—. Por esa razón me ha traído Denéstor. Atraigo la mala suerte.

—¿Qué significa eso? —quiso saber Madeleine al cabo de otro largo silencio.

—Imagino que habrá quien me defina como gafe. Mi abuelo es un poco más extremo, asegura que estoy maldito.

—¿No me dirás que crees en esas tonterías? —le dijo Lizbeth.

—No es una tontería, es un hecho real y difícilmente discutible. Traigo mala suerte. Y ha sido así desde el momento en que nací: mi madre murió en el parto y mi padre al poco tiempo. Mi abuelo dice que murió de pena.

—¡Pero tú no tuviste la culpa! —Lizbeth parecía espantada de las palabras de Bruno—. Perdona que te diga que no me creo que Denéstor te haya traído aquí porque seas gafe. —Se llevó las manos a las caderas y se inclinó hacia delante—. Eso es una bobada. ¿Me oyes? Una bobada.

—No te precipites en tu juicio. Aún no conoces el resto de la historia —le advirtió Bruno—. Cuando me convertí en huérfano quedé bajo el cuidado de mis tíos. Ambos murieron poco después en un accidente de coche: los alcanzó un rayo en medio de la carretera y mi tío perdió el control del vehículo. Sus dos hijos murieron también en el siniestro. Hasta aquí todo podría no ser más que una cadena trágica de coincidencias, lo admito. Pero hay más.

»Mis abuelos maternos se encargaron de mí tras la muerte de mis tíos. Vivían en un palacete a las afueras de Roma. La muerte me siguió hasta allí. Mi abuela murió de un infarto al poco de llegar yo a la mansión, y para mi abuelo, hombre supersticioso ya de por sí, aquello fue la gota que colmó el proverbial vaso. Si no hubiera sido porque yo era el último descendiente de su linaje, estoy seguro de que habría encontrado el modo de librarse de mí. En cambio, me acogió en el palacete y me dejó al cuidado de los criados. Dos de los cinco sirvientes que trabajaban en la casa en aquel tiempo murieron en los meses siguientes, uno de una enfermedad repentina y fulminante y otro en un accidente doméstico. Los demás abandonaron el trabajo: ellos también creían que yo estaba maldito.

Hector asistía atónito a aquella historia. No había la menor inflexión de voz en Bruno, el menor rasgo de emoción. Su narración era un sonsonete monótono, un zumbido constante que desgranaba frase a frase la historia extraña de su vida y las muertes que lo rodeaban.

—Tres niños de mi jardín de infancia fallecieron de distintas enfermedades en mi primer mes allí. Mi abuelo me sacó de la guardería y las muertes cesaron. Desde entonces y durante la primera mitad de mi vida encargó mi educación y cuidado a diversos tutores, niñeras y criadas. Los despedía invariablemente al cabo de unas semanas, en un intento de protegerlos de mi influencia perniciosa. A él casi nunca lo veía. Vivíamos en distintas alas de la mansión, separados por puertas siempre cerradas con llave.

»Una vez cumplí los siete años, no hubo más niñeras ni preceptores para mí, tan solo un criado y una cocinera a los que, por supuesto, mi abuelo reemplazaba con frecuencia. La gran biblioteca de la mansión fue mi tutora desde entonces. Era enorme y estaba tan bien surtida que no me habría faltado lectura durante años. Allí he pasado buena parte de mi vida. Toda el ala norte de la mansión era mi refugio, mi hogar; en ocasiones contadas salía de la casa, y cuando lo hacía permanecía siempre bajo la supervisión de un criado con órdenes de no permitirme acercarme a nadie.

»La última vez que vi a mi abuelo fue hace tres años, en mi duodécimo cumpleaños. Fue entonces cuando me regaló el reloj. Sospecho que intentaba demostrarme algo con ese presente; quizá que me había derrotado, que mi maldición no había logrado alcanzarlo... No lo sé. No me importa.

—¡Dios mío! —exclamó Lizbeth cuando quedó claro que Bruno no iba a seguir hablando—. ¿No has tenido nunca amigos? ¿Gente de tu edad con la que jugar?, ¿con la que hablar? —Dio un paso en dirección al italiano, alargó la mano como si pretendiera tocarlo pero no llegó a hacerlo—. ¿Nadie que te quiera?

Bruno se encogió de hombros.

—Desde que tengo memoria mi mundo se ha reducido a la mansión y su biblioteca. No he mantenido contacto con más personas que los tutores e institutrices de mi primera infancia. Apenas veía a los criados o a las cocineras, sospecho que mi abuelo les ordenaba limitar su trato conmigo al mínimo. —Los miró a todos con su mirada vacía, con aquella expresión que era más una máscara que un verdadero rostro—. Pero esa etapa de mi vida ya quedó atrás. Denéstor vino y me trajo al lugar donde me corresponde estar. Aquí seré feliz.

—Aun así... —murmuró Lizbeth—. Aun así... No me lo creo, no me lo puedo creer. Vale, tu vida ha sido muy rara, lo admito. Pero no me creo que Denéstor Tul te haya traído aquí porque... des mala suerte.

—Se lo pregunté —contestó el italiano—. Le pregunté si el hecho de que la gente muriera a mi alrededor estaba relacionado con los motivos por los que me quería en Rocavarancolia. Y contestó que sí. Y no podía mentirnos, recuérdalo, Lizbeth. No podía mentirnos.

Hector tragó saliva. Natalia y sus sombras, Bruno y la mala suerte. ¿Y el resto? ¿Qué los hacía especiales? ¿Los cuadros de Madeleine? ¿Las historias de aquella ciudad encantada que Marina había inventado y que recordaba tanto a Rocavarancolia? ¿Y a él? ¿Por qué lo había traído Denéstor? ¿Y para qué?

Contempló al joven italiano, intentando imaginarse lo que debía ser vivir en un aislamiento semejante. Eso le impresionaba casi tanto como la confesión de Bruno. La mayor parte de su vida había sido prisionero en su propia casa y, por lo que contaba, nunca había conocido el cariño o el más simple y esencial contacto humano. ¿Eso le había convertido en aquella criatura fría y desapasionada? ¿O su comportamiento estaba relacionado con la maldición que al parecer lo perseguía?

—¡Ya vienen! —anunció Maddie, apartándolo de sus pensamientos. En la voz de la joven no había alivio, sino inquietud—. ¡Ha pasado algo! ¡Hay alguien herido! —dijo y salió a la carrera del torreón.

Todos la siguieron fuera. El grupo de Alexander se aproximaba ya al puente levadizo tras cruzar el riachuelo. Y era evidente que habían sufrido algún percance. Ricardo cojeaba y usaba una vara a modo de bastón. Marina cerraba la marcha, con el arco cargado y paso inquieto. Pero para lo único que tuvo ojos Hector cuando salió fue para Natalia: Alexander la llevaba en brazos y esa visión, unida al recuerdo de Ricardo llevando a Adrian a cuestas, hizo que se le encogiera el alma.

—No —murmuró y aceleró el paso—. No, no, no, no...

Con cada negación el grito atascado en su garganta se hacía más y más fuerte. Con cada paso que daba hacia su amiga sentía como se abría camino al fin, lo notaba ya en la boca, caliente y denso, arrastrándose con furia hasta sus labios, ansioso de estallar al fin. Estaba convencido de que si eso ocurría, nunca podría dejar de gritar. Él mismo se convertiría en grito.

—¿Qué tiene? ¿Qué le pasa? —preguntó cuando llegó hasta ellos. La muchacha abrió los ojos en brazos del pelirrojo y murmuró algo incomprensible. Hector sintió tal alivio al ver que estaba viva que el grito volvió a quedar cortado. La manga izquierda del blusón de la joven estaba empapada en sangre.

—Nos atacó una maldita iguana del tamaño de un caballo, ¿te lo puedes creer? —dijo Alex. Tenía un corte en la mejilla y un moratón en la frente.

Ya en el interior despejaron una mesa y tumbaron encima a Natalia. La joven estaba extrañamente rígida. Marco le rasgó con cuidado la manga empapada y luego hizo lo mismo con las dos camisolas que llevaba debajo. Todos pudieron ver la salvaje dentellada marcada a sangre en su carne. Una constelación de heridas en forma de media luna cubría todo su antebrazo desde la muñeca hasta la articulación del codo. Eran incisiones profundas y en torno a ellas se distinguía con toda claridad un cerco de un sucio color verde.

Mistral resopló. Ya sabía qué criatura había atacado al grupo, había sido un drago de chiimera. Eran seres híbridos creados por los genemagos del mundo de Alais a partir de los inofensivos dragones autóctonos y de quimeras venenosas. La caballería de ese mundo las había usado como monturas en la guerra contra Rocavarancolia y en el caos de la batalla muchos ejemplares se habían perdido en la ciudad. La mayoría habían muerto ya, pero unos pocos sobrevivían como podían entre las ruinas. El veneno de su mordedura no era mortal, aunque causaba una fuerte parálisis de la que la víctima no podía salir por sí sola. Necesitaba el antídoto adecuado o un hechizo sanador. Sin ninguna de esas cosas, Natalia moriría. Tardaría en hacerlo, pero moriría.

Mistral maldijo en voz baja y observó al resto del grupo. Alexander estaba bebiendo agua, sin apartar la mirada de Natalia. Bruno se encontraba más apartado, más cerca del libro de magia que de ellos.

El cambiante sacudió la cabeza y bajó la vista. Tenía que hacerlo. No quedaba otro remedio. Si no actuaba pronto, corría el riesgo de que fuera Bruno quien tomara la iniciativa. Y si eso ocurría y algo le pasaba al italiano, todo estaría perdido.

Rachel apareció en la escalera, apoyada en sus muletas. Al ver la escena que tenía lugar abajo se apresuró a bajar las escaleras.

—Vendas y agua limpia —ordenó Lizbeth—. Quiero limpiar ese desastre. Luego la subiremos arriba. ¡Vamos! ¡Moveos!

Poco a poco se fueron haciendo una idea de lo que había sucedido. Al parecer aquella criatura, un lagarto enorme con aire de iguana y caimán, los había sorprendido en la plaza. Al primero en derribar fue a Ricardo, con un golpe de cola que lo dejó fuera de combate durante el resto de la refriega. Los demás no tardaron en reaccionar. Alexander y Natalia habían saltado sobre la bestia, apuñalándola con furia, pero sus armas no eran suficientes para luchar contra aquel espanto. El muchacho recibió un golpe en la cara cuando el monstruo se revolvió para responder al ataque. Luego le tocó el turno a Natalia.

—Le mordió en el brazo y la zarandeó como si fuera un muñeco. Derribó a Alexander de una coz y retrocedió con Natalia entre los dientes —contó Marina—. Yo no sabía si disparar o no, tenía miedo de darle a ella... Pero entonces pasó algo extraño. De pronto me pareció ver una sombra que se arrojaba sobre el lagarto y lo cubría por completo. Se retiró tan rápido que no tuve tiempo de ver qué era, si es que de verdad era algo y no un espejismo. Aquella cosa barritó como si fuera un elefante, arrojó a Natalia contra una criatura de piedra y echó a correr. Disparé una flecha pero no le di.

Hector contempló el cuerpo paralizado de Natalia. Una de sus sombras la había defendido del ataque del monstruo. Aquella revelación era sorprendente. Ella creía que aquellas cosas los odiaban, pero habían acudido en su auxilio.

—¡Espadas y lanzas! —gritó Alexander—. ¡Eso es lo que necesitamos para enfrentarnos a cosas como esas! —Arrojó el vaso contra la pared. La cerámica se hizo añicos—. ¡Si hubiéramos acabado con ella a la primera, esto no habría pasado! ¡Maldita sea!

Subieron a Natalia a la segunda planta una vez lavaron y vendaron su brazo. Cada vez estaba más paralizada y tuvieron que proceder con cuidado inmenso por aquella escalera estrecha para llevarla arriba. Marina y Lizbeth habían dispuesto otra cama más en la habitación de Adrian y en ella acostaron a Natalia.

Adrian apenas se movió, permaneció tumbado de costado, con los ojos entreabiertos, mirando al vacío. Hector se quedó fuera. Ni siquiera ahora tenía fuerzas para traspasar ese umbral. El olor a muerte que emanaba era demasiado intenso. No, no tenía valor para ello.

—¿Viste las manchas verdes alrededor de las heridas? —le preguntó Marina.

—Es veneno —contestó sin mirarla—. Esa cosa la ha envenenado.

—¿Qué le va a pasar?

—No lo sé. No lo sé...

Mistral vio como Alexander bajaba las escaleras. Aguardó unos instantes y fue tras él. El pelirrojo no se detuvo cuando llegó a la planta baja y siguió camino hasta el sótano. El cambiante lo perdió de vista enseguida, pero era evidente que iba a la armería. Aceleró el paso.

Era el momento. Todos los demás estaban arriba. Se aproximó al libro de magia que Bruno había dejado en la silla. No era un auténtico grimorio, por supuesto; nadie se habría arriesgado a dejar un objeto de tal poder al alcance de la cosecha. El libro que Bruno había encontrado en la biblioteca no era más que un tratado sobre la evolución de las artes mágicas durante el reinado de los reyes arácnidos. En él venían recogidos, a modo de ejemplos, varios hechizos. En concreto el que Bruno había realizado era un sortilegio de invocación de lacayos grotescos. Aquella esfera viva había llegado desde otra dimensión dispuesta a cumplir el encargo que el mago tuviera para ella. La esfera se había puesto frenética cuando Bruno no había respondido al saludo tradicional y se había desvanecido de vuelta a su realidad al cabo de unos instantes, fuera de sí.

Mistral pasó las hojas del libro, en busca de un hechizo en concreto; en el trayecto se topó con una ilustración que le hizo pasar de página con tal premura que el pergamino se rasgó en una esquina. Escuchó a Alex regresar del sótano. Miró de reojo en su dirección y luego alzó la vista hacia la escalera de caracol, para cerciorarse de que nadie bajaba. No quería arriesgarse a implicar a nadie más. Volvió a fijar su atención en Alexander. Estaba ajustando la hebilla de la vaina de la espada verde al cinto.

—He descubierto algo —murmuró. Alex se encogió de hombros y continuó su camino hacia la escalera—. Deberías verlo. Podría ser importante... —El pelirrojo lo miró con el ceño fruncido, pero no hizo ademán de acercarse—. Este libro no se lee como los nuestros, de izquierda a derecha, ¿recuerdas? Es en el sentido contrario: de derecha a izquierda.

—¿Y a mí qué más me da eso? —preguntó Alex de malas maneras.

—¿No lo entiendes? Lo que vale para el texto también vale para los grabados. —Alzó el libro para sujetarlo ante él, abierto en la página que mostraba cómo una herida se abría, dibujo a dibujo, en el vientre de una criatura demoníaca. Golpeó con el dedo índice sobre la primera ilustración—. El hechizo que se explica aquí no está hiriendo al demonio, ¿comprendes? ¡Está curando la herida! ¡La cierra! ¡Es un hechizo de curación!

Alex se acercó al libro y estudió los dibujos con atención.

—Pero con eso no conseguimos nada —dijo al cabo de unos instantes—. Seguimos sin entender ni una sola palabra de lo que pone, ni leyéndolas de izquierda a derecha ni al revés significan nada... —Levantó la vista del libro para mirar a Marco. El rostro se le iluminó—. ¡El torreón de la plaza! Tenemos que entrar allí. Si es una torre de hechicería, debería haber más libros, puede que encontremos uno que entendamos...

—Es demasiado arriesgado, Alex. —Mistral negó con la cabeza—. Ricardo no querrá ni oír hablar de ello. No se arriesgará a que nada malo le pase a...

—Me da igual lo que piense —le cortó—. Hemos hecho todo lo que ha dicho hasta ahora y Adrian y Natalia se están muriendo ahí arriba.

—Eso no es justo. Él no ha tenido la culpa de lo que ha pasado.

—No —suspiró—. Tienes razón, tienes razón... —Se pasó una mano por la cabeza, revolviéndose el cabello. Cuando volvió a mirarlo en sus ojos brillaba una fiera determinación—. Vayamos ahora —dijo—. Tú y yo. No hace falta que se lo digamos a nadie más. Si corremos peligro, lo correremos nosotros solos.

El cambiante lo miró de arriba abajo. Hizo que aquel rostro que no era suyo mostrara dudas, para luego hacerlo asentir con resolución.

—Vamos allá —dijo. No le tembló la voz.

Réquiem

Aunque Mistral sabía lo que iba a ocurrir antes de que Alexander intentara traspasar la puerta de la torre, no pudo evitar sobrecogerse. El encantamiento de defensa se activó en cuanto el pelirrojo puso un pie en el umbral y lo arrancó literalmente del suelo.

Mistral simuló trastabillar asustado en la escalera y luego retrocedió, con una mano en la boca. El estupor en su rostro era fingido, pero el horror era sincero. Una bandada de aves negras levantó el vuelo, espantadas por el alarido terrible que profirió Alexander al quedar atrapado en el sortilegio de la puerta.

Los ecos de su grito se propagaron por Rocavarancolia a una velocidad portentosa, como ondas en un estanque al que alguien hubiera arrojado una piedra. Resonó entre las fachadas arruinadas, en las arcadas de las callejuelas, avanzó por las avenidas como una ola invisible que portara en su seno la noticia de la tragedia que se estaba desencadenando.

Las bestias carroñeras que vagaban cerca de la plaza alzaron sus testuces y olfatearon ansiosas al oír el grito. El aire olía a muerte y ese era su sustento. Pero pronto descubrieron el olor a plata quemada de la hechicería y sabían muy bien que debían mantenerse lejos de ella.

Más allá de la cicatriz de Arax, el joven de ojos negros se incorporó en la azotea en la que descansaba y oteó en dirección al sonido, asombrado de que pudiera surgir de una garganta humana. Algo más al nordeste, en el cementerio, los muertos callaron un momento y prestaron toda su atención al grito.

—Un hechizo de arañas —dijo una voz bajo tierra, lenta y sabia—. Solo esos causan tanto dolor.

El grito también llegó hasta el torreón Margalar.

La primera en oírlo fue Madeleine. Salió de la habitación de los heridos sin pronunciar palabra, pero tan tensa que parecía a punto de romperse. Buscaba algo con la mirada, algo que no estaba ni en el cuarto ni en el pasillo de la segunda planta.

—¿Están bien? —preguntó Hector, ansioso. Nada más verla pensó que algo malo había ocurrido.

—¿Has visto a mi hermano? —le preguntó ella.

Antes de que pudiera contestar, se escuchó a Ricardo en el interior de la habitación.

—¿Oís eso? —preguntó.

Hector prestó atención. Escuchó un murmullo lejano, un sonido vibrante que no logró ni localizar ni identificar. Lizbeth se encaminó a una tronera y atisbó por ella.

—Es un grito. Alguien está gritando.

—¿Mi hermano? ¿Lo ha visto alguien?

Hector negó con la cabeza, sobrecogido. Aquel sonido se prolongaba sin pausa, sin descanso.

—¿Marco? ¿Dónde está Marco? —Ricardo salió de la habitación. Seguía usando una vara como muleta, aunque eso no le restó ni un ápice de velocidad cuando bajó las escaleras. Casi volaba—. ¡¿Marco?!

Madeleine fue tras él, llamaba a gritos a su hermano. Pero la única respuesta que recibió fue la de aquel alarido interminable. Hector miró hacia las escaleras, indeciso. No podía ser verdad. Aquello no podía estar sucediendo. Se giró hacia la habitación. Vio a Bruno, inmóvil entre las dos camas, con el rostro vuelto hacia una tronera. Casi creyó ver un aura de mala suerte rodeándolo. A punto estuvo de gritarle que se apartara de allí, que dejara de manchar con su influencia nefasta aquel lugar. Lizbeth y Rachel permanecían juntas, de pie ante otra tronera. Marina estaba sentada en la cama de Natalia. Se levantó despacio y miró hacia Hector. Estaba llorando.

—Es Alex —dijo con la voz quebrada.

Hector se llevó una mano a la garganta. Su grito ya no estaba allí. Había desaparecido sin dejar rastro, como si aquel alarido lo hubiera hecho innecesario. O como si se lo hubieran robado.

★★★

Lizbeth y Rachel se quedaron con los heridos en el torreón. El resto avanzó por las calles en ruinas, siguiendo el rastro de ese grito incesante. Marchaban a la carrera. Ricardo, a pesar de la muleta improvisada, no se quedaba atrás. A medida que avanzaban el sonido se hacía más claro y terrible. Hector no lo necesitaba para guiarse. Ya sabía de dónde venía.

Madeleine fue la primera en entrar en la plaza de la fuente. Cuando llegó a la altura del torreón pardo, dio un grito y echó a correr hacia la verja del patio. Marco salió a su encuentro desde allí y la atrapó antes de que pudiera avanzar más. Ella intentó zafarse, pero él la inmovilizó sin contemplaciones.

El resto llegó instantes después. Lo que vieron los dejó atónitos.

Alexander estaba atrapado en el vano de la puerta del torreón. Se retorcía y gritaba envuelto en una cortina de luz perla tiznada de destellos púrpura. Sus pies flotaban en el vacío, a varios centímetros del suelo. Daba la impresión de que era el mismo dolor lo que lo mantenía suspendido de aquel modo grotesco, clavado en el aire. La espada verde estaba en el suelo, dentro aún de su vaina.

—¿Qué ha ocurrido? —preguntó Ricardo. Jadeaba. Miró a Marco, consternado—. ¡¿Qué demonios ha ocurrido?!

—El torreón... —alcanzó a decir Marco. Le temblaba la voz—. Queríamos ayudar a Natalia y a Adrian... Pensábamos que...

—¡Alex! —gritaba Madeleine, retorciéndose en brazos del joven. Era la viva estampa de la desesperación.

Mistral la sujetó contra su pecho. El cambiante no podía apartar la mirada del chico atrapado. El dolor que producían las puertas malditas era célebre. Después de una larga agonía el cuerpo se derrumbaba, devorado por la magia temible de aquel hechizo. Nada ni nadie podría salvar ya a Alexander, absolutamente nada. Y él era tan culpable de su muerte como de la del joven cuya apariencia vestía. Habían sido sus manos las que habían estrangulado al muchacho dormido. Y había sido su mano la que había empujado a Alexander hasta allí. No se le escapaba la paradoja de ser él, el autoproclamado protector de la última cosecha de Samhein, el causante de las dos primeras muertes en el grupo.

Alexander gritaba. La máscara de sufrimiento y agonía que era su rostro se giró hacia ellos, pero no hubo reconocimiento en su mirada: en aquellos ojos solo había espacio para el dolor.

Ricardo entró en el patio.

—¡No lo toques! —le advirtió Marco—. ¡El hechizo todavía está a su alrededor! ¿No lo ves? ¡Si lo tocas te atrapará a ti también!

—¡Tenemos que sacarlo de ahí! —exclamó Ricardo. La imagen era aterradora. Alexander se retorcía en el aire, aullando de dolor. La niebla de advertencia se apretaba contra él, como un sudario movedizo. Y luego estaba el grito, prolongado y brutal, que resonaba en lo más profundo de su ser como una burla del que Hector no había llegado a emitir.

Ricardo subió con cuidado los escalones que llevaban a la puerta. Alzó la vara cuando llegó al último peldaño y la acercó a Alexander, pero en cuanto lo tocó aquellos chispazos comenzaron a avanzar por la madera. Ricardo maldijo y soltó la vara antes de que el hechizo lo alcanzara. Retrocedió a la pata coja.

Mistral buscó a Bruno con la mirada. Confiaba en que él diera con la clave para sacar a Alexander de ahí. Si no le quedaba otro remedio, él mismo la desvelaría, pero después de haber dado a Alex la idea de entrar en el torreón, y la manera expeditiva con la que había evitado que los demás se acercaran a la puerta, prefería que fuera otro quien lo hiciera. Estaba llamando demasiado la atención y no podía correr más riesgos.

El italiano contemplaba a Alexander con las manos en los bolsillos de su casaca negra. No había curiosidad en sus ojos. No había nada, ni siquiera el más leve chispazo de compasión. Bruno había estado tan aislado durante toda su vida que parecía haber perdido la capacidad de sentir empatía hacia sus semejantes.

—Es imposible —murmuró el cambiante. Todavía mantenía apresada a Madeleine, pese a que ya no intentaba escapar. A la muchacha solo le quedaban fuerzas para llorar—. Cualquiera que toque a Alex correrá su misma suerte...

Para sorpresa de Mistral no fue Bruno quien dio con la clave.

—Rachel —murmuró Hector. El muchacho miró a Ricardo, este asintió con fuerza al comprender a qué se refería su amigo.

—¡No le afecta la magia! —gritó—. ¡Ni el agua de la fuente ni los vidrios de energía funcionaron con ella! —Cojeó hasta la puerta—. ¡Bruno, Hector! ¡Id a buscarla! ¡Rápido! ¡Corred!

Hector asintió con firmeza y echó a correr a toda velocidad de regreso al torreón. Bruno, después de vacilar un instante, fue tras él.

★★★

Dejaron a Lizbeth mucho más preocupada de lo que estaba cuando llegaron. Hector no tenía presencia de ánimo para tranquilizar a nadie. El grito de Alexander los había acompañado de regreso al torreón y ahora los escoltaba de vuelta a la plaza, tan acuciante y terrible que lo empapaba todo.

Rachel marchaba tan rápido como podía, pero el suelo irregular de Rocavarancolia no era el más adecuado para avanzar con muletas y ni Hector ni Bruno tenían fuerza suficiente para llevarla a cuestas. El italiano había cogido el libro de magia del torreón y lo llevaba apretado contra su pecho, abriendo la marcha con sus pasos de autómata.

—He visto el hechizo que mantiene cautivo a Alexander en el libro —murmuró cuando Hector le preguntó, no de muy buenos modos, por qué lo llevaba. Y de peor forma le hizo apretar el paso cuando se detuvo en mitad de la escalera que cruzaba el riachuelo con intención de enseñarle aquel sortilegio.

—¿Eres idiota o qué? —le soltó—. ¡Tenemos que volver ya! ¿No oyes eso? ¡Es Alexander!

Nada había cambiado en su ausencia. Alex seguía gritando, con el mismo brío y la misma agonía. Madeleine lloraba contra el hombro de Marco, con Marina a su lado.

Rachel gritó algo ininteligible al ver a su amigo atrapado en la puerta y se cubrió la boca con la mano, horrorizada. Ricardo no tardó mucho tiempo en hacerle comprender lo que querían.

—¿Y si nos equivocamos? —preguntó Marina—. ¿Y si el hechizo la atrapa también a ella?

Nadie respondió. Mistral sabía que la neutralidad de Rachel con respecto a la magia era casi total. Solo la hechicería primordial podía afectarla, pero el resto de hechizos y encantamientos no servían con ella, ni para bien ni para mal. El cambiante solo había visto un caso igual en su vida. Había sido treinta y cinco años antes, una nativa de Tramora a la que el don o la maldición de la impermeabilidad mágica no le había servido de mucho: había muerto a los pocos días de llegar a Rocavarancolia, devorada por una mantícora.

Rachel subió despacio los escalones. Ricardo esperaba abajo, mientras el resto aguardaba a la entrada del patio; el único que permanecía alejado del grupo era Bruno. Hector contuvo el aliento cuando Rachel llegó al último peldaño. La chica le tendió una muleta a Ricardo y luego, apoyándose en la otra, alargó una mano hacia Alexander. Los dedos de la joven atravesaron primero la niebla oscura de dama Serena antes de hundirse en la maraña reluciente que mantenía preso al pelirrojo. Al instante las chispas saltaron a su mano. Ella la retiró con rapidez, como si le hubieran soltado un mordisco.

Se rascó el brazo con fuerza y miró a Ricardo, avergonzada. Los chispazos de magia se habían desvanecido nada más tocarla.

Dijo una única palabra en su idioma mientras seguía rascándose con brío, como si sufriera un picor insoportable. Luego alzó de nuevo el brazo hacia su amigo, lo tomó por la cintura y tiró de él. Alex cayó hacia delante, de tal forma que quedó con el torso inclinado fuera de la trama mágica y las piernas atrapadas en ella. Rachel tiró de nuevo y el chico se le vino encima. La joven consiguió mantener el equilibrio durante unos instantes, para luego rodar por las escaleras y caer al patio.

Ricardo se apresuró a ayudarlos pero Marco, de nuevo, lo contuvo con un grito.

—¡Todavía tiene el hechizo encima! ¡No lo toques!

Alexander no dejaba de gritar ni retorcerse, se contorsionaba en el suelo del patio de idéntico modo al que lo hacía en la puerta. Aunque la trama mágica del umbral se había desvanecido, él seguía rodeado por una miríada de chispazos. Y ahora podían ver los estragos que aquel encantamiento estaba provocando en su cuerpo. Sobre la palidez que había adquirido su piel se iban abriendo grietas negras y arañazos de un color rojo intenso. Y Hector descubrió algo que antes había quedado oculto bajo la niebla negra: de Alexander salía humo, surgía en pequeñas volutas de las heridas y llagas que lo cubrían. Estaba ardiendo por dentro.

Rachel se rascaba con frenesí, sentada en el suelo a poca distancia de Alex. Ricardo se acercó para comprobar que se encontraba bien. La joven lloraba, pero no de dolor. Se secó las lágrimas con la mano y gateó hasta Alexander. Le pasó un brazo sobre los hombros y el otro en torno a la cintura, y lo atrajo hacia ella, frenando las convulsiones con su propio cuerpo. A pesar de todo, los gritos no cesaban.

—¿Y ahora qué? —preguntó Hector. Aquella locura no parecía tener final, aquel mal sueño no parecía tener intención de acabar nunca.

Mistral resopló. El único modo de ayudar a Alexander era matándolo. Una muerte rápida sería un regalo de los dioses en comparación con la agonía que le esperaba. Pero no podía aconsejarles eso, no sin delatarse al menos, no sin dejar entrever que conocía ese hechizo.

—No podemos hacer que Rachel lo lleve hasta el torreón, no podría con él ni estando en condiciones, menos con una pata coja —dijo Ricardo. Se frotaba el pelo de manera constante, como si así pudiera ocurrírsele alguna idea—. Y nosotros no podemos tocarlo...

—Pero ¿cuánto va a durar esto? —preguntó Marina. Ella también lloraba—. Ya lo hemos apartado de la puerta. ¿Qué más tenemos que hacer?

—Que alguien lo pare, por favor, por favor... —gimió Madeleine.

—Está en el libro —murmuró de pronto Bruno. Lo alzó abierto ante el grupo—. El hechizo está en el libro.

Esta vez Hector sí se acercó a mirar. El dibujo que Bruno señalaba ocupaba toda una página del volumen, con una esquina rasgada. En él se veía una gran arcada de piedra y en mitad de la misma, flotando en el centro de una maraña de chispas idénticas a las que rodeaban a Alexander, se retorcía una criatura horrible, mitad ser humano, mitad simio. La perspectiva del dibujo mostraba la arcada desde el interior del edificio y en la cara interna de la mampostería se podían ver una serie de grabados tan mezclados unos con otros que resultaba difícil distinguir la forma de cada uno.

—¿Viene cómo pararlo? —preguntó Marina. Madeleine miró esperanzada al italiano.

Bruno negó con la cabeza.

—No lo creo. El único texto que acompaña el dibujo es demasiado breve como para explicar nada. Y las ilustraciones de las páginas anterior y posterior no parecen guardar relación con ese hechizo.

Mistral no necesitaba verlas para saber eso. Esa sección del libro se limitaba a recoger una serie de ilustraciones de los hechizos más importantes creados en tiempos de los reyes arácnidos. Y los sellos malditos eran uno de ellos. Allí no había nada que pudiera salvar a Alexander, pero confiaba en que gracias al dibujo Bruno dedujera cómo desactivar el hechizo de la puerta. Por supuesto, eso no salvaría a Alex. Sería como intentar salvar la vida de un herido de bala haciendo pedazos la pistola que le ha disparado.

El pelirrojo seguía gritando en brazos de Rachel. Aquel alarido lo dominaba todo. Y de pronto, de manera tan inesperada que todos dieron un brinco, otro grito se unió al de Alexander.

—¡Basta! ¡Basta ya! —Una voz burbujeante y cruel se aproximaba hasta ellos por la callejuela vecina—. ¡Por el veneno del perro bastardo del Séptimo Infierno, basta!

Dama Desgarro apareció por la bocacalle entejada, bamboleándose de modo grotesco. Se tapaba los oídos con las manos y sacudía la cabeza de un lado a otro. Vestía el mismo saco inmundo con el que la habían visto hacía apenas una semana. Olía a bosques muertos.

—Por los arcángeles de la ciudad calavera y el estertor del último lobo —gruñó mientras se acercaba a veloces trompicones—. ¡Ni los dos mil muertos del cementerio arman tanto escándalo como ese obtuso pelirrojo vuestro!

Ricardo desenvainó su cuchillo y dio un paso en dirección a la mujer abotargada. Hector se echó hacia atrás, asqueado por la presencia de aquella monstruosidad. Dama Desgarro se hallaba a apenas unos metros de la verja del patio y de cerca resultaba aún más repugnante. Estaba plagada de cicatrices y úlceras, de llagas y marcas, le faltaba buena parte del labio superior y los dientes torcidos y careados que quedaban a la vista le daban un aspecto malhumorado perpetuo.

—¿Qué pretendes, niño? —cloqueó—. ¿Quieres asustarme con ese cuchillito? ¿Eso intentas?

En ese mismo instante, una flecha se clavó hasta media asta en la frente de dama Desgarro, la punta brotó de su cráneo roto, manchada de sangre negra. La criatura se detuvo en seco. Gruñó. Fulminó con la mirada a Marina, que todavía permanecía inmóvil tras disparar el arco, y se arrancó la flecha de un tirón. El proyectil salió limpiamente, tiznado de sangre y sesos. Luego dama Desgarro lo rompió en dos pedazos que arrojó lejos.

—Pasaré por alto esta estupidez. —La carne de la frente se cerró sobre la herida, dejando una nueva marca blancuzca en aquella piel de cadáver—. Pero ni una más, os lo advierto.

—¡Por favor! —Madeleine luchó contra los brazos que la aprisionaban—. ¡Sálvelo! ¡Se lo suplico! ¡Es mi hermano!

Mistral frunció el ceño. No había esperado estar tan cerca de otro miembro del consejo. Una cosa era que lo observaran mediante los catalejos de los demiurgos, y otra muy distinta estar ante sus narices. Si dama Desgarro lo reconocía, estaba perdido. Y con él, los chicos del torreón Margalar y, lo que era más importante, el reino. Se encorvó todo lo que pudo tras Maddie. Estuvo tentado de disminuir su masa muscular para hacerse menos visible, pero aquella maniobra era casi tan arriesgada como plantarse delante de dama Desgarro. Lo único que podía hacer era intentar pasar desapercibido.

—¿Salvarlo? Es tarde para eso. Nadie puede salvarlo. Lo único que puedo hacer es callarlo, antes de que enloquezca a toda la ciudad.

Madeleine gritó.

Dama Desgarro continuó su camino hacia la verja del patio.

—Ni un solo paso más, vieja monstruosa —le advirtió Ricardo mientras atravesaba la verja para cortarle el camino.

Ella levantó los brazos en un gesto que bien podía ser de fingida sorpresa o rendición, antes de decir:

—Tú ganas, muchachito maleducado: ni un solo paso más.

De pronto, las manos de aquel monstruo se desgajaron de sus muñecas y cayeron al suelo, como grotescas arañas mutiladas. La izquierda cayó boca arriba; de un salto se puso en pie y echó a correr hacia el patio junto a su compañera. Madeleine gritó de nuevo. Todos estaban demasiado consternados para hacer algo más que no fuera contemplar espantados aquellas cosas.

Cruzaron a toda velocidad bajo las piernas de Ricardo y entraron en el patio. Llegaron hasta Alexander, que se retorcía sin parar en brazos de Rachel. La joven estaba desesperada, las lágrimas corrían a raudales por sus mejillas. Se envaró cuando las manos treparon a su falda y subieron de un salto al cuerpo convulso de Alexander, pero ni siquiera entonces se apartó de él. Una de las manos se perdió en la espalda del joven. La otra buscó su nuca. Hector no logró ver qué hacían, pero de pronto se hizo el silencio, de una manera tan brusca y total que creyó haberse quedado sordo.

El pelirrojo pestañeó, movió una mano en dirección a su hermana, dijo algo ininteligible y alzó la cabeza para volver a dejarla caer. Respiraba con dificultad.

Las manos de dama Desgarro corrieron de regreso a su dueña, arrastrando tras ellas dos estelas de chispazos púrpura, treparon por sus piernas y se adhirieron a las muñecas a una velocidad vertiginosa.

—Pero dijo que no podía... —comenzó Marina.

—Sé lo que dije. No os equivoquéis: no lo he salvado. Va a morir y lo hará pronto. Lo único que he hecho es desconectar sus centros del dolor para que lo haga sin sufrimiento. Y no, no me deis las gracias. No lo he hecho por compasión. Lo he hecho para que no nos castigue más con sus alaridos. —El tono de su voz era de apatía desagradable—. Despedíos de él cuanto antes. No durará mucho.

El llanto de Madeleine se redobló. Mistral la abrazó, intentando consolarla y, a la vez, ocultarse de la vista de la comandante de los ejércitos de Rocavarancolia.

Dama Desgarro echó a andar de nuevo, con ese paso mitad caída y mitad tropiezo. Bruno salió a la carrera del patio de la torre y la interceptó antes de que pudiera llegar al callejón techado, todavía abrazado al libro.

—¿Por qué estamos aquí? —le preguntó—. ¿Para qué nos ha traído Denéstor Tul? ¿Qué tenemos que hacer?

—Apartarte de mi camino ahora mismo, muchachito: eso es lo que tienes que hacer —le dijo ella—. ¿Quieres respuestas? —Señaló con su mano llagada el torreón pardo—. Entra ahí. Es probable que encuentres alguna si sobrevives al hechizo de la puerta. O mejor aún... —su dedo índice se apartó del torreón y señaló los edificios situados en el lado opuesto de la plaza—, pregúntale a vuestro amigo del tejado. Ya sabe más de esta ciudad que todos vosotros juntos —y dicho esto desapareció por la callejuela.

Miraron en la dirección que había indicado la mujer marcada.

En el tejado de un caserón de dos plantas, acuclillado junto a una gárgola con cabeza de caballo, se encontraba el joven que había apuñalado a Adrian. La capa corta que llevaba parecía trenzada de arena cenicienta.

Se incorporó al verse descubierto, apoyó una mano en la gárgola y retrocedió un paso, sin dejar de observarlos pero sin hacer ademán de huir, ni siquiera cuando Marina le apuntó con el arco. Se limitó a permanecer erguido junto al monstruo de piedra, desafiante. El viento agitaba su melena negra. Sus ojos oscuros parecían sombras vivas.

—¡¿Has venido a reírte?! —le preguntó Ricardo—. ¡¿A eso has venido, asesino?!

Marina dio un paso lateral, para centrar mejor el blanco.

—Dispárale —la apremió Mistral. Toda la furia que sentía hacia sí mismo se trasladó al chico del tejado. Si no hubiera apuñalado a Adrian, nada de esto habría ocurrido. Dejó ir a Maddie para coger su arco—. ¡Dispárale!

Marina dio un respingo al escuchar su grito y disparó, más por sobresalto que por verdadera intención de hacerlo. La flecha pasó entre la estatua de piedra y el muchacho, a unos centímetros de su pecho. El joven saltó sobre la gárgola y desapareció entre los tejados y azoteas.

—Estás mejorando mucho, ojo de halcón —tosió Alexander. Todos se giraron hacia él. Hablaba bajo y con voz ronca, pero se le entendía perfectamente. Resultaba difícil creer que tan solo unos segundos antes hubiera estado gritando de dolor—. Estoy seguro de que si sigues practicando, algún día le darás a algo...

Alex no había visto la flecha que había atravesado la frente de dama Desgarro, pero nadie dijo nada. Lo observaban como si hubiera muerto y resucitado.

—Qué extraño es esto. —Alzó su mano derecha. Una nueva grieta se iba abriendo en el dorso, desde la muñeca hasta el pulgar; era un arañazo de un tono rojo intenso, con una línea negra en el centro—. No siento absolutamente nada. Ni frío, ni calor. No duele... Nunca había sentido tanta calma.

—Alex... —Madeleine se desplomó de rodillas a su lado. Marco le puso la mano en el hombro.

—No lo toques —le pidió—. Por lo que más quieras, no lo toques.

—Yo...

—Ya has oído. Ni se te ocurra ponerme una mano encima —le advirtió Alexander. Otra nueva grieta se abrió en zigzag sobre su ojo derecho, de su extremo izquierdo surgió un hilillo de humo gris—. ¿Quieres que vuelva la apestosa dama del saco o qué? No. Déjalo, ¿vale? No merece la pena.

—Te vas a morir —sollozó Madeleine.

Por un instante en los ojos de Alexander se vio verdadero miedo. Pero solo fue un segundo, un relámpago que desapareció tan rápido como había llegado. Exactamente igual que había ocurrido en la cicatriz de Arax.

—Y tú vas a vivir —le dijo a su hermana. La firmeza repentina de su voz hizo que Hector se estremeciera—. No es... Oh, vaya. —Se había llevado una mano a la cabeza y la había retirado con un humeante mechón pelirrojo entre los dedos.

—Lo siento, lo siento tanto... —Por un instante Maddie pareció dispuesta a abrazarlo y Alex retrocedió con violencia, trepando encima de Rachel de forma tan brusca que casi la tiró.

—¿Lo sientes? ¿El qué? ¿Tener un hermano idiota? —jadeó. El esfuerzo de apartarse lo había dejado sin aliento—. Soy yo quien tiene que pedirte perdón. Siento haberte metido en esto, Maddie. Yo te traje a esta pesadilla. Perdóname, por favor.

—No, no, no... —Madeleine negó con la cabeza. Se limpió las lágrimas casi a bofetadas—. No fue culpa tuya —dijo—. Olvídate de eso, porque no es cierto. No vine aquí porque tú me convencieras. Vine porque quise. Tenías que haber visto tu cara, tenías que haber visto el brillo de tus ojos cuando apareciste en mi cuarto con esa criatura horrible... Una aventura, dijiste, ¿cómo ibas a dejarla escapar? ¿A cuánta gente se le presenta una oportunidad como esta en toda su vida?, me preguntaste. Creías que iba a ser como una de esas locas historias que tanto te gusta leer. Por eso vine, Alex, por eso vine... Porque sabía que nada habría podido impedir que vinieras tú. Vine para protegerte, porque te conozco, porque sé que eres un desastre y necesitas a alguien pendiente de ti para que no te pase nada. —Apretó los puños y agachó la cabeza—. Lo siento, Alex... No he sabido hacerlo, no he sabido protegerte...

—Nadie habría podido hacerlo —dijo él—. Porque tienes razón: soy un desastre. —Sonrió y las comisuras de sus labios se llenaron de humo—. Nadie habría podido salvarme. —Alzó la vista para mirar al grupo que se apiñaba en el patio—. No dejaréis que le pase nada, ¿verdad?

—La protegeremos —dijo Ricardo—. Cuidaremos de ella. Te lo prometo.

—Prométemelo tú también —dijo Alex, mirando fijamente a Marco—. Prométeme que cuidarás de ella.

Mistral se estremeció. ¿Qué intuía Alexander? ¿Qué había visto? En el breve lapso de tiempo que tardó en responder buscó en la mirada del pelirrojo, pero no vio nada que confirmara sus temores.

—Te lo prometo —le aseguró, sin pensar ni por un momento en las consecuencias que aquella promesa le podía traer.

Alex asintió satisfecho. Como si eso fuera todo lo que necesitaba oír. Luego los miró de uno en uno.

—Me alegro de haberos conocido —dijo—. No hemos pasado mucho tiempo juntos, pero ha sido suficiente para saber que merecéis la pena. Todos la merecéis. No dejéis que esta ciudad os derrote, ¿de acuerdo? Vencedla. Dadle su merecido. Demostradle de qué pasta estáis hechos. —Se reclinó hacia atrás y le dedicó una sonrisa a Rachel. La joven le retiró el cabello de la frente y su sonrisa se hizo mayor, agradecido por el contacto.

Madeleine sollozó.

—Mi hermana... —murmuró Alex. Rachel lo abrazó con más fuerza si cabía. Tenían las manos entrelazadas—. Me gustaría hablar con ella... No sé cuánto tiempo me queda, ¿lo entendéis, verdad? Vosotros estaréis bien. Pero ella... yo... —Por primera vez no supo qué decir. Hizo un gesto extraño con la mano. De sus uñas surgían finas hebras de humo—. Quiero despedirme.

Marco lo observaba con los ojos extremadamente abiertos, como si estuviera contemplando algo del todo equivocado. Asintió y salió del patio. Bruno fue tras él después de echar un último vistazo a la puerta del torreón. Marina tomó de las manos a Hector y a Ricardo y echaron a andar también, muy juntos los tres.

—Hector —llamó Alex antes de que hubieran dado dos pasos. Los tres se detuvieron—. ¿De verdad no has leído *El señor de las moscas*? —le preguntó con un hilo de voz. En su cara refulgían ascuas de fuego. Hector lo miró aturdido.

—No... no lo he leído.

—Pero ¿sabes cómo termina? ¿Sabes lo que le pasa al chaval regordete?

Hector tragó saliva. Un nuevo resplandor carmesí se abrió camino en la mejilla de Alexander. Negó con la cabeza. Le resultaba difícil hablar, le resultaba difícil luchar contra las lágrimas, le ardían en los ojos, en la garganta, le golpeaban en el pecho con la furia atronadora del mal que no puedes conjurar, del dolor del que no puedes huir.

El pelirrojo sonrió.

—Los salva —anunció con voz ronca—. Los salva a todos. Los mantiene unidos y hace que sobrevivan en esa isla maldita... —De entre sus labios voló una flor de humo—. Sálvalos, Hector. Puedes hacerlo.

Sacudió la cabeza. Él no podía salvar a nadie. Ni siquiera a sí mismo. Él debería haber sido el primero en caer. No Alexander. El pelirrojo no podía estar destinado a morir allí, en ese patio sucio, en ese jardín sin vida. ¿Qué sentido tenía eso? Alexander debía aprender a usar esa espada que parecía hecha a su medida. Él era quien debía salvarlos a todos, porque conocía el miedo y sabía cómo vencerlo.

Ricardo puso una mano sobre su hombro y lo empujó con suavidad hacia delante. Hector asintió y se dejó llevar, sin apartar la mirada de Alexander, en brazos de Rachel, con su hermana arrodillada a apenas unos centímetros de él, pero intocable.

Alex brillaba.

***

Marina sollozaba contra su hombro. Hector la abrazó con fuerza mientras se preguntaba cómo podía hacer tantísimo frío. Tenía la sensación de haberse helado por dentro. Se habían sentado lejos del patio, en plena plaza. Ricardo estaba junto a ellos, la palidez de su rostro hacía resaltar su nariz amoratada. Algo más atrás, de pie, apoyados contra la fuente, estaban Marco y Bruno. El italiano tenía el libro abierto ante él y solo en ocasiones contadas levantaba la vista para mirar hacia el patio del torreón, impasible como siempre.

Estaban demasiado lejos para oír la conversación de los dos hermanos. Rachel asistía como testigo mudo, acariciando a Alexander, otorgándole el consuelo de su contacto. No supieron cuánto tiempo duró aquello. Quizá una hora, quizá dos. El tiempo se había detenido en la plaza. Maddie nunca les contó de qué habían hablado en el patio del torreón, no les dijo qué fue lo que le hizo sonreír ni qué le contó él que a punto estuvo de hacerla estallar en carcajadas.

Poco a poco los silencios entre ambos se fueron haciendo más largos. A Alexander le costaba cada vez más trabajo hablar. Su rostro y su cuerpo estaban salpicados de grietas rojas y negras, de manchas color carmesí que se iban abriendo sobre su piel como flores en un campo de nieve pisoteada. De una de las marcas de su cara surgió un rayo de luz escarlata, un prolongado haz luminoso que llegó hasta más allá de la verja. En algunos puntos su ropa también comenzaba a consumirse. Llegaba el final, y aunque Mistral sentía la imperiosa necesidad de apartar la vista, se había prohibido hacerlo.

El pelirrojo alzó la mano hacia la cara de Maddie. Rachel siguió su movimiento con la suya para impedir que la tocara directamente. Alex acarició la mano que acariciaba el rostro de su hermana. Otro haz de luz surgió del antebrazo del muchacho y llegó hasta la segunda planta del torreón.

Y aunque hasta ese instante no habían alcanzado a escuchar nada de lo que decían, las últimas palabras de Alexander llegaron hasta ellos con una claridad inusitada.

—Ahí viene —dijo—. Ahí está... Y es inmenso y blanco, y brilla y danza y gira... ¡Estrellas! ¡Maddie! ¡Está lleno de estrellas! ¡Las estoy viendo! ¡Las hay a cientos! ¡Oh! ¡Aquí... junto a mí...! Hay alguien junto a mí... ¿Maddie? ¿Eres tú?

Una única lágrima, de un rojo fulgurante, bajó por su mejilla; más que sangre parecía magma. Alexander todavía sonreía.

—Puedo verlo —dijo, y en su voz ronca y desgarrada se adivinaba que estaba contemplando algo maravilloso—. Desde aquí puedo verlo todo. El mundo entero. Todo está aquí. Ante mí... Yo... —de sus labios incandescentes surgió una nube de ascuas—. Te quiero, Maddie.

De pronto, se envaró en brazos de Rachel. Levantó la cabeza, repentinamente tenso, como si tirasen hacia arriba a un mismo tiempo de todas y cada una de las células de su ser. Las grietas en su carne se desgarraron más y más, la palidez desapareció, devorada por el rojo intenso. Los rayos de luz que surgían de su cuerpo se multiplicaron. Alex parecía forjado en el centro de un sol rojo que hubiera caído en el patio de la torre. Su silueta era un violento fulgor escarlata.

Hector gimió. Marina había apartado la cabeza de su hombro y contemplaba también los últimos instantes de vida de Alexander, mordiéndose el puño derecho. El resplandor rojo y las saetas de luz se colapsaron al fin, el sol se apagó, y donde antes hubo fulgor solo quedó oscuridad. Por un segundo, Rachel sostuvo entre sus brazos una estatua de ceniza idéntica a Alexander. Luego el viento la deshizo y se la arrebató de las manos. Fue como ver un inmenso diente de león viniéndose abajo.

—La luz... —balbuceó Marina. Abrazó a Hector con tanta fuerza que le hizo daño. Resultaba difícil entender sus palabras—. No debería ser tan hermoso. Morir no debería ser tan hermoso.

—Está muerto, no cabe duda. —Ujthan el guerrero asintió severamente con su gran cabeza—. Más muerto que Radibinarantoré, el quince veces asesinado.

El cuerpo yacía de costado en la mesa, con la cabeza hundida sobre un caos de pergaminos y a medio caer de la silla. Lo primero que había pensado Denéstor al entrar en el despacho fue que Belisario se había quedado dormido mientras estudiaba. Luego vio el cuerno de hueso, profundamente clavado entre los omoplatos vendados del anciano. Más allá, tirado en una esquina sobre un charco de sangre, se encontraba el cadáver decapitado de un criado. No había ni rastro de la cabeza.

La habitación parecía aún más atestada de lo que ya estaba debido a la presencia del propio Denéstor, del sirviente tembloroso que los acompañaba y, sobre todo, de la mole colosal de carne tatuada que era Ujthan. El hombretón inmenso maniobró como un bajel entre arrecifes en el caos de muebles, anaqueles y objetos diversos que inundaban el despacho. Con cada uno de sus movimientos los tatuajes de su cuerpo se contraían y distendían. Tomó a Belisario por los hombros y lo alzó en la silla. Lo sostuvo así, plantándole una mano en el pecho sin ceremonia ni respeto alguno, mientras desenrollaba las vendas que cubrían su cabeza. Denéstor asintió cuando los rasgos cenicientos quedaron al descubierto. Era Belisario, sin duda.

Ujthan soltó el cadáver, que volvió a desplomarse sobre la mesa. Las vendas amortiguaron el choque contra los pergaminos y bártulos que la cubrían. Una caja de música cayó al suelo y se abrió de golpe. La única melodía que surgió de ella fue un prolongado alarido de terror.

Denéstor observó el cuerpo sin vida de Belisario. Se acarició la barbilla afilada, pensativo. Resultaba sorprendente aquella coincidencia: uno de los niños moría en la ciudad y, casi al mismo tiempo, alguien era asesinado en el castillo. Si es que de verdad se trataba de una casualidad.

—Vuelve a contármelo —le pidió al agitado sirviente.

—El amo Belisario nos mandó llamar para la sesión de lectura vespertina. Cuando llegamos aún vivía... —dijo con voz trémula. Temblaba conmocionado y no era para menos. Todos los sirvientes se encontraban enlazados mentalmente de una manera tan total que se podía decir que compartían un único cerebro. Aquella unión los hacía más eficientes y, en este caso trágico, también les había hecho vivir en primera persona la muerte de su camarada—. Nos pidió que encendiéramos los candelabros y cuando nos disponíamos a cumplir la orden, alguien nos atacó —continuó—. Fue rápido, amo Denéstor. Muy rápido. El dolor que sentimos... —Sacudió la cabeza, como si no hubiera palabras para expresarlo. El demiurgo no pudo evitar pensar en el joven que había muerto aquella misma tarde—. Tardamos unos momentos en sobreponernos. En cuanto recuperamos el control nos encaminamos hacia aquí en un intento de cercar al asesino. Pero ya había escapado.

—¿Quién más reside en esta parte del castillo?

—Solo dama Sueño. Ocupa las estancias contiguas a estas. Su mayordomo fue el primero en acudir. No vio ni oyó nada. Y la soñadora permaneció dormida en todo momento.

Denéstor olfateó el aire del despacho. Aunque no captó olor a hechicería, eso no significaba que no se hubieran servido de ella en aquel asesinato, podían haberla encubierto con algún sortilegio de distorsión. Sería algo extraño, dadas las protecciones que imperaban en el castillo, pero no imposible. En cuanto regresara a Altabajatorre crearía un detector de magia para analizar la estancia y sus cercanías.

—Dama Desgarro ha decidido quitar de en medio a los que apoyamos a Esmael —gruñó Ujthan—. Resulta obvio. Quiere ser regente a toda costa.

Denéstor negó con la cabeza. El lugar de Belisario en el consejo lo ocuparía Solberino, otro fiel seguidor del ángel negro. Y los dos siguientes en la lista para entrar en el consejo también eran partidarios de Esmael, así que la teoría de Ujthan no tenía sentido, a menos que dama Desgarro preparara una masacre de partidarios del Señor de los Asesinos, lo cual, a pesar de la animadversión que aquella mujer sentía por Esmael, resultaba poco probable.

No, la muerte de Belisario no tenía nada que ver con la lucha por el poder. Pero ¿quién lo había asesinado? ¿Y con qué motivo? Dejó vagar su vista por la estancia. El caos de enseres, adornos y libros era mayúsculo. Era imposible saber si faltaba algo en aquel lugar atestado. Se podían haber llevado la mitad del contenido del despacho y todavía parecería el almacén de un buhonero. Lo único que se echaba en falta era la cabeza del sirviente.

El demiurgo contempló los dos cadáveres. De existir algún nigromante en Rocavarancolia, no habrían tenido problemas en averiguar la identidad del asesino; aquellos magos tenían modos de hacer hablar a los muertos. Pero ya no quedaban nigromantes. El último, Annais Perlaverde, había caído en la defensa del reino, mientras protegía Rocavaragálago. Sería necesario recurrir a otras artes mágicas y, por el momento, todos los sortilegios que se le ocurrían requerirían cierto tiempo de elaboración. No le quedaba otro remedio que consultarlo con el regente y dama Serena, más versados que él en esas lides mágicas. O con el mismo Señor de los Asesinos, si no había otra alternativa.

La caja de música seguía gritando en el suelo. Denéstor se agachó a recogerla y la cerró de un golpe. Se irguió tabaleando con los dedos en su barbilla.

—¿Y dices que el aposento de dama Sueño es contiguo a este? —preguntó al criado.

—Pared contra pared, amo Denéstor.

—Creo que sería buena idea hacerle una visita.

—¿Visitar a esa loca? —Ujthan se removió incómodo—. ¡No entraría en la habitación de una soñadora dormida ni aunque me fuera la vida en ello!

Denéstor se encogió de hombros. Él no pensaba limitarse a entrar en la habitación de una soñadora dormida: iba a entrar en sus sueños.

El viento aullaba como una bestia recién liberada, se asomaba a los balcones, furioso; saltaba de fosa a grieta, derribaba piedras y maderos, sacudía los huesos de la cicatriz de Arax para enloquecer a los gusanos que moraban entre ellos. Su frenesí era aún mayor que otros días, como si se esforzara en esparcir por toda Rocavarancolia las cenizas de Alexander. Algunas todavía conservaban el calor de lo que había sido un cuerpo y brillaban con un tenue resplandor rojizo, pero la mayoría no eran más que hebras grisáceas, materia muerta que había olvidado que una vez estuvo viva.

Esmael, en lo alto del faro de Rocavarancolia, cogió un puñado de cenizas cuando estas pasaron volando ante él. Brillaban como ascuas. Las contempló durante unos segundos en su palma extendida, luego sacudió la mano y dejó que continuaran su trayecto hacia el mar.

El viento siguió aullando su réquiem por la ciudad encantada.

Hector subió despacio las escaleras del torreón Margalar. Se sentía ajeno a sí mismo, como si no fuera más que un espectador que contemplara, sin mucho interés, cómo aquel chaval derrotado avanzaba a duras penas escalones arriba. Resultaba curioso, pero no podía reconocerse como la misma persona que solo unos días antes caminaba por calles nevadas con su hermana disfrazada a la espalda. En cierto modo, aquel joven estaba tan muerto como Alexander.

Cuando llegó a la segunda planta entró en la habitación de Adrian y Natalia sin titubear. Ni siquiera logró recordar qué motivo le había impedido hacerlo hasta entonces. Lo había olvidado, si es que alguna vez lo supo.

Adrian hablaba en sueños, perdido en su delirio.

—Los caballos se queman... —murmuraba en voz tan baja que Hector tuvo que inclinarse para poder oírlo—. Están ardiendo, mamá... ¡Mamá!

—Abrió los ojos y buscó la mano de Hector con la suya. La fiebre y la agonía brillaban en su mirada—. Hacía tanto frío en el establo... Tanto frío... Perdóname, mamá... Pero los caballos tenían frío y yo... yo... Perdóname, por favor, por favor...

Luego volvió a sumirse en aquel dormir inquieto. Hector soltó su mano y, tras apartarle el cabello del rostro, se acercó a la cama de Natalia. La joven dormía profundamente, tumbada sobre el costado sano, con el brazo herido extendido.

Hector se tocó la cara y, para su sorpresa, descubrió que estaba llorando. Lo curioso era que no sentía tristeza alguna. Se hallaba sumido en una calma desagradable, una serenidad vacía. Cerró los ojos y suspiró. Podía escuchar los llantos y la desolación que llegaban desde la planta baja, junto a palabras de consuelo pronunciadas con voz quebrada. Aquellos sonidos venían de otro mundo, tan extraño para él como el chaval disfrazado de vampiro que pedía caramelos por las casas o como las lágrimas que le mojaban el rostro.

La habitación olía a sangre y sudor. Olía a enfermedad, a veneno, a dolor... Pero también olía a vida. Ese era el olor principal. Vida que se negaba a ceder, vida que se aferraba con uñas y dientes a la luz.

Abrió los ojos y observó a Natalia y al mirarla, por vez primera, fue consciente de lo preciosa, mágica y frágil que es la existencia. Lo conmovió aquella revelación tan mínima y, a la par, tan majestuosa. Se demoró largo rato a la cabecera de la cama de su amiga, contemplándola en su sopor. Sus labios a veces se movían, como si estuviera a punto de hablar en sueños.

«Todos mueren», había dicho Bruno la primera noche allí. Y era verdad, pero no era la única verdad.

—Va a ir a peor —escuchó decir de pronto. Ricardo estaba en la puerta. Su gesto era de una seriedad demoledora. Con la nariz hinchada tenía aire de boxeador a punto de caer noqueado.

Hector supo que no se refería al estado de Natalia ni al de Adrian. Se refería a todos ellos, a Rocavarancolia, a todo lo que estaba ocurriendo. Asintió. Estaba de acuerdo: iba a ir a peor.

—Vamos a regresar a la torre —dijo Ricardo—. Bruno dice que puede desactivar el hechizo de la puerta. Necesitará que Rachel lo ayude desde dentro pero cree que puede funcionar... —suspiró—. Puedes venir o quedarte aquí con las chicas y Adrian.

—Voy con vosotros —dijo. Se limpió las lágrimas y echó a andar hacia la puerta, todavía ajeno a sí mismo. Cuando llegó junto a Ricardo, le preguntó—: ¿Has leído *El señor de las moscas*?

Ricardo asintió sin mirarlo.

—¿Qué le ocurre al final al chaval regordete? —preguntó. Tenía un nudo en la garganta pero su voz fue firme.

—¿De verdad quieres saberlo? —le preguntó el otro. Hector suspiró. ¿Importaba acaso?

—No... Supongo que no.

Era una cama enorme, con un dosel aparatoso del que caía un cortinaje negro festoneado de hilo de plata. Medía cuatro metros de largo por tres de ancho y en su mismo centro, empequeñecida entre las montañas de sábanas y un sinfín de almohadones y cojines negros, yacía dama Sueño.

Denéstor Tul, demiurgo de Rocavarancolia y custodio de Altabajatorre, se sentó en un cómodo butacón rojo dispuesto a la derecha de la cama. Junto a él se encontraba otro criado. Llevaba un cáliz humeante preparado por dama Araña.

El rostro de la anciana dormida parecía cincelado en piedra. Denéstor contempló la intrincada red de arrugas que cubría aquella cara y suspiró. Hizo un gesto al criado y este le tendió la enorme copa. El demiurgo la sostuvo entre sus manos, dubitativo. Luego se bebió el contenido de dos tragos. Al instante sintió como lo invadía un sopor profundo; una tibieza lánguida le fue trepando por las piernas y los brazos arrastrándolo a la inconsciencia. Abrió la boca para bostezar. Cuando la cerró ya estaba dormido. La copa vacía cayó de sus manos y rodó por la alfombra.

Denéstor empezó a soñar dentro de un sueño que no era suyo. Soñaba en el sueño de la anciana dormida. Se vio a sí mismo en una estancia gigantesca de mármol azul, con grandes columnas rectangulares dispuestas entre piscinas de agua clara colocadas a diferentes alturas. Avanzó por el suelo de mosaico, escuchando el eco de sus pasos y el murmullo cantarín del agua. Una risa infantil le salió al paso unos segundos antes de que apareciera ante él una niña de pelo claro y ojos azules, vestida con un camisón blanco y dorado. Era dama Sueño, tal y como había sido quince décadas antes.

—¡Denéstor Tul, demiurgo de Rocavarancolia y custodio de Altabajatorre! —anunció la niña, haciendo una grácil reverencia ante él—. ¡Viene a vernos! ¡Aún está vivo y huele a menta y a paciencia! ¡Venid! ¡Venid todas!

Un tropel de mujeres se fue aproximando a él. Salían de las piscinas, de detrás de las columnas azules o aparecían directamente ante él desde la nada.

El demiurgo pronto estuvo rodeado por una multitud formada por niñas pequeñas, jóvenes de las edades más dispares, mujeres adultas hechas y derechas, ancianas en distintos grados de decrepitud. Todas tenían el pelo claro y los ojos azules.

Todas eran dama Sueño. Y todas estaban locas. Denéstor tragó saliva soñada. Ya se estaba arrepintiendo de visitar el sueño de la anciana.

«¿Aún está vivo?», pensó con un escalofrío. Los soñadores eran unos seres inquietantes, criaturas de poder inmenso pero tan desapegadas de la realidad que resultaba difícil tratar con ellos. Todos los magos del sueño terminaban locos tarde o temprano: vivir la mayor parte del tiempo en contacto directo con su propio subconsciente y el subconsciente de los demás los enloquecía sin remedio. Y esa locura, unida al dominio del sueño, los hacía aún más poderosos. Y más impredecibles.

Pero Denéstor no había acudido a la anciana para servirse de sus poderes de soñadora. Solo quería formularle una sencilla cuestión y su deseo era hacerlo cuanto antes. La alternativa de esperar a que dama Sueño despertara era un riesgo que no quería correr, podían pasar días o semanas para eso, y cuanto más tiempo transcurriera menos posibilidades tendría de obtener una respuesta coherente.

—¿Qué te trae a nuestro mundo, demiurgo? —le preguntó una bella dama Sueño, vestida con sus mejores galas. El pelo rubio le caía hasta la cintura en dos trenzas elaboradas.

—Una nimiedad, mis bellas damas —aseguró—. Solo vengo a preguntar si en las últimas horas habéis escuchado algún ruido que llamara vuestra atención. —Cabía la posibilidad de que hubiese alcanzado a oír algo que se le hubiera escapado a su sirviente.

—Escuchamos el sonido que hace una gota de incendio al llamar a su madre —contestó una de ellas.

—Oímos el llanto de la piedra que no quiere ser piedra y al violín que grita porque no puede volar más rápido —dijo otra.

—Un aullido fuera de tiempo y una canción quebrada... —dijo una tercera—. Eso oímos, demiurgo. Y el silencio de los muertos y los pasos de los olvidados... La charla de las maripo...

—Mis queridas damas —se apresuró a interrumpir Denéstor—. Me refiero a un sonido fuera del sueño. Me veo en la penosa necesidad de informaros de que el anciano Belisario ha sido asesinado hace escasas horas. Pensé que quizá vosotras podíais haber...

—¿Belisario? ¿Todavía no había muerto? —dijo una niña de apenas ocho años. Hizo un mohín y pateó el suelo—. ¡Consternación, maleficios y maldiciones para todos! ¿Tan poco tiempo hace que estamos dormidas?

Denéstor frunció el ceño. No le gustaba nada el cariz que estaba tomando aquella conversación.

—Vuestro mayordomo me informó de que le anunciasteis hace dos días que os ibais a sumir en un sueño prolongado, aunque no supo decirme hasta cuándo habíais decidido dormir —le contestó.

—¡Hasta que todo acabe! ¡Sí, sí, sí! —contestaron todas a una—. Es lo mejor. No llamaremos la atención si somos pequeñas como ratones. Habitaremos entre los cabellos del sueño y quizá así sobrevivamos... ¡Oh, Denéstor! ¡Pobre Denéstor! ¡Ojalá pudiéramos acogerte con nosotras! ¡Ojalá pudiéramos salvarte!

Un frío glacial se extendió por el cuerpo soñado del demiurgo y se prolongó en su cuerpo real en la butaca.

—¿Que acabe qué? ¿Qué es lo que va a pasar?

Todas lo contemplaron con idéntica expresión de tristeza desolada, pero ninguna hizo ademán de contestar. De pronto, una a una, estallaron en partículas diminutas y brillantes, explosiones de agua y cristal que lo salpicaban todo. Y mientras se desvanecían no dejaban de mirarlo apenadas. Cuando ya no quedaron damas Sueño en la gran estancia, las piscinas y columnas se desintegraron también en aquella llovizna lenta. Y de pronto Denéstor Tul se encontró flotando en el vacío.

Flotaba sobre Rocavarancolia.

La ciudad ardía. Hordas de espantos cercaban Rocavaragálago, el edificio monstruoso construido con pedazos de la Luna Roja. Vista desde el cielo la construcción tenía forma de estrella de diez puntas. Una miríada de criaturas golpeaba y arañaba sus muros. Por doquier se escuchaba el sonido de la guerra. Los movimientos de los ejércitos, apenas visibles a tanta altura, eran como ríos que se perseguían unos a otros a través de las callejuelas de Rocavarancolia. Se escuchaban trompetas y alaridos. Explosiones y el entrechocar de las armas. La manada aulló como solo aullaba durante el combate.

Denéstor Tul, demiurgo de Rocavarancolia, escuchó, treinta años después, el bramido de un dragón. Sintió tal alivio que a punto estuvo de echarse a reír. Los soñadores a menudo mezclaban presente, pasado y futuro y a duras penas lograban distinguir unos de otros.

—¡Te equivocas, dama Sueño! ¡Esto no va a pasar! ¡Ya ocurrió! ¡Hace treinta años de la batalla que destruyó la ciudad!

—No estás contemplando el ayer, demiurgo. —La voz de dama Sueño resonó sobre el fragor del combate—. Es el mañana cercano lo que tienes ante ti. La guerra vuelve a Rocavarancolia, Denéstor. Una batalla nueva se gesta en las entrañas del reino y estallará muy pronto.

—Es imposible. No estamos preparados para una nueva guerra —sacudió la cabeza. Eso no tenía ningún sentido. No, no podía ser. Además... ¿contra quién iban a guerrear? ¿Y con qué ejércitos se defenderían? Estaba atrapado en un delirio de dama Sueño. Esa era la única explicación: delirios de una soñadora loca.

—La palabra *imposible* nunca ha significado nada aquí, Denéstor. —Su voz se dulcificó con el tono de una anciana orgullosa de sus nietos—. Y menos ahora con ellos en danza: míralos, míralos, ¿no son hermosos?

La escena cambió.

Ya no volaba sobre la batalla, ahora flotaba a metros escasos de la planta esférica del torreón pardo y la ciudad estaba en calma. Era de noche y se sorprendió al ver allí a los muchachos habiendo ya oscurecido. ¿Lo que estaba contemplando ahora sería una visión del futuro por venir? ¿Habría sucedido ya o sería un nuevo delirio de dama Sueño?

—Es el hoy —dijo la voz soñada de la anciana—. Es ahora.

La chica impermeable a la magia estaba inmóvil en el umbral. La comezón que le producía el hechizo de protección era de tal calibre que no podía dejar de rascarse. Al pie de las escaleras se apiñaba el resto del grupo, todos con antorchas y las armas desenvainadas. Mistral estaba junto a ellos, aunque les daba la espalda para vigilar la noche cerrada que los rodeaba, con el arco dispuesto y la expresión alerta.

La joven neutra seguía las indicaciones que le daba el inquietante muchacho de gafas. Buscaba piedras sueltas en el arco interno de la puerta, cualquier elemento susceptible de ser retirado del circuito mágico. Estaban tratando de desactivar el hechizo del umbral, comprendió Denéstor, y no supo si sentirse admirado o temeroso ante tamaña osadía. Ninguna cosecha había accedido nunca a las torres de hechicería en su primera semana en Rocavarancolia. Miró a Mistral con ira. ¿Hasta dónde pensaba llegar por protegerlos? ¿Cuántas locuras más pensaba cometer?

La chica salió del torreón, rascándose sin cesar el hombro. Llevaba en la mano una calavera diminuta que antes había estado engastada en la piedra. Se la tendió a Bruno y luego entró y salió varias veces por la puerta, mirando alrededor con el ceño fruncido. Asintió con la cabeza. El hechizo había desaparecido.

Denéstor los vio entrar de uno en uno a la torre. El último en hacerlo fue el italiano; cuando traspasó el umbral, el demiurgo vio como sus labios dibujaban una mueca extraña que no llegaba a formarse del todo: la sonrisa de alguien que no ha sonreído jamás.

—Denéstor. Mi querido Denéstor... —La voz de dama Sueño lo rodeó como una caricia, como un soplo de viento tibio—. No puedes oírlo, ¿verdad? El rugido, la muerte, la batalla. La sangre, el fuego y los dragones. ¿No los oyes? Oh, mi maravilloso demiurgo. Aún no sabes lo que nos has traído desde el reino humano...

»... Nos has traído el final.

Capítulo adicional:
Aquella noche

Aquella noche Denéstor Tul, demiurgo de Rocavarancolia y custodio de Altabajatorre, hizo once viajes al mundo de los hombres. En once ocasiones los pájaros de trapo emergieron del vórtice que comunicaba el reino con la Tierra para ir en su búsqueda, deshaciéndose en chillidos para anunciarle que habían encontrado el rastro de una esencia prometedora al otro lado del portal. Volaban entonces al encuentro de su creador, lo rodeaban con el batir enloquecido de sus alas y lo arrastraban con ellos.

Once veces se trasladó Denéstor Tul al mundo humano.

En la primera ocasión, los pájaros lo llevaron a la habitación de un muchacho castaño, un joven atlético que dormía profundamente. Denéstor lo observó largo rato, con un peso amargo que le crecía en el pecho. Comenzaba la cosecha. Comenzaba la noche de Samhein. El joven despertó, mecido por el humo verde que surgía de la pipa.

—Es un sueño —dijo Ricardo cuando Denéstor Tul se hubo presentado. No era una pregunta—. Estoy soñando...

El demiurgo sonrió e hizo un movimiento con la cabeza que nada significaba, pero que esperaba que el joven tomara por un asentimiento. Luego le habló de Rocavarancolia, le describió la grandeza perdida del reino, le habló de las aventuras que esperaban si accedía a acompañarlo. Le dijo que era especial.

—Especial... —murmuró el muchacho, con sus sentidos embotados por el humo de la pipa—. En mis sueños siempre soy especial —confesó, con una sonrisa tímida en los labios—. Un héroe capaz de las más grandes hazañas... —Asintió con torpeza. Había tomado su decisión. ¿Y acaso podía ser otra? ¿En qué se diferenciaba aquel nuevo sueño de todos los que había soñado antes?—. Iré a Rocavarancolia —aceptó—. Sí. Salvaré tu reino, demiurgo... Y luego despertaré.

—¿Y si voy quién cuidará a mis hermanos? —le preguntó la joven de los grandes ojos marrones. A Denéstor le admiró sobremanera la actitud de Lizbeth. Aún convencida de estar soñando pensaba en los suyos—. Somos siete, ¿sabe? Mi padre murió al poco de nacer Tobías, el pequeño, y mi madre no hace otra cosa que trabajar y trabajar para sacarnos adelante. —Hablaba deprisa, tanto que a veces costaba entenderla—. Y mis hermanos se ponen enfermos con frecuencia.

—¿Tú no? —preguntó el demiurgo, curioso.

—Nunca me he puesto mala —contestó con orgullo. Tenía las pupilas muy dilatadas, afectadas por el humo de la pipa—. Nunca en la vida... —Negó con la cabeza. Sus movimientos eran lentos, casi desmayados, al contrario que sus palabras seguras y rápidas—. Mi madre dice que yo me llevé toda la buena salud y que dejé a mis hermanos la mala... Enferman... Y yo los cuido. Les canto... Les doy medicinas...

—No te preocupes por ellos —le dijo Denéstor—. Antes de irnos visitaremos a cada uno de tus hermanos. Conozco la magia adecuada para fortalecerlos. No puedo prometerte que jamás enfermarán, pero sí que será difícil que lo hagan. —La muchacha sonrió, contenta ante la perspectiva, e intentó atrapar una voluta de humo esmeralda—. ¿Vendrás entonces? —preguntó el demiurgo—. ¿Me acompañarás a Rocavarancolia?

—Oh. Rocavarancolia... —murmuró—. Sí, iré contigo —dijo—. Me iré soñando... Y mis hermanos no enfermarán mientras sueñe.

—¡Me quitaron mis duendes! —se quejó la joven rusa, los puños apretados con fuerza y la expresión desvalida. Se había levantado al descubrir a Denéstor sentado a los pies de la cama y, por un instante, el demiurgo había temido que lo atacara. Por suerte, el humo surtió efecto antes de que se le acercara—. Me los robaron... —dijo Natalia mientras estudiaba las palmas de sus manos, como si en ellas pudiera encontrar una pista sobre el paradero de las criaturas a las que se refería—. Las pastillas me los sacaron de dentro. —Alzó la mirada de golpe para mirarlo—. ¿Eres un duende? —preguntó y Denéstor negó con la cabeza—. No, no puedes serlo, claro... Eres demasiado grande. Y feo.

—Soy el demiurgo de Rocavarancolia. La ciudad de la que he venido a hablarte, la ciudad de los prodigios y las maravillas... la...

—¿Hay duendes allí? —preguntó ansiosa.

Denéstor Tul miró a la muchacha y asintió, muy despacio.

—Hay duendes allí —aseguró.

El joven lo observaba con una apatía alarmante. Su voz era monocorde, sin el menor rastro de emoción. En lo único que podía pensar el demiurgo mientras hablaban era que aquel chico estaba vacío, no era más que un cuerpo hueco, sin nada en su interior que lo sustentara.

—Rocavarancolia —dijo Bruno y en su boca aquel nombre perdió toda su magia y musicalidad—. No recuerdo haber leído nunca ninguna referencia a esa ciudad. —Hizo un gesto vago para señalar la biblioteca en la que se encontraban—. Lo cual contribuye a que sospeche que todo esto no es más que un sueño. Aunque también existe la posibilidad, claro está, de que de alguna forma el humo de su pipa esté alterando mis sentidos y percepciones para que piense precisamente eso.

—La ciudad de la que te hablo no pertenece a tu mundo —se apresuró a decir Denéstor, pasando por alto el último comentario del chico—. No encontrarás mención a ella en este planeta. No puede haberla. Pero eso no significa que no exista, te lo aseguro. Rocavarancolia es real. Y te necesita.

—Interesante —dijo con aquel tono de voz que parecía indicar que nada le interesaba—. Hay algo que me gustaría preguntar: desde mi mismo nacimiento da la impresión de que la mala suerte se ceba en los que me rodean. La gente muere a mi alrededor y todo parece indicar que sus decesos están relacionados conmigo. ¿Puede ser ese uno de los motivos que me hacen especial? ¿Una de las razones que contribuyen a que sea necesario para ese reino del que me habla?

Denéstor entornó los ojos y miró más allá de la rareza de aquel joven. Bruno estaba marcado. Lo percibió claramente. Y, por lo que parecía, lo había estado desde su nacimiento.

—Ese es, sin duda, uno de los motivos que te hacen especial para Rocavarancolia —le aseguró.

Marina despertó de un sueño curioso. Había estado soñando que escribía un nuevo cuento. Era una historia sencilla de inicio: un desconocido aparecía en el cuarto de un joven para llevarlo consigo a Delirio, la ciudad encantada que desde hacía un tiempo protagonizaba sus relatos.

Se incorporó en la cama, aturdida y desorientada. Su cuarto había adoptado un tono verdoso, una niebla leve campaba por el lugar. Sentado a los pies de su cama, fumando con calma una pipa, se veía a un hombrecillo grisáceo. Exactamente el mismo sobre el que había estado escribiendo en sueños.

—Oh —dijo—. Sigo dormida. ¿Te has escapado de mi cuento?

—¿Un cuento? —preguntó el extraño—. ¿Sobre mí?

—Sí. —Agitó la cabeza, somnolienta. Comenzó a alzar las manos para frotarse los ojos, pero a mitad de gesto se olvidó de lo que estaba haciendo—. Un cuento de un hombre que rapta niños para llevarlos a una ciudad encantada. Solo que no puede mentir… —Frunció el ceño. Había olvidado el resto. Aquel inicio de cuento se diluía en la nada. Aunque era ahora cuando soñaba, se dijo. Un sueño dentro de un sueño… ¿Quién sabe? Quizá de aquello surgiera también una buena historia—. ¿Vienes a llevarme a Delirio? —quiso saber.

—No —contestó Denéstor—. Vengo a llevarte a Rocavarancolia.

—¿Llevarme adónde? —Darío entornó los ojos, suspicaz.

La ciudad que acababa de mencionar aquel tipejo le resultaba desconocida. Ni siquiera estaba seguro de poder pronunciar su nombre correctamente, aunque acababa de oírlo. Agitó la mano para apartar el humo que el hombrecillo se empeñaba en lanzarle al rostro. Casi se había echado a reír cuando le había dicho que era especial.

—A Rocavarancolia —repitió el extraño—. Un lugar glorioso que por desgracia ahora no es ni la sombra de lo que…

—¿Es mejor que esto? —le interrumpió Darío mientras hacía un gesto que no solo abarcaba el callejón y a los tres sin techo que dormitaban entre cartones, sino que contenía toda la miseria, la desesperación y el horror que lo había perseguido en los últimos tiempos—. ¿Esa ciudad tuya es mejor que esta ruina de vida? —dijo—. ¿Es mejor que vivir entre basura? ¿Es mejor que emborracharte para celebrar que tu padre ha muerto?

Denéstor estudió el rostro del joven que tenía ante sí. Los ojos le brillaban, llenos de rabia contenida, de angustia, de ganas de huir...

—No puedo responder a esas preguntas —confesó—. Lo único que te puedo asegurar es que tu vida en Rocavarancolia será muy diferente de lo que es aquí.

—Entonces no hace falta que digas más —dijo Darío—. Seas quien seas, quieras lo que quieras, sácame de aquí.

La habitación del joven llamado Marco estaba atestada de fotografías de paisajes y de postales de los lugares más exóticos. Junto a la ventana se veía un telescopio y decenas de revistas de viaje amontonadas en las estanterías.

—¿Otro mundo? —le preguntó, emocionado—. ¿Una ciudad de otro mundo? No puede ser verdad. No puede ser verdad... —La voz le temblaba de simple y pura excitación.

—Pero lo es, te lo aseguro —dijo Denéstor Tul. Se inclinó hacia él—. Y no es una simple ciudad: se trata de Rocavarancolia. La capital de los prodigios, el lugar donde campan los milagros y las maravillas.

—Maravillas... —repitió el joven, atento a cada una de sus palabras y de sus gestos.

—Y ni la más larga de las vidas sería suficiente para poder contemplarlas todas, muchacho —le aseguró el demiurgo—. ¿Vendrías conmigo a un lugar así? ¿Te atreverías?

—Sí. Quiero ir —dijo Marco, sin aliento, levantándose de la cama a trompicones, como si tuviera la necesidad de emprender la marcha cuanto antes—. Quiero ir a Rocavarancolia.

Denéstor sonrió, emocionado a su pesar por la ingenuidad de aquel muchacho. Sospechaba que ni siquiera habría sido necesario el humo de su pipa para convencerlo de que lo acompañara.

★★★

—¡Una aventura! —gritó el joven rubio. Parecía a punto de ponerse a dar saltos de pura alegría sobre la cama. El pijama que llevaba era ridículo, de nubes y borreguitos, un pijama de niño pequeño—. Me encanta soñar con aventuras. ¡Es tan divertido! —Cayó de rodillas entre las mantas y lo miró fijamente—. ¿Habrá magia? ¿Podré hacer magia? ¡Quiero hacer magia!

Denéstor sonrió.

—Existe la posibilidad de que seas capaz de hacerla, sí.

—¿Tú eres mago?

—Algo así —contestó.

Alzó una mano y, con un chasquido de dedos, hizo brotar una llama diminuta de sus nudillos. El joven se puso pálido. Sus ojos se desorbitaron y solo por su gesto, Denéstor se dio cuenta de que estaba a punto de ponerse a gritar. Hizo un rápido giro de muñeca y convirtió aquella llama en un bloque de hielo que comenzó a destellar. Un mar de luz y color iluminó la habitación tintada por humo verde.

El ataque de pánico del joven quedó cortado aún antes de producirse. La sonrisa regresó a los labios.

—Magia —murmuró, entre el asombro y el trance. Los ojos le fulguraban y en ellos se intuía, lejano, el reflejo de aquella llama que Denéstor se había apresurado a apagar.

La joven llamada Rachel caminó a cuatro patas sobre la cama y pegó la nariz al rostro arrugado de Denéstor. Pestañeó varias veces, sin apartar la vista de la piel apergaminada del extraño. Luego, como si quisiera comprobar la realidad de aquel sujeto, tiró de sus mejillas.

El demiurgo contemplaba asombrado a la chica, sin saber muy bien cómo reaccionar a su escrutinio.

—Eres real —sentenció Rachel. Y refrendó su afirmación con un asentimiento tal que a Denéstor no le habría sorprendido que se le desprendiera la cabeza del cuello—. Y aunque parezca un sueño, no lo es... Denéstor Tul, demiurgo de Rocavaralalá, tengo el enorme placer de anunciarte que eres real. Enhorabuena. —Se echó a reír y, sorprendida por el sonido de su risa, se tapó la boca con las manos.

—Soy real, sí —confirmó él—. Y Rocavarancolia también es real. La ciudad donde quiero llevarte. Un lugar mágico lleno de...

—El único problema es que si tú eres real, yo no puedo serlo... —le interrumpió ella. El humo de la picadura de Morfeo la había sumido en un estado desconcertante—. No podemos ser reales los dos. ¡Eso sería muy raro! Quizá eres tú quien me está soñando a mí... ¡Qué divertido! ¿Si voy me dejarás fumar de tu pipa? —preguntó, fijando la mirada en la cazoleta de la misma. Olfateó el humo verdoso.

—No es oportuno que...

—¡Oh! ¡Da igual! ¡Iré contigo! ¡Quiero ver cómo es Rocavaralalá! ¡Con un nombre como ese tiene que ser un lugar fantástico!

—¿A cuánta gente se le presenta una oportunidad así? —le preguntó Alex—. ¡Una aventura, Maddie! ¡Eso es lo que nos está ofreciendo este espantajo! ¡Una aventura en otro mundo!

Madeleine contempló a su hermano con el ceño fruncido. Al verlo aparecer en su cuarto seguido de aquel hombrecillo gris se había asustado de veras. Pero de pronto, justo tras respirar una bocanada del humo verde que rodeaba al extraño, se había tranquilizado. Era un sueño. No podía ser otra cosa. Pero al mismo tiempo tenía la certeza de que no era tal. La sensación de realidad era rotunda, tremenda, atroz, tanto que durante un instante tuvo la idea absurda de que aquel era el primer acontecimiento real que vivía, como si todo lo anterior no hubiera sido más que un sueño.

La pelirroja retrocedió un paso para intentar escapar de la nube de humo que arrastraba consigo el desconocido, su olor era mareante. La ventana de su habitación estaba abierta y al aproximarse a ella el aire fresco la despejó de inmediato.

—Eso es lo que le he ofrecido a tu hermano —estaba diciendo aquel a quien Alex había presentado como Denéstor—. Una aventura como pocos han soñado. Rocavarancolia os necesita. Os necesita a ambos para resurgir de sus cenizas, para recuperar la gloria que la hizo grande.

Maddie retrocedió otro paso. Estaba a apenas un metro de la ventana. Y el aire la mantenía a salvo de aquel asfixiante humo esmeralda que hacía tambalear su pensamiento. Pensó en saltar. La ventana daba al primer piso y apenas había metro y medio de distancia al suelo. Huiría y luego buscaría ayuda.

—¿Quieres quedarte aquí para siempre? —le preguntó Alexander—.

¿Vivir una vida aburrida y vacía? No quiero ser como los demás, me niego a serlo. Somos especiales, Maddie... Y en esa ciudad lo demostraremos.

—Esto no es un sueño... —murmuró ella.

—Ojalá tengas razón —contestó él—. Ojalá sea real —La miró con dureza—. Si no quieres venir, iré yo solo. No voy a perder esta oportunidad.

Madeleine contempló a su hermano con el corazón acelerado en el pecho. Tuvo la certeza de que si huía, jamás volvería a verlo. Alex se iría con aquel desconocido. Lo haría sin dudarlo un momento. La joven negó con la cabeza. Hilachas de humo verde se colaron en sus pulmones. De nuevo la irrealidad se enzarzó con ella. Aun así tuvo una última oportunidad, aun así fue capaz de echar un último vistazo a la ventana abierta.

Luego dio un paso al frente y entró en la niebla verde.

La última vez que Denéstor acudió al mundo de los hombres fue para visitar aquel pueblo medio nevado donde un adolescente regordete dormitaba en su cama, vestido aún con ropa de calle. El demiurgo de Rocavarancolia suspiró, cansado, mientras llevaba sus gastados huesos hasta el escritorio de aquel joven moreno. Aquella cosecha ya era, de largo, la más numerosa que había conseguido en los últimos años. Y muchos de ellos parecían ejemplares notables. Quería creer en ellos. Necesitaba pensar que todavía quedaba alguna esperanza para el reino. Cerró los ojos un instante. El agotamiento, a pesar de las pociones que dama Araña le había suministrado a lo largo de la noche, comenzaba realmente a hacer mella en él.

De pronto, el chico despertó.

—¿Quién es usted? —preguntó. A su pesar Denéstor se estremeció. La voz de aquel muchacho estaba cargada de una autoridad y una fuerza impropias del cuerpo del que surgía. Por un instante había pensado que era Esmael quien se dirigía a él—. ¿Cómo ha entrado en mi cuarto?

El demiurgo de Rocavarancolia y custodio de Altabajatorre se recompuso, improvisó una sonrisa y se apresuró a contestar:

—Me has asustado, muchacho. Pensaba que dormías.

Y la historia se puso en marcha.

Glosario de personajes

La cosecha de Samheim

Así se denomina al grupo de doce muchachos que Denéstor Tul ha traído desde la Tierra a Rocavarancolia.

HECTOR: un joven estadounidense con ligero sobrepeso, introvertido y algo torpe.

NATALIA: una muchacha rusa reservada y malhumorada.

RICARDO: un joven español atlético y noble que se encarga de mediar entre los cosechados.

BRUNO: un muchacho natural de Roma. Inteligente, de carácter frío y poco sociable, casi artificial.

ADRIAN: procedente de Copenhague, es el más joven de los cosechados. Es muy espontáneo e infantil, a la vez que temeroso.

MARCO: un joven alemán, robusto y con aptitud para el liderazgo. Conoce las bases del boxeo y algunas artes marciales.

MARINA: una hermosa joven francesa de ojos azules y gran imaginación.

ALEXANDER: un joven australiano cuyo peculiar sentido del humor resulta a veces inoportuno. Es hermano de Madeleine y, como ella, pelirrojo.

MADELEINE: una belleza de apariencia frívola y superficial. Es la hermana de Alexander.

LIZBETH: una muchacha escocesa, de Aberdeen, robusta y poco agraciada. Es muy cálida y maternal.

RACHEL: aunque no es capaz de comunicarse con el resto, deja entrever un carácter alegre y vivaz

EL CONSEJO REAL

DENÉSTOR TUL: el demiurgo de Rocavarancolia y custodio de Altabajatorre. Él se encarga de transportar la cosecha al reino.

DAMA SERENA: antaño una bella mujer y ahora un fantasma, verde desde sus ropajes hasta su cabello.

DAMA DESGARRO: una mujer surcada por multitud de heridas y cicatrices. Es la comandante de los ejércitos del reino y custodia del Panteón Real.

ESMAEL: ángel negro y Señor de los Asesinos. Es una criatura hermosa y sin escrúpulos.

UJTHAN: un guerrero descomunal y belicoso. Su cuerpo está cubierto por completo de tatuajes.

BELISARIO: un anciano mago, envuelto en un millar de vendas debido al estado decrépito de su cuerpo.

ENOCH EL POLVORIENTO: un vampiro sediento desde hace treinta años, capaz de convertirse en polvo.

RORCUAL: un alquimista, invisible desde hace unos años al probar una pócima consigo mismo cuyo efecto aún no ha logrado revertir.

DAMA SUEÑO: una hechicera de poderes extraordinarios que continuamente permanece dormida.

MISTRAL, EL CAMBIANTE: un miembro desaparecido del consejo.

LOS GEMELOS LEXEL: dos misteriosos magos que se odian a muerte. Uno viste de negro, con una máscara blanca; y el otro de blanco, con una máscara negra.

HURYEL: regente del reino. Agoniza en su lecho desde hace mucho tiempo.

DAMA ARAÑA: no es miembro del Consejo, pero atiende a Huryel. Es una criatura arácnida de tamaño considerable.

Agradecimientos

Gracias a Natalia Stengel, Lucía Molatore, Michael Santorum, Leticia Mahieu, Rubén De Miguel, Santiago García, Carmen Pila, Ignacio Illarregui, Seve Fernández, Marc R. Soto, Bruno Valderrey, Jon Burguera y, por supuesto, a Vanesa Pérez Sauquillo. Gracias por hacer que esta historia sea mejor de lo que yo habría conseguido solo.

Para esta nueva edición, un gracias enorme para Fiona, por sus hermosas cubiertas, y a toda la gente amable de Dark Horse que ha trabajado en el libro. Y un agradecimiento muy especial a Ervin Rustemagić, mi hechicero favorito; y a Gabriella, porque es la mejor compañera y aliada que se puede tener en cualquier aventura, proyecto o delirio.

Sobre El Autor

José Antonio Cotrina nació en Vitoria (España) en 1972. Comenzó a publicar relato y novela corta a principios de la década de los 90, pero fue a partir del año 2000 cuando empezó a consolidarse como escritor. Su primera novela larga fue *Las fuentes perdidas* (2003), una obra oscura en la que ya se anticipaba su inclinación a hibridar lo macabro con lo fantástico.

Desde entonces ha publicado historias de fantasía, terror y ciencia ficción para todas las edades. Su obra juvenil más conocida es *El ciclo de la Luna Roja*, además de la posterior *La canción secreta del mundo*. Entre otros muchos premios, tiene un Kelvin por *Las puertas del infinito* (escrito con Víctor Conde). También escribe y publica con Gabriella Campbell (*Crónicas del fin* y otros títulos).

Su obra más reciente es *La deriva* (Ediciones SM) y, cuando no está escribiendo, habla sobre género fantástico en lomaravilloso.com